Claudia Siegmann

Märchenfluch

Das letzte Dornröschen

Claudia Siegmann

MÄRCHEN FLUCH

Das LETZTE Dornröschen

Band 1

Ravensburger

Bibliografische Information der Deutschen Nationalbibliothek:

Die Deutsche Nationalbibliothek verzeichnet diese Publikation in der Deutschen Nationalbibliografie. Detaillierte bibliografische Daten sind im Internet auf *www.dnb.d-nb.de* abrufbar.

MIX
Papier aus verantwortungsvollen Quellen
FSC® C111262
FSC www.fsc.org

1 2 3 4 5 E D C B A

Originalausgabe

Dieses Werk wurde vermittelt durch die
Michael Meller Literary Agency GmbH, München.

Lektorat: Regine Teufel
Umschlaggestaltung: Anna Rohner
Verwendetes Bildmaterial von © Carolin Liepins, © Boiko Olha/Shutterstock, © Alesikka/Shutterstock, © Manuel Findeis/AdobeStock, © Africa Studio/Shutterstock und © Vladimirkarp/Shutterstock
Innengestaltung: Alexandra Greinacher
Verwendetes Bildmaterial von © lundeot/Shutterstock und © MicroOne/Shutterstock

Printed in Germany

ISBN 978-3-473-40183-3

www.ravensburger.de

Die Scheiben waren an vielen Stellen blind, und so konnte man von außen nicht in das alte Gewächshaus schauen, obwohl drinnen Licht brannte. Man hätte ohnehin nichts erkennen können, außer Blatt an Blatt der bis unter die Decke gewachsenen Rosenhecke.

Die feuchtwarme Luft war erfüllt vom schweren, süßen Duft der dunkelroten Blüten. Jede einzelne wandte sich dem jungen Mann zu, der das Gewächshaus betreten hatte und auf den halb in der Rosenhecke verborgenen Schreibtisch zuging.

Ein Bogen Papier lag vor ihm. Der junge Mann griff danach und las, was mit roten Buchstaben darauf geschrieben stand. Er legte das Papier zurück und vermied es, die Gestalt anzublicken, die hinter dem Schreibtisch saß.

Sie war von Rosenranken umschlungen und wirkte selbst wie ein Teil der Hecke. Die dichten Blätter lagen wie eine zweite Haut über Gesicht und Körper, nur eine Hand war frei. Eine zarte Ranke ringelte sich darüber, bohrte ihre Dornen in das Fleisch, bis Blut in dünnen Rinnsalen zu einer Schreibfeder zwischen Daumen, Zeige- und Mittelfinger lief und wie rote Tinte von der Spitze tropfte.

Die Gestalt blieb vollkommen bewegungslos, nur die Hand führte die Feder kratzend über das Papier.

»Ja, ich weiß«, sagte der junge Mann und berührte eine besonders prächtige Rosenknospe sanft mit den Lippen. »Bald. Ich verspreche es dir.«

Er ging zu dem Klavier, das von der Hecke wie durch einen Pavillon überdacht wurde, setzte sich und spielte mit geschmeidigen Fingern Mozarts Lacrimosa. *Er tat dies mit so viel Gefühl, dass die Rosen leise seufzten.*

1. Kapitel

Mit Tränen in den Augen öffnete ich die Schnur um den kleinen Karton. Ich hatte ihn im letzten Jahr immer wieder hervorgeholt, aber nie hineingeschaut. Es war, als gäbe ich erst durch das Aufmachen mein unwiderrufliches Einverständnis zum Tod meines Vaters. Ich hatte im vergangenen Jahr wirklich versucht, es zu begreifen. Er war tot, und ob ich diesen Karton, der ein paar persönliche Dinge von ihm enthielt, nun öffnete oder nicht, er würde es bleiben.

Meine Eltern waren nie verheiratet gewesen und hatten getrennt gelebt. Als Paläontologe war mein Vater auf Südamerika spezialisiert gewesen und hatte auch die meiste Zeit dort verbracht, weshalb wir uns nur selten gesehen hatten. Für ihn war das Ausgraben und Zuordnen versteinerter Knochen das Größte gewesen, und er hatte wenig Verständnis für Menschen gehabt, die nicht stundenlang darüber sprechen wollten.

Während unserer letzten Telefonate hatte er immer wieder gesagt, dass er mich irgendwann über die Ferien mitnehmen wollte. Damals hatte ich keine Lust gehabt, doch jetzt hätte ich auf der Stelle meine Koffer gepackt.

Ich blinzelte die Tränen weg und konzentrierte mich auf den Inhalt des Kartons.

Ganz obenauf lag ein in Zeitungspapier gewickelter schwerer Gegenstand. Vorsichtig schlug ich das Papier auf und hielt eine Kugel von der Größe einer Orange in der Hand.

Weiße Flocken trieben darin durch eine klare Flüssigkeit und rieselten träge auf die detailreich ausgearbeitete Miniatur eines Schlosses nieder.

Ich schüttelte die Kugel und sah zu, wie die Flocken zu wirbeln begannen und auf das Schloss niedergingen, bis kaum noch etwas von den Türmen und Zinnen zu erkennen war.

Ich erinnerte mich an diese Schneekugel. Bei einem der seltenen Besuche bei meinem Vater hatte ich sie auf seinem Schreibtisch im Arbeitszimmer entdeckt und war ganz fasziniert davon gewesen, aber er hatte mir nicht erlaubt, damit zu spielen.

Mit dem Ärmel wischte ich mir über das Gesicht und kämpfte gegen das Ziepen in meiner Nasenspitze, mit dem sich erneute Tränen ankündigten. Ich suchte im Karton nach einer Halterung und fand, ebenfalls sorgsam eingeschlagen, einen soliden schwarzen Sockel. In zierlichen goldenen Buchstaben war *Dornröschen* darauf eingraviert.

Vorsichtig setzte ich die Kugel ein und trug sie zu meinem Regal, wo sie einen Platz zwischen meinen Lieblingsbüchern bekam.

Ich setzte mich wieder auf den Boden vor den Karton. Als nächstes lag ein Fotoalbum darin. Ich lehnte mich mit dem Rücken an mein Bett und klappte das Album auf. Die Bilder zeigten meinen Vater als Baby, als Kleinkind, bei der Einschulung und mit eingegipstem Bein. Es gab Fotos von längst vergangenen Weihnachtsfesten und Geburtstagen und Sportveranstaltungen.

In meinem Hals saß ein dicker Kloß. Es ging nicht, ich konnte mir die Fotos einfach nicht weiter anschauen und klappte das Album heftig zu. Meine Großmutter Gracia hatte mir diesen Karton am Tag der Beerdigung übergeben. Sie hatte ein Schild mit meinem vollen Namen darauf geklebt, Flora Anthea Allenstein, als müsse sie sichergehen, ihr einziges Enkelkind nicht mit jemand anderem zu verwechseln.

Andenken, hatte Gracia gesagt und dabei so kühl und distanziert wie immer geklungen. Den Rest werde sie entsorgen, hatte sie sachlich angefügt.

Ich war darüber so wütend geworden, dass ich sie angeschrien hatte. Im Nachhinein tat es mir ein bisschen leid, immerhin hatte sie ihr einziges Kind verloren, und es war wohl ihre Art, damit umzugehen. Dennoch war mir in diesem Augenblick ihre Gefühlskälte unerträglich gewesen. Seither hatte ich Gracia nicht mehr gesehen.

Ich kramte weiter in dem Karton und entdeckte ein in dunkelroten Samt gebundenes, dünnes Buch. Es war schon sehr alt, der Samt an den Ecken war abgestoßen und glänzte speckig.

Neugierig schlug ich es auf und wurde prompt enttäuscht. In einer kaum zu entziffernden Schrift waren dort jede Menge Namen und Daten aufgelistet. Langsam blätterte ich weiter und stieß auf immer mehr Namen und Daten, bis ich in der Mitte eine offensichtlich nachträglich eingefügte Seite bemerkte. Ein Bogen, der aufgeklappt ungefähr dreimal so groß wie das Buchformat war.

Ich schnappte erstaunt nach Luft. Vom unteren Bildrand aus

war die wunderschöne Zeichnung eines Rosenbuschs zu sehen. Der Zeichner war offensichtlich überaus begabt gewesen, denn die prächtigen Rosenblüten, Dornen und gezackten Blätter wirkten mit ihren leuchtenden Farben vollkommen echt. Selbst die gemalten Tautropfen sahen aus, als könnten sie jeden Augenblick über die Blütenblätter rollen und aus dem Bild heraustropfen.

Von dem Busch gingen Ranken ab, die sich über die ganze Seite erstreckten und sich immer wieder unterteilten, bevor sie sich jeweils am Ende zierlich einrollten. Allerdings saßen nur verwelkte Blüten daran, und neben jeder befand sich ein Name in winziger Schrift.

Eine Ranke auf der rechten Seite fiel mir besonders auf. Sie schien ganz an den Bildrand gedrückt, bis in die obere Ecke. An ihrer Spitze hatte sie sich geteilt, und dieser dünne Ast trug drei Blüten. Sie waren nicht so vertrocknet wie all die anderen. Die Letzte sah sogar aus, als hätte sie gerade erst zu welken begonnen.

Ich sprang auf und holte mein Handy. Das musste ich fotografieren und es dann vergrößern, damit ich die winzigen Namen lesen konnte. Vor die ausgebreitete Seite gehockt, machte ich ein Foto. Es wurde nicht besonders gut, weil das alte Papier sich wellte, deshalb strich ich es für den zweiten Versuch glatt und spürte dabei plötzlich einen Stich. Mit einem überraschten Zischen zog ich die Hand zurück.

Ich musste mich an der Papierkante geschnitten haben. Aus der Fingerkuppe meines Zeigefingers quoll ein Tropfen hellroten Blutes und fiel auf die Seite, noch bevor ich die Hand wegziehen konnte.

Bestürzt sah ich, dass er direkt auf dieser obersten Ranke gelandet war. Das ärgerte mich, ich hatte die schöne Abbildung ruiniert. Bevor ich noch größeren Schaden würde anrichten können, faltete ich die Seite zusammen, verstaute das Buch und das Fotoalbum wieder im Karton und schob ihn unter das Bett.

Das war alles, was mir von meinem Vater geblieben war.

2. Kapitel

Wie jeden Mittwoch verwandelte das Ende der letzten Stunde meine gesamte Klasse, die vom Geschichtsunterricht tödlich gelangweilt war, in eine hochmotivierte Truppe. Rucksäcke wurden geschultert, Stühle scheppernd hochgestellt, und man rannte aus dem Klassenraum, als zähle jede Sekunde.

Normalerweise war ich mit dabei, doch diesmal räumte ich meine Sachen ganz langsam zusammen. Auf dem Weg zur Schule war ich mit dem Fahrrad über einen Nagel gefahren, was mir einen Platten und echt miese Laune beschert hatte.

»He! Was ist los, Flora? Willst du hier übernachten?«

Ich sah auf. Neben meinem Tisch stand Anna. Offen gestanden war ich gar nicht sicher, ob wir miteinander befreundet gewesen wären, wenn unsere Mütter uns nicht schon als Zweijährige hartnäckig in den gleichen Sandkasten gesetzt hätten, weil sie Freundinnen und Kolleginnen waren.

Anna und ich waren im Kindergarten in der gleichen Gruppe, wir waren seit der Grundschule Klassenkameradinnen, und seit einem halben Jahr wohnten wir nun sogar im selben Haus.

Das war eigentlich okay, aber manchmal wünschte ich mir, ich könnte nach der Schule einfach tun, was ich wollte, ohne mir von Anna einen vorwurfsvollen Blick einzufangen. Anna hatte nämlich eine sehr nervige Einstellung, was Hausaufgaben betraf. Diese waren ihrer Meinung nach sofort und im vollen Umfang zu erledigen. Und wenn am nächsten Tag ein Test anstand, ließ sie nicht locker, bis ich mit ihr den ganzen Stoff mindestens ein Mal komplett durchgegangen war.

Das passte mir heute aber gar nicht in den Kram. Wenn ich mein Rad schon schieben musste, konnte ich auch gleich noch eine andere Sache klären, die mich seit einiger Zeit beschäftigte. Und das wollte ich lieber allein machen.

»Fahr schon mal, ich muss ja schieben.«

»Ich schieb auch«, bot Anna eifrig an. »Dann kann ich dich unterwegs Englisch abfragen.«

Das wünschte ich mir in etwa so sehr wie eine Katze sich ein heißes Vollbad, also griff ich zu einer Notlüge. »Ich brauch sowieso noch die Fotos. Für Kunst.«

Wir sollten bis Freitag Herbstimpressionen mit dem Handy einfangen, aus denen wir dann eine Collage erstellen würden. Außer einem Pilz, der direkt vor unserem Haus wuchs, hatte ich noch nichts fotografiert.

»Oh. Die Fotos«, sagte Anna. Sie hatte, wie ich zufällig wusste, bisher auch nur diesen Pilz fotografiert. Kunst war das einzige Fach, das Anna wirklich hasste, und sie zeigte erwartungsgemäß keinerlei Interesse mehr, mich zu begleiten.

»Okay.« Sie hatte die ganze Zeit mit etwas in ihrer Hand gespielt, das sie nun in ihre Tasche steckte. Im Davoneilen sagte sie: »Dann sehen wir uns später.«

»Ist gut. Bis dann!«

Ich ging allein zum Fahrradparkplatz, schloss mein Fahrrad los und schob es in Richtung Stadtwall.

Der Wall führte einmal um die Innenstadt herum und war bei Spaziergängern, Joggern und Radfahrern gleichermaßen beliebt, weil er wie ein Waldweg von Bäumen umgeben war. Auf seiner Länge von etwa drei Kilometern wurde er nur neunmal von Straßen unterbrochen, die aber gut zu überqueren waren. Es gab ein paar echte Sehenswürdigkeiten, die am Stadtwall lagen, so zum Beispiel das Bismarckhäuschen, der Alte Botanische Garten oder die historische Wassermühle am Leinekanal. Und die war mein Ziel.

Ich kannte die Mühle natürlich und hatte sogar mal ein Referat über sie gehalten. Sie hatte ihr Mahlrecht im Jahr 1305 erhalten, war durch die Wallbefestigung Mitte des sechzehnten Jahrhunderts in die Befestigungsanlage der Stadt einbezogen worden und hatte damals eine wichtige Rolle bei der Versorgung der Stadtbevölkerung gespielt. Das Gebäude selbst war um 1766 herum erneuert, zuletzt in 2006 renoviert und mit einem neuen Mühlrad ausgestattet worden.

Warum mich das interessierte und ich unbedingt ohne Anna hierher wollte, hing nicht mit den Fotos für Kunst zusammen, sondern mit einem seltsamen Brief, den ich eine Woche zuvor erhalten hatte. Ich kannte ihn längst auswendig, so oft hatte ich ihn gelesen.

Sehr geehrte Flora Anthea Allenstein,

da Sie es versäumt haben, sich nach Ihrem sechzehnten Geburtstag im Haus der Genaver einzufinden, wurden Sie für die Dauer Ihrer Pflichtjahre der ASGA Agentur zugeteilt.
Bitte haben Sie Verständnis, dass Änderungswünsche nicht mehr berücksichtigt werden können.
Melden Sie sich innerhalb der nächsten vierzehn Tage in der Odilienmühle am Leinekanal. Das Schreiben ist unbedingt mitzuführen.
Ein Merkblatt für Absolventen der Pflichtjahre, das Sie bitte mit der nötigen Aufmerksamkeit studieren, erlauben wir uns beizulegen.
Wir wünschen Ihnen viel Erfolg und hoffen auf eine gute Zusammenarbeit.

Hochachtungsvoll,
der Rat der Genaver

Ich hatte noch nie von einem Rat der Genaver gehört, und doch war der Brief eindeutig für mich, wie mein vollständiger Name und die oben auf dem Blatt eingefügte Adresse zeigten. Im Internet hatte ich nicht den kleinsten Hinweis auf diese Genaver gefunden, was mich zugegebenermaßen ziemlich neugierig gemacht hatte.

Der Brief war genau einen Monat nach meinem Geburtstag bei mir angekommen. Lange hatte ich darüber gegrübelt, ob sich vielleicht jemand einen Scherz mit mir erlauben wollte, schloss das mittlerweile allerdings aus. Kaum jemand wusste, dass ich einen Zweitnamen hatte, und dass in dem Schreiben kein fester Zeitpunkt angeben war, sprach ebenfalls dagegen. Wer sollte sich schon vierzehn Tage vor einer alten Mühle auf die Lauer legen wollen, bis ich eventuell dort eintrudelte?

Auch das fünfseitige, kleinbeschriebene Merkblatt war für einen blöden Streich zu detailliert. Ich hatte es zwar nicht studiert, sondern nur kurz überflogen, doch das hatte ausgereicht, um einige Fragezeichen zu produzieren.

Natürlich dachte ich nicht im Traum daran, mich in einer alten Mühle zu melden, was ja auch ziemlich schwachsinnig gewesen wäre, allerdings war ich seither viermal auf meinem Weg über den Stadtwall daran vorbeigeradelt. Dabei hatte ich das merkwürdige Gefühl, die Luft sei dünner, irgendwie elektrisch aufgeladen; und ein leichtes Kribbeln hatte auf meiner Haut gelegen.

Anna war immer dabei gewesen, und ihr war nichts dergleichen aufgefallen.

Als ich dann beim letzten Mal einen genaueren Blick auf das Gebäude riskiert hatte, war es mir anders, nein, fremd erschienen. Ich konnte es nicht genau bestimmen, aber ich hätte schwören können, es war plötzlich größer, so, als hätte man der alten Mühle über Nacht einen Anbau hinzugefügt, der sich so perfekt an das Fachwerkgemäuer schmiegte, dass er nicht weiter auffiel. Dieser Anbau hatte einen eigenen Eingang, und sosehr ich mir den Kopf zerbrach, ich hatte ihn nie zuvor bemerkt, obwohl die Tür in einem auffälligen Grün leuchtete.

Diesmal näherte ich mich von der anderen Seite. Ich kam von der Straße her und schob mein Fahrrad langsam über den Parkplatz vor der Mühle. Ein paar Autos standen darauf, eine schwarze Limousine, ein ziemlich rostiger und bemerkenswert verbeulter Kleinwagen und ein Cabrio, das zwar auch schon älter, aber sehr gepflegt war. Der Fahrer, ein junger Mann, saß darin und genoss bei geöffnetem Verdeck die letzten wärmenden Strahlen der Nachmittagssonne. Die Rückenlehne hatte er weit zurückgestellt und den Kopf auf die Nackenstütze gelegt. Er trug eine große, verspiegelte Sonnenbrille, und ich konnte nicht sagen, ob er mich ansah oder die Augen geschlossen hatte, jedenfalls schenkte er mir keinerlei Aufmerksamkeit. Er fuhr sich nur einmal durch sein volles dunkles Haar, als ich an ihm vorbeikam, mein Fahrrad ein Stück weiter an einen Pfeiler lehnte und daran abschloss.

Ich blieb noch eine Weile stehen und ließ das beschauliche Gebäude auf mich wirken. Das gewaltige Mühlrad stand still, doch das Holz knarrte leise im fließenden Wasser. Das Laub der Bäume, die den Stadtwall säumten, leuchtete gelb, orange und in sämtlichen Rottönen und rahmte die Mühle geradezu idyllisch ein. Ein paar Regentropfen, die sich hier und da in Spinnweben an der Mühle verfangen hatten, glitzerten wie Diamantsplitter. Es war ein wunderschöner Anblick, und ich holte mein Handy für ein paar Fotos hervor. Mein Kunstlehrer würde beeindruckt sein.

Vom Parkplatz aus führte ein schmaler Weg mit drei ausgetretenen Stufen zu der grünen Tür. Auf einer der Stufen lag eine hübsch gefleckte Katze und putzte sich ausgiebig. Sie wurde Model auf einem meiner Bilder. Ich ging zu ihr, kniete mich hin und ließ sie an meinen Fingern schnuppern. Sie schnurrte, und ich streichelte ihren Kopf.

»Du bist ja eine Schönheit«, sagte ich leise und strich über den dunklen Klecks zwischen ihren weißen Ohren. »Sieht aus, als würdest du ein Toupet tragen, weißt du das?«

Die Katze maunzte und betrachtete mich interessiert aus bernsteinfarbenen Augen.

Ein jäher Windstoß strich mir über den Kopf und wehte mir die Haare ins Gesicht, und ein buntes Laubblatt, das neben der Katze gelegen hatte, flog ein Stück in Richtung der grünen Tür. Das Blatt tänzelte über das sonnenbeschienene Gras, und ich schoss direkt das nächste Foto, da entdeckte ich ein Schild neben dem Eingang.

Außer dem dösenden Cabriofahrer war weit und breit niemand zu sehen, also schlenderte ich unauffällig den Weg entlang auf die Tür zu. Leider war das Metallschild fleckig angelaufen, ich musste mich direkt davorstellen, um es entziffern zu können.

Edgar Krämer, Agentur ASGA

Auffinden und Sicherstellen
von Gegenständen aller Art

Aha. Hier sollte ich mich also zum Absolvieren irgendwelcher Pflichtjahre melden. Bei einer Agentur für Gegenstände aller Art. Weil ich versäumt hatte, mich im Haus der Genaver einzufinden.

Na, das konnten die glatt vergessen! Was auch immer hier vorging, es war mir doch eine Spur zu merkwürdig und außerdem bekam ich von dem Knistern in der Luft, das ich nun sogar hören konnte, ziemliche Kopfschmerzen.

Kaum hatte ich mich umgedreht, da knackte es in der Sprechanlage, und eine weibliche Stimme sagte fröhlich:

»Oh, ein neues Gesicht.«

»Ich … Äh … Hallo«, stammelte ich überrumpelt und suchte nach der Kamera, die mein Eintreffen verraten hatte. Ein Summen ertönte, und mit einem Klicken sprang die grüne Tür einen Spalt weit auf.

Ich rührte mich nicht. Sollte ich wirklich da hineingehen? Andererseits war ich doch deshalb hergekommen, ich wollte die Angelegenheit klären. Außerdem hätte ich zu gern gewusst, seit wann es diesen Anbau gab und was die ASGA Agentur genau machte, denn *Gegenstände aller Art* schien mir ein doch recht weit gefasster Begriff.

Ich gab mir also einen Ruck und trat ein. Augenblicklich verflogen die Kopfschmerzen. Vor mir lag ein lang gezogener Raum, der trotz der niedrigen Decke mit Holzgebälk sehr viel heller und moderner wirkte, als man es sich im Allgemeinen im Innern eines so alten Fachwerkgebäudes vorstellte. An einer Wand befanden sich zwei Regale mit Aktenordnern und gegenüber davon eine wuchtige Standuhr mit Pendel. Sie tickte laut.

Ein Schreibtisch war so platziert, dass man von ihm aus jederzeit die Tür im Blick hatte, rechts daneben führte eine Holztreppe in ein oberes Stockwerk.

Hinter dem Schreibtisch saß eine ältere Dame, die mir mit freundlichem Interesse entgegensah.

Ihr graues Haar war zu einem adretten Pagenkopf geschnitten, und sie trug eine elegante hellblaue Bluse, die exakt den Farbton ihrer großen, dezent geschminkten Augen hatte. Auch die Spitzen ihrer Schuhe, die unter dem Schreibtisch hervorlugten, waren von diesem Blau.

Sie hatte eine Tageszeitung vor sich aufgeschlagen, in der ein Artikel mit Rotstift eingekreist war.

»Guten Tag«, sagte ich unsicher, steckte das Handy weg und zog den Brief aus meiner Tasche. Als ich ihn der Dame entgegenhielt, schlug sie die Zeitung zu. Sie legte sie zu den anderen, die sich auf ihrem Schreibtisch stapelten, nahm das Schreiben und las es aufmerksam durch.

»Hm«, machte sie und steckte sich einen Bleistift hinter das Ohr. »Ungewöhnlich. Ausgesprochen ungewöhnlich.«

»Ja. Ich wollte nur kurz Bescheid sagen, dass da wohl ein Fehler passiert ist.«

Sie hob den Blick. »Sieht so aus. Ich muss mich bei dir entschuldigen. Irgendwie scheint mir die Mitteilung des Rates entgangen zu sein, sonst wären wir natürlich vorbereitet gewesen. Du kannst solange im Wartezimmer …«

»Nein, Sie verstehen mich falsch. Ich habe kein Interesse, hier zu arbeiten.«

So, jetzt war es raus. Die Dame schien mir nett zu sein, und ich wollte sie nicht vor den Kopf stoßen, aber ich hatte herzlich wenig Lust, mich auf Pflichtjahre in einer dubiosen Firma einzulassen.

»Nun … Warum hast du dich denn dann nicht rechtzeitig beim Rat gemeldet? Sie hätten dich doch bestimmt woanders einsetzen können. Büroarbeiten, Inventuren, Botendienste?«

»Genau das ist doch das Problem«, erklärte ich mit wachsender Ungeduld. So verlockend es auch klang, neben der Schule und der ganzen Lernerei noch Botendienste zu verrichten, ich hatte keinen Bedarf. »Ich habe mich nie bei dem Rat der Genaver um einen Job beworben. Ich weiß ja nicht mal, wer diese Genaver überhaupt sind.«

»Oh.«

»Gut«, sagte ich zuversichtlich. »Dann gehe ich jetzt wieder.«

»Ich fürchte, darauf wird der Rat sich nicht einlassen, Flora. Der Vertrag ist bindend.«

»Wie bitte? Ich habe Ihnen doch gerade gesagt, dass ich mich nie bei denen beworben habe.«

»Das ist ein bisschen komplizierter, als du denkst.« Sie zog den Bleistift von ihrem Ohr, spielte gedankenverloren damit und fügte bedeutsam an: »Die Pflichtjahre.«

Ich starrte sie verärgert an. Woher hatten diese Leute eigentlich meine Daten? Von welchem Vertrag war hier die Rede und was sollte kompliziert daran sein zu akzeptieren, dass ich mir keinen Job unterjubeln lassen würde von einer Agentur, die wer weiß was machte?

Bevor ich meinen Ärger in Worte fassen konnte, blinkte auf ihrem Schreibtisch hektisch ein Lämpchen auf. Die Dame schnappte sich den Stapel Tageszeitungen und stand auf.

»Ich muss ins Büro. Edgar Krämer wird sich gleich Zeit für dich nehmen.«

Ein paar Zeitungen rutschten ihr vom Arm, und ich half, sie wieder einzusammeln. Es waren allesamt reißerische Blätter, die mit groß aufgemachten Schlagzeilen und gleichermaßen billigen wie eingängigen Bezeichnungen arbeiteten. Zum Beispiel hielt ich gerade eine Zeitung in der Hand, auf deren Titelblatt in lächerlich fetten Buchstaben stand:

UNSERE OMAS IN GEFAHR?
DER ROSENKAVALIER SCHLÄGT WIEDER ZU!

Die Dame nahm mir die Zeitung dankend ab und stieg voll beladen, doch mit leichtem, federndem Gang die Treppe hinauf.

Ich holte tief durch die Nase Luft. Sie hatte mich einfach stehen lassen.

Na, dieser Edgar Krämer konnte sich warm anziehen!

Wenn er nicht vor meinen Augen meine Daten aus seinem Computer löschte, würde ich ihm was erzählen.

Es war sonst nicht meine Art, so forsch aufzutreten, aber diese unseriöse Vorgehensweise machte mich echt sauer. Ich hatte keinen Vertrag abgeschlossen. Und dann gleich mit Pflichtjahren zu kommen! Es wäre mir neu, dass so etwas statthaft war. Ich konnte dieser Agentur vielleicht nicht das Handwerk legen, aber ich würde zumindest dafür sorgen, dass ich nie wieder von ihr belästigt wurde und sie es sich in Zukunft besser überlegten, arglose junge Menschen reinzulegen.

Eine Tür zu einem weiteren Raum stand offen. Ich nahm an, dies sei das erwähnte Wartezimmer, und weil ich nicht wie ein Bittsteller vor dem Schreibtisch stehen wollte, ging ich hinein.

Zu meiner Überraschung saßen dort zwei weitere Wartende auf den jeweils am weitesten voneinander entfernten Stühlen, wie es in den meisten Wartezimmern nun mal üblich war.

Beide waren weiblich, von der einen konnte ich nur ein paar schwarze Haare sehen, die über den Rand eines Modemagazins lugten, das sie so hielt, dass es ihr Gesicht verdeckte. Die langen Beine hatte sie von sich gestreckt und übereinander geschlagen.

Die andere war blond, hatte kurzes, strubbeliges Haar und

trug eine Brille. Sie war etwa ein, zwei Jahre älter als ich und musterte mich neugierig.

Ich murmelte einen Gruß und platzierte mich so, dass zwischen den beiden und mir etwa der gleiche Abstand herrschte und ich noch den Schreibtisch im Blick hatte. Die Schwarzhaarige ignorierte mich komplett, doch die Blonde hob ihre Brille.

»Sag nichts ... Ein Rotkäppchen, stimmt's? Oder eine Jorinde. Hab ich recht?«

Ich hatte keine Ahnung, wovon sie sprach, und nickte höflich.

Sie rückte ihre Brille zurecht und lehnte sich vor. »Auf jeden Fall keine Prinzessin. Du siehst nicht aus wie eine Prinzessin.«

»Danke«, sagte ich, obwohl ich nicht wusste, ob das ein Kompliment war.

»Ich wollte nicht lauschen, aber ich habe gehört, was du zu Berta gesagt hast.«

Berta musste wohl die Dame hinter dem Schreibtisch sein, und ich nickte erneut. Mir stand der Sinn nicht nach Konversation, ich wollte mir lieber ungestört zurechtlegen, was ich diesem Krämer gleich erzählen würde, doch die Blonde ließ nicht locker. Sie stand auf, setzte sich neben mich und raunte mir zu: »Warum willst du denn nicht für die ASGA arbeiten? Du hast doch hoffentlich nichts mit den Reguli zu tun, oder?«

Ich überlegte, ob ich sie schon mal irgendwo gesehen hatte. Sie hatte strahlend grüne Augen, deren sanfter Ausdruck so sympathisch auf mich wirkte, dass ich beschloss, meinen Ärger nicht an ihr auszulassen.

»Re... ? Nein. Von denen hab ich genauso wenig gehört, wie von den anderen.«

»Ach, komm«, sagte sie lachend. »Das glaub ich dir nicht. Ich bin übrigens Val. Und das da«, sie zeigte auf die Schwarzhaarige, »ist Neva.«

Ich drehte den Kopf und sah, dass mich über den Rand der Zeitschrift zwei eisblaue Augen ins Visier genommen hatten. Es war ein derart kühler Blick, dass ich unwillkürlich ein Stück näher zu Val rutschte.

»Ich heiße Flora«, sagte ich.

»Freut mich, Flo.«

Gerade wollte ich dazu ansetzen, dass ich die Abkürzung Flo nicht sonderlich mochte, da kam Berta wieder die Treppe herunter.

»Na endlich. Das hat ja ewig gedauert«, sagte Neva schlecht gelaunt, erhob sich und warf das Magazin auf ein Tischchen, das in der Mitte des Raumes zwischen den Stühlen stand. Es schlitterte über die anderen Zeitschriften und fiel mir direkt vor die Füße.

Neva blieb noch einen kurzen Moment stehen, und wir sahen uns gegenseitig an. Ich schätzte sie etwa auf mein Alter. Ihr tiefschwarzes Haar war wie mit dem Lineal auf Kinnlänge geschnitten und brachte ihren langen Schwanenhals zur Geltung. Ihre Lippen waren rot, und die ansonsten schneeweiße Haut schimmerte unter den hohen Wangenknochen zartrosa, als wäre sie gerade von einem erfrischenden Spaziergang hereingekommen.

Man hätte sie makellos schön nennen können, beinahe unwirklich schön, wären da nicht die arrogant gehobene Braue und der eisige Blick gewesen. So wirkte sie wie Schneewittchens übellaunige Zwillingsschwester.

Neva drehte sich um und marschierte davon. Ich hörte, wie sie die knarrenden Stufen emporstieg und dabei jemandem Vorwürfe machte, dass sie nicht den ganzen Tag Zeit hätte. Dann fiel eine Tür hinter ihr ins Schloss.

»Eigentlich war ich ja zuerst dran«, seufzte Val.

Ein Telefon klingelte. Berta setzte sich wieder hinter ihren Schreibtisch und nahm das Gespräch entgegen.

Ich räusperte mich. Das war die Gelegenheit, Val ein bisschen auszuquetschen.

»Sag mal, was ist dieser Rat der Genaver denn eigentlich?«

Val nahm ihre Brille ab und ließ sie an einem Bügel schwingen. »Na ja. Die regeln eben alles. Und so. Du weißt schon.«

Da eine weitere Erklärung ausblieb, musste ich nachhaken: »Und diese Agentur hier, die gehört diesem Rat?«

Val lachte. »Lass das Krämer nicht hören. Der steht so ein bisschen auf dem Kriegsfuß mit denen.«

»Aha. Aber du arbeitest hier? Also, für die Agentur?«

»Ja, klar.« Val knabberte nun an dem Brillenbügel. »Ich bin eine Fabula.«

»Eine Fabula?«

»Ja. So nennen sich Krämers Agenten. Meine Eltern hatten für mich zwar schon einen Platz in der Bibliothek im Haus der Genaver organisiert. Aber das wäre für mich so gewesen, als hätte ich mich durch meine Pflichtjahre geschummelt. Da hab ich mich auf eigene Faust hier beworben, und Krämer war von meiner Gabe ganz hingerissen.«

»Gabe?«

»Ja! Ich bin schnurstracks in Krämers Büro marschiert und habe ihm gezeigt, was ich kann.« Nicht ohne Stolz fügte Val hinzu: »Seit ich meinen Führerschein habe, übernehme ich auch Spezialaufträge.«

»Ah ja.« Allmählich hatte ich es satt, jedes fünfte Wort als Frage zu wiederholen, und nahm hin, dass die Bedeutung von *Spezialaufträge* für mich wohl immer ein Geheimnis bleiben würde.

Ich sah zu Berta, die noch immer telefonierte, ihre Finger währenddessen über eine Tastatur rasen ließ und dabei insgesamt sehr kompetent wirkte. Zu kompetent für eine Hinterhofagentur. »Was genau macht diese Agentur denn so?«

»Wir kümmern uns um die Gegenstände.«

»Was für Gegenstände?«

»Um die besonderen.«

»Mhmh.« Ich hatte nicht das Gefühl, der Sache näher zu kommen, und gab auf. Val war zwar nett, aber auch ein bisschen schräg.

Mein Blick fiel auf Nevas Magazin. Es war so gelandet, dass eine Doppelseite Hochglanzwerbung für das neueste Produkt der Edelmarke Rapushoo aufgeschlagen war.

Ich hob das Magazin auf und betrachtete die Werbung. Ich hatte mal ein Rapushoo Shampoo geschenkt bekommen, es war schlicht der Wahnsinn. Leider war das Zeug so teuer, dass ich es mir nicht leisten konnte. Ma arbeitete zwar viel, verdiente aber gerade genug, um die laufenden Kosten zu decken. Ich hatte ihr angeboten mir einen Job zu suchen, selbstredend was Anständiges und nicht in so einer suspekten Agentur, aber Ma bestand darauf, dass ich mich auf die Schule konzentrierte. Seit einiger Zeit knapste sie sogar jeden Monat etwas ab, das sie für mein Studium zurücklegte. Sie war stolz auf meine guten Noten und sagte oft, mir solle es später mal besser gehen. Ich versicherte ihr dann immer, dass es mir doch gar nicht schlecht ginge. Ich würde mit niemandem auf der Welt tauschen wollen, auch wenn ich bei meinen Klassenkameradinnen in Sachen Mode und Kosmetik nicht mithalten und selten mal mit ins Café oder gar ins Kino gehen konnte. Zum Glück legte auch Anna kaum Wert auf solche Unternehmungen.

Val hatte ihre Brille wieder aufgesetzt und schaute wie selbstverständlich mit in das Magazin. Sie fragte: »Was hältst du so von Rapushoo?«

Ich zuckte mit den Schultern: »Die sagen, sie benutzen nur natürliche Inhaltsstoffe.«

»Und am wichtigsten«, ergänzte Val, »Rapushoo verzichtet auf Tierversuche.«

»Ja? Wenn das mal keine leeren Werbeversprechungen sind.«

»Nee. Ich schwöre«, sagte Val mit so viel Nachdruck, dass ich lächeln musste.

»Wenn es nicht so teuer wäre, würde ich es auch benutzen«, gestand ich und wollte umblättern, doch Val hinderte mich daran, indem sie ihre Hand auf die Seite legte. Sie blinzelte angestrengt hinter ihrer Brille und biss sich auf die Lippe.

»Also … Ich … Wenn du mir einen kleinen Gefallen tust, könnte ich dir eine Geschenkbox mit der gesamten neuen Pflegeserie überlassen. Limited Edition.«

»Echt?«

Das wäre ja großartig. Ma hatte nämlich im nächsten Monat Geburtstag, und ich hätte mir ein solches Luxusgeschenk niemals zusammensparen können. Begeistert wollte ich zusagen, da erinnerte ich mich daran, dass ich im Wartezimmer einer zwielichtigen Agentur saß.

Empörung überrollte mich. Ein fantastisches Lockangebot bringt Leute dazu, einen unkündbaren Vertrag zu unterschreiben, der sie verpflichtet, über einen langen Zeitraum überteuerten Müll zu kaufen. »Moment mal! Geht es darum? Verkauft diese Agentur Abos für Kosmetikartikel?«

»Was? Quatsch!« Val riss ihre Brille von der Nase und sah mich schockiert an. »Ich arbeite sozusagen nebenbei für Rapushoo.«

»Ach ja?« Verwundert legte ich die Stirn in Falten. »Und als was?«

»Ich bin das Versuchskaninchen.«

Ich konnte nicht nachhaken, denn oben flog krachend eine Tür auf, Schritte polterten die Treppe herunter, und eine erboste Neva war zu vernehmen:

»… können Sie mit mir nicht machen, Krämer! Ich denke ja gar nicht daran!«

Sie stürmte an Bertas Schreibtisch vorbei, ein kleiner, leicht untersetzter Mann folgte ihr.

Das war also dieser Krämer?

3. Kapitel

Ich musterte ihn verstohlen. Er trug ein weißes Hemd mit hochgerollten Ärmeln, das ordentlich in den Bund seiner Stoffhose gesteckt war. Sein Gürtel passte zu den Schuhen, die wie frisch poliert glänzten. An den Seiten war sein Haar ergraut und oben so licht, dass die Kopfhaut durchschimmerte.

»Das ist auf dem Mist des Rats gewachsen, und ich muss mich daran halten. Es gibt keine Ausnahmen. Basta!«

»So? Gibt es nicht?« Neva verschränkte die Arme und sah Krämer herausfordernd an. »Dann werden meine Eltern wohl sehr bald mal mit der entscheidenden Stelle im Genaverbüro sprechen müssen.«

»Können sie gerne tun«, erwiderte Krämer. »Bis dahin gilt für dich, was für alle gilt. Oder dein Einsatz ist gestrichen.«

»Was?« Neva schnappte nach Luft. »Jetzt gehen Sie aber zu weit!«

Krämer rieb sich das Gesicht, atmete tief durch und setzte nun allem Anschein nach auf Diplomatie. »Neva, niemand weiß besser als ich, dass du kein Back-up nötig hast. Und wenn diese verfl…« Er unterbrach sich und blickte rasch zu Berta. »Wenn der Rat der Genaver nicht darauf bestehen würde, käme mir so was nie in den Sinn. Aber es ist nun mal so. Du bildest mit Timus ein Team. Hab ich mich klar ausgedrückt?«

Neva stemmte die Arme in die Seiten und warf Krämer einen wutfunkelnden Blick zu. Dann sah sie zu mir herüber. Eine ihrer Augenbrauen zuckte leicht, und ein honigsüßes Lächeln breitete sich auf ihren Lippen aus. »Nein. Wenn ich schon ein Back-up akzeptieren muss, dann will ich es mir selbst aussuchen. Ich nehme Flo.«

»Wen?« Krämers Augen sprangen von Neva zu Val und blieben schließlich an mir hängen. »Wer zum Teufel ist das?«

Berta kam hinter ihrem Schreibtisch hervor. »Edgar, das ist Flora Anthea Allenstein. Der Rat der Genaver hat sie der ASGA zugeteilt.«

Krämer sah mich an wie jemand, der soeben ein unappetitliches Insekt in seinem Essen entdeckt hatte. Es dauerte, bis er seinen Blick von mir lösen konnte und sich wieder an Berta wandte.

»Wie kommen diese hirnlosen, zuckergepuderten Idi… Genaver dazu, mir jemanden zuzuteilen? Was bilden die sich eigentlich ein?«

»Nun, Flora kann zumindest nichts dafür. Der Rat hat ihr einen Brief geschickt«, sagte Berta, nahm das Schreiben vom Schreibtisch und wedelte kurz damit.

»Macht hier denn plötzlich jeder, was er will? Ich entscheide noch immer selbst, wer in meiner Agentur Agent wird! Und ich entscheide, wer mit wem ein Team bildet«, ereiferte sich Krämer und zeigte auf Neva. »Du und Timus.«

»Flo«, beharrte Neva, von dem Wutausbruch vollkommen

unbeeindruckt. »Soviel ich weiß, dürfen Sie Wünsche bezüglich der Teamzusammenstellung nicht übergehen. Leitfaden für Agenturen, überarbeitete Ausgabe, Paragraf acht, Absatz drei: ›Wechselwirkung oder wie die Teamchemie den Erfolg beeinflusst‹.«

Ich hatte diese Auseinandersetzung aufmerksam verfolgt und erwartete regelrecht, Krämer platzen zu sehen. Er war tiefrot angelaufen, und seine Nasenflügel bebten. Aber statt zu platzen, presste er seine Kiefer aufeinander, machte kehrt, stieg die Stufen hinauf und knurrte über die Schulter: »In mein Büro! Sofort!«

Neva blieb, wo sie war, Val nahm das Modemagazin von meinem Schoß und blätterte darin, Berta ging wieder hinter ihrem Schreibtisch in Deckung. Als unsere Blicke sich trafen, wies Berta mit dem Kopf in Richtung Treppe.

Ich zögerte. Bestimmt konnte ich mein Anliegen, die Daten löschen zu lassen, auch auf schriftlichem Wege durchsetzen und musste das nicht persönlich mit Krämer besprechen. Er war offensichtlich ein viel beschäftigter Mann. Trotzdem setzte ich mich automatisch in Bewegung, als er donnernd nach unten rief:

»Wo bleibt diese Allenstein?«

Das Büro war eher ein Besprechungsraum, der die gesamte obere Etage einzunehmen schien. Die Deckenbalken waren freigelegt und wurden von einer mir gänzlich unbekannten Art blühendem Efeu umschlungen.

Ein großer Tagungstisch stand vor den Fenstern, der mindestens zwölf Personen Platz bot. Der Blick wurde beim Hereinkommen jedoch auf einen mächtigen Schreibtisch gelenkt, vor dem zwei Stühle standen und ein bequem aussehender Ledersessel dahinter. In diesen ließ sich Krämer gerade fallen, als ich eintrat.

»Alleinstein … Allenstein? Nie gehört«, brummte er und rollte seine Ärmel noch ein Stück weiter auf. Er drehte sich mir zu. In seinen dunklen Augen lagen Scharfsinn und Abgeklärtheit, mir war sofort klar, dass Krämer kein Mann war, dem man etwas vormachen konnte. Er wirkte trotz seiner kleinen Gestalt einschüchternd, und ganz gegen meinen Willen war ich von seiner Ausstrahlung beeindruckt.

»Setz dich! Es macht mich ganz nervös, wie du da in der offenen Tür rumstehst, als ob du gleich wieder rauslaufen willst.«

Ja, das kam meinem Plan sehr nahe. Dennoch schloss ich die Tür hinter mir und setzte mich ihm gegenüber hin.

»Welche Linie?«, fragte er und legte die verschränkten Hände auf der Schreibtischplatte ab. In der Annahme, er meine, welchen Bus ich genommen hatte, antwortete ich:

»Ich bin mit dem Fahrrad gekommen.«

»Auch das noch.« Krämer fuhr sich schnaubend durch das schüttere Haar. »Punktzahl?«

»Ich habe keine Zeugnisse dabei«, sagte ich in der Hoffnung, es endgültig richtigstellen zu können, »weil es nie eine Bewerbung meinerseits gab.«

»Mich interessieren deine Zeugnisse nicht. Ich will das Ergebnis vom Test.«

»Ich habe keine Ahnung, wovon Sie sprechen.«

»Der Rat schickt dich her, ohne dich vorher dem Test unterzogen zu haben?«

Ich zuckte verunsichert mit den Schultern. Offenbar hatte man genau das getan.

»Diese feinen Sesselpupser glauben wohl, sie könnten …« Er griff zum Telefon, nahm den Hörer ab und knallte ihn gleich wieder auf. »Darum kümmere ich mich später.«

Sein Blick huschte durch den Raum, dann schien er einen Einfall zu haben. Er öffnete eine Schublade und förderte eine kleine gelbe Pappschachtel zutage. Er betrachtete sie andächtig, bevor er sie öffnete und mir den Inhalt unerwartet entgegenschleuderte. Reflexartig fing ich das blöde Ding. Es war eine schrumpelige Erbse. Zuerst starrte ich sie nur erschrocken an, dann knallte ich sie mit der flachen Hand auf den Tisch.

»He, sachte!«, ermahnte mich Krämer.

Ich sprang auf. »Was soll der Blödsinn?«

»Das ist der Test. Nicht ganz so professionell, wie die Genaver ihn durchführen können, aber ausreichend. Setz dich wieder.«

»Nicht ganz so professionell? Soll das ein Scherz sein? Sie haben mich gerade mit einer gammligen Hülsenfrucht beworfen.«

Krämer beobachtete mich aufmerksam, und ich hatte allmählich wirklich genug von diesem ganzen Theater.

Er legte behutsam den Deckel über die Erbse und zog sie über den Schreibtisch zu sich heran. Dann ließ er sie in die Schachtel fallen und verstaute diese wieder in der Schublade.

»Jetzt müssen wir erst mal rausfinden, aus welcher Märchenlinie du stammst.«

»Märchen?« Ich stand einen Augenblick wie versteinert da und stieß dann ein hohes Lachen aus. »Sie sind verrückt.«

Er machte das Gesicht eines Mannes, der das nicht zum ersten Mal zu hören bekam.

Hatte Val nicht schon von Rotkäppchen, Jorinde und Prinzessinnen gefaselt? Wo war ich hier bloß hineingeraten? In eine Selbsthilfegruppe für gescheiterte Märchenliebhaber?

»Wissen Sie was? Das wird mir hier zu dumm. Da spiele ich nicht mit.«

Ich hatte schon ein paar energische Schritte vom Schreibtisch weg gemacht, da fiel mir ein, weshalb ich eigentlich mit dem sogenannten Agenturleiter hatte sprechen wollen. »Ah, und löschen Sie gefälligst meinen Namen und meine Adresse aus Ihrer Datenbank.«

»Anthea?«, fragte Krämer ungerührt. »Sagte Berta nicht vorhin, das sei dein Zweitname?«

Ich war schon halb bei der Tür. »Richtig. Den löschen Sie bitte auch.«

»Ich erinnere mich an eine Anthea Hoss.«

»Wie schön.« Meine Hand lag auf der Türklinke.

Da fuhr Krämer fort: »Anthea hat so einen Burschen geheiratet. Wie hieß der noch gleich?«

Ich war zwar wild entschlossen, Krämer seinen Selbstgesprächen zu überlassen, doch was er dann sagte, ließ mich innehalten.

»Wieland! Ja, das war sein Name. Sie hieß später Anthea Wieland. Sagt dir das was?«

Meine Hand glitt von der Klinke. Ja, das sagte mir durchaus etwas.

Wieland war der Nachname meines Vaters gewesen. Und meinen Zweitnamen hatte ich seiner Großmutter, also meiner Urgroßmutter zu verdanken. Das wusste ich allerdings erst seit Kurzem, weil ich Ma gefragt hatte, warum um alles in der Welt sie mich so genannt hatte. Der Name Anthea war zwar nicht

Spitzenreiter auf der Scheußlichkeitsskala, aber definitiv darauf vertreten.

Meine Urgroßmutter Anthea Wieland musste, wenn ich es richtig überschlagen hatte, irgendwann in den zwanziger Jahren des letzten Jahrhunderts geboren worden sein, und ich wusste so gut wie nichts von ihr, durfte aber mit Fug und Recht bezweifeln, dass Krämer sie gekannt hatte.

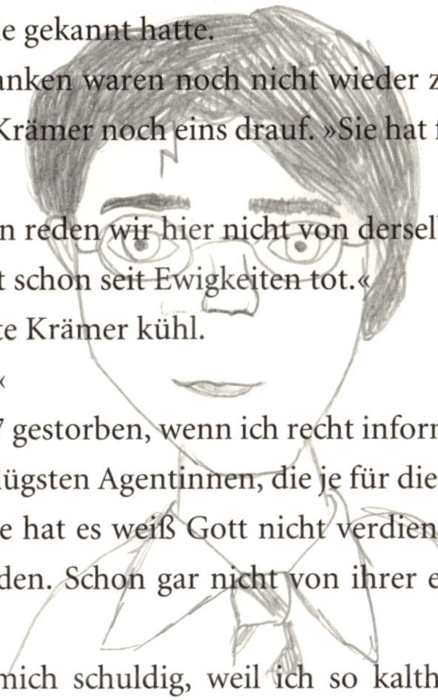

Meine Gedanken waren noch nicht wieder zur Ruhe gekommen, da legte Krämer noch eins drauf. »Sie hat für diese Agentur gearbeitet.«

»Okay. Dann reden wir hier nicht von derselben Anthea Wieland. Meine ist schon seit Ewigkeiten tot.«

»1967«, sagte Krämer kühl.

»Wie bitte?«

»Sie ist 1967 gestorben, wenn ich recht informiert bin. Anthea war eine der klügsten Agentinnen, die je für die ASGA gearbeitet haben. Und sie hat es weiß Gott nicht verdient, einfach so vergessen zu werden. Schon gar nicht von ihrer eigenen Nachfahrin.«

Ich fühlte mich schuldig, weil ich so kaltherzig von ihrem Tod gesprochen hatte, trotzdem wollte mir nicht einleuchten, warum ein längst verstorbenes Familienmitglied ausgerechnet in der Agentur ASGA ein Thema sein sollte.

Als Krämer auf einen der Stühle vor seinem Schreibtisch wies, kam ich der Aufforderung nach. Er drückte einen Knopf der Sprechanlage vor sich.

»Berta, seien Sie doch bitte so nett, und bringen Sie mir den Ordner mit den Ehemaligen, Jahrgang 1920/21.«

Mir schwirrte der Kopf. Natürlich war das alles blanker Unsinn. Dieser sonderbare Mann vor mir konnte meine Urgroßmutter nicht gekannt haben. Wie alt müsste er dann sein? Er sah nicht älter aus als fünfzig. Und bestimmt war Anthea keine Agentin gewesen. Agentin für was überhaupt? Versicherungen? Geheimdienst? Sammelalben für Märchenbilder? Das war doch absurd.

Krämer sagte: »Weißt du, weshalb ich dich nicht sofort zuordnen konnte?«

Da ich keinen Schimmer hatte, was er jetzt schon wieder meinte, konnte ich ihn nur fragend anschauen.

»Deine Haarfarbe.«

»Aha.«

»Alle Dornröschen, die ich kannte, hatten flammend rotes Haar. Deines ist braun.« Er kratzte sich am Kinn. »Bin davon ausgegangen, dass die Dornröschen-Linie ausgestorben ist, bis du hier aufgetaucht bist.«

Ich dachte an die Schneekugel und das goldene *Dornröschen* auf dem Sockel.

Das war doch nur ein Zufall. Das musste einer sein! Mein Mund wurde trocken, und ich brauchte eine Weile, bis ich mich wieder im Griff hatte.

Die Masche war gut, das musste ich schon sagen. Welches Mädchen hatte nicht schon mal davon geträumt, in Wahrheit eine Prinzessin zu sein? Blöd nur, dass die meisten das zwischen acht und zehn Jahren taten, nicht mit sechzehn.

»Sie wollen mir doch nicht ernsthaft weismachen, ich sei Dornröschen? Wozu das Ganze? Soll ich Mitglied in ihrer blöden Märchensekte hier werden?«

Ich stand auf und bewegte mich rückwärts und sehr behutsam

vom Schreibtisch weg. Krämer schwieg, ließ mich aber nicht aus den Augen. Komischerweise hatte ich das Gefühl, dass er mich für genauso verrückt hielt, wie ich ihn.

»Behalten Sie meine Adresse ruhig«, sagte ich. Sollte dieser Rat der Genaver mir ruhig weiterhin Briefe schicken. Ich würde mit denen einfach verfahren, wie ich es mit dem ersten auch schon hätte tun sollen: ungelesen in den Papierkorb stopfen.

An der Tür angekommen, traf diese mich im Rücken. Berta hatte sie schwungvoll aufgestoßen. Ich ächzte und rieb die Stellen, die ich erreichen konnte.

»Oh! Pardon, meine Liebe«, sagte Berta und schleppte einen überquellenden Aktenordner an mir vorbei zum Schreibtisch. Sie legte ihn vor Krämer ab, und der blätterte nur kurz darin, bis er gefunden hatte, was er suchte.

Berta hatte ihm dabei über die Schulter geblickt und schüttelte nun erstaunt den Kopf. »Meine Güte, was für eine Ähnlichkeit. Du bist Anthea ja wie aus dem Gesicht geschnitten, Flora.«

Ich hatte gar nicht bemerkt, dass ich wieder zum Schreibtisch gegangen war. Krämer drehte mir den Ordner zu, und ich starrte mit klopfendem Herzen auf das postkartengroße Schwarzweißporträt, das die junge Anthea Wieland zeigte.

Anthea hielt ihren Kopf leicht nach vorn geneigt und lächelte. Mit großen, dunklen Augen blickte sie dem Betrachter geradezu übermütig entgegen. Das dichte Haar trug sie an einer Seite zurückgesteckt, am Oberkopf lag es in weichen Wellen, ganz wie es ab Mitte der 1930er-Jahre Mode gewesen war. Ihre Wangen waren voll und die Form ihres Gesichts oval. Die schöne, hohe Stirn war ganz glatt und die Nase schmal. Sie hob auf der Fotografie nur einen Mundwinkel zu einem verschmitzten Lächeln, dennoch waren die geschwungene Linie ihrer Lippen und das ausgeprägte Lippenherz gut zu erkennen.

Mir war sofort ein winziges Grübchen in ihrem Kinn aufgefallen, das gleiche Grübchen, das auch ich hatte. Bei mir empfand ich es immer als störend, doch bei ihr sah es sehr hübsch aus.

Laut Krämer hatte sie rotes Haar gehabt, während meines kastanienbraun war. Meine Stirn war nicht ganz so hoch, mein Gesicht etwas schmaler und meine Nase vielleicht einen Tick breiter. Doch abgesehen davon war die Ähnlichkeit überwältigend, die Frau auf dem Bild hätte meine Schwester sein können.

Meine Beine wurden weich, und ich ließ mich auf den Stuhl fallen. »Woher …?«

»Das ist das Foto, mit dem Anthea sich damals hier beworben hat.« Krämer zog den Ordner wieder zu sich heran und betrachtete Anthea mit unergründlicher Miene.

Unten läutete ein Telefon und Berta lief, eine Entschuldigung murmelnd, eilig hinaus. Krämer blätterte noch ein wenig in den Aufzeichnungen herum, die meine Urgroßmutter betrafen. Als er zu sprechen begann, klang er müde.

»Das ist alles, was von ihr geblieben ist. Ein paar Blätter in einem verstaubten Ordner und eine Urenkelin, die nicht einmal weiß, dass es sie gegeben hat.«

»Das ist nicht fair«, protestierte ich leise. »Niemand hat mir je von ihr erzählt.«

»Wieso nicht?«

»Keine Ahnung.«

Krämer sah nachdenklich zur Decke. »Allenstein ist der Nachname deiner Mutter? Deine Eltern sind nicht verheiratet?«

Ich musste schlucken. Vor mir lag der Ordner mit dem Bild.

Mein Vater hatte natürlich ein viel männlicheres Gesicht gehabt, Kinn und Nase breiter und kräftigere Brauen, dennoch war die Ähnlichkeit unverkennbar. Wir stammten beide zweifellos von Anthea ab. Leise sagte ich: »Er ist letztes Jahr gestorben.«

»Verstehe. Tut mir leid.« Nach kurzem Schweigen fragte Krämer: »Er war Antheas Enkel … Und seine Mutter? Wer war sie?«

»Seine Mutter lebt noch.«

»Wie heißt sie?«

»Gracia Wieland.«

Krämer dachte nach. »Ihr Mädchenname?«

Ich machte eine abwehrende Geste. Meine Großmutter war eine, vorsichtig formuliert, grässliche Frau. Darüber war ich mir schon vor der Sache mit dem Karton im Klaren gewesen. Gracia Wieland war steinreich, anstrengend vornehm, achtete auf Manieren, als hinge ihr Leben davon ab, und führte Unterhaltungen gern auf Französisch. Sie wohnte in einer anderen Stadt und hatte uns nie besucht, dafür war sie sich zu fein. Und sie hatte nie einen Hehl daraus gemacht, dass Ma in ihren Augen nicht gut genug für ihren Sohn gewesen war. Ich machte jede Wette, es ging auf ihr Konto, dass Ma und er sich getrennt hatten, bevor ich laufen konnte.

Pünktlich zu meinem Geburtstag und an Weihnachten kam immer eine Karte mit einem Geldschein darin. Ich hasste das, weil ich dadurch gezwungen war, Gracia anzurufen und mich zu bedanken. Zum Glück hatte sie so wenig Interesse an mir, dass sie keine Fragen stellte, und ich konnte stets nach zwei Minuten, die hauptsächlich aus Schweigen bestanden, wieder auflegen.

»Weiß ich nicht«, gab ich ohne schlechtes Gewissen zu. Mein Hirn arbeitete wieder normal und ermahnte mich, misstrauisch zu bleiben. »Und ich verstehe auch nicht, warum Sie das alles wissen müssen.«

»Vielleicht muss ich das gar nicht.« Krämer lehnte sich zurück. »Kommen wir zum nächsten Punkt. Welche Gabe?«

Ich war ganz gut in Mathe und Naturwissenschaften, jedoch wäre ich nicht so weit gegangen, es als Gabe zu bezeichnen.

»Was kannst du?« Krämer machte eine ungeduldige Geste, die mir leider nicht auf die Sprünge half. Verständnislos legte ich die Stirn in Falten. Krämers Finger trommelten auf die Tischplatte, bis er mit der flachen Hand draufschlug.

»So kommen wir nicht weiter. Diese Agentur ist kein Kinderspielplatz. Ich sag dir mal was«, sein Tonfall wurde schärfer. »Hier gehen jeden Monat zig Bewerbungen ein, und ich habe schon Pflichtler abgelehnt, die ordentlich was auf dem Kasten hatten, nur weil mir ihre Nasen nicht gefallen haben. Wer kommt denn da auf die dämliche Idee, ausgerechnet DICH zur ASGA zu schicken? Nur damit du den hohen Genavern in ihrem schicken Bürogebäude nicht im Wege stehst? Tut mir leid, Allenstein, aber du scheinst mir nicht besonders rege im Kopf zu sein, und so jemanden kann ich hier einfach nicht gebrauchen.«

Mein Mund stand offen. Was bildete sich dieser unverschämte Krämer eigentlich ein? »Nur weil ich noch nie von diesen bekloppten Genavern gehört habe und nicht weiß, was Sie sich unter Gaben vorstellen, haben Sie noch lange nicht das Recht, mich zu beleidigen, ja? Sie leiten hier eine Agentur für Gegenstände,« mit der einen Hand klammerte ich mich an der Armlehne fest, während ich mit der anderen unmissverständliche Zeichen vor meiner Stirn machte, »faseln von Märchenfiguren und bezeichnen mich als dumm?« Wütend sprang ich auf und zischte: »Löschen Sie einfach meine Daten, dann sind wir alle zufrieden.«

Ich stürmte aus dem Büro, schlug die Tür krachend hinter mir zu, polterte die Treppe hinunter und wollte geradewegs auf den Ausgang zusteuern, da verstellte mir Berta den Weg. »Meine Güte, was war denn los?«

»Nichts!«, behauptete ich und blieb stehen, da ich Berta schlecht umrennen konnte. »Ich will nur noch raus hier.«

»Nein. So lasse ich dich nicht gehen. Du musst dich erst mal ein bisschen beruhigen. Komm mit!«

Meinen Widerworten zum Trotz nahm Berta mich am Arm. Sie zog mich mit sich zu einem Raum, dessen Eingang um die Ecke hinter dem Schreibtisch versteckt lag.

Es war eine gemütlich eingerichtete Küche. Auf einem altmodischen Herd, dessen Ofenrohr sich über die halbe Wand schlängelte, stand ein Teekessel, der leise zu pfeifen begann, kaum dass wir eingetreten waren. Sie schob mich zu einem dick gepolsterten Sofa, auf dessen Rückenlehne eine rotgetigerte Katze zusammengerollt war und mich so schläfrig und gleichzeitig aufmerksam beäugte, wie nur Katzen es können.

»Womit hat Edgar dich denn so verärgert?«, fragte Berta und machte sich daran, eine Kanne Tee zuzubereiten. Sie klang weniger neugierig als mitfühlend, und so ließ ich Dampf ab.

Ich berichtete ihr fassungslos von Krämers Aussage meinen Kopf betreffend, und Berta lauschte schweigend, während sie Tassen und einen Teller mit Schokoladenkeksen auf einen wackligen, runden Tisch stellte.

Sie zeigte auf das Sofa. »Setz dich. Aber pass auf die Katze auf. Sie mag Fremde nicht und beißt und kratzt.«

»Da kenn ich noch jemanden«, erwiderte ich finster und dachte an einen gewissen Herrn im oberen Stockwerk. Er schien auf und ab zu gehen, zumindest bewegten sich über uns knarzende Geräusche gleichmäßig von rechts nach links und wieder zurück.

Berta sah betrübt zur Decke auf. »Edgar kann manchmal – wie soll ich sagen? – sehr ruppig sein. Aber er meint es nicht so. Er tut alles für die ASGA und ist stolz auf seine Fabulae. Er sucht die Pflichtler sorgfältig aus, musst du wissen. Der Rat der Genaver versucht schon lange, Einfluss zu nehmen, aber Edgar lässt sich nicht reinreden. Er nimmt nur die Besten. Dabei legt er keinen Wert auf Abstammung und Rang der Eltern, sondern nur auf das Können seiner zukünftigen Agenten.«

Die Katze erhob sich, streckte sich und schärfte ihre Krallen am Sofabezug. Dann setzte sie zum Sprung an, und ich zuckte zusammen, als sie auf meinem Schoß landete. Sie blickte mich mit orangefarbenen Augen an, rieb ihr Köpfchen an meinem Arm und schnurrte friedlich. Ich blieb still sitzen, da ich keine Lust hatte, mir einen Hieb mit der Kralle einzufangen.

»Nanu«, sagte Berta. »Das hast du ja noch nie gemacht, Ruby.« Und zu mir gewandt: »Sie scheint dich zu mögen. Hast du auch eine Katze? Ich hänge so sehr an meinen beiden Samtpfoten.«

»Als Kind wollte ich immer eine haben.«

Aber mein Vater war strikt dagegen, dabei hatte er ja nicht mal bei uns gewohnt. Er hatte Ma eingeredet, in seiner Familie seien alle gegen Katzen allergisch, besonders seine Mutter Gracia. Obwohl ich es nicht nur jedes Mal überlebt hatte, eine Katze zu streicheln, sondern nie auch nur kleinste Anzeichen einer Allergie gezeigt hatte, war Ma stur geblieben, sie wollte eben kein Risiko eingehen.

Mir konnte Gracia nichts vormachen. Sie konnte Katzen einfach nur nicht ausstehen, genauso wenig wie Kinder oder Frauen, die sich an ihren geliebten Sohn herangemacht hatten.

Ich bemerkte Bertas Blick, der forschend auf mir lag, und schüttelte den Gedanken an Gracia ab. Ich atmete tief durch; bevor ich diese Agentur nach einer schnellen Tasse Tee verlassen und nie wieder betreten würde, wollte ich wenigstens ein paar Fragen beantwortet haben. Immerhin hatte meine Urgroßmutter hier gearbeitet, und ich wollte ein für allemal ausschließen, dass sie genauso weltfremd und realitätsfern war wie Krämer und seine lustige Märchencrew.

»Bitte, sagen Sie mir ehrlich: Was ist das hier? Was macht diese Agentur?«

»Es ist selten, dass ein M-Gen Träger nichts von seiner Abstammung weiß«, sagte Berta gedankenverloren. »Junge Pflichtler wachsen normalerweise in Familien auf, in denen mindestens ein Elternteil ebenfalls M-Gen Träger ist.«

Schon wieder ein Wort, das mir nichts sagte. So langsam hatte ich wirklich die Nase voll davon.

»M-Gen Träger?«

»Oje. Bei dir müssen wir ja ganz von vorne anfangen. Das vergesse ich immerzu.« Berta lachte, ohne vergnügt zu wirken. »Kurz gesagt, dieses M-Gen ist sozusagen als natürliche Abwehrreaktion des Körpers entstanden. Nur Personen, die einem starken Zauber ausgesetzt waren, haben es gebildet und an ihre Nachkommen weitervererbt.«

Sie schenkte uns Tee ein. »Dornröschen zum Beispiel, deine Stammmutter. Du erinnerst dich, dass das arme Kind von einer bösen Fee verflucht worden ist?«

»So heißt es zumindest im Märchen«, erwiderte ich matt; Berta hatte doch so vernünftig auf mich gewirkt.

»Den Fluch verdankte Dornröschen übrigens Invidia. Das ist die böse Fee, die für alle Flüche, Verwünschungen und überhaupt alles Leid der Märchenfiguren verantwortlich ist.«

»Moment«, hakte ich besserwisserisch nach. »In den Märchen, die ich kenne, gibt es auch Hexen, böse Schwiegermütter, eifersüchtige Königinnen und so.«

»Ja. Das alles war Invidia. Sie konnte ihre Gestalt nach Belieben verändern. Invidia hasste es, wenn eine junge Frau schöner war als sie, und ertrug es nicht, wenn zwei Herzen in echter Liebe zueinander fanden. Das trieb sie regelrecht an, Schmerz und Kummer zu erzeugen. Aber, machen wir uns nichts vor, es hat Invidia auch einfach Spaß gemacht, arme Bauersleute zu schikanieren.«

»Klingt ja reizend«, sagte ich. »Invidia hat also Dornröschen verflucht.«

»Richtig. Dornröschen wurde aber nicht nur von dem Fluch selbst mit voller Wucht getroffen, als er sich erfüllte. Sie hat diesen bösen Zauber sogar schon ihre ganze Kindheit hindurch mit sich herumgetragen. Ihr Körper war der schwarzen Magie von kleinauf ausgesetzt. Deshalb hat Dornröschen ein besonders starkes M-Gen ausgebildet, das sie an ihre weiblichen Nachkommen weitergegeben hat. Auch an deine Urgroßmutter Anthea und natürlich auch an dich.«

»Ah ja.« Es gelang mir nicht, zu verbergen, wie lächerlich mir das alles erschien. »Und Anthea hat diesen ganzen Unsinn geglaubt, ja?«

»Das ist kein Unsinn. Und Anthea wusste das.«

Besorgt fuhr ich mir durchs Haar. Gab es in meiner Familie etwa eine erbliche Form von Wahnvorstellungen?

Ich saß hier in einem Gebäude, an dem ich schon tausend Mal vorbeigefahren war, ohne es bemerkt zu haben, und sprach mit einer Frau, die mir eigenartig vertraut erschien, obwohl ich sie noch nie zuvor gesehen hatte. Über Dornröschen. Ja, ich machte mir ernsthafte Sorgen um meinen Verstand.

Eingebrockt hatten mir das diese Genaver mit ihrem bescheuerten Brief.

Ich atmete tief durch. »Und wer sind nun diese Genaver?«

»Genaver steht für *Gemeinschaft der Nachkommen der Verzauberten*«, klärte Berta mich auf. »Invidias Zauber hatte bei den Nachkommen ihrer Opfer die Entstehung des M-Gens bewirkt. Das blieb zuerst natürlich unentdeckt, wer hatte damals schon von so was wie einem Gen gehört?« Sie streichelte Ruby, die jetzt ganz entspannt auf meinem Schoß schlummerte. »Doch dann fiel auf, dass einige Kinder der von Invidia verfluchten Menschen besondere Gaben hatten. Sie taten sich zusammen und gründeten jene Gemeinschaft, die bis heute besteht.«

Ich fragte mich, warum sich die Brüder Grimm diesen wundervollen Märchenstoff hatten entgehen lassen. »Gut. Aber was genau machen die Genaver?«

»Auch wenn Invidia den Menschen nicht mehr schaden kann, so tauchen unerklärlicherweise immer wieder Gegenstände auf. Zwar macht das M-Gen Nachkommen aus Märchenlinien in ihrer Jugend …«

»Hallo? Berta?« Eine Stimme drang zu uns. »Wo sind denn alle? Hallo!«

»Ach du liebe Zeit! Val! Die hab ich ja ganz vergessen«, sagte

Berta schuldbewusst. Dann rief sie: »Val, wir sind hier, in der Küche.«

Jemand kam herein, und ich musste zweimal hinsehen, um Val zu erkennen. Ihre grünen Augen hinter der Brille richteten sich vorwurfsvoll auf den Keksteller, und sie warf einen dicken geflochtenen Zopf, der bis zum Boden reichte, über ihre Schulter.

»Ähm, ich störe ja nur ungern, aber eigentlich hatte ich nicht vor, die ganze Nacht zu bleiben.«

»Entschuldige bitte, Val. Ich werde sofort nachsehen, ob Edgar sich in der Zwischenzeit wieder so weit abgekühlt hat, dass man das Büro gefahrlos betreten kann.«

Berta lief aus der Küche, und Val trat zum Tisch. Sie nahm einen Keks und beklagte sich: »Verstehe ehrlich nicht, warum ich immer vergessen werde.«

»Ja. Doof.« Viel interessanter war jedoch die Frage: »Warum trägst du eine Perücke?«

»Ach, das?« Val spielte verlegen mit einer Strähne. »Das passiert mir immer, wenn mir langweilig ist.«

»Was?«

»Dass ich meine Haare wachsen lasse.« Val streckte die Hand nach Ruby aus, die ihr sofort fauchend und mit zurückgelegten Ohren einen gezielten Schlag verpasste. »Autsch!«

»Okay. Das reicht!« Es war ja noch viel schlimmer, als ich geglaubt hatte. Ich wollte nur noch weg von diesen Leuten. Sanft, aber energisch schob ich Ruby von meinem Schoß, ging in weitem Bogen an Val vorbei und flüchtete aus der Mühle, bevor Berta wieder aus Krämers Büro zurückgekehrt war.

Ich hatte es jetzt ziemlich eilig, nach Hause zu kommen, und schob mein Fahrrad über den Stadtwall, als wäre jemand hinter mir her. Das alles war mir eine Nummer zu abgefahren, und je schneller ich eine große Entfernung zwischen mich und diese vollkommen verdrehte Mühle bringen konnte, desto besser.

Zur nächsten Kreuzung ging es steil bergab, und ich ließ mich von meinem schnell rollenden Fahrrad mitziehen. Ohne richtig zu schauen, machte ich einen Schritt auf die Straße. Erst im letzten Augenblick sah ich das Auto, das mit quietschenden Reifen zum Stehen kam. Es war gut zwei Meter von mir entfernt, doch vor Schreck verhedderte ich mich mit dem Fuß in der Pedale, kämpfte mit dem Lenker und kippte schließlich mit einem erstickten Schrei um. Ich lag unter dem sich drehenden Hinterrad halb auf dem Bürgersteig, halb auf der Straße.

So wenig komfortabel meine Lage auch war, zumindest lag ich nicht unter dem Auto. Mit dieser tröstlichen Erkenntnis wollte ich mich gerade wieder aufrappeln, da wurde mein Fahrrad von mir gehoben.

Erstaunt sah ich zu, wie ein junger Mann mein Rad abstellte. Er hatte außergewöhnlich schönes Haar, das ihm dunkel und voll in die Stirn fiel. Als mir bewusst wurde, dass ich mich fragte, ob er wohl Rapushoo benutzte, machte ich mir doch Sorgen um meinen Kopf. Vorsichtig tastete ich nach eventuellen Beulen oder Platzwunden.

»Verletzt?«

Er hatte sich zu mir heruntergebeugt und streckte mir die Hand entgegen. Eine große, verspiegelte Sonnenbrille verdeckte seine Augen, und ich wusste nicht, wo ich eigentlich hinschauen sollte, als er mich mit einem kräftigen Ruck auf die Beine zog.

Mir wurde ganz flau im Magen, und ich geriet ins Taumeln.

Er hatte einen Ausfallschritt von der Straße auf die hohe Bordsteinkante gemacht, legte seine Hände um meine Taille und hob mich hoch. Ich strampelte überrascht mit den Beinen, bis er mich sicher auf dem Bürgersteig absetzte. Dabei fiel etwas klappernd zu Boden. Es war ein leicht gebogenes, glatt geschliffenes Stück Holz, flach und etwa zwanzig Zentimeter lang.

»Hektor!«, rief jemand ungeduldig.

Mein Blick ging zum Wagen, und das Kinn klappte mir herunter. Es war das rote Cabrio, das ich auf dem Parkplatz der Mühle gesehen hatte. Aus der geöffneten Beifahrertür schaute Neva heraus.

»Ich habe es eilig, schon vergessen?«

Hektor bückte sich nach dem Holz und ließ es geschickt wie ein Taschenspieler in seinem Ärmel verschwinden.

Er gab Neva ein Handzeichen, das sie mit einem zischenden Geräusch beantwortete.

»Ist wirklich alles in Ordnung?«, fragte er, und ich nickte. Beide Hände und vermutlich auch mein linkes Knie hatten leichte Schürfwunden abbekommen, was aber als Alternative zum Überfahrenwerden echt akzeptabel war.

Ich schob eine Strähne zurück in meinen lockeren Knoten, klopfte meine Kleidung ab und musterte diesen Hektor dabei unauffällig.

»Du hast einen Platten«, sagte er.

»Ja … Ich weiß.«

Die Sonnenbrille machte es schwer, sein Alter zu schätzen, trotzdem tippte ich auf ungefähr neunzehn. Er war groß und dem Sitz seiner Kleidung nach zu urteilen gut in Form.

»Hek-Tor!« Neva klang jetzt gereizt.

Als wolle er sich vergewissern, dass ich allein stehen konnte, ging Hektor erst ein paar Schritte rückwärts, ehe er sich umdrehte und zum Cabrio lief. Er sprang gewandt auf den Fahrersitz, ließ den Motor an und fuhr mit Neva im roten Cabrio davon.

Ich ging zu meinem Fahrrad und sah den beiden hinterher. Meine Finger klammerten sich so sehr am Lenker fest, dass sie ganz taub wurden. Ich kochte vor Wut. Es war nicht direkt Nevas Schuld, dass ich beinahe überfahren worden wäre, genau genommen konnte sie gar nichts dafür, denn ich hatte nicht aufgepasst. Mein Verlangen, möglichst schnell von der Mühle wegzukommen, hatte mich unvorsichtig gemacht. Trotzdem hätte Neva ruhig mal fragen können, ob ich mir was getan hatte.

Zumindest hatte dieser Hektor mir aufgeholfen. Ein echter Gentleman. Wie er wohl ohne Sonnenbrille aussah?

Bestimmt war er Nevas Freund. Warum bloß bekamen die biestigsten Zicken immer die besten Freunde ab?

Während ich noch darüber nachdachte, begann es zu regnen. Was für ein mieser Tag!

4. Kapitel

Bis auf die Knochen durchnässt, kam ich zu Hause an. Die Grübelei über Hektor hatte mich jedoch so sehr abgelenkt, dass ich erst beim Betreten unserer warmen Wohnung bemerkte, wie sehr ich fror.

Ich hätte zu gern seine Augen gesehen. Ob er die Brille immer trug? Wahrscheinlich, damit Nevas Schönheit ihn nicht zu sehr blendete.

»Ma?« Ich zog meine Jacke aus und lief in die Küche. Ein Zettel auf dem Tisch verriet mir, dass Ma nicht da war. Ich packte meine Jacke auf die Heizung und las die Nachricht.

Essen steht im Kühlschrank.
Hab dich lieb!
(Warte nicht auf mich, vielleicht wird es spät.)

Darunter hatte Ma einen Smiley gemalt, der so breit grinste, dass ich lächeln musste.

Sicher traf sie sich mit Jens. Er war seit ungefähr einem halben Jahr ihr Freund, und Ma hatte ihn mir vor Kurzem vorgestellt.

Hinterher hatte sie mich mit geröteten Wangen gefragt, was ich von ihm hielte.

Ich fand ihn okay, er sah nett aus und hatte es geschafft, Ma endlich wieder glücklich sein zu lassen.

Jens war nach meinem Vater der erste Mann in ihrem Leben, von dem ich wusste. Natürlich gab es hin und wieder jemanden, aber es wurde nie etwas Ernstes draus und war immer schon wieder vorbei, bevor Ma auch nur in Erwägung zog, uns miteinander bekannt zu machen.

Ich fragte mich seither, ob mein Vater erst durch seinen Tod im letzten Jahr ihr Herz freigegeben hatte. Paps war die Liebe ihres Lebens gewesen, daran gab es keinen Zweifel. Obwohl er uns verlassen hatte und es für Ma nicht einfach war, hatte ich nie ein schlechtes Wort über ihn aus ihrem Mund gehört.

Traurig schob ich die Erinnerung an meinen Vater beiseite. Damit mein Magenknurren nicht noch die halbe Nachbarschaft beunruhigte, schnappte ich mir eine Banane. Ich verputzte sie und beschloss, ein heißes Vollbad zu nehmen. Danach würde ich mir das Essen in die Mikrowelle schieben, quer durchs Fernsehprogramm zappen und keinen weiteren Gedanken an diese dämliche Agentur und die seltsamen Leute dort verschwenden.

Ich eilte ins Bad und ließ Wasser ein. Als Badezusatz schwebte mir etwas wie »Der Kuss des Kolibri« oder »Karibischer Kokosnusszauber« vor, und ich stöberte hoffnungsvoll im Regal danach. Schließlich musste ich mit »Latschenkiefer« vorliebnehmen und kippte eine großzügige Menge davon ins Wasser. Sofort füllte sich der Raum mit dem ätherischen Duft, und ich wollte voller Vorfreude den feuchten Pullover ausziehen. Ich sah mich schon inmitten der glitzernden Schaumberge liegen, spürte förmlich, wie das warme Wasser die Kälte aus meinem Körper trieb, da ließ mich das schrille Läuten an der Wohnungstür zusammenfahren.

Garantiert war es Anna, weil sie wusste, dass ich zurück war. Stellte ich mich taub, würde sie das als raffiniertes Manöver zur Lernvermeidung deuten und mich später extra fies abfragen. Mir blieb nichts anderes übrig, als ihr kurz aufzumachen.

»Du siehst irgendwie durchgefroren aus«, sagte sie und kam herein. »Hast du geklärt, was du klären wolltest?«

»Ja.« Ich folgte ihr in mein Zimmer. »Du, ich wollte gerade ein Bad nehmen. Können wir später reden?«

»Okay.« Anna ging an meinem Regal vorbei und entdeckte dabei die Schneekugel. »Wow. Die ist ja wunderschön.«

»Oh, Vorsicht!«, rief ich und lief schnell zu ihr, um die Kugel notfalls auffangen zu können. »Die Kugel ist nicht am Sockel befestigt.«

Anna schüttelte die Schneekugel und sah verträumt zu, wie die Flocken herumwirbelten. Dann stellte sie sie wieder zurück und drehte sich mit einem breiten Grinsen zu mir um. »Und? Hast du gute Fotos?«

»Klar.«

»Zeig mal.«

Ich seufzte und öffnete das Album auf meinem Handy, bevor ich es Anna reichte. Sie ließ sich auf mein Bett fallen, ging die Fotos durch und legte die Stirn in Falten. »Dafür hast du den ganzen Nachmittag gebraucht?«

»Na und? Ich finde sie gut.« Ich zupfte selbstgefällig an meinem feuchten Pullover. »Besonders die Katze im Laub.«

»Da ist keine Katze.«

»Doch. Vor der grünen Tür.«

»Da ist keine grüne Tür.«

»Doch. Auf dem Bild von der Mühle.«

»Da ist keine Mühle.«

»Gib her!« Ich nahm Anna das Handy ab und wischte mich durch das Album. Fotos von Gras, Fotos von Laubbäumen und noch mehr Gras. Keine Katze, keine Tür, keine Mühle.

»Das kann doch nicht …« Wie konnte das sein? Warum war alles, was mit dieser Mühle zu tun hatte, so unnormal? Ganz kurz zog ich in Betracht, Anna von meinem Nachmittag zu erzählen, doch ziemlich wahrscheinlich würde sie mir Vorwürfe machen, dass ich überhaupt auf diesen Brief reagiert hatte. Und ziemlich wahrscheinlich hätte ich genau das verdient.

»Ich hatte gehofft, du würdest mir ein paar Fotos abgeben. Wie es aussieht«, sagte Anna mürrisch, »muss ich selbst noch mal vor die Tür und diesen Pilz von allen Seiten ablichten. Ich glaube, er ist seit gestern gewachsen.«

»Ich verstehe das nicht«, sagte ich niedergeschlagen und ging die Bilder erneut durch. »Da war diese Katze und …«

»Sieh es ein«, unterbrach Anna, schon wieder grinsend, »du hast versagt. Dir fehlt jegliches Gespür für Fotografie. Du hättest die Katze bitten sollen, ein Selfie zu machen.«

»Unsinn.« Verärgert legte ich mein Handy weg. Ich fand Annas Gekicher unangebracht. »Das muss an dem blöden Update liegen. Seit ein paar Tagen spinnt das Ding.«

Als ich wieder aufsah, fiel mir auf, dass Anna wie in der Schule etwas in der Hand hatte, mit dem sie gedankenverloren spielte. Sie bemerkte meinen Blick und steckte es eilig in die Hosentasche.

»War das ein Nagel?«, fragte ich überrascht.

»Na und? Ich habe ihn gefunden und finde ihn sehr hübsch.«

»Einen Nagel?«

»Tja. Dir muss er ja nicht gefallen, oder?« Sie strich versonnen über ihre Tasche. »Ich glaube, er bringt mir Glück.«

Irritiert sah ich Anna genauer an. Sie war blass, und ihre Augen glänzten fiebrig. »Sag mal, wirst du krank?«

»Mir geht es gut«, erwiderte sie, begann zu summen und verließ graziös wie eine Balletttänzerin mein Zimmer. Vom Flur aus rief sie: »Ich komm dann in einer Stunde wieder, my dearest dear.«

Ich dachte kurz über diesen eigenartigen Auftritt nach, ging dann ins Badezimmer und prüfte mit den Fingern die Wassertemperatur. Mein schöner Schaumberg war kläglich zusammengeschrumpft. Ich drehte das heiße Wasser wieder auf und zog endlich die feuchten Klamotten aus, stieg in die Wanne und ließ mich mit einem wohligen Seufzer bis zum Kinn ins Wasser gleiten. Als ich ein leichtes Brennen an meinen Knien spürte, nahm ich sie in Augenschein. Schürfwunden. Von dem Fahrradunfall. Wobei Unfall es nicht traf. Wie ein kleines Kind, das zum ersten Mal ein Fahrrad schob, war ich einfach umgekippt. Eigentlich wäre es mir lieber gewesen, diesen superpeinlichen Vorfall einfach zu vergessen. Andererseits konnte ich nicht aufhören daran zu denken, wie Hektor sich zu mir heruntergebeugt hatte. Mir wurde jetzt noch ganz flau, als ich mir den festen Griff seiner Hände in Erinnerung rief. Mit welcher Leichtigkeit er mich hochgehoben hatte!

Ich wünschte, ich hätte seine Augen gesehen. Welche Farbe sie wohl hatten?

»Vergiss ihn«, sagte ich seufzend, legte den Kopf zurück und plantschte mit den Füßen. »Er ist Nevas Freund.«

Ich sah Nevas schönes Gesicht vor mir und spürte zu meiner eigenen Überraschung einen leichten Stich.

Meine Füße sanken ins Wasser. Jetzt war es Neva, die in meiner Vorstellung von Hektor hochgehoben wurde, und er strahlte sie dabei glücklich an.

Ich nahm die Shampooflasche. Neva. Was um alles in der Welt hatte sie mit der Mühle zu schaffen? Glaubte sie etwa auch an dieses Märchen von echten Märchen? Nein. Dafür war sie nicht der Typ. Sie hatte so unerschütterlich selbstsicher auf mich gewirkt, und ihr eiskalter Blick hatte etwas Lauerndes, Berechnendes. Neva konnte man nichts vormachen. Und doch arbeitete sie für Krämer.

Ich schäumte mir die Haare ein und ließ die Szene Revue passieren, die Neva in der Mühle gemacht hatte. Mit ihr war nicht gut Kirschen essen, so viel war sicher. Selbst Krämer hatte vor ihr kapituliert.

Ich tauchte ganz unter und stieß blubbernd Luft durch die Nase. Was zerbrach ich mir den Kopf? Ich würde diese Leute nie wieder sehen. Was im Falle von Hektor, und nur in seinem Falle, schade war.

5. Kapitel

Dank Annas Hartnäckigkeit hatte ich am Mittwochabend noch ordentlich gebüffelt, und so war die Englischarbeit ziemlich gut gelaufen. Auch der restliche Donnerstag hatte keinen Anlass zu meckern gegeben.

Am Freitag konnte ich im Kunstunterricht zwar nicht mit Bildern von der Katze im Laub glänzen, hatte aber immerhin noch ein paar Nahaufnahmen von dem Pilz geschossen. Dafür hatte ich mich sogar auf den Boden gekauert. Jemand hatte den Pilz halb zertreten, was eine gewisse herbstliche Melancholie einfing, die meinen Kunstlehrer in Verzückung versetzte.

Nach der letzten Stunde verließ ich gut gelaunt das Schulgebäude und freute mich auf das Wochenende.

»So ein Spinner«, zischte Anna, die neben mir ging. Ich sah sie überrascht an, es passte ganz und gar nicht zu ihr, sich so abfällig über Lehrer zu äußern. Und sie war noch nicht fertig: »Herbstimpressionen? Depressionen, müsste es heißen. Alles verwelkt und stirbt, und ich soll das bei schönstem Sonnenschein fotografieren? Der gibt mir doch sowieso ’ne Fünf, da kann ich mich anstrengen, wie ich will.«

Von Anstrengen konnte nicht die Rede sein, Anna hatte nur ein einziges Bild gemacht.

»Na ja. Wenn du vielleicht drei, vier Bilder …«, begann ich, doch Anna fuhr mich an:

»Wozu? Das ist doch Zeitverschwendung! Ich hasse den Herbst, und ich hasse Kunst.« Sie hatte ihre Hände tief in den Taschen vergraben und fügte finster hinzu: »Als wenn dein blöder Pilz so was Besonderes wäre.«

»He!« Ich war recht stolz auf meinen Einfall, mich flach auf den Bürgersteig zu legen und den Pilz von unten gegen den wolkenschweren Himmel abzulichten. »Du hast ihn doch auch fotografiert.«

»Und?«

Irgendwie war Anna seit ein paar Tagen schlecht gelaunt und langsam ging es mir auf die Nerven, dass ich das dauernd abbekam. Ich blieb stehen und fragte:

»Was ist denn eigentlich los mit dir? Hab ich dir irgendwas getan?«

»Warum?«

»Na, falls es dir nicht aufgefallen ist, du reagierst im Moment etwas gereizt auf alles.«

Anna öffnete den Mund, schloss ihn aber wieder, ohne etwas zu sagen. Sie drehte sich um und ließ mich einfach stehen.

Okay, das war neu. Perplex schaute ich ihr nach und setzte mich erst wieder in Bewegung, als ich von anderen Schülern auf dem Weg ins Wochenende angerempelt wurde.

Mein Rad hatte noch immer einen Platten, weshalb ich nicht zu dem Fahrradparkplatz neben der Schule ging. Anna hatte die letzten beiden Tage ihr Fahrrad neben mir hergeschoben, doch ich war ziemlich sicher, dass sie jetzt nicht auf mich warten würde.

Mir war ja schon am Mittwoch der glasige Glanz ihrer Augen aufgefallen, bestimmt hatte sie sich eine Erkältung eingefangen, und es ging ihr einfach nicht gut. Ich zuckte die Schultern und machte mich allein auf den Heimweg. Anna würde sich über das Wochenende erholen und spätestens am Montag würde wieder alles in Ordnung sein mit uns.

Ma arbeitete in einem großen und sehr bekannten Café in der Innenstadt. Ich fand, ihr Chef nutzte sie ziemlich aus. Er hatte sie eingestellt, damit sie die Gäste bediente, dann aber rasch herausgefunden, dass sie sich auch prima um alles andere kümmern konnte. Sie machte den Personalplan, alle Bestellungen und erledigte den gesamten Bürokram.

Trotzdem arbeitete Ma gern in diesem Café, nicht zuletzt, weil sie Jens dort kennengelernt hatte. Er war zwei Wochen lang jeden Morgen gekommen und hatte nur eine Tasse Kaffee bestellt, die er hastig ausgetrunken hatte und dann wieder gegangen war. Jeden Tag dasselbe, bis er sich schließlich ein Herz fasste und Ma ansprach.

Leider brachte das auch sehr unregelmäßige Arbeitszeiten mit sich, und so fand ich die Wohnung verlassen vor, obwohl Ma ihren freien Nachmittag hatte. Zum Trost, wie ich annahm, hatte sie jedoch ein leckeres Essen vorbereitet: Awandawa. Das klang wie ein Zauberspruch, stand aber für *Alles, was noch da war,* und schmeckte in der Regel vorzüglich, was nicht zuletzt an der Käsesahnesauce lag, die dieses Gericht stets krönte.

Ich stand vor der Mikrowelle und wartete auf das *Pling*, das jedoch von der Türklingel übertönt wurde. Bestimmt war das Anna, die sich bei mir entschuldigen wollte. Da sie auch sehr für Awandawa schwärmte, riss ich die Tür mit den Worten auf: »Du hast eine gute Nase …«

»Oh, danke«, sagte eine junge Frau mit blonden, schulterlangen Haaren, die nicht Anna war. Ihre grünen Augen strahlten mich durch eine Brille an. »Ich denke ja manchmal, sie ist ein bisschen zu groß.«

»Val?« Ich betrachtete ihre üppige Haarpracht. »Warum trägst du schon wieder eine Perücke?«

»Ach, das?« Sie nahm eine der dicken Strähnen und zwirbelte sie um einen Finger. »Nein, das ist alles echt.«

Ich starrte sie an, bis sie eine Tasche hochhob und dagegen klopfte. »Ich hab hier die Geschenkbox, von der wir neulich gesprochen haben. Ich hoffe, es ist in Ordnung, dass ich Berta nach deiner Adresse gefragt habe?«

»Ist gut«, sagte ich verwirrt und trat zur Seite, damit Val hereinkommen konnte. Eigentlich hatte ich mit der Mühle nichts mehr zu tun haben wollen, doch die Geschenkbox war einfach zu verführerisch, und genau genommen ging es hier um Rapushoo und nicht um Krämer. »Verrätst du mir jetzt, was es mit der Perücke auf sich hat?«

»Gern. Hast du mal eine Schere?«

»Klar. Aber wenn du die Geschenkbox öffnen willst«, sagte ich und ging Val voraus in mein Zimmer, wo ich meine Papierschere vom Regal nahm, »die will ich eigentlich selbst verschenken.« Ich reichte ihr die Schere und fügte schnell hinzu: »Du musst mir aber vorher sagen, was für eine Art Gefallen es eigentlich ist, den …«

Meine Stimme brach ab. Val hatte ihr Haar kopfüber zu einem

Zopf zusammengefasst und säbelte ihn ab. Danach richtete sie sich auf, in der einen Hand den abgeschnittenen Zopf, in der anderen die Schere. Fröhlich sagte sie: »Ich bin ein Rapunzel.«

Mit Blick auf die Schere wich ich zurück. Wenn es mir nur gelänge, zur Tür zu kommen! Dann könnte ich Val zu ihrer eigenen Sicherheit in meinem Zimmer einsperren und Hilfe holen. Die Ärmste war offensichtlich so durcheinander, dass sie sich Langhaarperücken aufsetzte, die sie dann abschnitt und sich dabei einredete, sie sei Rapunzel. Und das alles war Krämers Schuld. Er mit seinen gefährlichen Fantastereien über Märchenfiguren.

»Du glaubst mir nicht, oder?«, fragte Val enttäuscht, als ich bei meinen Bemühungen, unauffällig um sie herumzugehen, gegen meinen Nachttisch stieß.

»Doch, doch. Du bist Rapunzel. Und ich bin Rotkäppchen.«

»Du bist kein Rotkäppchen«, erwiderte Val.

»Okay, okay. Dann bin ich … Was hast du noch gesagt? Jorinde? Ich bin Jorinde.«

»Soll das ein Witz sein? Ich weiß doch längst, dass du ein Dornröschen bist.«

»Kein Problem! Wenn du willst, bin ich das.« Ich versuchte, möglichst beruhigend zu klingen, und machte einen weiteren Schritt seitwärts.

Meine Äußerung erzielte nicht den gewünschten Effekt. Val hielt noch immer die Papierschere in der einen Hand und griff mit der anderen in die sich wild kräuselnden Strähnen, als wolle sie die Haare mit Gewalt aus ihrem Kopf ziehen.

»Val, bitte sei vorsichtig!«

Mit einer blitzschnellen Bewegung nahm ich ihr die spitze Papierschere weg, damit sie sich nicht noch damit verletzte. Ich wollte hinauslaufen, doch meine Beine gehorchten mir nicht. Mit offenem Mund blieb ich wie angewurzelt vor Val stehen und ließ die Schere los. Klappernd fiel sie zu Boden.

Vals Haare reichten ihr nun wieder bis auf die Schultern, und sie wuchsen vor meinen Augen weiter.

Mit weichen Knien sank ich auf mein Bett. Noch vor einer Sekunde hatte ich angenommen, Val hätte einen Knall; jetzt war ich überzeugt, selbst den Verstand verloren zu haben.

Val nahm einen Bogen Papier aus ihrer großen Handtasche und schlug den abgeschnittenen Zopf darin ein. Während sie das so entstandene Päckchen in ihre Tasche steckte, wiederholte sie: »Ich bin ein Rapunzel. Und das ist meine Gabe: Ich kann meine Haare sofort nachwachsen lassen.«

Ja. Das hatte ich selbst gesehen und konnte es trotzdem einfach nicht glauben. Das Blut rauschte mir in den Ohren, und ich war sicher, gleich durchzudrehen.

»Das ist … total verrückt.«

»Eigentlich nicht. Wir alle haben eine Gabe. Du auch.«

»Nein, ich habe keine«, stellte ich klar. »Ich bin absolut normal.«

»Das kommt noch, Flo. Du bist ja gerade erst sechzehn geworden, das kann noch eine Weile dauern«, tröstete Val, die das scheinbar falsch verstanden hatte. »Ich kann meine Haare auf der Stelle meterlang wachsen lassen, Salien kann fast eine Stunde unter Wasser bleiben, Mavie kann mit Tieren sprechen …«

»Wer seid ihr? Warum könnt ihr so was?«, rief ich und klang dabei beinahe hysterisch. Ich versuchte, mich durch das zähe Gedankenwirrwar in meinem Kopf zu kämpfen. »Das gibt es einfach nicht!«

Val schwieg kurz, dann sagte sie mitfühlend: »Ich weiß nicht, wie ich mich an deiner Stelle fühlen würde. Meine Mutter ist ein Rapunzel, genau wie meine Tante und meine Oma, natürlich. Für mich war es ganz normal, damit groß zu werden. Konnte es gar nicht erwarten, bis sich meine Gabe endlich zeigte. Wenn ich mir vorstelle, wie es für dich sein muss … Puh!« Sie strich eine Strähne aus ihrem Gesicht, die währenddessen etwa zehn Zentimeter wuchs. »Da wird dir eines Tages mitgeteilt, dass du ein Dornröschen bist, dass Märchen wahr sind und dass es noch mehr von uns gibt und …«

»Neinneinnein!«, stieß ich aus und rieb mir mit zitternden Händen über das Gesicht. »Ich bilde mir das alles nur ein.«

Val straffte die Schultern. »Komm! Wir trinken erst mal einen Tee, du beruhigst dich ein bisschen, und ich erzähle dir, was du wissen willst.« Damit lief sie aus dem Zimmer.

Ich zögerte. Am liebsten hätte ich meine Zimmertür abgeschlossen und gewartet, bis Rapunzel unsere Wohnung verließ. Nach drei tiefen Atemzügen entschied ich mich jedoch, Vals Angebot, meine Fragen zu beantworten, anzunehmen. Denn ich hatte eine Menge Fragen.

Das Blubbern des Wasserkochers und der Duft meines gewärmten Essens gaben mir das wohltuende Gefühl von Normalität, und ich spürte, wie mein innerer Aufruhr sich allmählich legte. Bestimmt gab es eine ganz plausible Erklärung für das alles. Ich nahm zwei Tassen aus dem Schrank und bereitete den Tee vor, ohne Val aus den Augen zu lassen.

»Zucker«, sagte sie harmlos. »Ich brauch ganz viel Zucker.«

Ich brachte ihr die Zuckerdose und einen Löffel, mit dem sie drei Häufchen Zucker in die Tasse schaufelte.

»Ich hab eigentlich nicht so viel Zeit. Ich muss noch ein paar Vorbereitungen treffen, für meinen Spezialauftrag. Krämer schickt mich auf einen Außeneinsatz, und da bin ich ein paar Tage weg.«

Ich setzte mich zu ihr an den Tisch, bemüht, mir mein Unbehagen nicht anmerken zu lassen. »Was wirst du denn machen?«

Val rührte bedächtig um. »Ein kleines Dorfmuseum hat ein paar neue Exponate. Die soll ich mir mal näher anschauen.«

Nach dieser Definition hatte jeder Museumsbesucher einen Spezialauftrag. Ich runzelte die Stirn. »Warum?«

»Krämer meint, mit einem davon stimmt was nicht. Und Krämer hat eine Nase für so was.« Sie tippte sich dabei an ihre eigene Nasenspitze. »Diesen Gegenstand werde ich dann unauffällig mitgehen lassen.«

Ich stutzte. So war das also! Krämer schickte seine Agenten los, um wertvolle Gegenstände zu stehlen? Die Mühle war der Sitz einer organisierten Bande? »Du willst klauen?«

Vals zögerte. »Nur, wenn der Gegenstand verzaubert ist. Dann muss ich ihn aus dem Verkehr ziehen und sicherstellen, dass niemand eine Magische Vergiftung bekommt.«

»Magie ist giftig?«

Das wurde ja immer schlimmer. Mit aufgerissenen Augen schob ich meinen Stuhl zurück und verschüttete dabei fast meinen Tee. »War das nicht gerade Magie, was du da mit deinen Haaren gemacht hast?«

»Keine Sorge. Das war meine natürliche Magie, die ist absolut ungefährlich. Und abgesehen davon hast du doch auch das M-Gen und bist sowieso immun gegen Magische Vergiftungen«, sagte Val so nachsichtig, als hätte ich in der Schule nicht richtig aufgepasst.

Ich reagierte verstimmt. »Wer sagt das eigentlich? Woher soll ich wissen, ob es so etwas wie ein M-Gen wirklich gibt?« Ich hätte meine Hand dafür ins Feuer gelegt, dass in den einschlägigen Fachjournalen nichts darüber zu lesen war.

»Krämer sagt jedenfalls, dass du es hast.« Val stellte die Tasse vor sich ab und rückte ihre Brille zurecht.

In Krämers Welt gab es also Menschen, die durch ein ominöses Gen immun waren. Gegen Magie. Gleichzeitig konnten diese Menschen aber selbst Magie anwenden, das hatte ich bei Val mit eigenen Augen gesehen.

»Das heißt, es gibt verschiedene Arten von Magie. Eine ist angeboren, und die andere ist tödlich«, fasste ich für mich zusammen. »Was ist an der Magie dieser Gegenstände denn anders?«

»Gegenstände haben von Natur aus keine Magie in sich. Sie wurde nur auf sie übertragen.« Val zeigte mit dem Löffel wie mit einem Zauberstab auf meine Tasse. »Und Gegenstände können die Magie nicht halten. Sie verströmen sie. Das kann ganz schnell gehen, mit einer richtigen Explosion«, sie ließ den Löffel schnell in der Luft kreisen, »oder es passiert schleichend. Beides führt bei Menschen ohne M-Gen logischerweise zur Magischen Vergiftung.« Sie leerte ihre Tasse und ließ den Löffel mit einem hellen Klirren hineinfallen.

»Logischerweise«, wiederholte ich, obwohl ich kaum folgen konnte. Das lag nicht etwa daran, dass ich allgemein begriffsstutzig gewesen wäre, sondern ich fühlte mich durch das angebliche Vorhandensein von so etwas wie Magie schlicht überfordert. »Auffinden und Sicherstellen von Gegenständen aller Art …

ASGA. Das macht Krämer also. Die Agentur sucht nach giftigen Gegenständen?«

Ich schämte mich ein bisschen, Krämer verdächtigt zu haben, Oberhaupt einer Diebesbande zu sein, und sah den kleinen Mann mit dem wachen Blick vor mir.

Val nahm ihre Brille ab und hielt sie ein Stück vor sich gegen das Licht, zog ein Brillenputztuch aus ihrer Tasche und polierte die Gläser.

»Krämer liest jeden noch so fitzeligen Artikel und hat in der ganzen Stadt Informanten. Sobald er von etwas Ungewöhnlichem erfährt, hinter dem ein Gegenstand stecken könnte, schickt er seine Fabulae los. Natürlich am besten, bevor die ganze Geschichte brenzlig wird. Na ja«, Val hauchte die Brillengläser an und polierte weiter, »meist eskaliert es dann doch vor Ort. Magische Vergiftung macht die Menschen aggressiv, musst du wissen. Selbst Leute, die sonst lieb wie Lämmchen sind. Wie neulich, da war ein alter Mann, der aus heiterem Himmel …«

»Warte mal«, unterbrach ich. »Das klingt gefährlich, was ihr da tut.« Ich dachte an meine Urgroßmutter, die mit sechzehn Jahren Agentin geworden war. Und an Neva, die vom Alter her so zwischen Val und mir liegen musste. »Sind denn alle Agenten so jung? Ich meine, wenn es wirklich gefährlich werden kann, wäre es dann nicht besser, erwachsene Agenten zu beschäftigen?«

Val hatte ihre Brille wieder aufgesetzt und spielte nun mit einer Haarsträhne, die bald darauf bis zum Boden reichte. »Eben nicht. Das M-Gen macht dich nur immun, bis du ungefähr zwanzig bist. Danach ist es inaktiv. Es wird oft haarsträubend«, sie winkte mit einer Strähne und grinste über ihren kleinen Scherz, »aber bisher haben wir noch jeden Fall gelöst. Obwohl ich neulich ganz schön Ärger hatte. Da war nämlich dieser alte Mann, der aus heiterem Himmel …«

»Und dann?«, bohrte ich ungeduldig nach, »was passiert, wenn man älter ist?«

»Danach würde ein Gegenstand dich genauso vergiften wie jeden normalen Menschen auch. Deshalb können Erwachsene nicht als Agenten eingesetzt werden.«

Ich ging zur Schublade und holte eine große, alte Schere raus und reichte sie Val. Sie schnitt die Strähne, die sich nun bereits mehrmals um das Tischbein geschlungen hatte, ab.

»Ist die Gabe dann auch weg?«

»Zum Glück nicht. Die bleibt uns ein Leben lang. Obwohl Omama es wirklich gern gesehen hätte, wenn ihr«, Val setzte das nächste Wort mit den Fingern in Anführungszeichen, »*Problem* mit der Gabe irgendwann ein Ende gehabt hätte.«

»Was ist denn dagegen einzuwenden, sein Haar sofort wachsen lassen zu können?« Es war doch gut, jedes missglückte Frisuren-Experiment direkt beheben zu können. Man könnte jede beliebige Farbe, jeden Schnitt ausprobieren und bei Nichtgefallen in Sekundenschnelle rauswachsen lassen. Ein Traum!

»Wir haben ja nicht alle dieselbe Gabe. Sie hängt zwar immer mit der ursprünglichen Verzauberung zusammen, und deshalb hat jedes Rapunzel irgendeine Gabe mit Haaren, aber trotzdem ist sie ganz individuell. Omas Haare zum Beispiel wirken wie ein Schwamm. Sie saugen einfach alles auf, was sie berühren. Sie kann nicht mal an einem Marmeladenbrot vorbeigehen, ohne dass ihre Haare danach total verklebt sind.«

Ich verzog den Mund und verstand, warum Vals Oma das ein Problem nannte. »Das ist ja furchtbar.«

»Halb so wild. Omama ist ziemlich clever und hat das Beste draus gemacht. Weil sie sich mehrmals täglich die Haare waschen muss und von dem ganzen Shampoo-Schund genervt war, der das Haar stumpf und trocken macht, hat sie schon als Pflichtler herumexperimentiert und eine hyperpflegende Formel entwickelt.«

Hatte Val nicht gesagt, sie arbeite nebenbei für Rapushoo? Stand Rapu für Rapunzel? »Sag bloß, deiner Oma gehört Rapushoo?«

Val setzte die Schere erneut an. »Sie ist noch Inhaberin, aber Mamita und mein Tantchen führen das Unternehmen. Und später soll ich auch mit einsteigen.«

Faszinierend. Ein Mitglied der Rapushoo-Dynastie saß mit mir am Küchentisch und benutzte unsere stumpfe Schere, um sich die Haare zu schneiden. Das hätte mich angemessen beeindruckt, wäre da nicht die Sache mit den Märchenfiguren gewesen. Noch immer versuchte ich, das gedanklich in den Griff zu bekommen.

Ich sah zu, wie Val einen Bogen Papier aus ihrer Handtasche fischte, die ziemlich vollgestopft war. Val bemerkte meinen Blick.

»Für meine Mutter. Sie benutzt meine abgeschnittenen Haare für ihre Tests mit neuen Wirkstoffen. Du weißt, *Rapushoo und kein Tier muss leiden* … Ach, bevor ich es vergesse«, sie nahm ihre Brille ab und blickte mich ernst an. »Der Gefallen.«

Ich stützte mich gespannt mit den Ellbogen auf dem Tisch ab. Was konnte Rapunzel von mir wollen?

»Meine Mutter will nicht auf ihn aufpassen, und mein Vater weiß gar nichts von ihm.«

»Von wem?«

»Ich habe sozusagen ein Haustier. Caruso. Und ich kann ihn zu meinem Spezialauftrag nicht mitnehmen, leider.«

»Was genau ist Caruso denn?«

»Wunderschön. Klug. Und absolut einzigartig.«

»Ich meinte, um welche Art Tier handelt es sich?«

Val schwärmte von ihrem kleinen Liebling, und vor meinem geistigen Auge entstanden nacheinander die Bilder eines klugen Papageien, eines treuen Hundes und eines prächtigen Schimmelhengstes, bis mir allmählich aufging, sie sprach von einer Kröte.

»Wie hält man Kröten denn?«, fragte ich zurückhaltend. Ich hatte wenig Lust, eine Kröte in meinem Zimmer umherspringen zu lassen und womöglich noch in meinem Bett zu finden.

»Zu Hause habe ich Caruso einen ganzen Raum eingerichtet. Einen richtigen kleinen Wald, mit Teich und Sprinkleranlage, Tageslichtlampe und so. Aber solange er bei dir ist«, Val verzog entschuldigend den Mund und stand auf, »wird er wohl mit einem gewöhnlichen Terrarium auskommen müssen. So, ich muss jetzt los.«

»Nur eine Frage noch.« Ich begleitete Val zur Tür. »Wieso weiß dein Vater nichts von ihm, wenn Caruso einen ganzen Raum für sich allein hat?«

»Dad ist ein normaler Mensch. Selbstverständlich weiß er, was mit den Frauen in seiner Familie los ist, aber ehrlich gesagt hält er uns für ein bisschen … Na ja. Und dass ich einen Teich haben wollte, hat ihn nicht mal gewundert.« Sie strahlte mich glücklich an und schob ihre Brille zurück. »Ich bringe Caruso dann morgen vorbei, ja? Und alles, was er so braucht.«

»Solange du mein Zimmer nicht zum Wald umbaust.«

Val lachte und lief die Treppe hinunter.

Ich machte die Tür zu, lehnte mich mit dem Rücken dagegen und massierte meine Schläfen. Entweder ich hatte mir gerade heftig den Kopf gestoßen und infolgedessen eine Art verrückten Tagtraum gehabt, oder Krämer hatte mich nicht angelogen und Märchenfiguren existierten wirklich. Aber dann hätte mein Vater doch davon gewusst, immerhin stammte er, vorausgesetzt das alles stimmte, von Dornröschen ab. Warum hatte er mir nie davon erzählt? Wollte er es vielleicht noch tun und kam nicht mehr dazu, weil er diesen verdammten Unfall gehabt hatte?

Ich ging in mein Zimmer und holte den Karton unter dem Bett hervor. Traurig nahm ich den Deckel ab und griff nach dem Fotoalbum. Dabei fiel mein Blick auf das kleine Buch und mich überkam der Drang, mir noch mal den gezeichneten Rosenbusch anzusehen. Ich schlug es in der Mitte auf und entfaltete den Bogen.

»Das gibt es doch nicht«, entfuhr es mir. Dort, wo mein Blut hingetropft war, befand sich anstelle des von mir erwarteten hässlichen Flecks eine zierliche Rosenblüte. Die Ranke, an der sie saß, war die einzige, die grün war.

Mit zusammengekniffenen Brauen betrachtete ich die neue Blüte. Gleich daneben standen drei Worte, wie die anderen zu klein, um sie mit bloßem Auge zu entziffern. Ich zog mein Handy aus der Tasche und strich wieder, vorsichtiger dieses Mal, das Papier für das Foto glatt. Mit klopfendem Herzen vergrößerte ich den Bildausschnitt und ließ fast im gleichen Augenblick das Handy fallen. Neben der Blüte stand in winziger Schrift *Flora Anthea Allenstein.*

6. Kapitel

Ich lag auf dem Bett, die Arme hinter dem Kopf verschränkt, und starrte an die Decke.

Krämer hatte von Märchenfiguren gesprochen, und ich hatte ihn dafür ausgelacht. Er hatte gesagt, ich stamme aus der Dornröschen-Linie, woraufhin ich ihn für verrückt erklärt hatte. Und jetzt wusste ich einfach nicht mehr, was ich noch glauben sollte.

Ich hatte so viele Fotos von der Mühle gemacht, die durch Krämers Magie allesamt nichts geworden waren. Val hatte sich vor meinen Augen die Haare wachsen lassen. Mein Blutstropfen war in dem alten Buch nicht nur zu einer Rosenblüte geworden, sondern mein Name war daneben aufgetaucht. Um sicherzugehen, hatte ich das schlechte Bild, das ich ein paar Tage zuvor gemacht hatte, damit verglichen. Auf ihm waren weder die frische Blüte noch mein Name zu sehen. Ich begriff nicht, wie das sein konnte, außer … Außer ich war wirklich eine Nachfahrin von Dornröschen.

Es gab nur zwei Personen, die mir in der Dornröschensache weiterhelfen konnten, Krämer und Gracia.

Nach reiflichem Überlegen entschied ich mich, Krämer aufzusuchen. Neben all den anderen Gründen, die gegen Gracia sprachen, war ich mir nicht mal sicher, ob sie überhaupt Bescheid wusste, immerhin war sie ja nur Dornröschens Schwiegertochter.

Ich warf einen Blick auf die Uhr, es war schon beinahe sechs. Da ich durch den platten Reifen zur Fußgängerin degradiert worden war, verwarf ich meinen Plan, sofort zur Mühle aufzubrechen. Ich hatte keine Ahnung, ob ich jetzt noch jemanden dort antreffen würde, und wollte nicht riskieren, vor verschlossener Tür zu stehen.

Endlich hörte ich Ma, wie sie die Wohnungstür aufschloss, und ging in den Flur.

»Tut mir leid, Flo«, sagte sie und zog ihre Jacke aus. Ich nahm sie ihr ab und hängte sie auf. »Ich musste für Nadine einspringen.«

Nadine war Annas Mutter. »Nicht schlimm. Was war denn?«

»Sie musste mit Anna zum Arzt.«

»Was?« Ich wollte sofort runterlaufen, doch Ma hielt mich zurück.

»Bleib lieber hier. Die beiden haben sich gestritten, und Nadine ist ziemlich sauer auf Anna.«

»Hm.« Wenn Nadine schon wieder sauer auf sie war, dann konnte es ja nicht allzu schlimm um Anna stehen. Das beruhigte mich ein wenig.

Ich folgte Ma in die Küche. »Soll ich uns einen Tee machen?«

»Oh, ja! Es ist total kalt draußen, was Heißes kann ich jetzt gut gebrauchen.« Ma setzte sich und rieb die Hände aneinander. »Hattest du Besuch?«

Auf dem Tisch standen noch die Tassen von Val und mir. Ich

räumte sie weg und hoffte, Ma würde keine Fragen stellen. Was sollte ich auch sagen? Rapunzel war hier?

»Apropos Besuch«, begann Ma verlegen. »Würde es dir etwas ausmachen, wenn Jens morgen bei uns schläft?«

»Quatsch!« Ich wusste, wie viel Ma daran lag, dass ich gut mit Jens auskam.

»Super! Wir dachten, wir essen erst lecker zusammen, spielen dann was und gucken danach einen Film?«

Aha. Das war also schon abgemachte Sache. »Warum nicht?«

Ma strahlte. »Ich hab morgen Frühschicht. Ich gehe gleich nach der Arbeit einkaufen, und dann machen wir uns einen schönen Abend zu dritt, ja?«

Das hieß für mich, in Ruhe ausschlafen und den ganzen Vormittag im Schlafanzug rumhängen. »Okay!«

Ma und ich machten es uns später im Wohnzimmer gemütlich und redeten über dies und das, obwohl meine Gedanken immer wieder um die eigenartigen Geschehnisse der letzten Tage kreisten. Ich ließ sogar ein paar gezielte Bemerkungen zum Thema Dornröschen fallen und beobachtete Ma scharf, doch sie zeigte keinerlei verräterische Reaktion. Als ich zu Bett ging, war ich sicher, sie war genauso ahnungslos, wie ich es gewesen war.

Ich lag noch lange wach, betrachtete immer wieder diesen Rosenbogen, der nun meinen Namen trug, und fiel irgendwann in einen traumlosen Schlaf.

Am nächsten Morgen wurde ich durch energisches Klingeln geweckt. Ich knurrte wütend in mein Kissen, das ich mir im Halbschlaf als Erste-Hilfe-Maßnahme auf die Ohren presste, doch der penetrante Klingler wollte einfach nicht aufgeben. Verärgert sah ich auf die Uhr, es war gerade mal halb acht am Samstagmorgen. Ich sprang aus dem Bett, griff mir meine Kuschelstrickjacke und schlüpfte in die gemütlichen Wollpantoffeln. Ich wollte zur Gegensprechanlage laufen, da sah ich, dass jemand bereits vor der Wohnungstür stand. Dieser jemand hatte auch mich bemerkt, weshalb er jetzt nicht nur klingelte, sondern auch zu klopfen begann.

»Ja, ja«, rief ich ungehalten und zog die Strickjacke über, bevor ich die Tür genervt aufriss und am liebsten sofort wieder zugeschlagen hätte. Vor mir stand Neva, die Eisprinzessin persönlich.

»Empfängst du Besucher immer so freundlich?«

Neva trat ohne Aufforderung ein und ließ einen abschätzigen Blick über meine Wollpantoffeln bis hoch zu meinem zerzausten Knoten wandern. »Chic. Hast du noch geschlafen?«

»Nein. Ich habe gerade mit ein paar Freunden über das Steuerrecht diskutiert.« Ich zog die Strickjacke enger um mich und fügte fassungslos hinzu: »Natürlich habe ich noch geschlafen. Es ist Samstagmorgen.«

»Du bist ab jetzt in meinem Team. Wir sollten die Einzelheiten klären«, erwiderte Neva gelassen.

Ich starrte sie an und erinnerte mich an die Auseinandersetzung zwischen ihr und Krämer, die ich am Mittwoch in der Agentur verfolgt hatte. Neva hatte darauf bestanden, mich zu ihrem Back-up zu machen, statt des von Krämer zugeteilten Tobias' oder Torbens oder so.

»Nein, warte«, sagte ich mit der lockeren Gewissheit, ein dummes Missverständnis aufklären zu können. »Ich werde nicht für die Agentur arbeiten.«

»Wirst du nicht?« Ihr Blick wurde noch kühler und mir entging nicht, dass sich ihr Körper leicht anspannte. »Dann gehörst du doch zu den Reguli? Du bist ein Regulus?«

»Nein. Wer soll das sein? Reguli?« Von denen hatte doch auch schon Val gesprochen. Ich fuhr mir ungeduldig über das Gesicht. »Ich habe keine Zeit für einen Job. Ich habe mit der Schule und so schon genug zu tun.«

Neva lächelte, und das machte mir zugegebenermaßen mehr Angst, als wenn sie mich böse ansah. In der Hoffnung, sie schnell wieder loszuwerden, hielt ich ihr die Wohnungstür auf.

»Also dann, danke für deinen Besuch, aber ich will jetzt …«

Neva machte wirklich einen Schritt auf die Tür zu, aber nur, um sie wieder zu schließen.

»Meinst du«, sagte sie in schneidendem Tonfall, »die Genaver haben es Pflichtjahre genannt, weil die Teilnahme daran freiwillig ist? Jeder M-Gen Träger ist per Gesetz verpflichtet, eine Art Ausbildung zu durchlaufen, sobald sein M-Gen sich entfaltet.«

»Was passiert denn, wenn ich mich weigere?«, fragte ich rebellischer, als mir zumute war.

Neva grinste kalt. »Das würde mich auch interessieren. Der Rat versteht keinen Spaß, wenn es um seine Gesetze geht. Wenn du es herausgefunden hast, lass es mich unbedingt wissen, Flo.«

»Flora«, verbesserte ich.

»Wir haben eine Menge zu besprechen.« Sie ging zielstrebig über den Flur und fand die Küche. »Habt ihr Tee, Flo?«

Mein Finger zeigte automatisch auf die Box mit Teebeuteln, bevor ich es verhindern konnte. Neva nahm die Box, füllte den Wasserkocher und schaltete ihn ein. Sie öffnete alle Küchenschränke, bis sie die Tassen gefunden hatte, und nahm zwei heraus. In jede hängte sie einen Beutel Pfefferminztee. Ich stand staunend daneben.

»Mach ruhig. Ich gehe kurz ins Bad«, sagte ich und überließ Schneewittchen die Küche. Als ich zurückkehrte, war ich gewaschen, angezogen und gekämmt und fühlte mich trotzdem nicht wohl in meiner Haut.

»Sicher ist dir aufgefallen«, kam Neva übergangslos zur Sache und setzte sich an den Küchentisch, »ich bin ein Schneewittchen und … Warum grinst du denn so?«

»Nur so«, sagte ich und presste die Lippen zusammen. Ich war ja kein Experte für Märchen, aber hieß es nicht immer, Schneewittchen sei hold und voller Liebreiz?

Neva fuhr fort: »Also, ich weiß nicht, was der Rat der Genaver sich dabei gedacht hat, so eine bekloppte Regel aufzustellen, aber alle Agenten müssen jetzt in Teams arbeiten. Selbst wir Fabulae. Wegen der Reguli.«

Obwohl ich keinen Plan hatte, nickte ich wissend. Neva ließ sich davon nicht hinters Licht führen.

»Du weißt nicht, wer die sind, oder? Reguli nennen sich die Mitarbeiter einer neuen Agentur, die uns seit ein paar Wochen Ärger macht.«

»Aha, Konkurrenz also.«

»Mit Konkurrenz könnten wir ja noch leben. Aber die Reguli arbeiten mit fiesen Tricks. Sie haben angefangen, Fabulae nach Einsätzen zu überfallen und ihnen die sichergestellten Gegenstände zu klauen. Vor zwei Wochen wurde einer von uns bei einem Überfall sogar verletzt. Deshalb hat der Rat beschlossen, die Agenten der ihnen unterstellten Agenturen nur noch in Teams arbeiten zu lassen.«

»Das ist doch eine kluge Vorsichtsmaßnahme«, sagte ich schulterzuckend.

»Für die anderen, ja. Ich jedenfalls brauche kein Team und ganz bestimmt kein Back-up. Ich komme sehr gut allein zurecht.«

»Sicher«, murmelte ich.

Neva hatte den Tee bereits aufgegossen und die Tassen auf den Tisch gestellt. Ich nahm einen Schluck, obwohl er noch sehr heiß war. Je schneller die Teestunde mit Eiswittchen um war, desto besser.

»Warum wolltest du mich dann als Back-up?«, wunderte ich mich.

»In erster Linie wollte ich nicht Timus.«

»Oh. Ich bin sozusagen eine Notlösung.«

»Du bist gar keine Lösung«, entgegnete Neva spitz. »Ich habe keine Lust, auch noch Kindermädchen zu spielen und auf dich aufzupassen. Bei meinen Einsätzen verlasse ich mich nur auf meinen Verstand und meine Fähigkeiten. Du würdest mich nur aufhalten.«

Ich schluckte. Das war ja nicht gerade durch die Blume gesprochen. »Okay. Dann wird es dich freuen zu hören, dass ich nicht daran denke, dein Back-up zu spielen.«

Neva schien erleichtert, pustete in ihre Tasse, und sofort hörte der Tee darin auf zu dampfen. Sie trank einen Schluck ab. Ihre Laune hatte sich nun deutlich gebessert, und sie vergewisserte sich: »Du wirst mir also keine Schwierigkeiten machen?«

»Hab ich nicht vor.«

»Du wirst mir in keinen Einsatz reinfunken?«

»Fiele mir im Traum nicht ein.«

»Gut, dass wir das geklärt haben.«

»Ja. Gut.«

»Ich hole dich dann morgen früh ab.«

»Einverstanden.«

Wie zwei Duellanten erhoben wir uns gleichzeitig und stellten unsere Tassen ab. Ich war derart erpicht darauf, sie loszuwerden, dass ich wohl etwas unaufmerksam gewesen war.

»Moment«, sagte ich mit gerunzelter Stirn. »Was soll das heißen, du holst mich ab?«

»Ich habe für morgen ein Training angesetzt.«

Ich rieb mir die Schläfen. Waren denn alle in dieser Agentur verrückt? »Hast du nicht gerade selbst gesagt, du willst mich nicht im Team?«

»Du musst besser zuhören, Flo. Du bist in meinem Team, falls dich jemand fragt. Ansonsten tust du gar nichts. Damit wir den Anschein wahren, wirst du an allen Trainingseinheiten teilnehmen. Ich habe keine Lust, dass Krämer mir auf die Schliche kommt.«

Sie ging aus der Küche, und ich lief ihr hinterher.

»Ich trainiere nicht!«

»Was du nicht sagst.« Erneut ließ Neva mit hochgezogener Braue einen Blick bis zu meinen Füßen und zurück wandern und öffnete die Wohnungstür. Sie trat hinaus und lief schnell, aber anmutig die Stufen hinunter. »Also, dann bis morgen früh. Halb acht. Sei pünktlich, ich hasse es, zu warten.«

Ich sprang vor, klammerte mich mit beiden Händen am Treppengeländer fest und beugte mich darüber. Wütend rief ich ihr hinterher: »Morgen ist Sonntag!«

Die einzige Antwort, die ich erhielt, war das Rums, mit dem hinter Neva die Haustür zufiel.

Ihr Körper fühlte sich taub an, und sie konnte sich kaum rühren. Der schwere, süße Duft von Rosen nahm ihr fast den Atem, und sie musste würgen. Nur mit Mühe gelang es ihr, die Augen aufzuschlagen. Als sie verschwommen ihre Umgebung erkannte, begann ihr altes Herz vor Angst zu rasen. Sie wollte schreien, doch es kam nur ein dünnes Röcheln aus ihrer Kehle.

Jemand hatte das leise Wimmern gehört, denn Schritte eilten auf sie zu. Ein junger Mann teilte mit den Händen rasch die dichten Rosenranken, schob Blätter beiseite und beugte sich voller Sorge über sie. Sie versuchte zu sprechen, zwang ihre Lippen, wenigstens ein einziges Wort zu formen.

»Hilfe …«

Er nickte mit ernstem Gesicht, nahm ihre Hände und versuchte behutsam, ihr beim Aufstehen zu helfen. Sie war zu steif, konnte sich nicht aufrichten. Er hob ihren Oberkörper an, und sie hielt sich an ihm fest. Wenn er sie nur von diesem Rosenbusch befreien würde, der mit seinen dornigen Ranken nach ihr zu greifen schien.

Sie drehte den Kopf, wollte ihren Retter dankbar ansehen, doch in diesem Augenblick legten sich Blätter auf ihr Gesicht, über Nase und Augen. Eine Rosenranke schlang sich um ihren Hals und bohrte ihre Dornen in die Haut. Sie spürte, wie der junge Mann sie wieder sanft auf den Boden gleiten ließ.

Er ging davon, und sie hörte nur noch das Rascheln der Blätter, die sich von allen Seiten so fest an sie pressten, dass sie kaum noch Luft bekam. Wieder öffnete sie den Mund, und diesmal war ihr Schrei lauter, doch er wurde übertönt, als jemand begann, Klavier zu spielen.

7. Kapitel

Nachdem ich ein schnelles Frühstück runtergeschlungen hatte, schnappte ich meine Jacke, rannte die Treppe runter und klingelte bei Anna.

Ich wollte so schnell wie möglich zur Mühle und dort ein paar Dinge klären. Es mochte ja sein, dass Anthea ein Dornröschen gewesen war, und meinetwegen besaß ich ebenfalls das M-Gen. Aber dafür konnte ich nichts, und die Genaver würden doch nicht ernsthaft erwarten, dass ich Pflichtjahre in der Agentur absolvierte. Pflichtwochen, vielleicht. Ein kurzes Praktikum als Märchenfigur, darauf hätte ich mich noch eingelassen. Doch war es wirklich nötig, dafür mit Neva zu trainieren?

Endlich machte mir Anna auf. Sie sah wirklich ziemlich krank aus.

»Oje. Wie geht es dir?«

»Beschissen.«

»Das, ähm, tut mir leid.« Ich räusperte mich. »Bist du noch sauer auf mich?«

Anna schüttelte den Kopf. »Ich will mich wieder hinlegen, ja?«

»Ja, okay. Gut. Sag mal, brauchst du dein Fahrrad? Meins hat doch einen Platten, und ich muss dringend was erledigen.«

Anna nickte. »Nimm es einfach. Bis dann.«

Durch die geschlossene Tür rief ich noch: »Gute Besserung!«

Es war ein spätsommerlicher Tag, und ich genoss es, mit dem Rad unterwegs zu sein. Ich radelte über den Stadtwall und versuchte mich innerlich auf das Gespräch mit Krämer vorzubereiten. Sicher war er nicht sonderlich angetan von mir, immerhin hatte ich ihm ein paar Dinge an den Kopf geknallt, für die ich mich wohl entschuldigen sollte.

Schließlich erreichte ich den Parkplatz, schloss Annas Fahrrad sorgfältig ab und ging den Weg hinauf zur grünen Tür. Ich war noch ganze drei Schritte entfernt, da ertönte der Summer, und die Tür sprang einen Spalt auf.

»Flora, wie schön«, begrüßte mich Berta. Auf ihrem Schreibtisch lag zusammengerollt die gefleckte Katze und hob mit einem freundlichen Maunzen den Kopf, als ich näher kam. »Meine Katzen sind ja ganz verrückt nach dir. Das ist übrigens Matz«, stellte Berta vor, und ich kraulte Matz das Ohr. »Du kannst gleich nach oben gehen. Edgar Krämer erwartet dich bereits.«

Das Büro stand offen, und ich trat ein. Krämer hatte Fotos vor sich ausgebreitet und war so in die Betrachtung derselben vertieft, dass er mich nicht mal bemerkte, als ich schon vor seinem Schreibtisch stand.

Es waren Fotos eines kleinen Rosenstöckchens vor dem Hintergrund einer verfallenen Ruine. Die Aufnahmen waren zu verschiedenen Tageszeiten gemacht, manche in strahlendem Sonnenschein, andere unter einem geheimnisvoll leuchtenden

Mond. Irgendwie wollte es nicht so recht zu Krämer passen, sich für derart romantische Motive zu begeistern.

Mit einem Räuspern machte ich auf mich aufmerksam.

Krämer sah mich eine Weile reglos an und wies dann auf einen Stuhl. Er schwieg weiter, und ich rutschte unbehaglich auf der Sitzfläche hin und her. Endlich sagte er: »Ich nehme nur erstklassige Bewerber in der ASGA auf. Die übrigen können von mir aus ihre Pflichtjahre damit verbringen, diesen Trott…, äh, den Genavern Kaffee und belegte Brötchen zu servieren. Fabulae müssen überdurchschnittliche Qualifikationen mitbringen. Grips, eine ausgeprägte Gabe, Mut und natürlich die körperliche Fähigkeit, heikle Momente heil zu überstehen.«

Ich konnte ihm ansehen, dass er nichts davon in mir zu erkennen glaubte. Das traf mich unerwartet hart, und ich schrumpfte förmlich auf meinem Stuhl zusammen.

»Warum hat der Rat mich der ASGA dann überhaupt zugeteilt?«

»Ah! Ab hier wird es interessant, Allenstein. Ich habe nach deinem Abgang neulich sofort da angerufen. Es war schon ein bisschen peinlich, als ich der bedauernswerten Person am anderen Ende der Leitung gehörig den Ar…, also, die Meinung gesagt habe.« Krämer sah mich unverwandt an. »Ich wollte wissen, wie die es wagen können, mir eine … Jemanden wie dich zu schicken. Ich war, sagen wir, verärgert, weil diese Bürohengste vom Rat scheinbar glauben, meine Agentur wäre eine Art Kinderland für die hoffnungslosen Fälle.«

»He«, protestierte ich zurückhaltend.

»Doch siehe da, es gibt eine simple Erklärung für dieses Missgeschick.« Er verschränkte seine Hände auf der Tischplatte, lehnte seinen Oberkörper weit nach vorn und machte das Gesicht eines Mannes, der gleich seinen Trumpf ausspielen würde. Bei jeder Silbe der folgenden Worte stieß er fest mit dem Zeigefinger auf den Tisch. »Sie-ha-ben-noch-nie-von-dir-ge-hört!«

Mit weit aufgerissenen Augen sah ich ihn an. Wie konnten die Genaver mich herschicken, wenn sie nicht mal von mir wussten? »Aber … der Brief?«

Krämer zog einen Mundwinkel hoch, war jedoch weit von einem Lächeln entfernt. »Eine Fälschung. Die Genaver haben die Dornröschen-Linie bereits vor deiner Geburt für ausgestorben erklärt.«

»Dürfen die das denn?«

»Nachdem dein Vater geboren war und ein Einzelkind blieb, mussten sie das sogar.«

»Verstehe ich nicht«, gab ich offen zu.

»Dann pass gut auf, Allenstein, ich hab keine Lust, es zu wiederholen. Das M-Gen wird in rein weiblichen und rein männlichen Linien vererbt. Es wird nie ein männliches Rotkäppchen geben und nie einen weiblichen Drosselbart. Dornröschen, nicht Dornröserich. Kapiert?«

»Ich denke schon.«

»Werden in einer weiblichen Linie nur Söhne beziehungsweise in einer männlichen nur Töchter geboren, tragen die zwar auch das M-Gen, doch es bleibt inaktiv. Das nennen wir eine Unterbrochene Linie.«

Weil ich das Gefühl hatte, irgendetwas sagen zu müssen, trug ich ein »Aha« bei.

»Wenn du mir folgen konntest, müsste dir aufgegangen sein, dass Anthea die Dornröschen-Linie unterbrochen hat, als sie einen Sohn bekam. Deinen Großvater.« Krämer lehnte sich endlich wieder zurück. »Und dein Großvater hatte ebenfalls nur ein einziges Kind.«

»Meinen Vater«, nahm ich den Faden auf. »Dann ist die Dornröschen-Linie ja doppelt unterbrochen.«

»Das ist der springende Punkt«, rief Krämer so heftig aus, dass ich zusammenzuckte. »Wenn aus einer Unterbrochenen Linie wieder das passende Geschlecht hervorgeht, stehen die Chancen gut, dass dieses Kind ein aktives M-Gen hat. Hat es allerdings das falsche Geschlecht, verschwindet das M-Gen ganz. Und wenn das in einer Linie zu oft vorkommt, stirbt sie schlussendlich aus. Vor gut hundert Jahren gab es neun Däumlinge. Acht von ihnen haben geheiratet. Soll ich dir was verraten? Sie haben allesamt Töchter bekommen, die dann wiederum ausschließlich Töchter hatten. Seither hat es keinen Däumling mehr gegeben. Die Linie ist restlos ausgestorben. So wie die Dornröschen-Linie. Anthea war das letzte bekannte Dornröschen.«

»Das bedeutet«, fasste ich zusammen, »wenn Anthea Wieland eine Tochter bekommen hätte, wäre die ein Dornröschen geworden. Da ihr einziges Kind jedoch ein Sohn war, hat der kein aktives M-Gen besessen. Wäre mein Vater ein Mädchen geworden, hätte er dieses Gen wieder gehabt.«

»Exakt.«

»Und das heißt, mein Vater konnte mir das M-Gen gar nicht vererben, weil er es selbst nicht besaß?«

»Richtig.«

»Dann habe ich das Gen von meiner Mutter?«

Krämer schüttelte den Kopf. »Habe ich überprüft. Deine Mutter stammt aus keiner Linie.«

»Und wenn es eine unbekannte Linie ist?«

Meine Unkenntnis ließ Krämer müde lächeln. »Seit über zweihundert Jahren halten die Genaver alle Geburten, Todesfälle und wichtigen Ereignisse der einzelnen Linien penibel fest. Es gibt sogar ein besonderes Formular, auf dem, natürlich unter dem Siegel der Verschwiegenheit, unehelich gezeugte Söhne von M-Gen-Trägern aus männlichen Linien gemeldet werden müssen. Ich weiß übrigens von einem Prinzen, für den regelmäßig neue Kopien dieses Formulars angefertigt werden.« Krämer fügte murmelnd hinzu: »Falls du je einem gewissen Treumund von Sperling begegnest, geh ihm aus dem Weg, ja?«

»Sicher«, sagte ich geistesabwesend. Der Stuhl, auf dem ich saß, schien zu schwanken, und ich klammerte mich an der Schreibtischkante fest.

Das ergab doch alles keinen Sinn. Ich stammte aus der Dornröschen-Linie, die ausgestorben war. Ich besaß ein Gen, das ich nicht haben durfte. Ich hatte einen Brief bekommen, den mir niemand geschickt hatte. Ich hatte kein Agent werden wollen und fühlte mich dennoch schlecht, weil der Agenturleiter nicht damit hinterm Berg hielt, dass ich keine gute Agentin abgeben würde.

Krämer stand auf, steckte die Hände in seine Hosentaschen und begann, im Büro herumzuwandern. »Der Brieffälscher muss dich kennen, Allenstein. Er weiß, dass du das M-Gen hast.«

»Und wenn ich es doch nicht habe? Ich meine, rein vererbungstechnisch kann ich es doch gar nicht haben.«

»Mhm«, machte Krämer. »Du hast aber den Test bestanden.«

»Die Erbse?«, fragte ich und dachte daran, wie Krämer mich damit beworfen hatte. »War das eigentlich …?«

»Ja, die Erbse aus der *Prinzessin auf der Erbse.*«

»He! Haben Sie damit nicht meine Gesundheit gefährdet? Val sagt, Magie ist giftig. Bevor sie den Test gemacht haben, wussten Sie doch gar nicht, ob ich das Gen habe oder nicht.«

Krämer winkte ab. »Ach was, die Erbse hat doch kaum noch Magie übrig. Du hättest sie schon aus der Schachtel nehmen und runterschlucken müssen, um dich ernsthaft zu vergiften.« Krämers kluge Augen ruhten auf mir. »Ich habe mit einem guten Freund gesprochen. Er ist ein hohes Tier im Rat, war früher selbst einer meiner Fabulae. Er hat dafür gesorgt, dass dein Name bei den Genavern ganz regulär geführt wird. Er hat eingetragen, dass du von deinem Vater alles über deine Urgroßmutter erfahren und dich daraufhin zum Test im Haus der Genaver eingefunden hast. Kann sein, dass sich einer dieser Depp…, äh, jemand vom Rat bei dir meldet und dich für weitere Tests ins Labor bittet.«

Ich zuckte zusammen. »Weitere Tests?«

»Du bist der erste bekannte Fall, bei dem ein M-Gen-Träger aus einer ausgestorbenen Linie hervorgeht. Da werden die ein paar Tropfen von deinem Blut haben wollen.« Er rang sichtlich mit sich, weiterzusprechen. »Bis auf Weiteres wirst du wie jeder andere Pflichtler deine Pflichtjahre verrichten. Und zwar hier in der Mühle. Ich will dich im Auge behalten.« Er ließ sich in seinen Stuhl fallen, nahm eine Lupe aus einer Schublade seines Schreibtischs und konzentrierte sich auf eines der Rosenfotos. »Sei so gut, und behalte die näheren Umstände deiner Aufnahme hier für dich, ja? Ich habe einen Ruf zu verlieren.«

Krämers ungeschminkte Einschätzung meiner Unzulänglichkeit kränkte mich. Ich kaute auf meiner Unterlippe.

»Da Sie es gerade ansprechen: Müssen es gleich Pflichtjahre sein? Können wir uns nicht auf ein paar Monate einigen?« Trotzig fügte ich hinzu: »Ich meine, da ich doch so ungeeignet bin?«

Krämer beugte sich mit der Lupe tief über das Foto. »Übertreib es nicht, Allenstein.«

Ich wollte mein Glück nicht strapazieren, aber eine Sache brannte mir doch noch unter den Nägeln. »Da wäre noch etwas. Neva war heute bei mir und hat da etwas von einem Training gesagt. Muss ich?«

»Ja. Viel Erfolg.«

Ich verließ Krämers Büro mit gemischten Gefühlen. Jetzt war ich Pflichtlerin und hatte keine Ahnung, wer mir das eigentlich eingebrockt hatte. Welches Interesse konnte der unbekannte Fälscher daran haben, mir eine Welt voller Magie und Märchen zu zeigen, an der ich scheinbar nur als Zuschauer teilnehmen konnte? Ich besaß ein M-Gen, das mich gegen Magische Vergiftung immun machte, doch noch hatte sich keine Gabe bei mir gezeigt. Was, wenn ich ein mickriges, verkümmertes und nutzloses M-Gen hatte, weil ich aus einer ausgestorbenen Linie stammte?

Missmutig ging ich hinab und bemerkte nicht, dass jemand am Fuß der Treppe stand. Prompt stieß ich mit ihm zusammen. Ich sah auf und wollte mich entschuldigen, da verschlug es mir regelrecht die Sprache.

Vor mir stand ein Märchenprinz. Zumindest jemand, den ich mir problemlos in dieser Rolle vorstellen konnte. Er sah toll aus, hatte klare, ebenmäßige Züge, und sein dunkelblondes Haar passte traumhaft zu den grünbraunen Augen und der leicht sonnengebräunten Haut. Seine Figur war sehr sportlich, was für das Retten von Prinzessinnen in Not sicher nützlich sein mochte.

»Tut mir leid«, sagte ich und strich verlegen eine Strähne zurück. Er sah mir ein oder zwei Sekunden in die Augen, und das war lang genug, um meine Wangen zum Brennen zu bringen.

»War meine Schuld.« Er lächelte und ging an mir vorbei die Treppe hinauf.

Ich drehte mich zu Berta um. Sie hatte die Szene offenbar verfolgt, denn sie wirkte amüsiert.

»Wer war das denn?«, fragte ich und schüttelte wie benommen den Kopf.

»Das war Timus. Aus der Linie des Einen, der auszog, das Fürchten zu lernen.«

Das passte. Er hatte sehr selbstsicher und zielstrebig gewirkt, eben wie einer, der sich vor nichts fürchtete. Da fiel mir auf, dass ich den Namen schon mal gehört hatte.

»Timus? Doch nicht der, mit dem eigentlich Neva …?«

»Doch, doch«, sagte Berta, die Nevas Aufstand am Mittwoch ja auch mitbekommen hatte. »Edgar hätte die beiden gern in ein Team gesteckt. Für die besonders kniffligen Fälle. Aber Neva will da partout nicht mitmachen.«

Ich trat vor Bertas Schreibtisch. »Weiß Timus, dass Neva nicht mit ihm zusammenarbeiten will?«

»Er wird deshalb nicht traurig sein.« Berta steckte sich wieder mal einen Bleistift hinters Ohr. »Versteh mich nicht falsch, ich mag Neva. Sie ist so wahnsinnig begabt, kneift nie und schließt jeden Einsatz mit Bravour ab. Aber den Preis für die beliebteste Fabula wird sie nicht gewinnen, so viel steht fest.«

»Weshalb wollte sie denn nicht mit Timus … Also, mögen die beiden sich nicht?«

Ich hoffte, meine eigentliche Frage schwang nicht allzu offensichtlich mit. Es interessierte mich, ob dieser Timus mal was mit Neva gehabt hatte. Nur so.

Berta zog den Bleistift von ihrem Ohr und ließ ihn zwischen ihren manikürten Fingern kreisen. Das war Antwort genug.

»Ah«, rief sie plötzlich, ließ den Bleistift fallen und zog einen Stapel Umschläge zu sich heran. Sie ging den Stapel durch, bis sie schließlich einen herausfischte und mir übergab. »Wenn ich mich nicht irre, bist du jetzt auch eine Fabula.«

»So würde ich das nicht nennen«, murmelte ich und dachte an den wahren Grund, warum Krämer mich aufgenommen hatte. Niedergeschlagen betrachtete ich den Umschlag. Er war unten mattschwarz und lief nach oben in strahlendes Blau aus. Über die Fläche waren winzige Punkte wie Sterne verteilt, und in der rechten Ecke stand eine blass goldene Mondsichel. In einer schönen Handschrift hatte jemand mit weißem Lackstift meinen Namen draufgeschrieben. »Was ist das?«

»Die Einladung zum Agentur-Ball, der in zwei Wochen stattfindet. Fabulae und Ehemalige und die wichtigsten Vertreter vom Rat der Genaver werden anwesend sein.« Bertas Augen begannen zu leuchten. »Du darfst ihn auf keinen Fall versäumen, Flora. Das wird ein Ereignis. Letztes Jahr hat Krämer eine Künstlerin aus Dänemark gebucht, eine echte Frau Holle. Die hat den ganzen abgedunkelten Saal in Schneegestöber getaucht, das weder kalt noch nass war. Sie tanzte dazu und die Flocken folgten ihren Bewegungen. Einmalig!«

Bertas Schultern begannen zu kreisen, und ihre Zeigefinger

bewegten sich im Takt. »Fünf Hans im Glück haben zur Begleitung auf Violinen und Celli gespielt.« Mit einem tiefen Seufzer ließ Berta die Hände sinken. »Ach, es war fantastisch.«

Das klang aufregend. Einen Ball, einen richtigen Ball, hatte ich noch nie besucht.

Hoffnungsvoll stellte ich meine nächste Frage: »Was zieht man denn zu so einem Ball an?« Und dachte flehentlich: Sag nicht Ballkleid!

»Ein Ballkleid, natürlich.«

»Natürlich.« Ich nickte niedergeschlagen.

Berta war nun ganz in ihrem Element: »Ich verspreche dir, so schöne Kleider hast du noch nie gesehen. Manche sind geradezu überirdisch. Unsere Neva und ihre Familie lassen sich die Kleider übrigens im weltberühmten Atelier TaSch nach Maß anfertigen.«

»Das kenn ich nicht«, gab ich zu und steckte die geschmackvoll anmutende Einladung ungeöffnet ein.

»Atelier TaSch wird von zwei Brüdern aus der Linie des Tapferen Schneiderlein geführt. Was die aus Stoff und Fäden machen, ist im wahrsten Sinne des Wortes magisch. Du wirst sehen, Flora, es wird traumhaft schön.«

Damit war endgültig klar, ich konnte den Ball vergessen. Wenn ich die Einladungskarte in meinen Kleiderschrank legte, wäre sie das mit Abstand eleganteste Teil darin. Extra ein Kleid zu kaufen, kam von vornherein nicht infrage. Erstens käme es mir egoistisch vor, Ma um etwas von dem gesparten Geld zu bitten. Zweitens verschwenderisch, weil ich sonst keinen Anlass gewusst hätte, zu dem ich ein Ballkleid hätte tragen können. Drittens konnte ich mir sowieso nichts leisten, was halbwegs mit Nevas Kleid aus dem Atelier TaSch mithalten konnte.

Mir wäre bestimmt noch ein Viertens eingefallen, da informierte mich Berta auch schon über die Gästeliste.

»Die Familie Bruderherz hat bereits zugesagt. Nevas Vater ist der bekannte Filmproduzent Alexander Bruderherz. Er stammt aus der Linie Die Zwölf Brüder, musst du wissen. Nevas Mutter ist Lydia Schneetal. Sie ist natürlich ein Schneewittchen.«

Die erfolgreiche Schauspielerin Lydia Schneetal war mir selbstverständlich ein Begriff. Sie war atemberaubend schön. Wie Neva.

»Und Val hat auch schon die Zusage ihrer Großmutter abgegeben. Die Damen von Rapushoo veranstalten jedes Jahr ein ziemliches Spektakel. Trotzdem finde ich den Auftritt der Aschenputtel fast noch besser, wenn sie ihre Kleider um Punkt Mitternacht in Lumpen verwandeln, nur um kurz darauf noch strahlender auszusehen.«

Um nicht weiter über teure Kleider sprechen zu müssen, wechselte ich das Thema. »Wie viele Fabulae gibt es denn?«

»Aktive? Außer dir, Neva, Val und Timus«, Berta zeigte zur Treppe, wo ich mit diesem interessanten jungen Mann zusammengestoßen war, »sind da noch Mavie und Karlo.«

»Ah. Val hat noch einen anderen Namen erwähnt. Irgendwas mit S. Der kann ziemlich lange tauchen, glaub ich.«

Berta zuckte leicht zusammen. »Du meinst bestimmt Salien.«

»Ja, richtig. Das war der Name.«

Berta schien zu überlegen, wie offen sie sprechen konnte. »Salien war ein Fabulus, bis er vor etwa sechs Wochen zu den Reguli übergelaufen ist. Er war so ein guter Junge, unser Salien. Ich will das alles gar nicht glauben.«

8. Kapitel

Auf dem Bürgersteig vor unserem Haus parkte ein verbeulter Wagen. Wie das Cabrio kannte ich ihn bereits vom Parkplatz vor der Mühle und war trotzdem überrascht, als Val ausstieg.

Warum kaufte Vals Oma ihr keinen Neuwagen?

»Ich hab schon geklingelt, aber es hat niemand aufgemacht.«

»Tut mir leid«, sagte ich. Ma war bestimmt noch einkaufen, und ich hatte Val total vergessen.

Ich brachte rasch das Fahrrad in den Keller, und als ich wieder zu Val nach draußen lief, trat ich auf etwas Rutschiges. Ich hob meinen Fuß und sah entsetzt, dass auf dem Boden etwas klebte, das aussah wie ein rohes Stück Fleisch. Durch meinen angewiderten Laut aufmerksam geworden, kam Val dazu und hockte sich vor das rote Etwas.

»O Mann«, rief ich und trat mir den Schuh kräftig auf dem Rasen ab. »Bitte sag, dass das keine Maus oder so war.«

»Ich kann dich beruhigen«, gab Val Entwarnung und stieß mit dem Finger gegen das Ding. »Das war nur eine schöne, saftigknackige Rosenknospe, bevor du sie zu Matsch verarbeitet hast.«

»Gut«, sagte ich, strich meine Sohle dennoch weiter ab. »Das sah aus wie Blut.«

Val rückte ihre Brille zurecht und erhob sich. »Da wird aber jemand traurig sein. Die Knospe war bestimmt das Highlight auf einem Blumenstrauß.«

Nach diesem Schreck half ich Val, ein gut verpacktes Terrarium, zwei Kartons und eine Transportbox nach oben zu tragen.

Val hatte genaue Vorstellungen, was den perfekten Platz für Carusos Terrarium betraf. Es musste ein Standort sein, der weder dem direkten Sonnenlicht noch Zugluft ausgesetzt war, und keinesfalls durfte es einfach auf dem Boden stehen. Wie sich herausstellte, bot meine Frisierkommode genau diesen Komfort. Val räumte alle meine Kosmetikartikel beiseite und verteilte sie wahllos auf dem Boden. Dann stellte sie den Glaskasten auf die Kommode und richtete ihn so liebevoll ein, dass ich schon befürchtete, Caruso würde auf Dauer bei mir einziehen.

»Er braucht viel Zuwendung. Bitte sprich jeden Tag mit ihm, ja? Er mag es auch, wenn man ihm etwas vorsingt. Ach, und hier«, sie kramte einen Block aus ihrer Handtasche, »habe ich die Pflegeanweisungen aufgeschrieben. Du musst dich daran halten, er reagiert empfindlich auf Abweichungen.«

Der Block war komplett beschrieben. Ich blätterte darin herum und blieb an dem Punkt *Badetag* hängen. »Ich muss Handschuhe tragen?«

»Kröten können über ihre Haut giftige Sekrete absondern. Du solltest ihn also nicht mit bloßen Händen anfassen.«

»Gut.« Ich würde ihn weder ohne noch mit Handschuhen anfassen.

Val stellte eine Zeitschaltuhr ein, damit die Terrarienbeleuchtung an die Tageszeit angepasst war. Sie schien zufrieden, stülpte sich die mitgebrachten Handschuhe über und setzte Caruso in sein neues Heim.

Er war eine unglaublich fette Kröte, und ich verzog angeekelt den Mund. Val bekam davon nichts mit, denn sie verabschiedete sich mit Tränen in den Augen von Caruso. Es war rührend und interessierte die Kröte nicht die Bohne.

Wir tauschten unsere Nummern, damit Val sich jederzeit nach ihrem Liebling erkundigen konnte.

»Oh, jetzt muss ich aber wirklich los.« Sie nahm ihre Brille ab und rieb sich über den Nasenrücken. »Hast du auch eine Einladung für den Ball bekommen? Aufregend, nicht?«

Ich nickte, ging aber nicht weiter darauf ein. Bisher war ich in meinem Leben ganz gut ohne derartige Veranstaltungen ausgekommen. Doch jetzt hatte ich diese Einladung zu einem echten Märchenball und konnte nicht hingehen, weil ich mich nicht passend kleiden konnte. Irgendwie wurmte mich das mehr, als ich zugeben wollte.

Ich musste Val praktisch aus der Wohnung schieben, denn sie lief noch drei Mal vom Flur zum Terrarium zurück, so schwer schien ihr der Abschied von der Kröte zu fallen.

Caruso schien die Trennung viel besser zu verkraften, denn als ich zurückkehrte, saß er teilnahmslos da.

Ich betrachtete ihn durch die Glasscheibe. Er hatte schlammgrüne und mit knubbeligen Warzen übersäte Haut. Seine riesigen Augen waren zitronengelb, und er schleckte sich mit der langen Zunge abwechselnd darüber, ohne sie zu schließen.

»Ähhhrrr«, entfuhr es mir bei diesem Anblick, und ich schüttelte mich.

Es gab doch haufenweise niedliche Haustiere, mit Fell und Knopfaugen, und manche hatten sogar beides. Was fand Val ausgerechnet an dieser hässlichen Kröte?

»Selbst wenn du ein verzauberter Prinz wärest, dich würde ich niemals küssen.«

»Quak«, machte Caruso.

Ich sammelte meine von Val verstreuten Besitztümer vom Boden und reihte sie vor dem Terrarium auf. Es waren nicht viele – eine Bürste, eine Puderdose, drei Kajalstifte, Wimperntusche und ein Lippenstift in einem besonders schönen Rot. Und ein fliederfarbener Kosmetikspiegel zum Aufklappen. Ich stutzte. Ein Kosmetikspiegel?

Ich nahm den mir gänzlich unbekannten Spiegel und klappte ihn auf. Er war angelaufen und zeigte nur ein verschwommenes Spiegelbild. Ich klappte ihn wieder zu und legte ihn erst mal zu den anderen Sachen auf die Kommode, wegschmeißen konnte ich ihn später noch.

Dann sah ich mich in meinem Zimmer um und entschied, die Sachen während Carusos Aufenthalt auf meinem Nachttisch zu deponieren.

Ich trug gerade Bürste und Puderdose zum Nachttisch, da ließen mich Geräusche aus dem Terrarium herumfahren. Caruso lag auf dem Rücken, zappelte mit den Beinen und hörte sich an wie ein losgelassener Luftballon.

»O nein!« Ich rannte zum Terrarium, fegte alles, was davorstand, beiseite und klopfte gegen das Glas. »Caruso, was ist denn mit dir?«

Mir fiel ein, dass Val gesagt hatte, Caruso mochte es, wenn man ihm etwas vorsang. Kurzerhand stimmte ich das Kinderlied

Hänschenklein an, und tatsächlich hörte er auf zu zappeln und wälzte sich wieder auf den dicken Bauch.

Ma kam in mein Zimmer gelaufen. Sie war soeben vom Einkaufen zurück und trug noch eine Papiertüte und ihren vollen Korb. »Schätzchen, alles in Ordnung?«

»Ich, äh, hab nur gesungen.«

»Ja, aber es hat sich so verzweifelt angehört«, lachte Ma erleichtert. Sie entdeckte das Terrarium. »Was ist denn das?«

»Oh. Das ist Caruso. Ich pflege ihn für ein paar Tage. Das geht doch in Ordnung, oder?«

Ma kam näher und warf einen Blick auf die Kröte. Ihr erging es wie mir, sie erschauderte bei Carusos Anblick.

»Oje. Lass ihn bitte nicht unbeaufsichtigt in der Wohnung rumhüpfen, ja?«

»Der bleibt schön in seinem Glaskasten«, versicherte ich.

Wir gingen in die Küche, und ich musste versprechen, auch die Futtertiere gut zu verwahren. Jens übernachtete ja das erste Mal bei uns, und Ma wollte nicht durch eine Grille auf der Flucht gestört werden.

Ma packte die Einkäufe für ihr Schlemmervorhaben aus, und ich half ihr, sie zu verstauen. Es waren die Zutaten für mein Lieblingsgericht, Lasagne mit frischem Blattspinat.

»Weißt du«, sagte sie, »Jens ist schon ganz aufgeregt. Er hat ja ein bisschen Angst, dass du ihn nicht magst.«

»Ich hab doch schon gesagt, dass ich ihn nett finde.«

»Ja. Aber bisher habt ihr euch immer für höchstens eine halbe Stunde gesehen. Mal einen ganzen Abend zusammen verbringen, das ist was anderes.«

Ich nahm eine Tüte Chips und eine Packung der von mir

favorisierten Sesamstangen aus dem Korb und trug sie zum Schrank, in dem wir das Knabberzeug aufbewahrten, wenn wir welches hatten. Ma musste für diesen Einkauf an ihre eiserne Notreserve gegangen sein.

»Flo, hab ich dir eigentlich erzählt, dass Jens vier Sprachen spricht? Also, fünf. Deutsch spricht er ja auch.«

Um die hundert Mal schon. Ma hatte immer davon geträumt, einen Spanischkurs zu machen, deshalb war sie ganz begeistert, dass sie nun von Jens ein paar Brocken aufschnappen konnte. Daneben hatte er das Latinum und beherrschte Englisch und Französisch fließend.

»Ja, hast du.« Es tat mir leid, dass ich so genervt klang, und ich versuchte, es mit einem Scherz auszubügeln. »Er kann das nächste Mal an meiner Stelle mit Gracia telefonieren. Sie wird begeistert sein, endlich mal eine kultivierte *Conversation* zu führen.«

Ma lachte. »Ohnmächtig würde sie, wenn sie wüsste, was hier für verlotterte Sitten herrschen.« Sie räumte im Kühlschrank ein paar Dinge um und schaffte Platz für zwei neue Gläser Marmelade. Jens sollte ja auch zum Frühstück bleiben. »Ach ja … Sie hat mich übrigens vorhin angerufen.«

»Wer? Gracia?«

»Sag mal, isst du das noch?« Ma förderte ein Glas mit einem Rest Erdbeermarmelade zutage. Ich schraubte den Deckel ab und begutachtete den Inhalt.

»Ja. Lass stehen.« Ich gab es ihr zurück. »Was wollte sie denn?«

»Sie hat etwas von einem Urlaub erzählt. Sie verreist, und wir können sie vorübergehend nicht erreichen.«

»Hm.« Wurde Gracia jetzt wunderlich? Wir versuchten nie,

sie zu erreichen, und hätten es darum auch gar nicht mitbekommen, dass sie nicht da war. »Warum ruft sie deshalb denn extra bei dir an?«

»Keine Ahnung. Vielleicht wollte sie mit ihrer Reise angeben.« Ma hatte so lange im Kühlschrank herumsortiert, bis das Obst-Käse-Joghurt Arrangement ihren Ansprüchen genügte. Sie schloss ihn zufrieden und sah mich an. »Ach, und noch was. Hast du zufällig mitbekommen, was heute im Hausflur los war?«

»Nein. Warum?«

»Irgendwelche Vandalen haben wohl das Treppengeländer angekokelt. Direkt vor unserer Wohnungstür.«

»Gibt's ja nicht! Wer macht denn so was?«, fragte ich angewidert.

»Wenn ich das wüsste«, sagte Ma kopfschüttelnd. Sie verließ die Küche und ging in ihr Schlafzimmer. »Ich ruf Montag mal bei der Hausverwaltung an. Die können ruhig langsam mal das Schloss an der Haustür reparieren.«

Wir wohnten in einer ruhigen, gepflegten Gegend, aber wenn jetzt Fremde im Haus zündelten, bestand Handlungsbedarf.

Um mir das mal anzusehen, ging ich in den Flur. Wie Mama gesagt hatte, war das Geländer genau vor unserer Tür durch zwei handtellergroße Flecke schwarz gefärbt. Ich fuhr mit einer Fingerspitze darüber und stutzte. Kein Ruß. Na ja, Ma musste es schon abgewischt haben.

»Idioten«, murmelte ich und ging wieder hinein.

Ich setzte mich auf Mas Bett und sah zu, wie sie ihre Oberteile nacheinander aus dem Kleiderschrank nahm, prüfend vor sich hielt, wieder zusammenlegte und zurück in den Schrank räumte.

Dieser Abend schien ihr offensichtlich sehr wichtig zu sein, und ich brachte es einfach nicht übers Herz ihn zu ruinieren, nur weil ich eine Menge zu verdauen hatte.

»Ich war vorhin kurz unten bei Anna«, plauderte ich. »Sie sieht ziemlich mitgenommen aus. Was hat sie denn eigentlich?«

»Eine Blutvergiftung, glaubt Nadine.«

»Echt?«

»Ja. Deshalb waren sie ja beim Arzt. Aber der konnte nichts feststellen. Nadine ist ziemlich sauer deshalb. Anna hat richtig hohes Fieber, und die geben ihr nur den Rat, sie Tee trinken zu lassen.«

Mir war der glasige Glanz in Annas Augen ja schon vorher aufgefallen. Plötzlich tat es mir total leid, dass ich nach der Schule so angefressen reagiert hatte. »Ich werde sie morgen mal besuchen.«

»Nicht!«, herrschte er ihn an. Der Kerl war ihm so zuwider, mit seinem dümmlichen Gesichtsausdruck und den dicken, kurzen Fingern mit den abgekauten Nägeln. Er sollte die Rosen damit nicht berühren.

Obwohl er es verdient hätte, vom Gift gelähmt und anschließend von den Rosen ausgesaugt zu werden. Aber noch brauchte er ihn und seine nicht weniger abstoßenden Freunde. Was waren sie doch für ein trauriger Anblick, wie sie dastanden, in ihrem lächerlichen schwarzen Aufzug. Der Ehrgeiz war ihnen in die Gesichter geschrieben, der Hunger nach eigener Wichtigkeit. Sie begriffen nichts und waren doch allzu bereit, jeden Befehl auszuführen. Keiner von ihnen hatte je den Anflug des leisesten Skrupels gezeigt.

Er verabscheute sie, und doch war er auf sie angewiesen. Sie nahmen ihm die schreckliche Last, die Alten zu holen. Er musste nichts weiter tun, als ihnen zu sagen, wo sie sich versteckten. Drei hatten sie ihm bereits gebracht, fehlten noch neun. Er wusste, wo sich fünf davon aufhielten, einer war er auf der Spur, und die übrigen drei würden ihm auch nicht entkommen.

Der Hocker knarrte, als er sich draufsetzte. Er lockerte seine Fin-

ger und legte sie sanft wie eine Liebkosung auf die Tasten. Die Töne waren zart und klar und verschafften ihm die innere Ruhe, die er brauchte, diesen Kerl zu ertragen.

»Gefällt dir diese Melodie?«, fragte er gedankenverloren und erwartete nicht, dass er Chopin erkennen würde. Er beschloss, dieses Stück zu spielen, wenn er ihn endlich den Rosen überließ.

9. Kapitel

Jens' Timing war exzellent. Er klingelte in der Sekunde, als die goldbraune Käsedecke der Lasagne sich leicht zu wölben begann. Das war immer ein kritischer Zeitpunkt, denn danach konnte sie schnell zu knusprig werden, und davor hatte sie noch nicht dieses herrliche Aroma.

Ein köstlicher Duft stieg mir in die Nase, als Ma sie aus dem Backofen nahm.

Ich hatte bereits den Tisch gedeckt, und Ma hatte Kerzen aus dem Schrank geholt. Wir hatten sie so aufgestellt, dass sie beim Essen nicht störten und die Essecke trotzdem in ein stimmungsvolles Licht tauchten. Jens hatte für Ma einen schlichten, aber edel gebundenen Blumenstrauß mitgebracht, der sich ebenfalls gut auf dem Tisch machte.

Ma servierte unter Jens' Bewunderung die Lasagne, und wir nahmen hungrig Platz.

Es schmeckte hervorragend, wir genossen das leckere Essen, und Ma strahlte. Jens' Gesellschaft machte sie ohne jeden Zweifel glücklich, und auch mir fiel es leicht, mit ihm Gesprächsthemen zu finden.

Doch dann kam ganz unvermeidlich zur Sprache, was seit Wochen die Stadt in Atem hielt: der Rosenkavalier.

So hatte die Presse den Entführer getauft, der sich ausschließlich auf über siebzigjährige Damen spezialisiert hatte. Ich beschäftigte mich nicht weiter damit, ich hatte nur eine Oma, und die wohnte weit weg. Selbst wenn der Rosenkavalier sie entführen sollte, würde er sie sofort am nächsten Tag zurückbringen und versprechen, das nie wieder zu tun.

»Ich bin so froh«, sagte Jens grinsend, »dass ich mir um euch beide keine Sorgen machen muss.«

»Das ist ein gefährlicher Irrer, und jeder sollte sich Sorgen machen, solange der frei rumläuft«, gab Ma zu bedenken.

Mich fröstelte, als ich an die Schlagzeile dachte, die ich in Bertas Zeitung gesehen hatte. »Warum nennen die ihn eigentlich ›Rosenkavalier‹?«

»Weil er an jedem Tatort ein paar Rosenblütenblätter hinterlässt«, klärte Jens mich auf. »Wie ein unheimliches Markenzeichen.« Er schüttelte den Kopf. »Ich frage mich, was er mit den Ladys vorhat.«

»Wohl kaum eine Bridge Runde gründen«, sagte Ma ernst und legte Jens ohne zu fragen Lasagne nach. »Ich finde die sensationslüsterne Berichterstattung jedenfalls schrecklich. Die armen älteren Damen.«

Ich stocherte in meiner Lasagne herum. »Was für ein Mensch muss das bloß sein?«

Jens wollte sich gerade ein großes Stück in den Mund stecken, ließ die Gabel aber sinken: »Die Polizei glaubt, er ist ähnlich alt wie die Frauen. Sie prüfen gerade, ob es eine Verbindung zwischen den Opfern gibt. Ob sie mal im selben Chor gesungen haben oder so. Vielleicht ist der Kerl ein abgewiesener Verehrer aus Jugendtagen, der sich jetzt für die Schmach rächen will? Er kommt mit einem Strauß Rosen zum Tee vorbei, sie plaudern ein bisschen über alte Zeiten und zack!« Er fragte mit verstellt tiefer Stimme: »Weißt du noch, was du mir damals angetan hast?«

Ma trank einen Schluck Wasser und sagte skeptisch: »Wie oft hat er jetzt schon zugeschlagen? Drei Mal? So viele Körbe kann er doch unmöglich bekommen haben.«

Jens lachte: »Du ahnst nicht, wie grausam Frauen sein können.« Ernster fügte er hinzu: »Ich gehe jede Wette ein, es geht dabei um Rache.«

Ich hatte keine Lust, mich an diesen Spekulationen zu beteiligen. »Ich hoffe, man schnappt ihn bald.«

Wir wechselten glücklicherweise das Thema und verputzten die restliche Lasagne.

Danach blieben wir noch lange mit viel zu vollen Bäuchen sitzen, bis wir schließlich das Geschirr abräumten.

Wir schafften es gerade noch so zum Sofa, wo wir, ohne auch nur ans Kartenspielen gedacht zu haben, den Film einwarfen. Als Jens kurz darauf unbeholfen versuchte, seinen Arm um Mas Schulter zu legen, nahm ich das zum Anlass, mich diskret zu verkrümeln.

Ich machte mich eilig im Bad fertig und ging danach in mein Zimmer. Endlich allein, wenn man mal von der Kröte absah.

Den ganzen Abend über hatte ich an mein Gespräch mit Krämer denken müssen. Er wolle mich im Auge behalten, hatte er gesagt. Hatte er vielleicht nur so getan, als sei der Fälscher irgendein anonymer Wohltäter, damit ich mir keine Sorgen machte? Nein. Ich bezweifelte, dass Krämer ausgerechnet in dieser Hinsicht auf meine Gefühle Rücksicht nahm, wenn er es doch offensichtlich in keiner anderen tat. Krämers Beurteilung meiner Fähigkeiten war verletzender, je länger ich darüber nachdachte. Ich konnte zwar nicht mit Nevas Abgebrühtheit mithalten, aber ich konnte mich trotzdem nützlich machen. Das würde ich Krämer schon noch zeigen.

Ich wünschte Caruso eine gute Nacht, legte mich hin und machte das Licht aus. Durch die Dunkelheit blinzelte ich an die Decke und dachte an Timus, bis mir irgendwann die Augen zufielen.

Schläfrig redete ich mir ein, allein die Aussicht, Timus besser kennenzulernen, war es wert, ein paar popelige Pflichtjahre in der ASGA zu absolvieren.

Ich fuhr aus einem Albtraum auf, in dem ein gigantischer, von vier weißen Riesenmäusen gezogener Kürbis auf mich zurollte. Die Mäuse quakten laut und immer lauter. Ich versuchte, mich im Wald zu verstecken, doch der bestand nur aus Rosengestrüpp, das mich mit seinen Dornen festhielt, während ein gruseliges Kichern zu mir drang.

Nachdem ich sicher war, mich wirklich in meinem Zimmer zu befinden, wurde mein Atem langsamer, doch ich war noch immer total durcheinander. Dieses furchtbare Kichern klang in meinen Ohren nach.

Verschlafen schwang ich die Beine aus dem Bett und blieb auf der Bettkante sitzen. Ein Quaken ließ mich aufblicken. Auf meiner Frisierkommode stand das Terrarium, Caruso saß darin in seinem Wasserbecken und ließ seinen aufgeblähten Kehlsack pulsieren.

Ich drehte mich zu meinem Wecker um. Zehn nach sieben! Jens schlief bei uns, und Ma hatte sich diesen ersten gemeinsamen Morgen bestimmt nicht so ausgemalt, dass sie um diese Zeit aus dem Bett geklingelt wurden, von einer lebendig gewordenen Schneewittchen-Actionfigur.

Ich suchte mir ein paar sportliche Klamotten zusammen und schlich auf Zehenspitzen ins Bad. Eine Viertelstunde später stand ich vor dem Haus und wartete auf Neva.

Es war schon fast hell und die feuchte Luft kühl. Ich hatte ein Sweatshirt übergezogen, das mich aber nicht warm hielt, und so ging ich auf und ab und rieb mir fröstelnd die Arme. Außer einem Hundebesitzer, der gähnend zusah, wie sein Hund das Beinchen hob, war sonst niemand auf der Straße.

Endlich bog ein Auto um die Ecke. Das Cabrio, diesmal mit geschlossenem Verdeck.

Es hielt neben mir, Neva stieg grußlos aus und klappte den Sitz nach vorne, damit ich auf die Rücksitzbank klettern konnte. Erstaunlich, mit welcher Leichtigkeit mir Neva die Laune verderben konnte.

»Guten Morgen!«, wünschte ich dennoch.

Neva klappte den Beifahrersitz wieder zurück und quetschte mich damit beinahe ein. Eine bequeme Sitzposition konnte ich vergessen, das Verdeck fiel nach hinten so steil ab, dass ich den Kopf einziehen musste, und der Fußraum war so eng, dass ich keine Chance hatte, meine Beine da unterzubringen. Ich kämpfte mit dem Gurt, und als ich endlich angeschnallt war, fuhr Hektor los.

»Was macht der Kopf?«, fragte er.

Hatte ich beim letzten Mal wegen der Sonnenbrille nur sein Gesicht, aber nicht die Augen sehen können, so war es diesmal genau anders herum. Im Rückspiegel waren nur seine Augen zu sehen. Ich konnte nicht erkennen, ob sie grau oder blau waren, aber sie waren schön, und der Blick aus ihnen irritierte mich.

»Danke, gut.«

Er konzentrierte sich auf die Straße, und Neva begann, mich über die Details ihrer Trainingseinheit in Kenntnis zu setzen.

»Wir werden zuerst zwei Runden um den Kiessee joggen. Zum Aufwärmen. Danach werden wir ein paar Übungen zur Stärkung der Sprungkraft machen. Anschließend …«

Anschließend war das Wort, das mich endgültig aus der Fassung brachte. »Wie viele Kilometer sind das denn? Um den See, meine ich.«

»Wenn wir zwei Runden laufen, knapp fünf. Der ideale Einstieg in das heutige Trainingsprogramm. Für die Sprungübungen habe ich übrigens Gewichte für Fuß- und Handgelenke mitgebracht. Danach fahren wir zu mir nach Hause, wo wir im Fitnessraum noch an ein paar Geräten arbeiten.«

Das Einzige, was mich davon abhielt, hysterisch aufzulachen, war Hektors Blick, mit dem er mich durch den Rückspiegel fixierte. Darum hatte Krämer mir also *viel Erfolg* gewünscht.

Ich war nicht ganz unsportlich, aber durchaus realistisch, was die Einschätzung meiner Kondition betraf. So gern ich Fahrrad fuhr, Joggen war so gar nicht mein Ding.

Wir hielten auf einem Parkplatz in der Nähe des Sees und eigentlich reichte es mir schon, als ich umständlich vom Rücksitz kletterte und feststellen musste, dass mein rechter Fuß eingeschlafen war.

Neva trug einen stylischen blauen Anzug, der mich an die Olympiaausstattung von Wintersportlern denken ließ. Er war hauteng, an Ellbogen und Knien verstärkt und an Schultern und Rücken weiß abgesetzt. Außerdem betonte er ihre schmale Taille. Meine Sporthose mit den großen Taschen war farblich undefiniert, und zusammen mit dem weiten Sweatshirt kam ich mir dagegen vor wie in der Olympiaausstattung eines Fernsehzuschauers.

Unsicher sah ich zu Hektor und war regelrecht erleichtert, dass seine Sportkleidung auch eher normal war. Er trug eine legere Trainingsjacke offen über einem weißen T-Shirt und dazu eine knielange Hose. Die gab seine wohlgeformten, muskulösen Waden frei, und ich musste mich zwingen, woanders hinzuschauen.

Neva machte ein paar Dehnübungen, während ich meinen eingeschlafenen Fuß schüttelte. Dann lief Neva los. Hektor schloss noch das Auto ab, war aber nach ein paar langen Schritten mit ihr gleichauf.

Hektor sah gut aus. Er war ungefähr so groß wie Timus, hatte ebenfalls eine trainierte Figur und breite Schultern. Dennoch war er ein ganz anderer Typ, nicht nur, weil er dunkelhaarig war. Timus wirkte so selbstsicher, während Hektor sich eher zurückhaltend gab. Er machte auf mich einen nachdenklichen Eindruck. Die einzige Gemeinsamkeit der beiden war wohl Neva. Bertas ausdrucksvolles Schweigen am Tag zuvor hatte mich davon überzeugt, dass mal was zwischen Neva und Timus gelaufen war, und offenkundig war Hektor nun ihr neuer Freund.

Geschmack hatte der Eisklotz, das musste ich neidlos anerkennen.

Damit ich Neva und Hektor nicht ganz aus den Augen verlor, setzte ich mich ebenfalls in Bewegung. Ein paar Krähen saßen in den Bäumen, und ihr Krächzen hallte über den See. Der Boden knirschte unter meinen Tritten, und ich versuchte, gleichmäßig tief ein- und auszuatmen.

Neva und Hektor waren nur noch als kleine Gestalten vor mir zu erkennen. So wie ich die Sache sah, ging Neva öfter joggen. Sie war topfit und hatte Ausdauer, während ich bereits nach der ersten Parkbank Ausschau hielt und mich in mein schönes, warmes Bett zurücksehnte.

Warum machte ich hier eigentlich mit? Neva wollte mich doch sowieso nicht in ihrem Team. Wie hatte sie es genannt? Anschein wahren? Vor wem? Und warum?

Seit gestern gab es definitiv zu viele Warums. Zum Beispiel hatte ich Krämer gar nicht gefragt, warum diese mysteriösen Gegenstände auftauchten. Warum waren sie überhaupt mit Magie aufgeladen? Und warum glaubte Neva, sie könne mich herumkommandieren? Ich hätte jetzt schön gemütlich mit Ma und Jens am Frühstückstisch sitzen können, ein Croissant mit Marmelade essen und eine herrliche Tasse schwarzen Tee mit Milch trinken. Oder ein Glas Orangensaft.

Meine Güte, war ich durstig. Ich bereute, nicht gefrühstückt zu haben. Mein Magen brannte, und mir wurde von dieser Lauferei ganz übel.

Hinter mir hörte ich Schritte und Nevas Stimme. Sie hatte genug Puste, um sich locker mit Hektor zu unterhalten. Sie liefen an mir vorbei, und ich bohrte Neva ein paar böse Blicke in den

Rücken. Ich konnte vielleicht nicht mithalten, aber ich würde durchhalten. Zumindest was den Jogging-Teil anging. Zumindest was die erste Runde anging. Zumindest … Mann, ich war jetzt schon fertig.

Ich blieb stehen, stützte mich mit den Armen auf den Knien ab und rang nach Atem. Schritte kamen näher, und ich erwartete Neva, die mir mit einer spitzen Bemerkung auf die Nerven gehen wollte, doch als ich aufsah, war es Hektor, der leichtfüßig um mich herumlief.

»Du joggst sonst nicht so oft, oder?«, fragte er, ohne stehen zu bleiben. Meine Antwort war ein Schnaufen.

»Okay. Man darf es am Anfang nicht übertreiben.«

»Sag … das … Neva«, japste ich.

»Nicht stehen bleiben«, riet Hektor. »Zwischendurch ruhig Pausen einlegen, dabei aber immer weitergehen. Es reicht, wenn du zwei bis drei Minuten joggst, dann wieder eine Minute gehst, und immer so weiter.«

Ich folgte seinem Rat und ging langsam weiter. Neva war bereits wieder aus meinem Sichtfeld verschwunden, und Hektor machte keinerlei Anstalten, sie einzuholen.

Irgendwo klingelte ein Handy, und eine Krähe stieß sich krächzend von einem Baum. Wie gern hätte ich Hektor weggeschickt! Mein Gesicht, das spürte ich, war vor Anstrengung rot. Aus einem nicht nachvollziehbaren Grund wollte ich nicht, dass er mich für total unsportlich hielt, und erklärte: »Bin eher so der Fahrradfahrer.«

»Ich weiß.« Hektor lächelte und mir fiel meine peinliche Aktion mit dem Sturz ein. Ich begann aus reinem Fluchtinstinkt wieder zu laufen, da kam Neva aus der anderen Richtung auf uns zu. Sie hatte umgedreht und ein höheres Tempo eingeschlagen. Ihre Miene war ernst.

»Krämer hat angerufen.«

Sie und Hektor liefen sogleich in Richtung Parkplatz, und ich schleppte mich erleichtert hinterher. Wem wollte ich da was vormachen? Zwei Runden um den Kiessee, und ich wäre zusammengebrochen.

Ein paar Minuten später war auch ich am Cabrio angekommen, und wir machten uns auf den Weg zur Mühle.

Neva drehte sich zu mir um, und ich erkannte frustriert, wie erholt und frisch sie aussah. Ihr Haar lag gut frisiert, und ihre Wangen schimmerten nur eine Nuance dunkler als sonst. Ich ahnte, wie schlimm es hingegen um mein Äußeres bestellt sein musste. Mein Gesicht glühte, und aus meinem Knoten hatten sich Strähnen gelöst, die mir wild um den ganzen Kopf fielen. Ein paar davon strich ich hinter die Ohren, aber ich hätte Bürste, Spiegel und einen Make-Up-Artist gebraucht, um eine nennenswerte Verbesserung zu erzielen.

Neva sagte: »Krämer wird uns gleich mit den Einzelheiten vertraut machen. Du musst nur nicken, den Rest übernehme ich. Verstanden?«

»Soll heißen?«, erkundigte ich mich.

»Wir machen es wie abgesprochen. Du überlässt alles mir.«

Ich hätte mich schon daran gewöhnt haben sollen, dass mich scheinbar alle aus der Mühle für unfähig hielten, dennoch schmerzte es.

Neva drehte sich wieder um, und auch ich sah nach vorn. Dabei fing ich Hektors Blick im Rückspiegel auf und schlug verlegen die Augen nieder.

Der Parkplatz vor der Mühle war bis auf die schwarze Limousine leer. Kaum hielt das Cabrio, war Neva auch schon draußen, und ich fingerte an dem Griff herum, bis ich den Sitz selbst nach vorn klappen konnte. Hektor blieb sitzen.

»Kommst du nicht?«, fragte ich, und er schüttelte den Kopf.

»Ich gehöre nicht zu Krämers Leuten.«

»Oh. Ach so.«

»Flo!«, rief Neva. Ich sah, dass sie bereits halb in der grünen Tür stand, und lief zu ihr.

Berta saß hinter ihrem Schreibtisch, und ich fragte mich, ob es für Agenturmitarbeiter so etwas wie Wochenenden, Feiertage und Urlaub gab.

»Schön, dass ihr so schnell kommen konntet«, begrüßte sie uns. »Habt ihr schon gefrühstückt?«

Sie hielt uns einen Teller mit Kuchen hin, und ich nahm ein Stück. Zitronenkuchen mit Zuckerguss, genau das, was ich jetzt brauchte.

»Flora, willst du eine Tasse heißen Kakao dazu?«

Ich nickte begeistert und zuckte sofort darauf zusammen, als Krämer ungeduldig die Treppe herunterrief: »Was wird das da unten? Wenn ich ein Kaffeekränzchen veranstalten wollte, hätte ich meine Oma herbestellt, nicht euch.«

Ich biss in mein Stück Kuchen und ging hinter Neva hoch in Krämers Büro.

Auf seinem Tisch lagen noch immer die Fotos mit den Rosen, es kam mir sogar vor, als wären es noch mehr geworden. Wir setzten uns, Krämer schob die Bilder beiseite und legte eine dünne Akte vor sich.

»Martin hat angerufen.«

»Wer ist Martin?«, fragte ich und steckte mir den letzten Bissen Kuchen in den Mund. Krämers Augen verfolgten einen Krümel, der mir auf die Hand fiel, die ich flach unter meinen Mund gehalten hatte. Hastig aß ich auch den Krümel und Krämer erklärte: »Ehemaliger Fabulus, heute bei der Polizei. Martin informiert mich, sobald er von etwas Wind bekommt, das in unser Resort fallen dürfte. So wie heute.«

Berta kam herein und brachte die versprochene Tasse Kakao, die ich dankbar entgegennahm. Krämer wollte etwas sagen, doch Bertas Lächeln ließ ihn verstummen. Er schüttelte nur den Kopf und fuhr fort: »Ein bis dato unbescholtener Herr hat wohl beschlossen, sein eigenes Königreich zu gründen. Im Südviertel der Stadt. Er sieht die Bewohner als seine Untertanen. Unnötig zu betonen, dass die das anders sehen. Martin berichtet von Anzeigen, die täglich eingehen. Der Kerl scheint ein ziemlicher Despot zu sein und erlässt königliche Dekrete. Außerdem verlangt er Steuern, die in Gold zu entrichten sind.«

»Das klingt nach einer hübschen Magischen Vergiftung«, sagte Neva und nahm die Akte an sich. »Schon gewalttätig?«

»Nein.«

Ich hatte gerade an meinem Kakao nippen wollen. »Gewalttätig?«

»Magische Vergiftung verläuft in drei Phasen. Zuerst sind die Menschen ganz euphorisch und befinden sich in einem wahren Glücksrausch. Das schlägt bald in Größenwahn um. Sie glauben, der Gegenstand verleihe ihnen Macht. Darauf folgt dann die kritische Phase. Paranoia. Sie sind komplett in ihrem Wahn gefangen und überzeugt, jeder wolle ihnen den Gegenstand wegnehmen. Die Vergiftungsopfer wollen das natürlich verhindern und neigen zu Gewaltausbrüchen. Das ist dann auch die Phase, in der eine Behandlung nötig wird, denn sonst stirbt der Betroffene an der Vergiftung.«

Ich erinnerte mich, dass Val davon gesprochen hatte, doch aus Krämers Mund klang es irgendwie dramatischer.

Neva gab Krämer die Akte zurück, ohne sie mir gereicht zu haben.

»Ich schaue mich da mal um. Wo steckt der Kerl?«

Krämer schrieb die Adresse auf einen Block, riss den Zettel ab und gab ihn Neva. Sie sprang auf, und auch ich wollte aufstehen, doch Krämer gab mir ein Zeichen, sitzen zu bleiben.

»Ach, Neva. Warte doch bitte kurz draußen, ja? Ich muss noch was mit Allenstein besprechen.«

Neva rauschte ab, und ich blickte Krämer erwartungsvoll an.

»Das ist dein erster Einsatz, Allenstein. Ich will, dass du auf alles hörst, was Neva sagt. Ich weiß, sie ist eine Nervensäge, aber sie hat Erfahrung und jede Menge Biss. Wenn es hart auf hart kommt, sieh zu, dass du dich in Sicherheit bringst, Neva schlägt sich allein durch. Und falls alles schiefgeht …« Er schrieb erneut etwas auf den Block und riss den Zettel für mich ab. »… rufst du sofort hier an. Viel Glück!«

»Danke.«

»Allenstein!«

»Ja?«

Krämer zeigte auf die Tasse. »Nimm das da mit.«

10. Kapitel

Vor der Mühle standen Neva und Hektor dicht beisammen. Sie sprachen leise miteinander und verstummten, als ich näher kam. Ich überlegte, ob mein Auftauchen sie wohl davon abgehalten hatte, sich zu küssen?

Wir stiegen ein, und Hektor tippte die Adresse in sein Handy. Die Naviapp brauchte nicht lange, bis sie die kürzeste Route berechnet hatte, und wir fuhren los.

Es war nun schon nach neun Uhr, die Stadt erwachte.

Vor einem Café saß ein Pärchen, das die Beine in rote Wolldecken gewickelt hatte und die Morgensonne genoss. Eine Gruppe Touristen folgte einem Stadtführer in gelber Warnweste, und ein Radfahrer mit einer großen Bäckereitüte unter dem Arm kam uns entgegen.

Schließlich hielten wir an. Neva und Hektor stiegen aus. Sie gingen um das Auto zum Kofferraum, und ich hörte, wie sie darin herumwühlten. Dann schlug Hektor ihn zu, und ich erwartete, dass einer von beiden die Tür für mich aufmachen würde. Doch sie dachten gar nicht daran. Sie gingen einfach davon, und zwar in entgegengesetzter Richtung.

Das durfte doch nicht wahr sein! »Hallo? Habt ihr nicht etwas vergessen?«

Wegen des steil abfallenden Verdecks konnte ich nicht sehen, wohin Neva ging, also sah ich Hektor nach, wie er ohne Hast die Straße hinunterging. Er hatte etwas seitlich in den Bund seiner Hose gesteckt, ein schmales, längliches und gebogenes Stück Holz. Es sah so ähnlich aus, wie das, was ihm runtergefallen war, als er mir nach meinem Sturz aufgeholfen hatte. Nur größer. War das ein Bumerang?

Gut. Hektor war nicht mit in die Mühle gegangen, weil er nicht zu Krämers Leuten gehörte. Er hatte mit alldem nichts zu tun und war einfach nur Nevas normaler Freund. Man konnte ihm keinen Vorwurf machen, dass er sich da raushielt und lieber ein bisschen mit seinem Bumerang warf.

Neva konnte sich durchschlagen, hatte Krämer gesagt. Aber er hatte auch gesagt, ich solle ihn anrufen, falls etwas schiefging.

Panik ergriff mich, als mir einfiel, dass ich mein Handy nicht dabeihatte. Ich wollte nicht schon meinen ersten Einsatz vermasseln und Krämers Vorurteil bestätigen. Entschlossen warf ich mich vor und klappte den Sitz nach vorn, da entdeckte ich Hektors Handy. Er hatte die Navigation eingestellt und es dann in der Halterung gelassen. Sehr gut!

Ich nahm das Handy heraus und stutzte. Die Gegend hier war mir nicht ganz unbekannt, das war definitiv nicht der eingegebene Zielort. Was lief hier eigentlich?

Ich stieß die Beifahrertür auf, kletterte mühsam hinaus und rannte, was das Zeug hielt, hinter Neva her. Ich bog in die Straße, die Hektor in die Navigation eingetippt hatte, und sah tatsächlich Neva vor einem der Häuser im Vorgarten stehen. Sie sank soeben in einen vollendeten Knicks vor einem Mann, der sich einen Umhang umgebunden hatte. Aus einem Badetuch. Das erkannte ich, weil ein großer, grinsender Delfin darauf abgebildet war.

Rasch sprang ich über die niedrige Hecke eines Nachbarhauses, schlich mich geduckt durch den Garten an und erreichte das Haus, ohne gesehen zu werden. Mit klopfendem Herzen stellte ich mich um die Ecke und presste mich flach gegen die rau verputzte Hauswand. Von meinem Versteck aus konnte ich sie zwar nicht sehen, ihr Gespräch war jedoch gut zu belauschen.

»Welch wundervolle Fügung führt Euch an meinen Hof, edle Prinzessin?«, fragte der Badetuchtyp galant.

Neva antwortete mit zuckersüßer Stimme: »Als mich die Kunde erreichte, ein wahrhafter König wohne in dieser Stadt, gab es für mich kein Halten mehr, Euer Hoheit. Sogleich habe ich mich auf den beschwerlichen Weg begeben, Euch meine Aufwartung zu machen.«

»Nun, Eure Mühen sollen nicht umsonst gewesen sein.« Er klang geschmeichelt. »Ich bin König Konrad. Der Erste.«

»Soso.«

»Hätte man mich doch nur von Eurer Ankunft unterrichtet! Ich hätte Erfrischungen auftragen lassen. So müsst Ihr leider mit einem Glas Limonade vorliebnehmen. Begleitet mich doch hinein.«

»Nichts lieber als das.«

Was? Neva wollte mit diesem Neukönig in sein Haus gehen?

Ich riskierte einen vorsichtigen Blick und sah, wie Neva an der Seite des Königs im Haus verschwand.

Neinneinnein! Was sollte ich denn jetzt machen? Wie sollte

ich wissen, ob alles glatt lief, wenn ich nicht sehen konnte, was da drinnen eigentlich los war? Es half nichts, ich musste ebenfalls hinein.

Ich schlich zur Haustür und stellte zu meiner großen Erleichterung fest, dass sie nur angelehnt war. Behutsam schob ich sie auf und hörte Neva etwas sagen.

Ich konnte es nicht genau verstehen, also trat ich ein und ging auf Zehenspitzen über den Flur auf den Raum zu, aus dem die Stimmen kamen. Die Haustür fiel mit einem leisen Klick ins Schloss, als ich die andere Tür ein Stück aufschob.

»Rühr dich besser nicht vom Fleck«, sagte eine weibliche Stimme hinter mir. Ich wurde vor Schreck ganz steif, weshalb ich der Aufforderung leicht nachkommen konnte.

»Hm. Du bist neu. Welche Linie?«

War sie auch eine Fabulae? Sie war offensichtlich mit den Märchen vertraut und kannte Neva. Dennoch zögerte ich, ihr zu antworten. Sie hatte mich ja nicht gerade freundlich empfangen.

»Oh, ein schüchternes Gänslein«, lachte sie daraufhin. »Ein süßes, kleines Gänseliesel?«

Irgendwas lief seit letztem Mittwoch schief. Seit ich die Mühle betreten hatte, nahmen sich erstaunlich viele Menschen heraus, mich herablassend zu behandeln.

Sollte sie mich doch für ein Gänseliesel halten. »Und wer bist du?«

»Ich bin Greta. Aus der Linie von Hänsel und Gretel.«

Hätte man mich gefragt, wie ich mir ein Gretel vorstelle, hätte ich sie mit geflochtenen Zöpfen beschrieben und einem erdfarbenen Leinenkleid mit heller Schürze. Nett und unauffällig eben.

Dieser Greta vor mir jedoch fiel das hellbraune Haar offen bis über die Hüften. Sie trug einen hautengen schwarzen Overall und feste, geschnürte Stiefel. Zusammen mit ihren dunkel geschminkten Augen sah das zugegebenermaßen ziemlich cool aus, ähnelte aber nicht ansatzweise dem harmlosen Gretel in meiner Vorstellung.

Greta packte mich an der Schulter und schob mich grob in den Raum zu den anderen, was ebenfalls nicht zu meiner Vorstellung der netten Greta passte. Neva stöhnte bei meinem Anblick auf. Greta verpasste mir noch einen Schubs und schloss hinter mir die Tür.

Neva war die Einzige, die saß. Sie hatte eine kerzengerade Sitzposition und die Hände auf dem Rücken. Sie war gefesselt, ging mir auf.

»Ist das Eure Zofe?«, fragte der Neukönig und baute sich vor mir auf. »Sie hat uns warten lassen. Wo hat sie sich so lange herumgetrieben?«

»Eure Majestät, das ist mein Back-up«, erklärte Neva laut.

Jemand machte ein abfälliges Geräusch. Ich schaute an dem Neukönig vorbei zu einem jungen Mann, der lässig an die Wand gelehnt dastand.

Greta sagte: »Ah, ihr kennt euch ja noch nicht. Das ist mein Zwillingsbruder Hans.« Sie klang stolz.

Auch Hans trug einen schwarzen Overall. Sein hellbraunes Haar war mit viel Gel zurückgekämmt, und er betrachtete mich mit finsterer Miene. Ich wich seinem Blick aus, und Neva schnauzte mich an: »Das war eine Falle, Flo, und du bist geradewegs hineingelaufen. Nicht gerade eine Glanzleistung für ein Back-up.«

Ich starrte sie an. Warum betonte Neva das denn dauernd so?

Auch Konrad kapierte anscheinend nicht, was hier vor sich ging. Er drehte gedankenverloren an einem goldenen Ring mit großem roten Edelstein, der an seinem Zeigefinger steckte. Auch wenn er mit uns im Raum stand, war er ganz woanders.

»Drei Tage am Stück soll das Volk feiern. Der König«, er nahm Haltung an und schlug mit großer Geste seinen Umhang zurück, »wird die holde Prinzessin heiraten. Doch, weinet nicht«, richtete er sich an Greta, »ich werde Euch einem meiner treuen Ritter zur Frau geben.«

»Träum weiter«, zischte Greta, doch der König plante bereits das Festbankett.

»Fasane müssen gerupft und köstliche Süßspeisen aufgetragen werden. Und erlesene Weine.« Jetzt zeigte er auf Hans. »Er da, Küchenjunge, er hole den Mundschenk, damit der König ihm seine Wünsche mitteilen kann.«

Hans ignorierte ihn, was dem Neukönig entging, da er nun mit der Finanzierung der kostspieligen Feierlichkeiten anlässlich seiner Vermählung beschäftigt war. »Mein Schatzmeister muss her. Die Steuern müssen eingetrieben werden. Meine Prinzessin soll nicht glauben, fortan am Hof eines Bettelmannes zu leben.«

Er lief zu Nevas Sessel und ließ sich auf ein Knie sinken. Mir fiel auf, wie entsetzt Neva zurückzuckte.

»Ich werde Schlachten für Euch führen, und mein Ruhm soll der Eure sein.« Damit sprang er wieder auf. »Ihr habt mein Wort, edle Dame.«

Er tat mir leid. Schweißperlen auf dem Gesicht, blutunterlaufene Augen, zittrige Hände, und offensichtlich nicht mehr in der Lage, Wahn von Wirklichkeit zu unterscheiden. Krämer hatte nicht übertrieben, was Magische Vergiftungen betraf. Es war das erste Mal, dass ich eine sah, doch mir war sofort klar, wie schlimm es um Konrad stand.

»Wenn wir ihm nicht helfen, wird er sterben«, rief ich verzweifelt.

»Du meine Güte.« Hans schnalzte mit der Zunge. »Was ist denn das für ein Naivchen? Nimmt die ASGA denn jetzt jeden?«

Greta lachte. Sie stand hinter Nevas Sessel und beugte sich zu ihr herunter. »Also. Wo ist er?«

»Das wüsstest du wohl gern!« Neva wand sich, als Greta anfing ihre Kleidung abzutasten. »Ich warne dich, Greta.«

»Legt Ihr etwa Hand an die Prinzessin?« Seine Durchlaucht zeigte zornig auf Greta und wippte angriffslustig auf den Zehen. Er schien geradezu schockiert, was sich Neva da gefallen lassen musste, und das brachte mich auf eine Idee. Wenn es mir gelang, ein wenig Öl ins Feuer zu kippen, sorgte der arme Konrad sicher für Ablenkung, und mit ein bisschen Glück konnten Neva und ich aus dem Haus fliehen.

»Wollt Ihr zulassen, dass diese Magd die zukünftige Königin so behandelt?«, fragte ich vorwurfsvoll.

Konrad bekam einen Schweißausbruch und knabberte nervös an seinem Daumennagel. Beides keine große Hilfe.

Greta ließ Seine Majestät unbeachtet und richtete sich wieder auf. Sie tauschte einen Blick mit ihrem Bruder und sagte: »Sie hat ihn nicht dabei.«

Nun ging Hans vor dem Sessel in die Hocke. Er sprach zu Neva wie zu einem kleinen Kind: »Mach es uns doch nicht so schwer, Neva. So ein Angebot bekommst du kein zweites Mal.«

»Das ist kein Angebot, das ist ein Ultimatum. Und ich werde

nicht darauf eingehen. Hat man euch eigentlich eine Gehirnwäsche verpasst, oder was ist los mit euch?«

Hans erhob sich. Er griff mit einer Hand nach Nevas Haaren und zog ihren Kopf in den Nacken, bis sie ächzte.

»Spinnst du?«, entfuhr es mir. »Lass sie los!«

Ich war mit drei Schritten neben ihm und wollte ihn von Neva wegdrängen, doch Greta verpasste mir eine schallende Ohrfeige, dass mein Kopf herumflog. Ich stolperte zurück und fing mich mit den Händen an der Wand ab, gegen die ich stieß.

»Das würde ich an deiner Stelle sein lassen, Naivchen«, lachte sie warnend.

Zorn wallte in mir auf. Hans fragte, nun sehr viel lauter: »Wo ist er?«

»Hier nicht. Du hältst mich doch nicht für so bescheuert, oder?«

Greta legte von hinten ihre Hände auf Nevas Schultern und bohrte ihre langen Nägel hinein, bis Neva ein kleiner Schmerzensschrei entfuhr. Das alarmierte den Neukönig, er lief auf und ab und rief lauthals nach Wachen.

Mit klopfendem Herzen wartete ich auf den passenden Moment. Ich würde Hochwohlgeboren einen Stoß verpassen, er würde mit Hans oder Greta zusammenprallen, und ich konnte die gefesselte Neva aus ihrem Sessel und mit mir nach draußen ziehen.

Konrad hatte wohl eingesehen, dass sein Ruf nach Wachen unerhört blieb, und schritt selbst zur Tat.

Er stürzte sich auf Hans, umklammerte ihn von hinten und hing mit seinem gesamten Gewicht an ihm, bis beide ins Taumeln gerieten. Das kam nicht nur für mich unerwartet. Greta war mit einem Satz bei ihnen. Sie holte mit einer Drehung Schwung und verpasste dem Neukönig einen Tritt mit ausgestrecktem Bein. Mit einem leisen »Ufff« ging der zu Boden.

Ich war geschockt.

»Flo!«

Neva war aufgesprungen und drehte mir ihren Rücken mit den gefesselten Händen entgegen. Als wäre das ein Signal gewesen, wurde die Tür aufgetreten, und Hektor stürmte herein. Nach einem kurzen Blickwechsel mit Neva steuerte er auf Hans zu. Neva streckte mir die noch immer auf dem Rücken zusammengebundenen Hände entgegen. Es war nur ein dünnes Tuch, das um ihre Handgelenke geschlungen war, und als ich den Knoten löste, riss der morsche Stoff. Irritiert sah ich auf die beiden Fetzen in meiner Hand und ließ sie fallen.

Die Zwillinge hatten sich beide auf Hektor gestürzt, und kaum war Neva befreit, wirbelte sie zu ihnen herum.

Sie nahm sich Greta vor, während Hektor sich jetzt nur noch um Hans kümmern musste. Die Zwillinge mochten als Team gut sein, doch getrennt voneinander machten sie Fehler. Greta ließ sich von Neva in die Ecke treiben. Ich beobachtete, wie sie mehrmals versuchte, zu einem Kick auszuholen, doch Neva ließ ihr keinen Raum dafür.

Hektor wehrte Hans' Schläge einen nach dem anderen ab und versetzte ihm dann drei schnelle Hiebe. Hans entwich hörbar die Luft. Er machte einen Schritt zurück, wobei er über den noch immer am Boden liegenden Neukönig stolperte, dann fiel er hin. Neva beförderte Greta mit einem Schulterwurf neben ihren Bruder und halb auf den bedauernswerten Konrad.

»Sagt eurem Boss«, fauchte Neva außer Atem, »dass er ihn

nicht bekommt. Und sagt ihm«, sie strich sich das zerzauste Haar zurück, »ich zerstöre ihn lieber, bevor er in falsche Hände gerät. Verstanden?«

Hans wischte sich Blut aus dem Mundwinkel und stand auf. Er warf Hektor einen hasserfüllten Blick zu und zog seine Schwester auf die Beine. Dann verließen die beiden fluchtartig das Haus.

Hektor ging zu Neva. Er legte einen Arm um sie und führte sie zurück zu dem Sessel.

»Alles klar?«, fragte er leise, und sie nickte.

Ich hatte das Gefühl, zu stören und wollte eigentlich hinausgehen, doch dann kniete ich mich doch zu Konrad. König oder nicht, er hatte mein Mitgefühl. Mit einer Hand strich ich ihm über die Wange. Er glühte. Seine Augen waren nicht ganz geschlossen, die Lider flatterten.

»Ich verständige Wassermann«, sagte Neva matt. »Flo, nimm ihm den Ring ab. Der vergiftet ihn.«

Ohne zu zögern, streifte ich den schweren Ring von Konrads Finger. Ich wollte ihn Neva reichen, doch sie wehrte mit einer knappen Geste ab und deutete auf das Handy, mit dem sie gerade telefonierte.

Der Ring lag auf meiner Handfläche und ich betrachtete ihn. Ein schönes Stück, massives Gold mit einem funkelnden Rubin in aufwendiger Fassung. Krämer hatte recht, mein M-Gen machte mich immun. Hätte Konrad den Ring länger getragen, wäre er innerlich verbrannt, doch bei mir löste der Gegenstand nichts aus, nicht mal den Wunsch, ihn anzustecken.

Ich wollte den Ring in der Tasche meiner Sporthose verstauen und stieß dabei mit den Fingern an Hektors Handy.

»Hier«, sagte ich verlegen. »Das habe ich mir geliehen.«

Er grinste. »Du machst keine halben Sachen, was? Statt nach der Nummer zu fragen, nimmst du gleich das Handy.«

Er griff danach, und unser Hände berührten sich. Es war wie ein Stromstoß, ich zuckte zurück.

Bestürzt von meiner Reaktion auf Hektors Berührung, griff ich ein Sofakissen und stopfte es unter Konrads Kopf.

Neva hatte ihr Telefonat beendet und fragte wütend: »Warum bist du nicht im Wagen geblieben? Mit deinem kindischen Verhalten hast du unse…« Sie verbesserte sich schnell: »Du hättest meinen Einsatz beinahe ruiniert!«

»Was?« Es war nicht optimal gelaufen, das gab ich gerne zu, nur war das nicht meine Schuld gewesen. Trotzig sagte ich: »Wir sind ein Team, schon vergessen?«

»Nein, sind wir nicht«, rief Neva aufgebracht. »Das nächste Mal bleibst du im Auto, verstanden?«

»Neva«, sagte Hektor besänftigend. »Es ist doch alles glattgegangen.«

Neva und Hektor tauschten einen langen Blick.

»Wer waren denn eigentlich diese Zwillinge?«, fragte ich zur Ablenkung und hörte nicht auf, an dem Kissen unter Konrads Kopf herumzuzupfen.

Neva antwortete nicht, deshalb erklärte Hektor: »Hans und Greta waren Fabulae, bevor sie zu den Reguli übergelaufen sind.«

»Wie Salien? Der ist doch auch übergelaufen«, kam mir unbedacht über die Lippen, was ich sofort bereute, denn Neva ging an die Decke.

»Du solltest dich besser zurückhalten«, rief sie, rot vor Zorn, »solange wir nicht wissen, was wirklich mit Salien passiert ist, werde ich nicht zulassen, dass irgendjemand schlecht über ihn spricht.«

Verschämt sah ich zu Boden. Ich hatte niemanden beleidigen wollen. »Entschuldigung. Es war nur, weil ich gehört habe, dass er jetzt auch ein Regulus …«

»Salien ist vor ein paar Wochen spurlos verschwunden«, mischte sich Hektor beschwichtigend ein. »Wir wissen nicht, wo er steckt. Das Letzte, was wir von ihm gehört haben, ist, dass er gesehen wurde, wie er mit einem Regulus gesprochen hat.«

»Na und? Wir haben auch gerade mit Hans und Greta gesprochen«, brauste Neva erneut auf. »Sind wir deshalb übergelaufen?«

»Du weißt, was ich meine. Selbst Val hat keine Ahnung, wo er sich aufhält.«

»Ja. Behauptet sie zumindest«, fauchte Neva. »Da ist was faul, und Val weiß es genau.«

»Val?« Ich wusste nicht, worum es hier ging, aber ich konnte mir beim besten Willen nicht vorstellen, dass Val sachdienliche Hinweise verschwieg. »Was hat *sie* denn damit zu tun?«

»Val und Salien waren ein Paar«, klärte Hektor mich auf.

Betretenes Schweigen setzte ein. Ich wollte nicht erneut in ein Fettnäpfchen treten und erkundigte mich deshalb unverfänglich nach diesem Wassermann, den Neva verständigt hatte.

»Ehemaliger Fabula«, antwortete Neva kalt. »Ist jetzt Arzt und auf Magische Vergiftung spezialisiert.«

Hektor sah Neva an. Mir kam es vor, als stelle er ihr eine stumme Frage, und tatsächlich schüttelte Neva nach kurzem Überlegen energisch den Kopf.

Hektor hatte beim Kampf seinen Bumerang verloren. Er ging

mit festen Schritten auf ihn zu, hob ihn auf und steckte ihn beinahe wütend zurück in den Hosenbund. Dann verließ er schweigend das Haus.

Ein paar Minuten später hielt mit quietschenden Reifen ein Wagen vor der Tür, und jemand kam ins Haus gerannt. Es war ein großer, schlanker Mann mit Arztkoffer. Er fragte: »Gesichert?«

»Gesichert«, bestätigte Neva und informierte ihn knapp und auffallend unvollständig über die Geschehnisse, während er mit der Untersuchung des stöhnenden Konrad begann.

Im Kofferraum hatte Neva Pappschachteln verschiedener Größen gestapelt. Sie gab mir eine kleine, und ich packte den Ring hinein. Neva wollte sich darum kümmern, dass der gefährliche Gegenstand sofort in die Mühle kam, mich setzten sie vorher zu Hause ab. An der Nachbesprechung müsse ich nicht teilnehmen, sagte Neva, die sei langweilig, und sie könne das allein machen. Dafür war ich ihr sehr dankbar, denn ich wollte Schlaf nachholen, brauchte dringend eine Dusche und hätte allein ein Buffet für zehn Personen verdrücken können. In welcher Reihenfolge ich das erledigen wollte, war noch ungewiss.

11. Kapitel

Wie es aussah, war ich nicht die Einzige mit Hunger. Schon im Treppenhaus war ein tiefes, jammervolles Quaken zu hören. Mist! Ich hatte Caruso vergessen.

Ich beeilte mich, nach oben zu kommen, blieb dann aber vor Annas Tür stehen. Ich wollte wissen, wie es ihr ging, und klingelte, ungeachtet Carusos Wehklagen. Nadine öffnete.

»Hallo, Flora. Du willst bestimmt zu Anna? Sie schläft gerade.«

Ich nickte. »Wie geht es ihr? Ma hat gesagt, sie hätte eine Blutvergiftung?«

Nadines Gesicht wurde finster. »Diese Ärzte sagen, es sei keine. Die tun so, als wäre ich eine überspannte Mutter und würde aus einer Mücke einen Elefanten machen.« Sie lächelte mich angestrengt an. »Komm doch später noch mal, ja? Anna ist unerträglich nörgelig, weil sie schon so lange mit mir allein in der Wohnung eingesperrt ist. Sie wird sich freuen, dich zu sehen. Abgemacht?«

»Okay. Bis dann.«

Nadine schloss die Tür und ich rannte nach oben zu unserer

Wohnung, wo ich zu meiner Erleichterung feststellte, dass Ma und Jens nicht da waren. Das kam mir sehr gelegen, denn so musste ich keine dürftigen Erklärungen abgeben. Ma hätte sich über meine frühmorgendlichen Fitnessambitionen wohl mehr als gewundert.

Pflichtbewusst versorgte ich zuerst die Kröte und ging dann in die Küche, um mir selbst etwas zu essen zu machen. Mein Handy lag auf dem Küchentisch und zeigte drei verpasste Anrufe und vier Nachrichten an. Allesamt von Val.

Ich rief sie zurück, doch sie war in Eile, deshalb versicherte ich ihr nur rasch, wie gut Caruso sich in meinem Zimmer machte. Seinen komischen Anfall verschwieg ich, darüber konnten wir sprechen, wenn sie mehr Zeit hatte.

Jens hatte wie versprochen Brötchen und Croissants geholt, und ich schnappte mir begeistert die Tüte. Ich belegte zwei Brötchen mit Käse, stellte ein Glas Aprikosenmarmelade für das Croissant bereit, holte eine Flasche Wasser und gab mich einem ausgiebigen Frühstück hin.

Nachdem der erste Heißhunger gestillt war, aß ich langsamer und dachte nach.

Neva hatte kaum gesprochen, als sie und Hektor mich hergefahren hatten. Sie schien sich beim Training doch stärker verausgabt zu haben, als ich angenommen hatte. Sie hatte müde und unkonzentriert gewirkt. Und Hektor war richtig besorgt um sie gewesen.

Hektor. Wenn er nicht aufgetaucht wäre, hätten Neva und ich ziemlich in der Klemme gesteckt, denn mit diesen Zwillingen war eindeutig nicht zu spaßen. Wenn ich nur an die Ohrfeige dachte, die ich kassiert hatte. Oder daran, wie Greta Neva mit ihren Nägeln malträtiert und Hans sie an den Haaren gezogen hatte.

Mein angebissenes Brötchen sank auf den Teller. Was hatten sie eigentlich von Neva gewollt? Wenn diese Reguli für eine andere Agentur arbeiteten, warum hatten sie sich nicht einfach den Ring geschnappt und sich damit aus dem Staub gemacht? Sie waren doch vor uns da gewesen.

Ich musste daran denken, wie Hektor ins Zimmer gestürmt war. Er schien nicht sonderlich überrascht gewesen zu sein, Neva gefesselt und bedroht vorzufinden. Dabei hatte er doch gesagt, er gehöre nicht zu Krämers Leuten.

Langsam begriff ich, warum Neva weder Timus noch mich im Team wollte. Sie und Hektor waren ein Team.

Ich gab einen Riesenklecks Aprikosenmarmelade auf den Teller und tauchte mein Croissant darin ein. Dass ich nicht früher darauf gekommen war. Ob Krämer davon wusste?

Satt, aber müde ging ich in mein Zimmer, um Vorbereitungen für den nächsten Punkt meines persönlichen Wellnessprogramms zu treffen. Eine schöne, heiße Dusche.

Ich legte frische Unterwäsche bereit und schnappte mir ein weites Kuschelshirt. Vom Nachttisch nahm ich die Bürste und kämmte mein zerzaustes Haar.

Da bemerkte ich, dass der Kosmetikspiegel leicht geöffnet war, und ich glaubte, ein zartes lilafarbenes Licht darin schimmern zu sehen. Es wurde strahlender, beinahe blendend, und verdutzt wollte ich nach dem Spiegel greifen, da bekam Caruso einen erneuten Anfall.

Ich stürzte zum Terrarium. Diesmal war es sogar noch schlimmer, und auch mein Gesang bewirkte keinerlei Besserung.

»Du stirbst jetzt aber nicht, Caruso? Bitte, bitte, tu mir das nicht an«, rief ich und verfolgte ängstlich, wie er sich über den mit Rindenmulch ausgestreuten Boden rollte. Seine lange Zunge hing ihm aus dem Maul, und er röchelte laut.

»Was soll ich denn jetzt bloß machen?«

Voller Panik suchte ich in Vals Pflegeanleitung nach Hilfe, als mir ein anderes Geräusch das Blut in den Adern gefrieren ließ. Ein Kichern. Das Kichern aus meinem Traum.

Ich drehte mich einmal im Kreis, suchte mit den Augen jeden Winkel meines Zimmers ab, doch niemand war zu sehen.

»Wer ist da?«, rief ich trotzdem und wieder kicherte es.

Ich schluckte. Waren es Hans und Greta? Die Reguli? Wenn sie mir Angst einjagen wollten, war es ihnen gelungen. Ich wich zurück, bis ich gegen die Kommode mit der Kröte darauf stieß. Ich wollte nicht zeigen, wie sehr ich mich fürchtete, und forderte: »Wer auch immer hier ist, komm raus, wenn du dich traust!«

»Glaubt mir, Teuerste, *das* versuche ich nunmehr seit Jahrhunderten.«

Es war eine schneidende Stimme und, auch wenn sie recht hoch klang, eindeutig männlich.

Meine zitternden Finger ertasteten die lange Futterpinzette, die neben dem Terrarium lag. Ich griff danach und ließ sie vermeintlich angriffslustig vor mir in der Luft kreisen. »Ich habe keine Lust auf Spielchen. Wer ist da, verdammt!«

»Man gab mir viele Namen. Welchen wollt Ihr mir geben?«

Das Kichern wurde zu einem Lachen. Obwohl, es war eher wie das Echo eines Lachens, weit weg und schon längst verklungen. Und dann sah ich, woher es stammte.

Die Pinzette glitt aus meiner Hand, und ich riss die Augen auf. Ein kräftiges lilafarbenes Licht umgab meinen Nachttisch.

Mit trockenem Mund flüsterte ich: »Der Spiegel …«

»Etwas einfallslos«, erwiderte die Stimme verschnupft. »Wie wäre es mit *Großer Spiegel der Weisheit?* Oder *Unerschöpflicher Quell des Wissens*? Falls das zu sperrig ist, einfach *Scitus.*«

Vorsichtig näherte ich mich dem Nachttisch. Das grelle Leuchten wurde mehr und mehr zu einem Funkeln, und ich erkannte, dass der Spiegel ganz aufgeklappt war. Er zeigte ein erst verschwommenes, dann immer klarer werdendes Bild eines menschlichen Gesichts. Es wirkte hochnäsig, mit dünnen, hochangesetzten Brauen und spitzen Wangenknochen. Seine Augen waren schmal und standen schräg und gaben ihm etwas Verschlagenes, Hinterhältiges.

Ich hatte meine Sprache noch immer nicht wiedergefunden, deshalb starrte ich ihn ungläubig an. Dem Spiegel schien das zu gefallen, denn er präsentierte mir sein Gesicht von vorne und im Profil, wobei er versuchte, sein Kinn möglichst vorteilhaft zur Geltung zu bringen.

So unerfahren ich mit Märchenfiguren auch war, mein Gefühl sagte mir, dass dieser Bursche mit Vorsicht zu genießen war.

War nicht der verräterische Spiegel bei Schneewittchen schuld, dass die böse Königin drei Attentate auf das unschuldige Mädchen unternahm? Weil er seinen Mund nicht halten konnte und der Königin immer wieder brühwarm erzählte, wie schön Schneewittchen sei, dass es immer noch lebte und bei den sieben Zwergen Unterschlupf gefunden hatte?

»Hör zu, Spiegel«, begann ich, und er schnalzte tadelnd mit der Zunge.

»Bitte nennt mich Scitus. ›Spiegel‹ klingt so vulgär.«

»Okay, Scitus«, verbesserte ich mich, »ich weiß nicht, ob du hier richtig bist. Ich bin nicht …«

»Oh, ich weiß, wer Ihr seid. Und ich kannte sogar Eure Stammmutter. Sie war wirklich so schön, wie man sich erzählt, und Ihr, Teuerste, seid ihr sehr ähnlich.«

»Du kanntest Dornröschen?«

»O ja. Sie plauderte oft und gern mit mir.« Er lachte kurz auf. »Nun ja, wer würde das nicht? Ich darf mich rühmen, als Gesprächspartner …«

»Wie war sie so?«, unterbrach ich ungeduldig.

»Hingerissen.«

»Du meinst hinreißend?«

»Nein, hingerissen. Von mir, natürlich.«

Ich lauschte noch eine Weile seinem selbstverliebten Gerede, bis ich ihn erneut unterbrach. »Wo kommst du eigentlich her? Ich meine, wie ist dein Kosmetikspiegel in mein Zimmer gekommen?«

»Ich bin in einem Kosmetikspiegel?« Er verzog den Mund und sah sich in seinem Spiegel um. »Deshalb also klingt meine Stimme so dünn.« Er schien verärgert. »Ich bin nicht in meinem prächtigen, goldgefassten, drei Meter hohen Spiegel? Und da wundere ich mich, warum die Leute bei meinem Erscheinen nicht mehr vor Ehrfurcht erschaudern.«

»Nein. Du hast jetzt ein wesentlich praktischeres Format. Eher so für die Handtasche.«

Scitus zog finster die Brauen runter. »Das hat Neva mir verschwiegen.«

»Neva?«

»Neva ist meine Herrin«, bestätigte Scitus. »Meine verehrte, unvergleichliche, wunderschö…«

Ich klappte den Spiegel zu. Im Prinzip hatte ich nichts dagegen, dass er Nevas Schönheit pries, nur fragte ich mich, warum er es ausgerechnet in meinem Zimmer tat.

Neva musste ihn in der Küche liegen gelassen haben, und Ma hatte ihn bestimmt zu meinen Sachen gelegt, weil sie dachte, er gehöre mir.

Ein weiterer Gedanke schoss mir durch den Kopf. So ganz hatte ich das mit der giftigen Magie noch nicht verstanden, doch bestand nicht die Gefahr, dass Ma durch diesen Spiegel vergiftet wurde?

Sie war noch nicht wieder zu Hause. Ich sah auf die Uhr und beschloss, erst meine wohlverdiente Dusche zu nehmen und Scitus dann schleunigst zu seiner unvergleichlichen Neva zurückzubringen.

Anna würde ihr Fahrrad gerade nicht brauchen, deshalb nahm ich es mir und radelte zur Mühle, obwohl ich hundemüde war und mir meinen Sonntagnachmittag anders vorgestellt hatte. Ich bat Berta um Nevas Adresse, und sie schrieb sie mir auf einen Zettel. Ich bedankte mich, warf einen Blick darauf und ging zur grünen Tür. Es erstaunte mich kein bisschen, dass Neva in einer der nobleren, ach was, in der nobelsten Gegend der ganzen Stadt wohnte. Immerhin war Lydia Schneetal ihre Mutter.

Ich malte mir aus, in welchem Palast Schneewittchen wohl leben mochte, stieß die grüne Tür auf und prallte mit jemandem zusammen.

»Schon wieder?«, fragte der belustigt. »Du machst das mit Absicht, oder?«

Ich erkannte Timus und lief dunkelrot an. »Nein. Ich … Entschuldigung.«

Wir standen in der offenen Tür, und Matz nutzte die Gelegenheit, hineinzustromern.

»Neu hier?« Timus' grünbraune Augen wanderten über mein Gesicht und trafen sich dann mit meinen. »Ich bin Timus.«

»Ja, ich weiß.« Ich biss mir auf die Zunge. Das war ja wohl das Dämlichste, was ich hätte sagen können. Schnell fügte ich an: »Ich bin Flora. Ein Dornröschen.«

Timus' Brauen zogen sich zusammen. »Die Linie ist doch ausgestorben.«

»Ich fühle mich aber ganz lebendig.« Nein. DAS war das Dämlichste. Mit Abstand.

Dementsprechend musterte Timus mich zweifelnd, und ich war schon drauf und dran, einfach wegzulaufen, da sagte er: »Ich interessiere mich sehr für Linien. Ist sozusagen ein Hobby von mir. Stammbäume und so.«

»Ich kenne mich da gar nicht aus.«

»Nein?« Er sah auf seine Armbanduhr. »Hast du vielleicht Zeit für einen Kaffee?«

Da stand dieser Traumtyp vor mir und lud mich auf einen Kaffee ein? Ich hätte gern meinen Zeigefinger in seine breite Brust gebohrt, um sicherzugehen, dass ich mir das nicht nur einbildete.

»Ja«, sagte ich stattdessen. »Ja, ich habe Zeit.«

»Ich muss nur schnell so ein Formular ausfüllen. Wartest du auf mich?«

Also wartete ich vor der Mühle.

Warum hatte ich mir die Haare nicht anständig frisiert, nachdem ich aus der Dusche gekommen war? Ich hatte sie kurz angetrocknet und dann einfach zu einem Knoten gebunden. Und meine Klamotten waren auch nicht das, was man zu einem ersten Date auswählen würde. Eine ausgewaschene Jeans, ein cremefarbenes T-Shirt und meine graue Strickjacke mit Lodenknöpfen und Flauschkapuze.

Ein Blick auf meine Turnschuhe ließ mich seufzen. Es waren die bequemen, abgetragenen, mit zwei unterschiedlichen Schnürsenkeln.

Bevor ich mir bezüglich meiner Nachlässigkeit weitere Vorwürfe machen konnte, wurde ich durch ein Mädchen, etwa in meinem Alter, abgelenkt. Sie stand oben auf dem Stadtwall und sprach beruhigend auf einen Baum ein.

Der Baum antwortete. »Ist der Hund wirklich weg?«

»Ja.« Sie lachte und trat ein Stück vom Baum zurück. »Ich habe ihm gesagt, dass es nicht nett ist, dich zu jagen. Er hat sich entschuldigt und versprochen, es nicht wieder zu tun. Ehrlich.«

Diese Szene hätte mich noch vor ein paar Tagen zutiefst irritiert, aber da ich mich hier in unmittelbarer Nähe der Mühle befand, ging ich davon aus, dass es Fabulae waren, die ich noch nicht kennengelernt hatte.

Es raschelte zwischen den Ästen, und rot leuchtende Blätter regneten zu Boden. Mit ihnen hatte sich ein Junge nach unten fallen lassen. Er rollte geschmeidig ab und war so schnell wieder auf den Beinen, dass meine Augen der Bewegung nicht richtig hatten folgen können.

Sie half ihm, Blätter von seiner Kleidung zu zupfen, und gemeinsam kamen sie den schmalen Weg zur Mühle herunter.

»Oh, hallo! Ich kenne dich noch nicht«, sagte sie mit einem warmen Lächeln und machte die letzten Schritte mit ausgestreckter Hand auf mich zu. »Ich bin Mavie.«

»Flora«, antwortete ich und schüttelte ihre Hand.

Mavie war einen halben Kopf kleiner als ich und ganz in Grau gekleidet. Ihre braunen Haare trug sie zu einem Zopf gebunden und ein fransiger Pony fiel ihr ins Gesicht.

»Flora? Ein schöner Name. Seit wann bist du bei der ASGA?«

Ich mochte sie auf Anhieb. »Noch nicht lang. Seit gestern.«

»Willkommen in der Mühle!« Mavie zeigte auf ihren Begleiter, dem noch immer ein Blatt auf der Schulter lag. »Das ist Karlo.«

Ich sah ihn wohl einen Tick zu lange an, denn er fragte säuerlich: »Was ist? Hättest wohl eher erwartet, dass ich Chang Liang Wang heiße, oder?«

»Nein! Wirklich nicht!«, stieß ich bestürzt aus. Es hatte doch nur an seiner Frisur gelegen. »Tut mir leid. Ich wollte nicht …«

Mavie stieß ihn in die Seite, er lachte. »Aber das ist mein Name. Chang Liang Wang, genannt Karlo. Meine Mutter ist Chinesin, mein Vater ist ein Nachfahr des Gestiefelten Katers.«

Ich gab Karlo die Hand. Mavie zupfte das Blatt von seiner Schulter und fragte: »Hast du denn schon jemanden von uns kennengelernt?«

»Val«, antwortete ich rasch. »Und Neva.«

Karlo grinste. »Na, dann hast du ja gleich den besten Eindruck von den Fabulae bekommen, was? Wegen Neva, meine ich.«

»Keine Sorge«, Timus trat zu uns, »mich kennt sie auch schon.«

Richtig. Wie hatte ich Timus vergessen können? Er stand nun nah bei mir, sein Arm streifte mich, als er Karlo begrüßte. Mavie zwinkerte ihm zu.

»Timus kann nicht über mangelndes Selbstbewusstsein klagen. Stimmt's?«

»Wieso? Jemand muss es doch ausbügeln, wenn Schneewittchen sich nicht benimmt.«

Karlo nickte wissend, und Mavie gab Timus einen sanften Knuff.

»Also. Wir wollten gerade einen Kaffee trinken gehen«, sagte Timus.

Karlo sah Mavie an: »Was ist? Gehen wir mit?«

»Keine Zeit, Katerchen, keine Zeit.« Mavie steuerte auf die grüne Tür zu. »Wir müssen das Formular ausfüllen, schon vergessen?«

Karlo murmelte: »Elende Bürokratie!« Dann ging auch er.

»Hat ein bisschen länger gedauert. Berta ist nicht da, und Krämer musste erst das Formular suchen. Ohne mich hätte er es nie gefunden«, sagte Timus und lächelte mich an. »Nehmen wir mein Auto?«

Wenn er nicht auf meinem Gepäckträger mitfahren wollte, sollten wir das tun. Wir stiegen also in seinen Wagen, und er parkte sportlich aus. Ich bemerkte geschmeichelt, dass Timus genauso angestrengt nach einem Thema suchte, wie ich. Ich lächelte in mich hinein und begann: »Die sind wirklich nett, die beiden.«

»Mavie ist der Hammer. Wusstest du, dass sie ein Aschenputtel ist?«

Ich dachte an ihre graue Kleidung, die sie unauffällig erscheinen ließ. Nur auf den ersten Blick, allerdings.

»Ja? Und Karlo … Stammt er wirklich … Also, vom Gestiefelten … Also, von einer Katze … ?«

Timus unterbrach mein Gestammel mit einem lauten Lachen. »Du meinst, sein Vorfahr war ein schnurrender, mäusejagender Kater?«

»Nicht?« Timus' Lachen wirkte ansteckend, ich musste grinsen. »Aber das Märchen?«

»Die Grimms haben es, sagen wir, etwas spektakulärer erzählt, als es in Wirklichkeit war. Karlos Vorfahr war ein ganz gewöhnlicher Mensch, der von der bösen Fee mit einem Zauber belegt wurde. Ihm wuchs Fell am ganzen Körper, Schnurrhaare und spitze Ohren, aber er ist ein Mensch geblieben.«

»Ah, deswegen«, sagte ich und zeigte an meinem Kopf auf die Stellen, an denen Karlo sich aus seinem Haar zwei Katzenohren gestyled hatte. Nur deshalb hatte ich ihn vorhin so angestarrt.

»Er ist sehr stolz darauf«, erklärte Timus. »Und das kann er auch sein. Er springt aus dem Stand zwei Meter hoch und hat Reflexe, die sind der Wahnsinn. Wenn er mal losrennt, kommt kein Windhund mit. Außerdem kann er im Dunklen genauso gut sehen wie bei Licht.«

»Und Mavie?«

»Sie kann mit Tieren sprechen.«

»Davon hat Val mir erzählt«, entfuhr es mir begeistert. »So richtig?«

Timus drehte sich kurz mit einem Lächeln zu mir, das auf meiner Haut prickelte. Er sah unfassbar gut aus.

»Ja. Sie hat vor ein paar Wochen mit Piggy, dem Meerschweinchen meiner kleinen Schwester, gesprochen, weil es kaum noch gefressen hat. Mavie übersetzte uns, warum Piggy so unglücklich ist. Wir haben alles gemacht, was Piggy wollte, und nun sind alle zufrieden. Meine Schwester hat jetzt übrigens acht Meerschweinchen, Tendenz steigend.«

Ich dachte an das, was Mavie zu Karlo gesagt hatte, als der noch auf dem Baum gesessen hatte. Ich war beeindruckt von ihrer Gabe. Und ein klitzekleines bisschen neidisch.

Timus hatte das Café vorgeschlagen, in dem meine Mutter arbeitete, doch da wollte ich nicht hin. Schließlich gingen wir in ein kleines Café, das ich bisher nur vom Vorbeigehen kannte. Wir setzten uns an einen Tisch in der Ecke und bestellten uns Tee.

»Ich hätte nicht gedacht, jemals einem Dornröschen zu begegnen«, sagte Timus. Dabei sah er mich aufmerksam an.

»Ich auch nicht.«

»Wie meinst du das?«

»Nun«, setzte ich an, erinnerte mich dann aber, dass Krämer nicht wollte, dass ich meine wahre Geschichte überall herumerzählte. Ich blieb bei der Version, die sein Freund vom Rat der Genaver eingetragen hatte. »… und dann durfte ich den Test machen und habe bestanden.«

»Ungewöhnlich.« Timus hatte sich zurückgelehnt und mich bei meiner Erzählung nicht aus den Augen gelassen. Jetzt setzte er sich auf. »Das wird den Genavern nicht gefallen.«

»Ähm. Was?«

»Na ja, wenn du ein aktives M-Gen hast, obwohl du aus einer ausgestorbenen Linie stammst, könnte es doch sein, dass es da noch andere gibt, bei denen das auch vorgekommen ist.«

»Möglich«, erwiderte ich.

»Ja, und das würde bedeuten, dass es irgendwo auf der Welt M-Gen Träger gibt, die nicht von den Genavern erfasst worden sind.«

»Könnte sein«, stimmte ich zu. »Worauf willst du hinaus?«

»Ach. Nur so ein Gedanke.« Er sah sich nach der Bedienung um. »Willst du noch was trinken? Und wollen wir was essen, Flo?«

Eigentlich mochte ich die Abkürzung nicht so gern, aber aus Timus' Mund klang sie schön, und ich hatte nichts dagegen. Wir bestellten kühle Getränke und Baguette.

Timus spielte mit dem Zuckerstreuer, der auf dem Tisch stand. »Ich bin neugierig. Welche Gabe hast du, Flo?«

»Ich …«

Die Bedienung, eine hübsche junge Frau, kam genau im richtigen Moment. Sie stellte unsere Getränke ab und informierte Timus unaufgefordert über weitere Spezialitäten, die er unbedingt probieren müsse. Er versicherte, das irgendwann zu tun, und sah ihr nach. Ich war sicher, es passierte ihm öfter, dass Mädchen unbedingt seine Aufmerksamkeit erregen wollten.

Ich nutzte seine Unaufmerksamkeit, und statt seine Frage nach meiner Gabe zu beantworten, fragte ich: »Du kommst aus der Linie des Einen, der auszog, das Fürchten zu lernen. Ist deine Mutter auch, also, hat sie auch das M-Gen?«

»Natürlich. Sie ist ein Gretel.«

Ich horchte auf. »Ich habe heute Greta kennengelernt. Ist sie verwandt mit dir?«

Timus rutschte der Zuckerstreuer aus der Hand, und die weißen Kristalle verteilten sich auf dem Tisch. Als ihm klar wurde, wie heftig er reagiert hatte, lächelte er entschuldigend. »Sie ist meine Cousine. Unsere Mütter sind Schwestern. Ihren Bruder kennst du dann wohl auch?«

»Ja.« Ich sah zu, wie er den Zucker mit einer Serviette vom Tisch fegte.

»Gemischte Zwillinge sind bei M-Gen Trägern sehr selten. Der Vater der beiden ist übrigens ein Bärenhäuter. Mehr muss ich wohl nicht dazu sagen.«

Ich gab vor, zu wissen was er damit meinte, und beschloss, das später zu recherchieren. »Sie waren auch Fabulae, oder? Warum sind sie übergelaufen?«

»Keine Ahnung. Lust, sich wichtigzumachen? Hans und Greta haben schon immer gern Stress gemacht. Hans ist eine Niete, ich weiß nicht, ob er überhaupt irgendwas draufhat.« Timus sah mich an, und ich musste schlucken. Eine Niete? So wie ich? Ich hatte bisher auch noch keine Gabe bei mir festgestellt.

Ihm fiel zum Glück nicht auf, dass ich unwillkürlich auf dem Stuhl herumrutschte.

»Aber Greta hat es eigentlich nicht nötig, Krämer hat immer große Stücke auf sie gehalten. Sie hat eine wirklich beeindruckende Gabe. Sie kann spüren, wenn sich jemand eine Magische Vergiftung eingehandelt hat. So, als hätte sie einen inneren Kompass, kann sie dieser Spur folgen. Durch Gretas Gespür konnten wir schnell und bequem eine Menge Gegenstände einsammeln. Greta hat uns geradewegs zu ihnen geführt. Trotzdem«, das betonte er, »mag ich die Zwillinge nicht besonders.«

Das konnte ich ihm nicht verübeln. Was ich von den beiden gesehen hatte, war alles andere als angenehm.

Die Bedienung brachte unsere Baguettes, und wir fingen an, zu essen. Timus erkundigte sich zwischen zwei Bissen: »Wie ist es so mit Neva im Team?«

»Hör mal«, sagte ich entschuldigend. »Ich weiß, du solltest eigentlich mit ihr ein Team …«

Er unterbrach mich lachend. »Das wäre keine fünf Sekunden gut gegangen, glaub mir.«

Aha. Der Stachel schien tief zu sitzen. War er etwa noch nicht über die Trennung hinweg? Wir aßen weiter, und ich versuchte, das Gespräch in eine andere Richtung zu lenken.

»Vorhin habe ich das erste Mal einen Menschen mit Magischer Vergiftung gesehen. Ich hätte vorher nicht geglaubt, dass es so schlimm sein kann.«

Timus hatte gerade das letzte Stück Baguette in den Mund stecken wollen, ließ es jetzt aber sinken. »Flo, versprich mir, dass du gut auf dich aufpasst, ja? Menschen mit Magischer Vergiftung drehen total durch und sind irre gefährlich. Ich hab es am Anfang auf die leichte Schulter genommen, aber dann hatte ich ein Erlebnis«, er legte den kleinen Rest Baguette auf den Teller, wischte sich die Finger an einer Serviette ab und trank einen Schluck, »da bin ich haarscharf am Tod vorbeigeschlittert.«

»Erzähl!«

»Okay. Es war mein dritter oder vierter Einsatz als Fabula. Krämer hat mich mit einem älteren Agenten losgeschickt, einem Drosselbart. Ein schrecklicher Angeber, der mir nichts beibringen konnte. Ich habe ihn Drossel-Mustache getauft. Wir kommen also zum Einsatzort«, er hob beide Hände, »einem riesigen, verlassenen Bürogebäude. Es ist Winter, eiskalt, draußen ist es bereits dunkel, und nirgends gibt es Licht. Wir wissen nur, dass wir einen Gegenstand holen sollen, aber nicht, was oder wer ihn hat. Wir teilen uns auf, und ich suche die beiden unteren Etagen des leer stehenden Gebäudes ab.« Timus trank sein Glas aus. »Der Wind pfeift durch die leeren Gänge, bringt die kaputten Fensterscheiben zum Klirren, und irgendwo tropft Wasser von der Decke.« Er ahmte ziemlich gut das Geräusch von aufplatschenden Tropfen nach. »Über mir höre ich die Schritte meines Kollegen Drosselbart. Doch dann fällt mir auf, dass da noch andere Schritte sind. Schritte, die im gleichen Raum mit mir sind, die mir folgen. Gehen, wenn ich gehe, stehen bleiben, wenn ich stehen bleibe.«

Ich lehnte mich vor. »Und dann? Was hast du getan?«

»Ich sehe mich um. Drossel-Mustache im oberen Stock hat eine Taschenlampe, aber ich habe nur das bisschen Mondlicht, das in dieser Nacht durch die Wolken scheint. Und trotzdem erkenne ich eine Gestalt, die genau zwischen mir und der Tür steht. Ich mache einen Schritt auf sie zu.«

Die Bedienung tauchte auf, schmachtete Timus kurz an und trug unsere Teller weg.

»Weiter«, forderte ich. »Du machst einen Schritt auf die Gestalt zu?«

»Und sie auf mich. Ich höre, wie Glas unter ihren Schuhen knirscht.«

»Hast du deinen Kollegen gerufen?«

»Wozu? Ich wollte der Gestalt den Gegenstand abnehmen, und da war es doch praktisch, dass sie mir quasi in die Arme lief.«

Ich schüttelte mich. »Das ist unheimlich.«

»Also, ich gehe in die Hocke und mache mich zum Sprung bereit, und die Gestalt ebenfalls. Ich zähle laut bis drei und …«

Er machte eine Pause, in der er mich triumphierend anstrahlte. »Ich springe nicht, aber die Gestalt. Sie macht einen langen Satz auf mich zu, und als ihr auffällt, dass ich mich nicht von der Stelle bewegt hatte, beginnt sie zu heulen wie ein Schlossgespenst und rollt sich über den Boden.« Timus zuckte die Achseln. »Ich musste nur noch hingehen und ihr den Mantel abnehmen.«

»Äh. Woher wusstest du, dass es der Mantel war, von dem die Vergiftung ausging?«

»Weil die Gestalt geglaubt hat, ich könne sie nicht sehen. Es gibt nicht viele Märchen, in denen sich Menschen unsichtbar machen können, außer, sie tragen verzauberte Tierfelle, Mäntel oder irgendwas, das ihren Körper bedeckt.« Er kratzte sich am Kopf. »Und das war mein Fehler. Ich hatte unterschätzt, was eine Magische Vergiftung aus Menschen macht. Wenn nicht in genau diesem Augenblick der Mond hinter einer Wolke hervorgekommen wäre«, seine Fingerspitzen berührten wie zufällig meine Hand, »hätte ich nicht das Funkeln gesehen. Das Glas, das ich vorher hatte knirschen hören, stammte von einer kaputten Fensterscheibe, und ein paar der Scherben waren wie lange, dünne Messer.«

Schaudernd hielt ich die Luft an. »Die Gestalt hat sich eine der Scherben genommen?«

»Als wir in die Hocke gegangen sind, vermute ich.« Timus erzählte das Finale seiner Geschichte mit gedämpfter Stimme. »Ich sehe also das Funkeln und kann gerade noch meinen Oberkörper zurückreißen, sonst …« In einer schnellen Bewegung fuhr er mit der flachen Hand über seinen Hals und hob dann die Schultern. »So hat die Scherbe mich nur am Bein getroffen. Hübsche Narbe.«

Wir saßen ein paar Sekunden schweigend da und sahen uns in die Augen. Ich war beeindruckt von Timus, der so gelassen über einen Angriff erzählte, der beinahe schlimme Folgen für ihn gehabt hätte.

»Ich hatte nicht gedacht, dass es so gefährlich sein kann, eine Fabula zu sein«, gestand ich. Timus' Miene war ernst und wieder streifte er meine Hand mit seiner.

»Doch. Es ist sogar sehr gefährlich. Und ich hoffe, Neva bildet dich gut aus.«

Timus hatte wohl bemerkt, dass mich seine Erzählung verunsichert hatte, und berichtete mir von seinen lustigsten Einsätzen. Ich lauschte fasziniert. Er war so unerschrocken und schien immer genau das Richtige zu machen.

»… und dann klopft es an die Tür, und eine quietschend hohe Stimme ruft:«, mit einem Räuspern verstellte Timus seine Stimme, »ich bin's, eure liebe Mutter. Lasst mich rein, ihr sieben Geißlein!«

»Du hast die Tür doch nicht aufgemacht?«

»Doch, na klar. Und davor stand natürlich kein Wolf, sondern ein junger Mann, ganz weiß im Gesicht und mit Schaum an den Lippen.« Timus konnte vor Lachen kaum weitererzählen. »Ich weiß nicht, wie viele Kilo Kreide er gefressen hat, aber du hättest sehen sollen, wie der Kerl sich vor Schreck übergeben hat, als ich ihn am Kragen packte. Als hätte man einen Mehlsack zum Platzen gebracht.«

»Ähhh«, ich verzog den Mund. »Es kommt hoffentlich nicht oft vor, dass die Menschen verzauberte Gegenstände aufessen?«

»Hin und wieder schon. Wassermann hat ihn sofort in seine Klinik gebracht und den Magen ausgepumpt.« Nachdenklich fügte Timus hinzu: »Der arme Kerl ist Lehrer und hat fast täglich mit Kreide zu tun. Ich hoffe, er kommt damit klar.«

Nach Timus' lebendiger Schilderung hatte ich selbst das Gefühl, voller Kreide zu sein, und wischte mir unauffällig über die Arme. Dabei sah ich mich im Café um und entdeckte an einem Tisch weiter vorne zwei Mädchen, die auf meine Schule gingen. Sie waren schon in der Oberstufe, und ich hatte nicht viel mit ihnen zu tun. Die eine hieß Celia, das wusste ich, doch der Name der anderen wollte mir nicht einfallen. Sie deuteten anerkennend auf Timus, und mir wurde klar, dass sie glaubten, ich sei mit ihm zusammen. Mit leicht geröteten Wangen winkte ich zurück.

12. Kapitel

Wir verließen das Café und mussten feststellen, dass es fürchterlich regnete. Timus schlug vor, mich nach Hause zu fahren. Ich zögerte, denn Annas Fahrrad stand noch an der Mühle, ergriff dann aber die Hand, die Timus mir entgegenstreckte. Er lief los, und ich ließ mich von ihm durch den Regen zu seinem Auto ziehen. Mein Herz schlug wild vor Aufregung, und ich musste lachen, als mir die dicken Regentropfen über das Gesicht liefen.

Auf der Fahrt sprach ich wenig, und als wir vor unserem Haus anhielten, verstummte ich ganz. Die Frage, wie wir uns verabschieden würden, war mir ungeheuer peinlich, und ich tastete unbeholfen nach dem Gurt, um mich abzuschnallen. Ich entschied, einfach schnell aus dem Auto zu springen, doch Timus schnallte sich ebenfalls ab.

Wir rannten durch den Regen und retteten uns unter das kleine Dach über der Haustür. Timus sah mich mit seinen wunderschönen Augen einfach an, von einer dunkelblonden Strähne fiel ein Tropfen und lief ihm über die Wange. Es war wie in meinem Traum, als er dann seinen Kopf neigte …

»Danke«, rief ich für mich selbst überraschend und drehte mich abrupt um.

Mit fahrigen Fingern zog ich meinen Schlüssel aus der Tasche, schloss auf und sprang in den Flur, als sei der Leibhaftige hinter mir her. Ich machte kein Licht, wartete, bis die Tür zugefallen war, und lehnte mich mit dem Rücken dagegen. Meine Knie waren weich, mein Magen flatterte und mein Gesicht brannte. Was war nur in mich gefahren?

»Dass ich das noch erleben durfte«, kam es kichernd aus meiner Tasche. »Fehlte ja nur noch der Schimmel, auf dem dieses Prachtexemplar eines jugendlichen Helden angeritten kommt.«

»Mist!« Ich hatte Neva den Spiegel nicht zurückgebracht, dabei war ich doch nur deshalb zur Mühle gefahren. Wie konnte ich nur so blöd sein? »Verdammt!«

»Was ist, Teuerste? Bereut Ihr nun etwa, den edlen Prinzen nicht geküsst zu haben?«

»Blödsinn«, schnappte ich und holte den Spiegel aus der Tasche. Er war wieder von selbst ein Stück aufgeklappt, und ich öffnete ihn ganz. Scitus funkelte in zarten Fliedertönen und lächelte verträumt. »L'amour, toujours l'amour«, säuselte er.

»Lass das!« Ma war bestimmt schon längst zu Hause. »Was mache ich jetzt nur mit dir?«

»Nun, wenn wir uns weiter in diesem kalten und dunklen Gewölbe aufhalten«, Scitus versuchte, über den oberen Rand des Spiegels etwas von der Umgebung zu erkennen, »könnte ich Euch die Zeit mit ein paar Geschichten vertreiben, wenn das genehm wäre. Von stattlichen jungen Männern, die verwandelt wurden, vielleicht?«

Das fehlte mir noch, die Nacht im Hausflur mit einem plappernden Spiegel zu verbringen. »Ich kann dich nicht mit in die Wohnung nehmen.«

»Warum nicht? Immerhin habt Ihr auch eine äußerst interessante Kröte, die, erlaubt mir die Bemerkung, mehr Dreck macht, als ich es je zu tun vermag.«

»Darum geht es nicht. Du könntest meine Mutter vergiften.«

»Das traut Ihr mir zu?« Die Empörung stand ihm ins Gesicht geschrieben, und ich erklärte entschuldigend: »Magisch vergiften, meine ich. Meine Mutter hat kein M-Gen.«

»Ach so. Das ist schlecht.«

Ich stutzte. Im Café war mir niemand aufgefallen, der es auf meine Tasche abgesehen gehabt hätte oder besonders aggressiv gewesen wäre. »Sag mal, warum haben die Leute in dem Café nicht auf dich reagiert?«

Scitus hob eine schmale Augenbraue und spitzte die Lippen. »Ich bin doch diskret. Ich wollte dieses kleine Tête-à-Tête nicht stören und habe mich nicht gezeigt.«

»Das heißt, du verströmst nur giftige Magie, wenn du dich zeigst.«

Er grinste breit. »Ach, Ihr seid ja so herrlich unschuldig, meine Teuerste.«

»Scitus, tust du mir einen Gefallen?«

»Wenn Ihr mir im Gegenzug auch einen Gefallen gewährt?«, gab Scitus so rasch zurück, dass mich der leise Verdacht beschlich, er habe diese Antwort schon sehr oft benutzt.

Ich steckte Scitus zusammengeklappt in meine Tasche. Er hatte mir versprochen, sich bis zum Abend des nächsten Tages nicht zu zeigen. Dafür wollte er nur eine Kleinigkeit als Gegenleistung.

Dass er noch reiflich überlegen wollte, worin diese bestehen würde, hatte mich zögern lassen. Doch ich war müde und wollte nur hoch in mein Zimmer, ich musste noch ein paar Hausaufgaben machen und die Kröte verpflegen.

Was konnte ein Spiegel schon wollen? Ordentlich geputzt werden?

Ma saß mit hochgelegten Beinen auf dem Sofa und las. Sie hatte eine Kanne Tee und Chips in einer Schale vor sich stehen. Ich brachte meine Sachen in mein Zimmer und warf einen Blick ins Terrarium, wo alles friedlich schien. Dann holte ich mir aus der Küche eine Tasse und kehrte ins Wohnzimmer zurück, wo ich mich zu Ma setzte.

»Was hast du denn heute gemacht?«, fragte sie. »Du warst ja den ganzen Tag unterwegs.«

Ich goss mir Tee ein und nahm eine Handvoll Chips. Dann schilderte ich Ma den groben Tagesablauf, wobei ich zwar bei den eigentlichen Aktivitäten ehrlich war, dabei aber geschickt verschwieg, mit wem und warum ich was unternommen hatte. Konrad zum Beispiel stellte ich als Passanten dar, für den wir einen Krankenwagen gerufen hatten. Ich war nur froh, dass Ma noch so von dem Wochenende mit Jens abgelenkt war, dass sie kaum zuhörte.

Sie erzählte mir, dass es Jens gut bei uns gefallen hatte und er gern bald wieder bei uns schlafen würde.

»Warum nicht?«, fragte ich müde und gähnte. »Mich stört er nicht.«

»Ach, äh, ich würde dann die nächste Woche bei ihm verbringen, ja? Wäre das in Ordnung für dich?«

Jens hatte eine Wohnung in der Innenstadt, die praktischerweise nur ein paar Meter von dem Café entfernt war, in dem Ma arbeitete. Sie hatte schon öfter mal bei ihm geschlafen, wenn sie Frühschicht hatte.

»Klar. Habt ihr was Bestimmtes vor?«

Ma setzte sich auf. »Wir wollen seine Wohnung ein bisschen auf Vordermann bringen. Den Junggesellenmief überstreichen und so. Ich koche dir natürlich was vor, das brauchst du dann nur aufwärmen. Ich kaufe ein und lasse dir etwas Geld da. Und wenn was ist, kommst du einfach vorbei.«

Das schien von langer Hand vorbereitet, und ich musste über das teenagerhafte Verhalten meiner Mutter grinsen. Sie wollte eine Art Erlaubnis von mir.

»Geht klar, wenn du Awandawa kochst. Viel Spaß!«

Ich war noch nicht in meinem Zimmer, da hörte ich auch schon mein Handy klingeln. Es war Val.

»He, Val«, sagte ich und ließ mich auf mein Bett fallen.

»Flo! Endlich. Ich hab schon tausend Mal angerufen.«

»Tut mir leid. Ich war trainieren. Mit Neva.«

»Ach du Schande.«

»Ha! Das war noch nicht alles.« Ich schnappte mir meine Bürste vom Nachttisch und spielte damit herum, während ich ihr knapp von Konrad und äußerst ausführlich von Timus berichtete.

Val lauschte kichernd. »Ja, ja, der Herzbube. … Apropos, wie geht es Caruso?«

»Offen gesagt«, ich entschied, ehrlich zu sein, »er hat manchmal so komische Anfälle.«

»Was für Anfälle?« Val klang alarmiert.

»Er rollt sich auf dem Boden rum und japst.«

Schweigen.

»Äh …« Mir fiel etwas ein. »Ich habe heute Mavie kennengelernt. Sie könnte doch mal …«

»Nein!«, rief Val. »Nicht Mavie.«

»Aber sie kann doch mit Tieren sprechen. Sie muss Caruso doch nur fragen, wo der Schuh drückt.«

»Auf keinen Fall Mavie«, beharrte Val. »Sie … Sie wäre echt sauer, wenn sie wüsste, dass ich eine Kröte halte. Sie ist sehr tierlieb.«

»Okay.« Ich war verwirrt. Val liebte Caruso so sehr und würde dennoch lieber riskieren, ihn weiter Anfälle bekommen zu lassen, nur damit Mavie ihr keine Vorwürfe wegen nicht artgerechter Haltung machte? »Dann bringe ich ihn das nächste Mal zu einem Tierarzt.«

»Du willst mit ihm zu einem Tier…?« Val schnappte entsetzt nach Luft. »Nein. Das geht nicht. Tierärzte kennen sich oft gar nicht mit so empfindlichen Amphibien aus. Pass auf, Flo! Ich komme Mittwoch wieder. Solange muss Sal…« Sie unterbrach sich und plapperte dann hastig weiter. »Solange muss Salat als Medizin genügen. Bestimmt erholt er sich, wenn ich erst wieder da bin. Er vermisst mich eben.«

»Salat?«, wiederholte ich ungehalten. Ich war zum Terrarium gegangen und sah Caruso in die zitronengelben Augen. »Gut, Val. Ich muss jetzt Schluss machen. Caruso muss noch gefüttert werden, und ich hab noch Hausaufgaben.«

Ich warf das Handy aufs Bett und drehte unschlüssig die Bürste, die ich noch immer in der Hand hatte. Vals Verhalten machte mich richtig wütend. Salat!

Caruso war fett, hatte Warzen und eine eklig klebrige Zunge.

Trotzdem war er ein lebendes, fühlendes Geschöpf, und ich würde bestimmt nicht einfach zusehen, wie er litt.

Entschlossen knallte ich die Bürste auf die Kommode, stülpte die dicken Handschuhe über und räumte das Terrarium auf. Ich entfernte die oberste Schicht Rindenmulch und ersetzte sie durch eine neue. Dann stellte ich die bemooste Wurzel, die ihm als Unterschlupf und Ausguck diente, so auf, dass er sie nicht wieder umschmeißen konnte. Sein Wasserbecken wusch ich gründlich aus und befüllte es neu. Währenddessen ließ Caruso keine Gelegenheit aus, sich an meine Hände zu schmiegen. Ich sprühte ihn diesmal nicht lieblos von oben ab, sondern hielt den Zerstäuber so, dass Caruso sich in den Sprühnebel drehen konnte, wie er es gerade mochte. Die ganze Zeit über sprach ich zu ihm und hatte sogar den Eindruck, er verstehe jedes Wort. Ich gab ihm das Versprechen, mir von jetzt an mehr Zeit für ihn zu nehmen, und genehmigte ihm einen Happen mehr als vorgeschrieben.

»Auch wenn Val nie wieder mit mir spricht, beim nächsten Anfall hole ich Mavie. Das schwöre ich dir, Caruso.«

»Quak«, machte Caruso. »Quak? Quak!«

Am nächsten Morgen machte ich mich mit Scitus in der Tasche eine Viertelstunde früher auf die Socken, da ich ja zur Schule laufen musste.

Als ich an Annas Tür vorbeikam, fiel mir mit schlechtem Gewissen ein, dass ich sie am Tag zuvor eigentlich hatte besuchen wollen. Ich hörte Schritte aus der Wohnung und klingelte, um Nadine mitzuteilen, dass ich Anna später die Hausaufgaben vorbeibringen würde.

Nadine sah furchtbar aus, zweifellos hatte sie in letzter Zeit kaum geschlafen. Sie war ganz aufgelöst und erklärte mir, Anna sei zur Schule gegangen.

Ich wollte wissen, ob es ihr denn besser ginge, doch Nadine schüttelte den Kopf.

»Was sollte ich machen?«, fragte sie verzweifelt. »Anna in ihrem Zimmer einsperren?«

Vielleicht, dachte ich, behielt es aber für mich. Ich wollte Nadine nicht noch weiter aufregen und versprach, mich in der Schule gut um Anna zu kümmern.

Ich ärgerte mich, dass ich sie gestern nicht besucht hatte, sondern stattdessen lieber auf dem Boden vor dem Terrarium herumgelegen und mit Caruso gesprochen hatte. Er war ein begnadeter Zuhörer, hatte mir jedoch nicht gerade weitergeholfen, was Timus anging.

Mit einem wohligen Schauer dachte ich an Timus. Er hatte im Café oft meine Hände berührt, zu oft, als dass es hätte zufällig sein können, und ich wäre am liebsten stundenlang mit ihm durch den Regen gelaufen. Timus gefiel mir, er sah toll aus, und ich war aufrichtig beeindruckt von seiner coolen Art, sich jeder Gefahr zu stellen.

Warum war ich bloß voller Panik geflohen, als wir uns verabschiedet hatten? Ich war sicher, er hatte mich küssen wollen, und genau das hatte ich mir doch gewünscht.

Ich seufzte. Der Brief, ob gefälscht oder nicht, hatte mein ganzes Leben verändert. Da war es doch nur verständlich, dass ich mich komisch verhielt. Oder?

Als ich den Klassenraum betrat, hob Anna nur kurz eine dick verbundene Hand und sah dann wieder weg. Ich kannte das, wenn sie sich über etwas ärgerte, wollte sie mit niemandem etwas zu tun haben. Ich ließ sie also in Ruhe und nahm mir vor, sie später anzusprechen. Zu meiner Erleichterung sah sie nicht mehr so blass aus. Wahrscheinlich ging es ihr wirklich schon wieder besser.

Diese Vermutung wurde durch die ungeheure Geschwindigkeit untermauert, mit der Anna nach der Stunde den Raum verließ, ohne auf mich zu warten.

Ich ging allein auf den Pausenhof, wo ich Celia und ihrer Freundin in die Arme lief.

Celia fächelte sich mit der Hand Luft zu und fragte ungeniert: »Ist das dein Freund? Der sieht ja aus, als wäre er aus einem Märchenbuch gesprungen.«

Ich presste die Lippen aufeinander und nickte, weil das auf Timus ja zumindest teilweise zutraf.

Celias Freundin stieß ein Quieken aus, weil sie scheinbar glaubte, mein Nicken beziehe sich auf die Frage, ob Timus mein Freund sei.

»Äh«, setzte ich zur Aufklärung an, doch Celias Freundin war schon weiter im Text.

»Wo hast du den denn aufgerissen? Warum sind auf unserer Schule«, sie heftete ihren missbilligenden Blick auf einen meiner Klassenkameraden, der mit eingezogenem Kopf über den Schulhof schlich, »eigentlich nur Loser?«

»Ey!« Ich zog die Brauen hoch. »Der ist voll in Ordnung.«

»Ja, ja«, mischte sich Celia wieder ein. »Erzähl uns lieber, wo du deinen Freund kennengelernt hast.«

Ich begann zu erzählen und versuchte, alles möglichst bodenständig klingen zu lassen. »... dann hat meine neue Freundin

Neva mir ihren Bekannten vorgestellt. Timus. Wir haben uns noch zweimal zufällig getroffen und dabei festgestellt, dass wir eine Menge gemeinsam haben. Gestern sind wir dann zum ersten Mal zusammen in ein Café gegangen.«

Ich atmete erleichtert auf. Eine schöne, runde Geschichte.

»Er ist ganz verliebt in dich«, sagte Celia und wurde durch heftiges Nicken ihrer Freundin bestätigt. »Er hat nicht ein einziges Mal in unsere Richtung geguckt, sondern nur Augen für dich gehabt.«

»Ah, ja?« Ich betrachtete die beiden. Sie waren groß, schlank, und Celias dunkle Mähne war garantiert Rapushoo gepflegt. Sie war das mit Abstand hübscheste Mädchen der Schule. Timus hatte sie nicht beachtet, weil er mit mir im Café gewesen war? Dieser Gedanke stieg mir mit einem sanften Kribbeln zu Kopf, und ich musste lächeln.

Erst jetzt fiel mir auf, dass sich noch weitere Mädchen um uns versammelt hatten. Darunter auch alle Mädchen aus meiner Klasse, außer Anna. Schneller, als man *Pilzrisotto* sagen konnte, hatte sich auf dem Schulhof die Kunde verbreitet, ich hätte mir den tollsten Typen der Stadt geangelt, und meine verhaltenen Dementi drangen nicht durch das Geschnatter.

Mein Hochgefühl hielt an, als wir die Englischarbeiten zurückbekamen. Ich hatte die beste, was gleichzeitig bedeutete, dass Annas schlechter war. Seltsam. Ich drehte mich zu ihr um, und sie funkelte mich böse an. Es war wohl besser, Anna vorerst aus dem Weg zu gehen.

Nachdem ich auch in der nächsten Pause von den Mädels umringt worden war, die alles über den Märchenprinzen hatten wissen wollen, sah ich zu, nach der letzten Stunde möglichst schnell zu verduften. Ich hatte keine Lust, mich noch weiter in halbwahre Behauptungen zu verstricken.

Während des Unterrichts hatte ich immer wieder in meine Tasche gelinst. Scitus schien sich an sein Versprechen zu halten, und der Spiegel blieb zu meiner Beruhigung geschlossen. Immerhin. Jetzt konnte ich ihn gar nicht schnell genug loswerden und hastete über den Schulhof. Am Ausgang stieß ich mit Anna zusammen, die mich finster ansah und einfach weiterging.

»He! Warte!«, rief ich und versuchte, mit ihr Schritt zu halten. »Warum bist du denn so sauer auf mich?«

»Du hast dich ja nicht gerade überschlagen, um mich zu besuchen.«

»Das stimmt nicht. Ich war gestern da. Und heute Morgen auch.«

Anna blieb stehen. »Was? So oft? Hoffentlich bleibt dir da noch genug Zeit mit deinem neuen Freund. Muss ja ein Hammertyp sein, was man so hört.«

»Ich … Was soll das denn?«

»Ich hab euch gesehen. Gestern Abend … Warum hast du mir nichts erzählt?«

Ich schüttelte verblüfft den Kopf. Gut, ich hätte Anna gestern Abend noch besuchen können. »Wollte ich noch.«

»Ich dachte, wir sind Freundinnen, Flo«, sie hob die mit einer Mullbinde umwickelte Hand. »Du hättest mir also schon längst von deiner Eroberung erzählen können. Oder willst du mir ernsthaft weismachen, ihr hättet euch erst am Samstag kennengelernt?«

Anna drehte sich um und ließ mich stehen.

»Ja!« Ich riss die Arme in die Luft. »Ich habe ihn erst am Samstag kennengelernt.«

»Wenn du nicht ehrlich zu mir bist, lass mich einfach in Ruhe, klar?«

»Sag mal, spinnst du?« Ich konnte nicht glauben, was sich gerade abspielte. »Was ist denn los mit dir?«

Anna machte kehrt und kam wieder auf mich zu. »Du bist wie eine Schwester für mich. Ich dachte, wir haben keine Geheimnisse voreinander.« Sie starrte mich an, und wieder war da dieser fiebrige Glanz in ihren Augen. »Da ist plötzlich dieses Mädchen mit den blonden Haaren. Ich habe sie nie zuvor gesehen, aber scheinbar ist sie eine Freundin von dir. Wo hast du sie kennengelernt?«

Ich setzte zu einer Antwort an, doch Anna zeterte weiter: »Und gestern Morgen – wer hat dich da abgeholt? Die Schwarzhaarige habe ich auch noch nie gesehen. Wo kommen die alle plötzlich her? Schämst du dich für mich, oder warum stellst du mich deinen tollen neuen Freunden nicht vor?«

»Das verstehst du nicht«, sagte ich leise.

»Ach ja?« Anna spie die nächsten Worte giftig aus. »Du kannst mir echt gestohlen bleiben, Flora. Ich will nichts mehr mit dir zu tun haben.«

Puh! Sie stürmte davon, und ich war ganz froh, dass sie nicht nach ihrem Fahrrad gefragt hatte. In ihrer derzeitigen Verfassung wollte ich lieber nicht sagen müssen, dass ich es stehen gelassen hatte, um mich von Timus nach Hause fahren zu lassen. Ich würde es später still und leise in den Keller bringen.

13. Kapitel

Ich schlug also den Weg zur Mühle ein und wurde trauriger, je länger ich über Anna nachdachte. Ganz gleich, ob sie nun eine Blutvergiftung, eine Grippe oder ein entzündetes Nagelbett hatte, das war noch lange kein Grund, mich so anzufahren. Wie wütend sie auf mich geworden war, nur weil sie glaubte, ich verheimliche ihr etwas!

Na ja, damit lag sie ja gar nicht so falsch. Ich verheimlichte ihr sogar eine ganze Menge. Aber hätte sie mir das denn geglaubt?

Ich verlagerte das Gewicht meiner Schultasche. Abgesehen davon, dass Anna mir sowieso nicht glauben würde, wusste ich nicht, wie viel ich von den Märchenleuten erzählen durfte. Ohne Zweifel hatten die Genaver auch dafür irgendwelche Vorschriften.

Die M-Gen-Träger blieben ohnehin gern unter sich, wenn ich es richtig bedachte. Ich hatte keinen einzigen von ihnen vorher gekannt. Auf welche Schule sie auch immer gingen, auf meine jedenfalls nicht. Es war, als lebten wir zwar in der gleichen Stadt, aber in einer ganz anderen Welt.

Val kam aus der Rapushoo-Dynastie, Nevas Mutter war Lydia Schneetal, ihr Vater ein erfolgreicher Filmproduzent. Und wenn ich an Timus' Auto dachte, einen nagelneuen Sportwagen, durfte ich wohl davon ausgehen, dass auch seine Familie recht wohlhabend war.

Gut, dass Celia und die anderen Timus' Auto nicht gesehen hatten. Sie wären sicher vor Neid der Reihe nach umgekippt. Ich grinste bei der Vorstellung. Dabei, mir war es gleich, Timus hätte mir auch gefallen, wenn er nur ein Fahrrad gehabt hätte.

Ich malte mir aus, wie wir beide eine Radtour unternahmen, er von seinem Fahrrad stieg, meinen Lenker festhielt und mir tief in die Augen blickte. Seine Lippen kamen immer näher und legten sich ganz sanft auf meine.

Eine warme Welle lief durch meinen Körper. Es musste sich einfach fantastisch anfühlen, von ihm geküsst zu werden.

Meine Schritte verlangsamten sich, und ich blieb schließlich ganz stehen. Moment mal! Das waren gar nicht Timus' Lippen, an die ich gedacht und die mir wohlige Schauer bis in die Zehenspitzen gejagt hatten. Es waren … Hektors?

Ich rieb mir die Stirn und lief schnell weiter. Hektor war Nevas Freund. Was mich anging, hatte er nicht mal Lippen.

Der Parkplatz vor der Mühle war leer, und auch sonst lief mir kein Fabulus über den Weg. Wenn ich schon mal hier war, konnte ich Berta auch gleich nach Mavies Nummer fragen, damit ich beim nächsten Krötennotfall schnell handeln konnte.

Ich klingelte. Der Summer blieb stumm, ich klingelte erneut. Hatte die Agentur montags vielleicht geschlossen? Ich wollte schon gehen, da riss Krämer die Tür auf.

»Jedes Mal muss ich wie ein Lakai nach unten laufen und einem von euch aufmachen.«

»Tut mir leid«, sagte ich und folgte Krämer, der schon wieder auf dem Weg zur Treppe war. »Wo ist denn Berta?«

»Sie muss was erledigen.« Krämer drehte sich auf dem Treppenabsatz um. »Allenstein, du kannst dich gleich mal nützlich machen. Ich brauche ein paar Unterlagen. Eine Mappe. Berta muss sie irgendwo haben.«

Ich hatte keine Gelegenheit, zu widersprechen. Er beschrieb mir eine blaue Mappe mit gelben Registerblättern, die er anscheinend schon den ganzen Morgen über erfolglos gesucht hatte. Dann verschwand er in seinem Büro.

Schicksalsergeben setzte ich mich an Bertas Schreibtisch. Ich hatte ihn viel ordentlicher in Erinnerung. Lose Zettel, Zeitungsausschnitte, aufgeschlagene Ordner. Offensichtlich hatte Krämer schon alles durchwühlt.

Ich schob ein paar Zettel beiseite, legte die Ausschnitte auf einen Stapel und schaffte ein bisschen Platz. Tatsächlich entdeckte ich dabei ganz unten die dünne Mappe. *Rosenkavalier* stand drauf.

Ich fragte mich, warum Krämer sich mit dem Rosenkavalier beschäftigte und dafür extra eine Mappe anlegte. Bei meinem ersten Tag in der Mühle hatte ich doch schon die Zeitungsartikel gesehen.

Eine Ahnung keimte in mir auf. Wenn Krämer sich dafür interessierte, musste mehr dahinterstecken. War dieser Entführer am Ende ein Opfer der Magischen Vergiftung?

Ein kalter Schauer überlief mich, als ich mich an Timus' Geschichte über das verlassene Bürogebäude erinnerte. Der Angreifer hätte ihn umgebracht, wenn Timus nicht so schnell reagiert hätte.

Bisher war der Rosenkavalier in meiner Vorstellung einfach ein durchgeknallter Entführer, den man bald schnappen würde, und dann wären die armen alten Damen frei.

Ich ärgerte mich über meine Naivität. Wer sagte denn, dass die alten Damen noch lebten? Was, wenn der Rosenkavalier Magische Vergiftung im Endstadium hatte? Zu welch grausamen Dingen mochte so jemand imstande sein?

Ich zwang mich, die Vorstellung abzuschütteln, und griff nach der Mappe. Ich wollte sie nach oben bringen, da fiel mein Blick auf ein Blatt, das darunter gelegen hatte. Ich erstarrte.

»Allenstein!« Krämers Kopf tauchte über dem Treppengeländer auf. »Die Mappe! Hast du sie gefunden?«

»Ja!« Ertappt sprang ich auf, lief ein paar Stufen hoch und reichte sie Krämer. »Wenn Sie mich dann nicht mehr brauchen …?«

»Mach die Tür hinter dir zu. Und stell die verdammte Klingel ab, bevor du gehst.«

»Okay.« Ich wartete, bis Krämer in seinem Büro verschwunden war, und setzte mich wieder an den Schreibtisch. Berta hatte eine Haftnotiz auf die Klingelanlage geklebt, damit Krämer sie auch ohne sie bedienen konnte. Ich folgte der säuberlich darauf festgehaltenen Anweisung und stellte die Klingel auf lautlos.

Dann sah ich zur Treppe. Krämer war in seinem Büro. Erneut nahm ich das Blatt, das ich entdeckt hatte. In sauberer Handschrift standen zwölf Vornamen von Frauen untereinander, durchnummeriert, und daneben standen Adressen. Außerdem klebte neben jeder Nummer ein aus einem Foto ausgeschnittenes Gesicht.

Ich hätte das gar nicht weiter beachtet, wenn nicht eines der Gesichter große Ähnlichkeit mit Gracia Wieland gehabt hätte. Und tatsächlich stand neben dem Bild *Nummer 11: Gracia*. Anstelle einer Adresse prangte dort jedoch ein mehrfach nachgezogenes Fragezeichen.

Das Foto zeigte Gracia als junge Frau. Es war klein, und wer auch immer es ausgeschnitten hatte, hatte die Stirn noch unterhalb des Haaransatzes gekappt. Dennoch, Gracias markante Züge waren zweifelsfrei zu erkennen. Die fast stechend hellen Augen, die gerade Nase, das lange, schmale Gesicht. Nur mit ihrem Ausdruck stimmte etwas nicht. Ich hatte Gracia Wieland zuvor noch nie im Leben lachen sehen.

Rasch betrachtete ich auch die anderen Bilder. Sie alle waren mir unbekannt, bis auf eines. Bertas Foto neben der Nummer 12. Die Nummern 5, 8 und 9 waren durchgestrichen, die Nummern 1, 2 und 3 mit einem dicken roten X und vielen Ausrufezeichen markiert.

Das Knarren im oberen Stockwerk verriet mir, dass Krämer auf und ab ging. Rasch holte ich mein Handy raus, fotografierte die Seite ab, machte noch ein Extrafoto von Gracias Bild, schnappte meine Tasche und verließ die Mühle.

Ich trat ordentlich in die Pedale und grübelte über die Fotos nach. Mir wollte einfach kein Zusammenhang zwischen Berta und Gracia einfallen, außer, dass sie beide ungefähr im gleichen Alter sein mussten. Wobei, Berta wirkte sehr viel dynamischer als meine Großmutter. Bertas Bewegungen hatten etwas Jugendliches. Sie konnte die Treppe zu Krämer hinaufspringen wie eine junge Katze. Gracia hingegen saß meist mit kerzengerader Haltung da und erinnerte an ein Gemälde. Würdevoll, das musste ich zugeben, aber ohne Lebendigkeit und Wärme.

Es war das erste Mal, dass ich den Drang verspürte, Gracia anzurufen, und ausgerechnet jetzt war sie für ein paar Tage verreist. Warum und wohin blieben ein Rätsel. Gracia hasste es eigentlich, ihre vier Wände zu verlassen, sie ließ sich sogar ihre Lebensmittel von einem Feinkostladen direkt nach Hause liefern.

Neva wohnte beinahe so, wie ich es mir vorgestellt hatte. Beinahe, weil es selbst meine Fantasie überstieg.

Eine hohe Mauer versperrte den Blick von der Straße, und die Zufahrt war nur durch ein kameragesichertes Tor möglich, vor dem ich geschlagene fünf Minuten stehen musste, bevor es sich öffnete. Das Grundstück dahinter war so riesig, dass man ganze Büffelherden darauf verloren hätte.

Ein breiter, asphaltierter Weg führte zu einem Haus, das wie ein englischer Adelssitz anmutete. Gigantische Buchsbaumskulpturen entlang des Weges und ein runder Brunnen mit hoher Fontäne vor dem Haus zerstreuten alle Zweifel: Hier wohnten sehr, sehr reiche Menschen.

Ich stellte das Rad vor einem in eine riesige Löwenform gestutzten Buchsbaum ab und ging die Stufen zur Haustür hoch. Hektor stand mit den Händen in den Taschen an eine Säule neben dem Eingang gelehnt da und sah mir lächelnd entgegen.

»Hast du dich gut erholt? Von gestern, meine ich.«

»Eigentlich schon«, erwiderte ich und vermied es, ihn anzusehen. Es war natürlich absurd, aber ich befürchtete, er könne mir meine Kussfantasie ansehen. »Ich will nur kurz mit Neva sprechen.«

»Oh.« Hektor rieb sich auf eine verdächtige Weise den Nacken. »Sie ist, ähm, gerade nicht da.«

Ich wurde das Gefühl nicht los, dass er mich damit angeschwindelt hatte. »Wann kommt sie denn wieder? Kann ich warten?«

Er sah verlegen auf seine Schuhe hinunter. »Sag doch einfach mir, worum es geht.«

Hektor war kein Fabulus. Auch wenn er mit Neva zusammenarbeitete, wovon Krämer sehr wahrscheinlich keine Ahnung hatte, ging ich nicht davon aus, dass Hektor ein M-Gen hatte. Zwar hatte mir Scitus mit pompös fliederfarbenem Gefunkel versprochen, dass er sich bis zum Abend nicht zeigen würde, aber ich durfte nicht das Risiko eingehen, Hektor zu vergiften.

»Neva hat etwas bei mir vergessen«, sagte ich und musterte ihn misstrauisch. »Etwas, das ich ihr gern persönlich zurückgeben würde.«

Oben im Haus waren Schritte zu vernehmen, ich blickte an Hektor vorbei ins Haus hinein. War Neva doch da? Hektor versuchte, den Eingang mit seinem Körper zu verdecken.

»Flo«, flüsterte er eindringlich. »Bitte. Neva muss sich ausruhen. Sie darf diesen Spiegel im Moment unter keinen Umständen benutzen.«

Ich hatte Scitus nicht explizit erwähnt und schüttelte überrascht den Kopf. »Du weißt davon?«

»Es war sozusagen meine Idee«, sagte Hektor, und offensichtlich war er nicht stolz darauf. Er warf einen Blick über seine

Schulter und drehte sich wieder zu mir um. Dann fasste er meine Arme mit beiden Händen und drückte sie sanft. »Flo, es ist wichtig, hörst du?«

Er sah mir tief in die Augen und hielt meine Arme noch fest, als Neva seinen Namen rief. Hektor ließ mich hastig los und wich einen Schritt zurück.

»Oh. Flo. Was gibt's?«

Neva ließ sich mit der Schulter gegen den Türrahmen sinken. Selbst für Schneewittchen-Verhältnisse war sie blass und ihre Augen leicht gerötet. Hatte sie geweint?

Ich fing Hektors Blick auf. Es lag etwas Flehendes darin, und ich sagte widerwillig: »Nichts. Ich dachte nur, ich komme mal vorbei. Aber ich sehe, ich störe gerade.«

Ich lief die Stufen runter und zum Fahrrad. Hektor kam mir hinterher. Er wartete, bis Neva die Tür geschlossen hatte, und sagte: »Flo, das muss alles komisch auf dich wirken.«

»Ja. Allerdings.« Ich war schon aufgestiegen und wollte losfahren, doch Hektor hielt den Lenker fest. Es war fast wie in meiner albernen Fantasie.

»Ich kann versuchen, es zu erklären.«

»Du hast Zeit bis zum Tor«, sagte ich, schwang mich wieder vom Rad und schob es neben Hektor her. »Scitus geht mir nämlich gehörig auf die Nerven.«

»O Mann! Dieser elende Mistkerl. Er sollte sich nicht zeigen, bis Neva ihn wieder abholt.«

»Hat er aber«, sagte ich sauer. »Was soll der Quatsch? Warum bringt ihr Scitus ausgerechnet zu mir?«

Hektor strich sich das Haar zurück und blieb stehen. »Ich kann dir den Grund nicht verraten, Flo. Es ist allein Nevas Sache, und ich wäre ein schlechter Freund, wenn ich hinter ihrem Rücken darüber sprechen würde. Aber, bitte, das musst du mir glauben«, er ließ die Arme in einer verzweifelten Geste sinken, »für Neva ist es sehr wichtig, ihn eine Weile nicht um sich zu haben.«

Wir standen vor dem Tor und sahen uns schweigend an. Hektor war die Sorge um Neva deutlich anzusehen. Jedoch ging es hier um die Gesundheit meiner Mutter.

»Ich helfe euch. Aber ich will die Wahrheit wissen.«

Kurz darauf saß ich in Nevas Elternhaus im Wohnzimmer. Es war in schlichten Naturtönen gehalten, an den Wänden eine unaufdringlich gestreifte Tapete, die mit dünnen Goldfäden durchwirkt war. Man sah sie allerdings nur, wenn man direkt davorstand. Obwohl der Raum riesige Fenster hatte und schon allein dadurch hell und freundlich wirkte, ging er im hinteren Teil in einen Wintergarten über, in dem üppige Palmen bis unter das hohe Glasdach ragten.

Der Boden bestand aus einem alten und dennoch gut gepflegten Parkett, darüber lagen abwechselnd cremefarbene, dunkelbraune und mintgrüne Hochflorteppiche. Die Möbel waren aus dunklem Holz, das Sofa und die Sessel mit braunem Stoff bespannt, und alle Kissen darauf passten trotz unterschiedlicher Farben sehr gut in den Raum.

Neva hatte mehrere dieser Kissen unter ihren Kopf gelegt und sich auf dem Sofa ausgestreckt. Hektor klapperte in der Küche, er hatte angeboten, uns einen Tee zu machen.

Ich saß ein wenig unschlüssig in einem der Sessel. Hatte Neva mich vergessen?

»Ja, also, es geht um Scitus«, begann ich stockend.

»Scitus?« Nevas Kopf fuhr zu mir herum. »Er hat sich dir vorgestellt? Ich könnte ihn glatt erwürgen, wenn er nicht in diesem Spiegel stecken würde. Dieser miese Verräter!«

Mir schien, Scitus' Referenzen waren nicht die besten. Umso ärgerlicher, dass man ihn zu mir abgeschoben hatte.

»Ich wäre ihn gerne wieder los.«

»Dann lass ihn hier«, sagte Neva matt in dem Augenblick, als Hektor das Wohnzimmer betrat.

»Neva!« Seine Stimme klang hart. »Der Spiegel schadet dir.«

»Ja. Aber meiner Mutter auch«, stellte ich klar. »Sie hat kein M-Gen.«

»Was?« Neva fuhr auf. »Du stammst aus einer unterbrochenen Linie? Das wusste ich nicht.«

»Wer hätte das gedacht? Der gute, alte Scitus hat dich also doch angelogen?«, fragte Hektor, in einem für ihn untypisch zynischen Tonfall. Er stellte ein Tablett mit Teekanne, Tassen und einer Schale Kekse auf einem Tischchen zwischen uns ab.

»Das glaube ich einfach nicht.« Neva war der Ärger deutlich anzusehen. »Was hat diese falsche Schlange sich davon nur versprochen?«

Hektor setzte sich in den zweiten Sessel, und ich lehnte mich unauffällig zur anderen Seite. Je weiter er von mir entfernt war, desto besser.

Neva bemerkte nichts von meinem inneren Aufruhr, sie schenkte Tee ein und reichte die Kekse herum. Ich nahm mir einen mit Schokoladenüberzug. Gerade steckte ich ihn in den Mund, da wandte sich Neva an mich.

»Zu deiner Beruhigung, Scitus ist ein Zauberwesen mit natürlicher Magie, deshalb bringt er deine Mutter nicht in Gefahr.«

Hm. Als ich Scitus von meiner Befürchtung, er könne Ma vergiften, in Kenntnis gesetzt hatte, ließ er mich in dem Glauben. Was führte der Spiegel im Schilde?

Ich bemerkte, dass Neva und Hektor mich wartend ansahen, und sagte: »Warum hast du ihn mir heimlich untergejubelt? Du hättest doch einfach fragen können.«

»Ja, tut mir leid.« Neva wechselte einen Blick mit Hektor. Er war offensichtlich nicht sonderlich gut auf Scitus zu sprechen. »Ich musste den Spiegel ganz kurzfristig an einem absolut sicheren Ort unterbringen.«

»Und da seid ihr ausgerechnet auf mich gekommen?« Eine zweifelhafte Ehre.

»Ich habe mir die Entscheidung nicht leicht gemacht. Val schied von vornherein aus.«

»Warum?«

»Nun, ich glaube kaum, dass Val Scitus' Schmeicheleien gewachsen wäre. Er hätte sie noch vor dem Frühstück um den Finger gewickelt und ihr womöglich noch einen seiner teuflischen Gefallen abgeschwatzt. Versteh mich nicht falsch«, ergänzte Neva, »ich halte Val nicht für dumm. Sie ist aber recht gutgläubig, und Scitus kann sehr überzeugend sein.«

»Mhm«, machte ich und nahm hastig einen Keks, während ich gedanklich noch bei »teuflischen Gefallen« hing und mich fragte, ob meine Abmachung mit Scitus vom Vorabend auch in diese Kategorie fiel.

»Bei Mavie wäre er auf keinen Fall gut aufgehoben. Wenn die erst mitbekommt, was für ein gerissener Schuft Scitus ist, würde sie die Menschheit ein für allemal von ihm befreien. Karlo kann nicht mal auf seinen Wohnungsschlüssel aufpassen, und Timus würde nicht zögern, ihn für seine eigenen Interessen einzusetzen. Du siehst«, schloss Neva, »du warst die Einzige, die infrage kam.«

»Vielen Dank«, sagte ich.

»Ich habe Scitus vorher ein bisschen ausgefragt, und er versicherte mir, dass deine Linie sehr alt und durchgehend ist. Deshalb dachte ich, du wärst den Umgang mit Zauberwesen gewöhnt.«

»Ich? Wie kommt er denn darauf?«

Hektor erklärte mir mit skeptisch hochgezogenen Brauen: »Angeblich lügt Scitus nie. Aber man darf ihm nicht trauen. Er sagt nie die volle Wahrheit und lässt immer ein entscheidendes Detail aus. Mindestens. Dieser Kerl ist nur auf seinen eigenen Vorteil bedacht.« Er lehnte sich im Sessel zurück und schüttelte den Kopf. »Wie kaltblütig er dich neulich in Gefahr gebracht hat, Neva. Dir zu verschweigen, dass die Halskette deiner Schwester magisch aufgeladen ist. Er hätte dich beinahe so weit gehabt, dass du sie anlegst, stimmt's?«

Wenn Neva nicht plötzlich wie vom Donner gerührt dagesessen hätte, wäre mir ein entscheidendes Detail dieser Information eventuell entgangen.

»Ja, und? Was wäre denn so schlimm daran gewesen?«

Neva gab einen erstickten Schluchzer von sich und verbarg ihr Gesicht in den Händen.

Hektor erhob sich, fuhr sich durch die Haare und murmelte: »Das wollte ich nicht, Neva.«

»Lass mich in Ruhe«, zischte sie.

»Neva, ich wollte nicht …«, begann Hektor, doch Neva rief tränenerstickt:

»Du sollst mich einfach in Ruhe lassen, Hektor!«

Es war ein bisschen so, als hätte jemand auf eine Fernbedienung gedrückt und zum Drama-Kanal geschaltet. Da es sich augenscheinlich um eine Fortsetzung handelte, fehlten mir die Zusammenhänge.

Einigermaßen verwirrt sah ich Hektor an.

Er machte unbeholfen einen Schritt auf Neva zu, dann drehte er sich um und ging mit langen Schritten aus dem Wohnzimmer. Kurz darauf fiel die Haustür zu, ein Motor heulte auf und Hektor fuhr davon.

14. Kapitel

Neva hockte zusammengekauert mit angezogenen Knien da.

Ich stand auf, ging zum Sofa und setzte mich neben sie. Zögerlich streckte ich eine Hand nach ihr aus. Sie hob den Kopf und zog ihre Schulter mit einer heftigen Bewegung zurück.

»Ich brauch dein Mitleid nicht, Dornröschen!«

Tränen liefen aus ihren hellblauen Augen, und sie funkelte mich an. Sie war ein Schneewittchen, stolz und herausfordernd. Sie war arrogant und hatte mich in den paar Tagen, die ich sie nun kannte, unzählige Male angeschnauzt. Dennoch erkannte ich Schmerz und Verzweiflung in ihrem Blick und streckte die Hand erneut nach ihr aus. Diesmal warf sie sich vor, klammerte sich auf der Suche nach Trost an mich und weinte wie ein kleines Kind.

Nach etwa fünf Minuten richtete sie sich auf, ohne mich anzusehen. Sie hangelte sich eine Serviette vom Tischchen und schnäuzte sich. Danach rührte sie sich eine Weile nicht.

»Weißt du, was komisch ist?«, fragte sie leise. »Es geht mir jetzt viel besser.«

»Das ist gut. Manchmal muss man es einfach rauslassen.«

»Nein. Das meine ich nicht. Die Schmerzen und die Schlappheit – sie sind fast weg.«

»Von der Magischen Vergiftung?«, fragte ich nach.

Neva zuckte zusammen. Wieder funkelte sie mich angriffslustig an, sank dann jedoch in sich zusammen.

»Mein verdammtes M-Gen ist inaktiv. Viel zu früh. Es müsste mich eigentlich noch mindestens drei Jahre schützen.«

»Weiß Krämer …«

»Natürlich weiß er es nicht, Flo«, rief Neva ungehalten und nahm sich eine weitere Serviette. »Denk doch mal nach! Wenn er es wüsste, wäre ich raus aus der Agentur.«

Ich wusste nicht, was ich sagen sollte. Ich hatte gerade erst erfahren, dass es das M-Gen überhaupt gab, doch mir war klar, dass jemand ohne aktives M-Gen keinesfalls als Agent arbeiten durfte. Warum setzte sich Neva freiwillig der Gefahr aus, mit giftigen Gegenständen in Berührung zu kommen?

»Hat dich Konrads Ring vergiftet?«

»Nein.« Neva goss uns Tee nach und leerte ihre Tasse in einem Zug. »Das Tuch.«

Ich erinnerte mich an das alte Tuch, mit dem Neva gefesselt gewesen war. »Warum hast du es denn nicht einfach abgestreift? Ich meine, es lag doch nur ganz locker um deine Handgelenke.«

»Wie bitte?« Nevas Tasse landete klirrend auf der Untertasse. »Das war das Tuch der Gänsemagd. Ein hochgradig magischer Gegenstand, den niemand so einfach abstreift.«

»Das Tuch war so dünn, es ist richtiggehend auseinandergefallen, als ich es angefasst habe«, beharrte ich. Deutlich sah ich noch vor mir, wie ich die beiden Fetzen festgehalten hatte.

»Blödsinn. Du musst dich irren.«

»Ist ja auch egal«, lenkte ich ein.

Ich wollte mich nicht wegen eines blöden alten Tuchs rumstreiten. »Du darfst nicht mehr für Krämer arbeiten.«

Neva warf sich in die Kissen zurück. Sie sah mich an, als überlege sie, was sie mir anvertrauen könne. Und dann fing sie an. Sie berichtete mir von ihrem M-Gen, das vor etwa drei Monaten versagt hatte. Zuerst hatte sie es nicht weiter ernst genommen, wenn sie nach einem Einsatz schlapp und müde war. Doch nach und nach traten weitere Symptome auf. Gliederschmerzen, Fieberschübe, erste Wahnvorstellungen.

»Doch was mir am meisten zu schaffen macht«, sagte sie leise, »ich habe Angst, dass Yuki davon Wind bekommt.«

»Wer ist das?«

»Meine ältere Schwester. Wir verstehen uns nicht sonderlich«, erklärte Neva. »Und durch Scitus wurde das nicht gerade besser.«

»Was hat der Spiegel damit zu tun?«

»Scitus ist seit Generationen im Besitz der Schneewittchen-Linie meiner Mutter. Sie hat ihn Yuki geschenkt, doch die dumme Nuss kam nicht mit ihm klar. Scitus hat Yuki so oft an der Nase herumgeführt, bis sie ihn eines Tages im Garten vergraben hat.«

»Echt?« Ich konnte es ihr nicht verübeln. Mit einem weiteren Keks im Mund fragte ich: »Du hast sie dabei gesehen und ihn ausgegraben?«

»Natürlich. Wenn man mit Scitus' miesem Charakter umgehen kann, ist er von unschätzbarem Wert.« Neva nahm sich ebenfalls einen Keks und sagte: »Ich zerstöre ihn lieber, bevor er in falsche Hände gerät.«

Dasselbe hatte Neva in Konrads Haus gesagt. Zu Hans und Greta.

»Darum ging es bei der ganzen Sache mit Konrad? Die Reguli haben dir eine Falle gestellt, damit sie dir Scitus abnehmen können?«

»Du bist gut darin, eins und eins zusammenzuzählen«, sagte Neva nicht ohne Anerkennung. »Ja, sie sind hinter Scitus her. Der Spiegel ist zu gefährlich, wenn die falsche Person ihn benutzt. Niemand weiß, für wen die Reguli arbeiten, aber sie sind ein verfluchter Haufen Nichtsnutze, nicht besonders helle und schrecken vor nichts zurück. Jemand muss im Hintergrund die Fäden ziehen.« Neva wirkte zum ersten Mal nervös. »Und er weiß genau, was er da tut.«

»Du hast ihn zu mir gebracht, damit er sicher ist.« Ich dachte an die hohe Mauer und die vielen Kameras, die Nevas Elternhaus umgaben. »War er das hier denn nicht? Die Reguli brechen hier bestimmt nicht ein.«

Neva sagte bitter: »Nein. Aber sie könnten jemandem, der Zutritt hat, ein verlockendes Angebot machen.«

Ich riss die Augen auf. »Wem? Hektor?«

»Quatsch! Meiner Schwester. Yuki hasst Scitus, und doch hat sie auf der Suche nach ihm den ganzen Garten umgebuddelt. Das Prinzesschen hat sich dabei sogar richtig schmutzig gemacht.« Neva grinste schadenfroh. »Und als sie ihn nicht gefunden hat, hat sie mir eine Riesenszene gemacht. Yuki will ihn unbedingt wiederhaben. Aber solange ich nicht weiß, wofür, bekommt sie ihn nicht. Dafür werde ich sorgen.«

»Glaubst du wirklich, deine Schwester arbeitet für die Reguli?«

Neva legte amüsiert den Kopf schief. »Nein. Ich gehe davon aus, dass die Reguli ihr einen Tausch angeboten haben. Irgendwas, das Yuki haben will. Ich frage mich …« Neva hörte auf zu sprechen und starrte geistesabwesend auf ihre Füße.

Ich hatte mir immer eine Schwester gewünscht. Die hatte ich genauso wenig wie eine Katze bekommen. Ich konnte mir nicht vorstellen, dass man seine eigene Schwester nicht mag.

»Wie alt ist Yuki?«

»Siebzehn.«

»Und wo ist sie jetzt?« Außer Neva und mir schien sich derzeit niemand im Haus aufzuhalten.

»Sie absolviert ihre Pflichtjahre als persönliche Sekretärin von Karin Goldhaar.« Neva interpretierte meinen fragenden Blick richtig und erklärte: »Goldhaar ist die Vorsitzende des Rats der Genaver. Sie hat Yuki mit auf eine zweiwöchige Dienstreise genommen.« Neva schüttelte den Kopf. »Als wenn Yuki sich nicht schon vorher so schrecklich wichtig genommen hätte. Du müsstest sie mal sehen. Den hübschen Kopf voller Seifenblasen. Wenn es leise ist, kann man hin und wieder eine platzen hören.«

Gedankenverloren ließ ich meinen Blick durch den Wintergarten wandern. Er blieb an einem Schatten hängen, der sich von außen an eine der Glasscheiben drückte. Der Schatten zerfiel in drei kleinere Schatten, die in verschiedene Richtungen davonhuschten.

»Habt ihr Hunde?«

»Nein.« Neva nahm den letzten Keks, brach ihn in zwei Teile und reichte mir einen. »Und weil Yuki einfach nicht zu trauen ist, dachten Hektor und ich, wir verstecken Scitus bei dir. Scitus hat mir hoch und heilig versprochen, sich nicht zu zeigen. Richtig abfällig hat er geschworen«, sie traf Scitus' nasalen Ton sehr gut, »das einfache Dornröschen bekäme ihn niemals zu Gesicht.« Sie fiel wieder in ihre Stimmlage zurück: »Diese verlogene, kleine Ratte. Und ich habe ihm echt vertraut!«

Von Nevas Gesicht waren alle Tränenspuren verschwunden, sie sah so frisch und rosig aus wie bei unserer ersten Begegnung in der Mühle.

Als ich an die Mühle dachte, fiel mir auch wieder der merkwürdige Zettel auf Bertas Schreibtisch ein. Ich zeigte Neva das Foto, das ich von dem Blatt gemacht hatte.

»Was glaubst du, könnte das bedeuten?« Ich zögerte, Neva meine wilden Spekulationen mitzuteilen, konnte sie dann aber doch nicht für mich behalten. »Ich habe mich gefragt, ob der Rosenkavalier vielleicht unter Magischer Vergiftung leidet.«

»Nicht auszuschließen.« Neva biss auf ihre Unterlippe und schien im Geiste durchzugehen, was das für Auswirkungen haben könnte. »Das wäre natürlich ein Problem. Und in diesem Falle könnte ich mir gut vorstellen, dass Krämer eine Liste mit allen Großmüttern der aktiven Fabulae aufgestellt hat. Krämer«, versicherte Neva, »würde es als persönlichen Affront werten, wenn dieser schreckliche Kerl sich an der Familie eines seiner Schutzbefohlenen vergreift.«

»Hoffentlich kriegen die ihn bald.«

»Bestimmt. Und wenn Krämer sich damit befasst, kann es nicht mehr lange dauern.«

»Hm.« Ganz überzeugt war ich nicht. »Ist eine davon deine Oma?«

»Ich hab nur noch eine, und die hat einen Ruf wie Donnerhall.

Man darf davon ausgehen, dass Krämer sie nicht als schutzbedürftig ansieht.«

»Aber einer der Fabulae ist Bertas Enkel?«

»Berta ist alleinstehend. Kein Mann, keine Kinder. Nur ihre Katzen.«

»Warum steht sie dann auf der Liste?«

»Na ja. Vom Alter her ist sie wahrscheinlich auch interessant für den Rosenkavalier. Und, seien wir ehrlich, das Schlimmste, was Krämer passieren kann, ist, dass ihm jemand seine Berta entführt.«

Ich grinste: »Ich war vorhin in der Mühle. Krämer findet ohne Berta nicht mal eine Mappe auf ihrem Schreibtisch.«

»Berta war nicht da?«, fragte Neva erstaunt und stand auf. Sie füllte die Keksschale wieder auf, kam zurück und hielt sie mir vor die Nase. »Krämer würde für jeden von uns sein eigenes Leben riskieren. Und, glaub mir, das hat er schon oft genug getan.«

»Wie alt ist er eigentlich?«

»Es gibt ihn schon sehr lange. Aber das muss er dir selbst erzählen. Wenn er will.«

»Ich glaube, ich werde noch sehr lange brauchen, bis ich das alles begreife. Diese Märchenwelt ist noch immer absolut unglaublich und aufregend für mich.«

Neva betrachtete mich eine Weile, dann sagte sie mit müder Stimme: »Weißt du, die Märchenwelt glitzert nur an der Oberfläche. Wenn du genau hinschaust, verliert sie ganz schnell ihren zauberhaften Charme.«

»Was meinst du?«

»Die Genaver sind eine alte, eingeschworene Gemeinschaft. Es ist gut, dass es sie gibt, aber manchmal wünschte ich …« Sie seufzte tief. »Sie mischen sich in vieles ein. In zu vieles, wenn du mich fragst.«

»Meinst du wegen der Pflichtjahre?«

Neva lächelte bitter. »Nein. Ich meine wirklich wichtige Dinge. Die Genaver haben ihr eigenes Gericht, weißt du? Dagegen wäre nichts zu sagen, nur sind die Richter nicht immer frei von Vorurteilen, wenn du verstehst.«

Tat ich nicht, und das war mir wohl auch anzusehen, denn Neva erläuterte es genauer.

»Auch wenn wir alle Märchenvorfahren haben und uns der Kampf gegen Invidia lange Zeit geeint hat, sind die Linien untereinander nicht alle befreundet. Manche hassen sich sogar bis aufs Blut.«

Ich erinnerte mich an Timus' Aussage über Hans' und Gretas Vater. Timus hatte recht abfällig geäußert, der sei ein Bärenhäuter, und mehr müsse er dazu nicht sagen.

Neva fuhr fort: »Das führt aber auch dazu, dass einige Linien sehr unter sich bleiben wollen. Meine Eltern zum Beispiel, sie würden sich wünschen, Timus und ich würden ein Paar. Das können die glatt vergessen. Ich werde mir nicht vorschreiben lassen, mit wem ich zusammen bin. Da können die mir noch so sehr in den Ohren liegen. Es ist mir auch ganz egal, wie angesehen die Fürchtenichts sind.«

Ich hätte zu gern nachgehakt, stattdessen nahm ich mir einen Keks und steckte ihn ganz in den Mund. Neva war in Fahrt und für mich war es höchst interessant, ein paar kritische Details über die Märchenwelt zu erfahren.

»Um auf das Gericht der Genaver zurückzukommen: Dort werden Urteile gefällt von Leuten, die manchmal familiär viel zu sehr mit der strittigen Angelegenheit verbunden sind. Und wenn ein Urteil niedergeschrieben ist, zählt es für alle Zeit und für alle Nachkommen. Das ist oft so ungerecht, dass es zum Himmel schreit.«

Es war später Nachmittag, als ich zum Löwenbuchsbaum zurückging, an den ich Annas Fahrrad gelehnt hatte. Im Baum wisperte es, und die unteren Äste raschelten. Um zu sehen, ob sich vielleicht eine Katze darin versteckte, bückte ich mich, konnte aber nichts entdecken.

Ich stieg auf das Rad, zog meine Jacke zu und fuhr dann den Asphaltweg entlang auf das Tor zu. Aus den Augenwinkeln glaubte ich Schatten zu sehen, die neben mir von Buchsbaum zu Buchsbaum schossen, und einmal dachte ich, leises Lachen zu hören.

Ich war froh, dass Neva vom Haus aus das Tor geöffnet hatte und ich nur noch hindurchfahren musste, um das Grundstück zu verlassen.

Der Himmel war grau und wolkenverhangen, und ein kühler Wind fegte ein paar gelbe Blätter über die Straße. Es war ungemütlich, und ich wollte nach Hause kommen, bevor der nächste Regenschauer losbrach. Mit tief zwischen die Schultern gezogenem Kopf bog ich um die Ecke und entdeckte dort Hektors Cabrio. Ich wurde langsamer, Hektor stieg aus.

»Soll ich dich fahren?«

»Und das Rad?«

Als Antwort ging er zum Kofferraum und öffnete ihn. Er schob ein paar Schachteln beiseite und sagte:

»Müsste passen.«

Ich blickte in den Kofferraum, dann betrachtete ich zweifelnd das Fahrrad, während er etwas aus einer kleinen Werkzeugkiste nahm. Es war ein Innensechskantschlüssel, wie ich fachmännisch erkannte.

»Darf ich?«

Hektor nahm das Rad an sich. Mit dem Schlüssel lockerte er den Lenker und legte ihn um. Dann löste er den Schnellspanner vom Sattel, zog ihn aus der Stange und verstaute ihn im Kofferraum. Anschließend nahm er die Räder ab und legte auch sie ins Auto, bevor er eine Decke darüber breitete und vorsichtig den Rahmen darauflegte.

Er hatte es mit geschickten Handgriffen getan und hatte nicht mehr als eine Minute gebraucht, das Fahrrad komplett auseinanderzunehmen.

Die ersten Regentropfen klatschten auf uns herunter, und wir sahen zu, dass wir ins Auto kamen.

»Wo ist Scitus?« Hektor klang ernst.

Ich klopfte auf meine Schultasche. »Hier drin.«

Die Erleichterung ließ Hektor ein Stück auf dem Sitz herunterrutschen. Er startete den Motor und fuhr langsam los. Der Regen trommelte auf das Stoffdach, und das rhythmische Quietschen der Scheibenwischer kam kaum gegen das laute Gebläse der Heizung an.

Endlich lächelte Hektor. »Danke, Flo. Die Angst um Neva macht mich ganz krank.«

Ich spürte einen Stich im Herzen. Hektor liebte Neva offenbar sehr. Warum tat mir das weh?

Damit er nicht bemerkte, was in mir vorging, sagte ich: »Wir finden schon eine Lösung. Bis dahin bleibt Scitus bei mir.«

»Eigentlich solltest du dich gar nicht mit ihm abgeben. Er ist hinterhältig und könnte auch dir schaden.«

Ich zuckte mit den Achseln. »Ich pass schon auf.«

Hektor wandte mir kurz das Gesicht zu und sah dann wieder auf die Fahrbahn. »Gut. Ich will nicht, dass du in Gefahr gerätst.«

Dieser kleine, nebenbei gesagte Satz knisterte in meinem Kopf. Ich war Hektor nicht gleichgültig. In Konrads Haus hätte man noch einen anderen Eindruck gewinnen können. Er hatte nur auf Neva geachtet, sich um ihr Wohl gesorgt. Mir war jetzt natürlich auch klar, weshalb. Hektor wusste, dass Neva nicht länger gegen Magische Vergiftung immun war.

»Weiß Krämer, dass du Neva zu Einsätzen begleitest?«

»Er weiß, was er wissen muss«, gab Hektor knapp zurück. Er setzte den Blinker und bog ab. Scheinbar hatte ich ein unangenehmes Thema angeschnitten.

Ich murmelte: »Entschuldigung.«

»Schon gut. Mir tut es leid«, gab Hektor zurück und lächelte versöhnlich. Wir hielten an einer Ampel. »Ich bin seit etwas mehr als zwei Jahren bei der Familie Bruderherz. Es ist ein guter Job.«

»Job?«, wiederholte ich irritiert.

Hektor lachte. »Ich vergesse dauernd, dass du noch nicht weißt, wie es bei den Genavern läuft.«

Die Ampel wurde grün, wir fuhren weiter. »Hat Neva dir von ihrer Schwester erzählt?«

»Sie hat sie erwähnt.«

»Yuki ist selbst für ein Schneewittchen ungewöhnlich schön, und sie hat eine interessante Gabe.«

»Noch schöner als Neva?« Das war mir nur so herausgerutscht, und ich wollte gar keine Antwort hören, doch Hektor sagte:

»Kann man sich kaum vorstellen, was?«

Ich presste meine Knie so fest aneinander, dass es schon richtig wehtat, und musste mir alle Mühe geben, nicht allzu getroffen auszusehen.

»Ihre Eltern vergöttern Yuki, aber sie machen sich nichts vor. Hier«, Hektor tippte sich an die Schläfe, »ist bei ihrer Erstgeborenen nicht besonders viel.«

Ich dachte daran, wie Neva das Geräusch von platzenden Seifenblasen nachgemacht hatte.

»Yuki schwänzte die Schule und stellte mit zwei anderen jugendlichen M-Gen-Trägern ein paar dumme Sachen an. Deshalb suchten ihre Eltern jemanden, der sie ein wenig im Auge behält. Ich hatte gerade meine Ausbildung fertig, und da schon mein Vater für Alexander Bruderherz gearbeitet hat, nahm ich das Angebot gerne an.«

»Sie haben dich als Aufpasser eingestellt?«

»Wenn du es sagst, klingt es komisch. Aber ja, ich sollte auf Yuki aufpassen. Alexander hat mich an Yukis Schule angemeldet, ich ging eine Weile mit ihr in eine Klasse, und alles lief super.«

»Habt ihr euch gut verstanden?«

»Kein Stück«, Hektor schüttelte den Kopf, als hätte ich etwas vollkommen Absurdes gesagt. »Yuki hasste mich so sehr, dass sie ihren Eltern geschworen hat, brav ihren Abschluss zu machen, wenn sie mich nur nicht länger ertragen müsse. Hat funktioniert.«

»Bist du dann nicht weiter zur Schule gegangen?«

»Wie gesagt, ich hatte schon längst meinen Abschluss. Ich war übrigens Jahrgangsbester.«

»Wie alt bist du?« Wenn er schon vor zwei Jahren seinen Abschluss gemacht und eine fertige Ausbildung hatte, war er womöglich viel älter, als ich angenommen hatte. Zu meiner Erleichterung sagte er jedoch: »Neunzehn. Fast.« Er wusste offensichtlich, was mich beschäftigte, und erklärte: »Ich habe mit zehn Jahren ein Stipendium bekommen und ein spezielles Internat der Genaver besucht. Da habe ich ein paar Jahre übersprungen und meine Prüfung mit Auszeichnung abgelegt.«

Ich grinste nachsichtig über seine Angeberei. »Da hast du auch das mit dem Bumerang gelernt?«

Er grinste nun auch. »Quasi mein Hauptfach.«

»Aber du bist kein M-Gen-Träger?«

»Nein.«

Das hatte er mit bitterem Unterton gesagt, und ich wollte nicht nachbohren. Sicher würde er mir das zum richtigen Zeitpunkt von selbst erzählen. Deshalb fragte ich unverfänglich: »Und so hast du also Neva kennengelernt?«

»Anfangs dachte ich, die ist ja noch schlimmer als Yuki, weil sie neben dem unberechenbaren Temperament auch noch einen messerscharfen Verstand besitzt. Glaub mir, ich wollte nur noch weg aus diesem Haus.«

Aber dann hast du dich in Neva verliebt, dachte ich traurig. Hektor grinste: »Neva und ich haben uns die ersten Wochen gar nicht verstanden. Ich habe versucht, ihr aus dem Weg zu gehen, aber irgendwie hat sie es immer geschafft, mir eins auszuwischen. Und dann haben sich Yuki und Neva, die sich sonst nicht riechen können, verbündet und auch noch gemeinsame Sache gegen mich gemacht.« Hektor atmete tief durch die Nase ein. »Ich hab immer die Nerven behalten, und da bin ich echt stolz drauf. Hätte nicht jeder geschafft, das kannst du mir glauben. Na ja, das hat Alexander ziemlich beeindruckt. Als Neva dann ihre Pflichtjahre antreten musste, gab es einen Riesenkrach im Hause Bruderherz. Neva sollte wie Yuki im Büro bei den Genavern anfangen. Aber sie hat einen Aufstand gemacht, so was hast du noch nicht erlebt. Es herrschte Eiszeit, im wahrsten Sinne des Wortes. Drei Schneewittchen auf Kriegsfuß unter einem Dach. Der arme Alexander konnte einem leidtun. Er ist eines Morgens auf dem Weg zum Bad ausgerutscht und hat sich den Fuß gebrochen, weil der Flur die reinste Schlittschuhbahn war.« Hektor ließ eine junge Frau mit Regenschirm vor uns die Straße überqueren. »Schließlich stimmten ihre Eltern zu, dass Neva bei der ASGA anfangen darf, unter der Voraussetzung …«

Ich beendete den Satz für ihn: »… dass du auf sie aufpasst.«

Man hörte ja oft, dass zwei Menschen sich wie Hund und Katze aufführen, wenn sie eigentlich verliebt ineinander sind. So war es bei Neva und Hektor also auch gewesen. Eigentlich eine sehr schöne Geschichte.

Hektor, der Neva bereits zweimal zu mir gefahren hatte, kannte den Weg. Wir legten die übrige Strecke vollends schweigend zurück, bis wir vor dem Haus anhielten.

»Warten wir noch kurz.« Hektor bemühte sich, durch die Windschutzscheibe einen Blick hinauf in den wolkenschweren Himmel zu werfen. »Der Regen hört sicher bald auf.«

Mir war unwohl zumute. Hektors Nähe machte mich ganz kribbelig. Ich hätte stundenlang einfach neben ihm sitzen und sein schönes Profil anstarren, seiner Stimme lauschen und seinen Duft einatmen können. Jede seiner Bewegungen verursachte mir ein kleines Flirren im Bauch, weil ich mir wünschte, er würde sich zu mir rüberbeugen und …

»Ich muss wirklich hoch«, sagte ich hastig und schnallte mich ab. »Hausaufgaben und so.«

»Warte!« Hektor griff nach meiner Hand. Er hielt sie nur ganz leicht, und als hätte ich mich verbrannt, wollte ich sie reflexartig wegziehen, doch ich schaffte es nicht. Seine Berührung hatte in mir eine Wärme verursacht, die nun wie eine Flipperkugel durch meinen Körper schoss. Von der Hand in den Kopf, runter zu den Knien, hoch zum Magen und von da direkt ins Herz.

In diesem Augenblick ließ das Prasseln des Regens nach und es fielen nur noch vereinzelte Tropfen. Hektor stieg aus, setzte das Fahrrad genauso schnell zusammen, wie er es auseinandergenommen hatte, und schob es zum Haus, doch ich nahm es ihm ab.

»Danke, Hektor.«

»Flo?«

»Ja?«

»Weißt du, Neva ist wirklich toll.«

Meine Hände fassten den Lenker fester. »Ja. Das glaube ich auch.«

15. Kapitel

Ich stieß die Tür auf, schleppte das Rad in den Fahrradkeller und lief hoch in die leere Wohnung. In der Küche hängte ich meine Tasche über einen Stuhl, setzte mich an den Tisch und starrte auf die Obstschale vor mir.

Ich hatte Hektors wohlgeformte Hand mit den langen, geraden Fingern vor Augen, und sofort jagte wieder die Flipperkugel durch mich hindurch, landete erneut in meinem Herzen, doch diesmal verursachte sie dort ein fürchterliches Brennen.

Mechanisch nahm ich einen glänzenden grünen Apfel aus der Schale und drehte ihn gedankenverloren. Ich würde in Zukunft vermeiden, mit Hektor allein zu sein. Das musste ich. Ich durfte nicht zulassen, mich in ihn …

»Teuerste, da kommt man ja ganz durcheinander. Das war doch nicht der edle Prinz von gestern Abend, oder irre ich mich?«

Ein Funkeln in meiner Tasche verriet, dass Scitus wieder da war. Der hatte mir gerade noch gefehlt. Ich ließ ihn in der Tasche und biss trotzig in meinen Apfel, jetzt wusste ich, woran ich bei ihm war.

»Du weißt genau, wer das war.«

»Selbstverständlich. Das war der treue Beschützer und selbstlose Gefährte meiner Herrin, der noble Hektor Falkenfeder. Nur frage ich mich, was er privat mit Euch zu schaffen hat.«

»Das könnte dir so passen, was?« Erbost packte ich den Apfel fester, ehe ich ihn auf den Tisch fallen ließ und nach der Tasche griff. Ich schüttete sie aus, und der halb geöffnete Spiegel landete mitsamt meinen Schulsachen auf dem Boden. Ich nahm ihn hoch und klappte ihn ganz auf. »Er hat mich nur nach Hause gefahren. Wenn du es wagst, Neva davon zu erzählen, dann …«

»Dann?« Er sah mich unschuldig funkelnd an, wohlwissend, dass ich darauf nichts erwidern konnte. »Ich kann Euch beruhigen. Ich zumindest habe nicht vor, das Herz meiner Herrin zu brechen.«

»Ich auch nicht«, sagte ich und wusste, dass ich das wirklich ernst meinte. Nicht einmal vor meinem Besuch bei Neva wäre mir das in den Sinn gekommen. Hektor ging mir nicht aus dem Kopf, dennoch akzeptierte ich, musste akzeptieren, dass er mit Neva zusammen war.

Ich hätte es nicht für möglich gehalten, aber ich mochte Neva, wenn ich sie auch noch nicht ganz durchschaute. Sie war so ganz anders als Val, nicht nur, was ihre Gabe betraf.

Neva konnte die Temperatur von Dingen ändern, und zwar nicht nur heißen Tee kalt werden lassen, sondern auch Eis in brodelndes Wasser verwandeln. Dass ich noch immer nicht wusste, ob ich überhaupt eine Gabe hatte, belastete mich immer mehr. Ich war ein Dornröschen und beherrschte nichts Märchenhaftes. Das war so, als würde von einem erwartet, vom Duft des Sonntagsbratens satt zu werden.

Ich legte den Spiegel auf den Tisch und nahm meinen Apfel wieder hoch. Gerade wollte ich erneut abbeißen, da bemerkte ich, dass er innen schwarz verfault war. Angewidert warf ich ihn weg und spülte mir gründlich den Mund aus.

»Wohl bekomm's«, wünschte Scitus vergnügt. »Tut Ihr das öfter?«

»Nein, ich bevorzuge frisches Obst«, erklärte ich sauer.

»Ich meinte nicht Eure Essgewohnheiten, Teuerste. Ich bezog mich auf die Schwarzfärberei.«

»Wovon sprichst du?«

»Erlaubt mir, dass ich Euch einen kleinen Rat gebe: Darüber solltet Ihr kein Sterbenswörtchen verlieren. Man könnte Euch nach dem Leben trachten.«

Eigentlich hatte ich mir nach den neu gewonnen Erkenntnissen Scitus' Integrität betreffend fest vorgenommen, mich nicht von ihm in lange Gespräche verwickeln zu lassen. Aber ich erkannte genervt, dass er mich neugierig gemacht hatte und ging mit dem Spiegel in mein Zimmer. »Wer sollte mir nach dem Leben trachten? Und warum?«

»Die Genav…«

Ich klappte ihn einfach zu, da Caruso sich bei meinem Eintreten gegen die Glasscheibe geworfen hatte und nun langsam daran heruntergIitt.

»So, das reicht«, sagte ich und steckte den Spiegel in meine Hosentasche. »Caruso, mein Kleiner, ich werde Mavie holen, und dann sagst du ihr, was dir wehtut, ja?«

Caruso rappelte sich wieder auf und wirkte ganz normal.

Dennoch, ich wollte nicht tatenlos auf den Ernstfall warten.

Hoffentlich war Berta wieder in der Mühle. Sie musste mir

Mavies Nummer geben. Dann würde ich sie herbitten, damit sie mit Caruso sprach, bevor es zu spät war.

Ich spürte, wie der Spiegel sich trotz meiner engen Jeans wieder ein Stück geöffnet hatte. Scitus kicherte boshaft. Und sogleich machte Caruso einen unkontrollierten Sprung gegen seine Wurzel und klatschte ins Wasserbecken. Dort blieb er auf dem Rücken liegen.

»Das ist deine Schuld!«

Ich packte den Spiegel und sah, dass Scitus mit geschmeicheltem Interesse Carusos Zuckungen verfolgte. Panisch rannte ich mit Scitus aus meinem Zimmer. »Deinetwegen führt sich die Kröte so auf?«

»Ich kann nichts dafür. Das Verhalten dieser Kröte ist absonderlich. Ich bin geneigt, ihr böse Absichten zu unterstellen.«

»Caruso ist eine normale Kröte, wir sollten ihr gar nichts unterstellen, klar?«

»Sie ist absolut natürlichen Ursprungs, das kann ich bestätigen.« Sein Grinsen entblößte zwei spitze Eckzähne.

Scitus lag in das Papier von zwei Zeitungen eingewickelt auf dem Esstisch im Wohnzimmer. Sein Gezeter über diese ungebührliche Behandlung war dadurch angenehm gedämpft.

Ich hatte Berta erreicht, sie hatte mir Mavies Handynummer gegeben, und Mavie hatte versprochen, sich sofort auf den Weg zu machen. Solange saß ich vor dem Terrarium und redete beruhigend auf Caruso ein. Meine Bürste lag noch auf der Kommode, und ich wollte sie rasch wegräumen, da zuckte ich erschrocken zusammen.

Die Bürste war am Griff schwarz verfärbt, die meisten Borsten ebenfalls.

Es klingelte, ich warf die Bürste unter mein Bett und öffnete die Tür. Mavie war in Begleitung von Karlo erschienen, und der stürmte herein.

»Habt ihr einen Fernseher? Ich will die letzten Minuten nicht verpassen.«

Ich zeigte ihm das Wohnzimmer und er warf sich aufs Sofa, schnappte die Fernbedienung und zappte durch die Kanäle, bis er bei einer Sendung hängen blieb. Er fluchte: »Mist. Xiau ist draußen.«

Mavie war bereits in mein Zimmer gegangen und hockte vor dem Terrarium.

»Na, Schönheit«, sagte sie sanft, und es war ihr anzusehen, dass sie das ganz aufrichtig meinte. »Was ist mit dir? Fühlst du dich nicht wohl in diesem kleinen Gefängnis aus Glas?«

Ich beobachtete, wie sich ihr Gesicht verzog.

»Eigenartig.« Sie rieb sich über die Ohren und lauschte angestrengt.

»Was ist?«, fragte ich voller Sorge. »Was sagt Caruso?«

»Ich, ähm, kann ihn nicht verstehen.« Mavie legte ungläubig die Stirn in Falten. »Normalerweise verstehe ich alle Tiere. Außer Chihuahuas. Die haben einen scheußlichen Dialekt und reden nur Unsinn. Aber Kröten sind eigentlich sehr distinguiert in ihrer Ausdrucksweise. Nur diese hier … Das ist mir noch nie passiert.«

»Und jetzt?«

Mavie zuckte ratlos mit den Schultern. »Zuallererst sollte man eine Kröte dieser Größe nicht in einen winzigen Glaskasten stecken, Flora.«

Jetzt kam also, was Val so gefürchtet hatte, eine Standpauke von Mavie.

»Das ist nur ein Reiseterrarium. Er gehört nicht mir, und sein eigentliches Zuhause ist viel größer.«

»Na ja. Trotzdem gehört dieses Tier in die Freiheit. Kein Wunder, dass er so unglücklich ist. Er hat sogar seine Sprache verloren.«

»Ich werde Val sagen, dass sie ihn freilassen muss«, versicherte ich ernst.

Mavie fuhr verblüfft auf: »Das ist Vals Kröte? Seit wann … Ach, egal. Am besten werde ich es ihr selbst sagen. Caruso wird sonst elend vor die Hunde gehen.« Sie holte tief Luft. »Trotzdem frage ich mich, warum ich ihn nicht verstehe. Er redet und redet, aber es ergibt keinen Sinn.«

Mein Magen zog sich zusammen. »Lass mich das mit Val klären, ja? Sie wollte nicht, dass ich dich rufe.«

»Kann ich mir vorstellen.« Mavie biss sich auf die Lippe. »Wenn Caruso nicht so schwach wäre, würde ich ihn gleich mitnehmen und freilassen.«

Mavie gab mir noch ein paar Tipps, wie ich Carusos vorübergehende Haltung verbessern konnte. Karlo, der sich in der Zwischenzeit ein Sandwich gemacht hatte, kam dazu und ließ Mavie abbeißen. Wir tranken noch Apfelsaftschorle und quatschten ein bisschen, dann machten sie sich wieder los.

Ich mochte die beiden, war jedoch heilfroh, die Tür hinter ihnen zu schließen, rannte zu Scitus und wickelte ihn aus.

»Scitus?« Ich schüttelte den leeren Spiegel. »Scitus!«

Endlich kündigte ein Funkeln sein Erscheinen an.

»Ihr wünscht mich zu sprechen? Oder soll ich nur wieder Eurer Belustigung dienen?«

»Jetzt sei nicht eingeschnappt«, sagte ich. »Was war das vorhin? Schwarzfärberei? Was bedeutet das?«

»Oh. Darum geht es. Ihr wollt meinen Rat. Von meinem Wissen profitieren.« Sein Funkeln nahm eine tiefviolette Farbe an, und er kniff die schrägen Augen zusammen, bis sie nur noch zwei Schlitze waren. »Was, wenn Ihr mit der Antwort unzufrieden seid? Werde ich dann wieder wie ein stinkender Fisch in Zeitungspapier gewickelt?«

»Hör schon auf, Scitus«, beschwichtigte ich. »Ich will Caruso nicht gefährden.«

Scitus spitzte die Ohren, lauschte kurz und hob gelangweilt eine Braue. »Nun, wie es scheint, ist die Entfernung zwischen dieser verwünschten Kröte und mir jetzt groß genug. Er schläft.« Mit einem süffisanten Lächeln fragte er: »Was hat das liebreizende Aschenputtel eigentlich aus ihm herausbekommen?«

»Nichts. Sie konnte ihn nicht verstehen.«

Scitus tadelte mich mit einem Blick. »Und das gibt Euch nicht zu denken?«

»Du willst doch nicht behaupten, Mavie hätte mir nicht alles gesagt?«

»Das fiele mir im Traum nicht ein«, gab Scitus gekränkt zurück. Er glühte in bedrohlich dunkelviolettem Licht auf und zischelte: »Dennoch, einer im Bunde verschweigt die Wahrheit.«

»Falls du meinst, die Kröte habe absichtlich so unverständlich gesprochen, bist du auf dem Holzweg. Caruso ist zu krank, um wie eine richtige Kröte zu klingen.«

»Und schon seid Ihr der Lösung einen Schritt näher.«

Daraufhin wechselte er wieder zu harmlos fliederfarbenem Gefunkel.

Der Spiegel trieb mich mit seinen vieldeutigen Bemerkungen noch in den Wahnsinn. »Vergiss doch bitte Mavie und Caruso für einen Moment. Ja? Was meintest du vorhin mit der Schwarzfärberei?«

»Ist es Euch noch nicht aufgefallen? Ihr hinterlasst schwarze Spuren.«

Ich sank auf einen Stuhl am Esstisch. Durch meinen Kopf wirbelten die Bilder vom Treppengeländer, dem Apfel und meiner Bürste.

War das meine Gabe? Ich konnte Dinge schwarz färben?

In meinen Augen brannten Tränen. Selbst wenn ich es nicht mit Vals oder Mavies wundervollen Fähigkeiten verglich, war das die mit Abstand mieseste und unnützeste Gabe, die ich mir hätte vorstellen können.

Sollte ich Neva bei einem Einsatz sagen: Geh schon mal vor, ich färbe nur noch rasch alles schwarz? Oder bei einem Zusammentreffen mit den Reguli: Kommt mir nicht zu nahe, sonst mache ich auf der Stelle einen schwarzen Fleck?

Das konnte jeder Tintenfisch, aber ich war ein Dornröschen!

Eine Welle aus ungeahntem Zorn raste durch mich hindurch, und ich schlug mit beiden Händen auf den Esstisch. Gleißendes Licht, das von mir selbst ausging, blendete mich. Plötzlich verspürte ich den Drang, alles um mich herum zu zerstören. Ich wollte den Schmerz aus meinem Körper jagen, durch meine Fingerspitze auf etwas anderes übertragen.

Ich riss die Augen auf und mein Stuhl kippte nach hinten

um. Hart schlug ich auf dem Boden auf und schnappte nach Luft, als wäre ich zu lange unter Wasser gewesen. Meine Hände taten weh, und ich erkannte, dass sie voller Brandblasen waren. Entsetzt rannte ich ins Bad und hielt sie unter kaltes Wasser.

Dann weinte ich vor Schreck.

Jonathan schloss den Transporter ab, und als er den anderen vorausging, löste er die Bewegungsmelder aus, der Weg zum Gewächshaus wurde hell beleuchtet. Er öffnete den Eingang und blieb mit geschlossenen Augen stehen, um die von Rosenduft gesättigte Luft tief einzuatmen. Der Gestank, der sich im Haus der Schwestern in seine Nase gesetzt hatte, war ihm unerträglich. Es war der Geruch der sterbenden Zeit.

Jonathan hörte die schweren Schritte hinter sich, trat aber erst im letzten Moment beiseite.

Die Zwillinge trugen einen leblosen Körper gemeinsam, während sich Flint die andere alte Dame über die Schulter geworfen hatte. Es schien ihn nicht im Mindesten anzustrengen.

Wieder spürte Jonathan diesen nadelfeinen Zorn in sich aufsteigen, der ihn quälte, seit er Flint das erste Mal gesehen hatte. Wieso hatte die Natur einer niederen Kreatur wie Flint diese Kraft und eine bewundernswerte Gabe zuteilwerden lassen? Und ihn, Jonathan, nicht mit einem solchen Geschenk bedacht?

»Pass auf, was du mit deinen Händen tust«, sagte er warnend und riss sich damit selbst aus seinen hassgenährten Gedanken.

Wenn Flint die Alte jetzt versteinerte, würde die es kaum überleben, bei all dem Gift der Rosen, das durch ihre Adern floss.

Jonathan wies auf eine Stelle, an der sich die dichte Hecke wie ein Vorhang geöffnet hatte. »Legt sie dort drüben ab.«

Seine Augen wanderten von der gelähmten Alten zu Greta, die sich aufrichtete und den Rücken durchdrückte.

Sie bemerkte seinen Blick und zwinkerte ihm zu. Maliziös sagte sie: »Da sind die Alten nun schon so magere Dinger und wiegen trotzdem so viel wie zwei Elefanten.«

»Du hast eben nichts drauf.« Flint kaute am Daumennagel der linken Hand.

»Halt's Maul, Flint«, rief Greta wütend, und Flint spuckte zur Antwort ein Stück Fingernagel aus.

Würgend wandte sich Jonathan ab. Noch brauchte er diese abstoßenden Versager. Noch waren drei Schwestern dort draußen.

16. Kapitel

Mein Handy hatte so lange geklingelt, bis ich es ausgestellt hatte. Nach Val hatten auch Neva und Timus versucht, mich zu erreichen, aber ich war nicht drangegangen.

Ich saß im Wohnzimmer auf dem Boden, hatte einen Eimer mit eiskaltem Wasser vor mich gestellt und tauchte beide Hände hinein. Scitus konnte ich leider nicht einfach ausstellen. Er lag neben mir, kicherte und funkelte dabei wie eine Discokugel. Anna fehlte mir plötzlich sehr.

»Der Tisch«, flüsterte ich fassungslos. »Er ist ganz schwarz.«

Scitus frohlockte: »Ja. Völlig ruiniert. Meinen Glückwunsch.«

»Halt die Klappe«, zischte ich böse und nahm den Blumenstrauß in Augenschein, den Jens Ma mitgebracht hatte. Er war völlig verkohlt.

Ich konnte mir nicht erklären, was da in mich gefahren war. In mir war eine Schwärze gewesen, die sich wie kochender Teer in meinen Adern ausgebreitet hatte. Gleichzeitig war da aber dieses Licht gewesen. Es hatte die kriechende Schwärze in mir aufgelöst und sich schützend um mein Herz gelegt. Ich wusste noch, dass ich meine Hände vor die Brust gepresst hatte, damit mein rasender Herzschlag ruhiger wurde.

Und dann war ich mitsamt dem Stuhl umgefallen.

»Was gedenkt Ihr jetzt zu unternehmen?« Scitus schien voller Tatendrang. »Ihr solltet gleich mal zur Mühle fahren und dort in der Bibliothek nachschlagen. Unter F wie Farbe. Oder Fluch. Oder …«

»Ich kann jetzt nicht Fahrrad fahren.« Zum Beweis zeigte ich Scitus eine meiner verbrannten Handflächen.

»Hm. Oje. Soll ich pusten?« Er blies die Backen auf und spitzte die Lippen, doch außer Gefunkel kam nichts bei mir an. »Gut. Da kann ich nicht weiterhelfen.«

»Danke, du Held.« Ich starrte wieder auf den Tisch. »Meine Güte. Wie soll ich das bloß Ma erklären?«

»Ihr könntet ein Feuer legen, um die Spuren der Magischen Explosion zu vertuschen.«

»Kommt nicht infrage.«

»Dann nicht.«

»Ähm. Magische Explosion?«

Scitus ließ sich für die Antwort Zeit. Er genoss es scheinbar, mich schmoren zu lassen. »Die letzte, bei der ich zugegen sein durfte, liegt über zweihundert Jahre zurück.«

»So? Wer hat sie denn verursacht?«

»Hört mal, Teuerste, niemand mag die Überbringer schlechter Nachrichten. Am Ende werde wieder ich für alles verantwortlich gemacht. Ich gebe Euch gerne nützliche Hinweise und praktische Tipps, Ihr kennt mich! Aber rausfinden, wo der Busch zur Hecke wird, müsst Ihr schon selbst.«

Mein Magen zog sich zusammen. Aus Scitus' Verhalten schloss

ich, meine unwillkommene Gabe könne mich in Schwierigkeiten bringen.

»Du hast vorhin gesagt, ich solle mit niemandem darüber sprechen. Meintest du das ernst?«

»In Eurem Falle«, Scitus wurde bei jedem Wort leiser und wisperte das letzte, »todernst.«

Ich hatte im Badezimmerschrank eine Salbe gefunden, die tatsächlich das Brennen linderte. Jetzt saß ich auf meinem Bett und cremte mir ebenso dick wie behutsam die Hände damit ein. Ich ließ die Handflächen aneinander ruhen, bis die Salbe größtenteils eingezogen war, und sorgte danach für Carusos Wohl.

Mit einem weichen Kissen machte ich es mir vor seinem Terrarium bequem und unterhielt mich bis spät in die Nacht mit ihm, sofern man es Unterhaltung nennen konnte, einer stummen Kröte sein Leid zu klagen.

Die Enttäuschung über meine lausige Gabe saß wie ein tiefer Stachel, und Scitus' schadenfrohes Orakeln, ich müsse mich entscheiden, welchem Pfad ich folgen wolle, hatte es nicht gerade besser gemacht.

Was Scitus genau damit meinte, war nicht aus ihm herauszubekommen. Doch ganz offensichtlich war ich eher Pechmarie als Dornröschen, und wenn es nach mir ging, würde ich den ganzen Märchenkram hinter mir lassen und wieder ein normales sechzehnjähriges Mädchen sein, das nicht versehentlich das Mobiliar schwärzte, wenn es sich ärgerte.

Ich hatte Scitus im Wohnzimmer gelassen und erfreut festgestellt, dass die Drohung, ihn in Zeitungen einzuwickeln, Wunder wirkte. Er hatte sich bis zum Morgen nicht vernehmen lassen.

Gähnend stand ich in der Küche und machte mir eine Schale Müsli zum Frühstück. Der Spiegel war auch schon wach und erkundigte sich vom Esstisch aus nach meinem Befinden. Mir wurde klar, dass er auf meine verbrannten Hände anspielte. Das hatte ich ganz vergessen. Ich nahm meine Handflächen in Augenschein – die Blasen waren verheilt, die Haut nur noch leicht rosa gefärbt.

Entweder hatte mich mein weinerlicher Zustand am Abend zuvor in meiner Wahrnehmung getrübt, und die Verbrennung war bei Weitem nicht so schlimm gewesen, wie ich dachte. Oder aber die Salbe wirkte fantastisch, und wir brauchten dringend Nachschub.

Ich legte Scitus so weit wie irgend möglich weg von Carusos Terrarium und machte mich auf den Weg.

Im Treppenhaus schlich ich an Annas Tür vorbei und wollte auf dem Weg nach unten rasch die Uhrzeit auf meinem Handy ablesen. Es war aber noch immer ausgestellt.

Schnell gab ich den Code ein, und mir wurden neben Vals, Nevas und Timus' Anrufen auch zwei von Ma und einige anonyme angezeigt. Mit Ma hatte ich gestern noch über das Festnetz telefoniert und schrieb ihr jetzt eine Nachricht, damit sie wusste, dass ich pünktlich zur Schule ging. Danach wollte ich das Handy wegstecken, als es erneut klingelte.

Es war wieder ein anonymer Anruf. Ich nahm das Gespräch an.

»Hallo?«

»Flora Anthea?«

»Gracia!« Das war eine Überraschung.

Nach kurzem Schweigen fragte sie: »Wie geht es dir?«

»Gut. Ich hab's gerade eilig. Bin auf dem Weg zur Schule.«

»Très bien«, sagte sie. »Ich wollte nur sagen, dass ich zurück bin.«

»Super.«

»Dann legen wir wieder auf.«

»Warum hast du angerufen? Gestern, meine ich.«

»Nur so ein Gefühl. Ich wollte wissen, ob es dir gut geht.«

Wenn der Fischhändler um die Ecke bei mir angerufen hätte, um mich das zu fragen, es hätte mich weniger gewundert. Seit wann wollte Gracia Wieland wissen, wie es mir ging?

Aus irgendeinem Grund sah ich sie mit einem Lächeln vor mir.

»Gracia?«

»Ja?«

»Wie geht es dir?«

Es knackte in der Leitung, und sie war weg.

Ich steckte das Handy in meine Jackentasche und marschierte los. Sie hatte die Frage nach ihrem Befinden vermutlich als unerhörtes Eindringen in ihre Intimsphäre empfunden. Das war typisch für Gracia. Immer die Contenance wahren, nur niemals zeigen, dass sie ein menschliches Wesen war.

Der Schultag lief ganz gut. Celias Interesse an meiner Person hatte mir ein paar Pluspunkte eingebracht, und so grüßten mich jetzt auch ältere Schüler, die mich bisher höchstens wahrgenommen hatten, wenn ich ihnen im Wege stand.

Die Einzige, die sich nach wie vor nicht für meinen vermeintlichen Freund zu interessieren schien, war Anna. Sie verhielt sich insgesamt sehr seltsam. Im Unterricht saß sie schweigend da, starrte mit leerem Blick vor sich hin und schnauzte jeden unfreundlich an, der sie ansprach. Selbst die Lehrer. Man tuschelte bereits, es würde ihretwegen demnächst eine Konferenz geben.

Das war auf dem Schulhof jedoch nicht halb so interessant wie die neuesten Nachrichten vom Rosenkavalier. Er hatte erneut zugeschlagen, doch diesmal gleich einen doppelten Coup gelandet. Zwei betagte Schwestern, die gemeinsam ein Haus bewohnt hatten, waren seine neuesten Opfer geworden. Damit waren es jetzt bereits fünf alte Damen. Fünf arme, alte Damen. Ich fragte mich mit einem Schaudern, warum man diesen gefährlichen Übergeschnappten nicht endlich dingfest machte?

Der Unterricht war aus, und ich verließ mit einem Schwarm anderer Schüler den Schulhof. Wir hatten eine unerfreuliche Menge an Hausaufgaben bekommen, und ich dachte darüber nach, wie ich das alles schaffen sollte, jetzt, da ich Pflichtler war. Wie oft musste unser Team eigentlich zu Einsätzen ausrücken?

Mir wurde klar, wie sehr es mir gefallen hatte, mit Neva und Hektor Jagd auf einen Gegenstand zu machen. Ich machte mir nichts vor. Wann immer ich die Gelegenheit dazu hatte, würde ich den Schulkram liegen lassen und mich für die ASGA in ein weiteres Abenteuer stürzen.

»Flo!«

Ich sah auf. Vor der Schule, direkt auf dem Bürgersteig, stand Timus' Wagen. Er hatte sich gegen die Beifahrertür gelehnt und offensichtlich auf mich gewartet.

»Hallo«, sagte ich überrascht. »Was machst du denn hier?«

»Dich abholen«, gab er selbstbewusst zurück. »Lust, was trinken zu gehen?«

Meine Schultasche hing schwer über meiner Schulter und erinnerte mich daran, dass ich viel zu tun hatte. Doch da waren Celia und ihre Freundin und andere Mädchen, die Timus und seinen Wagen verstohlen anstarrten.

Ich hatte nicht direkt verneint, dass Timus und ich ein Paar waren, und konnte ihn jetzt schlecht vor aller Augen wegen Hausaufgaben abblitzen lassen. Außerdem konnte ich ihn vielleicht ein wenig aushorchen. Die Angelegenheit mit der Schwarzfärberei machte mir immer noch sehr zu schaffen. Timus war mit der Märchenwelt vertraut, bestimmt konnte er mich mit ein paar Hintergrundinformationen beruhigen.

»Dein Auto kommt ja sehr gut an«, bemerkte ich. Timus hielt mir die Tür auf und sagte: »Die sollten erst den Schlitten meines Vaters sehen. Dagegen wirkt meiner hier wie Hektors Rostlaube.«

»Ich mag das Cabrio«, sagte ich.

Wir fuhren wieder in das kleine Café, und Timus bestellte schon beim Hereinkommen heiße Schokolade und Kirschkuchen für uns beide. Ich hätte lieber Apfelkuchen genommen, wollte aber nicht undankbar erscheinen und sagte nichts.

Timus trug einen Pullover aus edler Wolle, der seine breiten Schultern und die kräftigen Arme unaufdringlich betonte. Er sah fantastisch aus.

»Krämer hat mir von eurem Einsatz erzählt«, sagte Timus.

»Ach?«, fragte ich interessiert.

»Ja. Er meinte, es war die beste Entscheidung, dich mit Neva in ein Team zu stecken.«

»Tatsächlich?«

»Ja. Ist so. Er sagte, du hättest seine Erwartungen vollauf erfüllt.«

»Ach!«, sagte ich ernüchtert.

Zufällig war ich über Krämers Erwartungen an mich sehr gut im Bilde; es war also keineswegs ein Lob, dass Krämer diese bestätigt sah. Timus hingegen ging davon aus, Krämer nehme nur handverlesene Bewerber auf.

Timus erzählte weiter von sich und seinem Vormittag, und ich hörte höflich, aber unaufmerksam zu. In Gedanken war ich in der Mühle. Ich fragte mich, ob ich weiter eine Fabula sein durfte, wenn die Sache mit dem Brieffälscher erst aufgeklärt war. Oder konnte Krämer es gar nicht abwarten, mich zum Kaffeekochen ins Haus der Genaver abzuschieben?

Es war seltsam. Ich hatte mich so sehr dagegen gesträubt, in der Agentur zu arbeiten, und nun wollte ich unbedingt dabei sein. Jetzt, wo ich von der Märchenwelt wusste, wollte ich dazugehören.

Ich stocherte missmutig im Kirschkuchen herum und arrangierte die Krümel so, dass es aussah, als hätte ich davon gegessen.

»Und?«

Ich ließ die Gabel sinken. Timus erwartete eine Antwort von mir, und ich hatte nicht mal die Frage mitbekommen. »Entschuldige. Was hast du gesagt?«

»Ich habe gefragt, ob du mit mir zum Ball gehst.«

Richtig. Der Ball. Den hatte ich ganz verdrängt.

»Ich weiß noch nicht, ob ich überhaupt hingehe.«

»Unsinn«, erklärte Timus und rührte in seiner Tasse. »Da sind alle wichtigen Leute. Natürlich gehen wir hin.«

»Ich überlege es mir noch, ja?«

»Was ist denn los?« Sein Lächeln schwand, und er sah mich forschend an. »Hat dich schon ein anderer gefragt?«

»Wie kommst du denn darauf?« Ich lief rot an.

»Na ja«, er nahm meine Hand, beugte sich vor und berührte sie sanft mit seinen Lippen. »Wie oft hat man schon die Chance, mit einem Dornröschen zum Ball zu gehen?«

»Ich hab nichts zum Anziehen«, gestand ich verlegen.

Timus sah mich an, und seine eben noch ernst zusammengezogenen Augenbrauen wanderten spöttisch nach oben. »Haben denn alle Frauen auf der Welt nur EIN Problem?«, sagte er lachend und ließ meine Hand los. »Ich sag dir was: Wir gehen gleich in eine hübsche Boutique, da helfe ich dir beim Aussuchen. Ich bin ein großartiger Berater, wenn es um Modefragen geht.«

Wenn Timus sich mal was in den Kopf gesetzt hatte, war er offenbar sehr schwer wieder davon abzubringen. Schließlich hatte ich ihn mit der Ausrede, dass ich noch unglaublich viel für die Schule machen musste, aber doch von dem dämlichen Einfall abbringen können, mit mir shoppen zu gehen.

Er hatte mich zu Hause abgesetzt und mir einen sanften Abschiedskuss auf die Wange gegeben. Als seine Lippen sich auf meinen Mund legen wollten, hatte ich schon wieder rasch den Rückzug angetreten.

Timus' Reaktion auf mein Geständnis hatte mich verärgert. Es ging eben nicht darum, aus tausend Kleidern das schönste auszusuchen, sondern darum, dass ich mir nicht mal ein Sonderangebot aus einer Boutique hätte leisten können. Er hatte eine Ignoranz an den Tag gelegt, die mir aufstieß.

Obwohl die Sonne sich kaum am grauen Himmel blicken ließ, war es ein ungewöhnlich warmer Nachmittag. Ich lockerte meinen Schal, meine gute Laune kehrte zurück, und ohne es geplant zu haben, hatte ich mich in den nächsten Bus gesetzt und fuhr zu Neva.

Diesmal musste ich nicht so lange warten, bis sich das Tor für mich öffnete. Ich lief den asphaltierten Weg entlang, und wieder war mir, als verfolgten mich Schatten.

Hektors Cabrio stand mit geöffneter Motorhaube vor dem Haus. Beim Näherkommen entdeckte ich auch Hektor selbst, der sich tief über den Motor beugte und sich daran zu schaffen machte.

Neva kam aus der Tür, winkte mir zu, und wir trafen uns am Auto. Hektor nutzte unser Auftauchen und verlangte verschiedene Werkzeuge, die er fein säuberlich auf einer Matte ausgebreitet hatte.

Neva warf einen skeptischen Blick auf etwas, das vielleicht die Batterie des Wagens war. »Und? Bekommst du es hin?«

»Ich denke schon«, sagte Hektor. Seine Stimme klang ganz dumpf, so tief aus dem Motorraum heraus.

»Schön«, sagte Neva und machte dabei einen zufriedenen Eindruck.

Ich betrachtete sie nachdenklich. Es schien ihr nichts auszumachen, mit Hektor in dieser, wie Timus es genannt hatte, Rostlaube herumzufahren. Dabei konnten sich ihre Eltern gewiss auch teure Luxuskarossen leisten. Anders als Timus konnte Neva allem Anschein nach gut auf diese Art Splendeur verzichten.

Ein Knacken ließ mich herumfahren. Ich rechnete damit,

wieder einen dieser unheimlichen Schatten zu sehen. Stattdessen trat ein schlanker Mann mit Aktenkoffer, Hut und Trenchcoat aus der Hecke.

Neva lief sofort auf ihn zu.

»Ah, Frau Bruderherz. Wie gut, Sie hier zu treffen. Es geht um den Prozess.« Der Mann zog den Hut, und darunter kamen rote Locken zum Vorschein. Er verbeugte sich tief und lispelte: »Ich fürchte, wir müssen unsere Bemühungen weiter ausbauen.«

Neva nahm ihn am Arm. Es war keine freundschaftliche Geste, sondern sie wollte das Gespräch offenkundig unter vier Augen fortsetzen. Sie führte den auf Anhieb unsympathischen Mann auf eine Rasenfläche mit alten, knorrigen Obstbäumen. Der Wind trug uns dennoch jedes Wort zu, und ich beobachtete fasziniert, wie der Mann sich immer wieder verbeugte und sich während des ganzen Gesprächs nicht ein einziges Mal zur vollen Größe aufrichtete.

Neva fragte: »Was spricht dagegen, weitere Beweise zu sammeln?«

»Nun, um ehrlich zu sein: Die aufwendige Beweisführung im letzten Prozess hat alle Mittel restlos …« Er rieb so geschmeidig Zeige- und Mittelfinger am Daumen, als sei diese Gebärde ihm längst in Fleisch und Blut übergegangen.

»Wie viel?«, fragte Neva kalt.

»Die gleiche Summe wie beim letzten Mal müsste genügen«, antwortete der Mann, und die Gier leuchtete förmlich aus seinen Augen. »Vorerst.«

»Ich werde den Betrag überweisen.« Neva wandte sich von ihm ab. »Das wäre alles, Herr Fuchs?«

Herr Fuchs verbeugte sich erneut, klemmte den Aktenkoffer

unter den Arm und setzte seinen Hut auf, während er sich rückwärts entfernte.

Hektor schlug die Motorhaube zu und wischte sich die Hände an einem Tuch ab. Er rief zu Neva hinüber: »Was wollte der Halsabschneider denn?«

»Geld. Was sonst?«

»Und?«

»Ich habe zugesagt.«

»Neva«, begann Hektor, doch die brauste auf: »Ich habe es versprochen. Sie sollen ihre Freiheit zurückbekommen. Es ist Unrecht, was ihnen widerfährt.«

»Aber dieser Fuchs«, erwiderte Hektor, nun ebenfalls verärgert. »Er nimmt dich aus. Dabei scheint er nicht mal ein guter Anwalt zu sein, oder?«

»Der einzige mit Zulassung vor dem Gericht der Genaver, den ich mir leisten kann.«

Hektor schob das Kinn vor. Er drehte sich um und sah Fuchs nach, der mit vielen kleinen Sprüngen den Garten durchquerte. Hektor zog einen Bumerang aus der Hosentasche. Er schien sie in allen Größen zu besitzen, dieser maß insgesamt höchstens fünfzehn Zentimeter.

Er zielte und warf mit einer kräftigen Bewegung aus dem Unterarm das gebogene Holz hinter Fuchs her.

Der Bumerang zog eine halbkreisförmige Bahn und streifte einen Baum. Äpfel prasselten auf den jaulenden Anwalt herunter. Hektor lächelte und fing im Weggehen den Bumerang auf, ohne auch nur hinzusehen.

»Hektor!« Neva funkelte ihn wütend an, doch er hob nur eine Augenbraue und steckte seinen Bumerang wieder weg.

Ich hatte das alles verfolgt, ohne schlau daraus zu werden, und wurde bereits von einem weiteren Ereignis abgelenkt. Die Buchsbäume rings um uns schienen zum Leben erwacht, sie zitterten und raschelten, und Schatten purzelten daraus hervor. Sie huschten schnell auf uns zu, und je näher sie kamen, desto deutlicher waren sie zu erkennen.

Drei Dinge fielen mir sofort auf. Erstens gab es auf Nevas Grundstück genau sieben Gartenzwerge. Zweitens waren sie größer als gewöhnliche Gartenzwerge. Und drittens waren sie enorm wütend. Sie trugen Latzhosen, karierte Hemden und Zipfelmützen, hatten rote Gummistiefel an, und jeder von ihnen hatte ein Gartenwerkzeug bei sich, das er angriffslustig schwang.

»Neva, was hat dieser Winkeladvokat gewollt?«, fragte der mit der Harke. »Hat er den Rachen noch immer nicht voll?«

Danach riefen sie alle durcheinander. Sie verlangten, diesen Fuchs in ein tiefes Erdloch zu werfen und mit etwas zu übergießen, das garantiert sehr stinken würde. Einer drohte mit der Heckenschere.

»Jungs! Jungs!«, sagte Neva, und die Zwerge beruhigten sich. »Ich habe euch versprochen, ich gebe nicht auf. Und wenn es mich mein ganzes Erbe kostet.«

»Lass das den Fuchs nicht hören«, mahnte Hektor sauer. »Der könnte es als unwiderstehliches Angebot verstehen.«

Ich sah den Zwergen nach. Sie wuselten davon, wurden immer schneller, und dann waren sie wieder in Wolken gehüllt, die sie wie Schatten aussehen ließen.

»Die sieben Zwerge?«, fragte ich begeistert. Bis auf die Sache mit der Wolke und ihrer Schnelligkeit kamen sie meinem Bild aus Kindertagen doch sehr nahe.

Ich lachte. »Natürlich. Warum wundere ich mich überhaupt darüber? Du bist Schneewittchen. Da gehören die Zwerge ja praktisch dazu.«

»Oh, oh.« Hektor kniete vor dem Cabrio und packte das Werkzeug zusammen. »Das hättest du nicht sagen sollen.«

»Die Zwerge gehören nirgends *dazu.* Sie sind kluge, gutherzige Geschöpfe mit allen Rechten, die wir auch haben«, erklärte Neva kämpferisch. Mein Blick wanderte zu Hektor, jetzt verstand ich seine Bemerkung.

Neva war noch nicht fertig: »Den Zwergen ihre Freiheit zu nehmen, ist ein viel größeres Verbrechen, als man ihnen je zur Last hätte legen können.«

Hektor erhob sich, sah mich mit einem charmanten Schulterzucken an und ging ins Haus.

Ich trat von einem Fuß auf den anderen, während ich von Neva belehrt wurde, freidenkenden Geschöpfen mehr Respekt entgegenzubringen. Ich wollte mich für diese unbedachte Äußerung entschuldigen, aber sie wurde immer lauter. Als Hektor zehn Minuten später wieder in der Tür erschien, hatte ich unfreiwillig ein fundiertes Wissen über Zwerge angehäuft. So wusste ich zum Beispiel nun, dass Zwerge mehrere Jahrhunderte alt werden konnten.

»Ich hab Tee gemacht«, sagte Hektor und konnte sich ein Grinsen nicht verkneifen.

Ich ging hinter Neva ins Haus und warf Hektor einen finsteren Blick zu.

Er grinste noch immer, zeigte auf Nevas Rücken und formte mit den Lippen das Wort: »Fettnäpfchen!« Dabei schüttelte er die Hand, als hätte er sich verbrannt.

Neva setzte sich aufs Sofa. Ihr Ärger wurde durch einen kräftigen Schluck Tee offensichtlich gemildert, und sie seufzte.

»Die Zwerge befinden sich in einem Rechtsstreit, und Anwalt Fuchs vertritt sie in meinem Auftrag. Sie wurden verklagt, musst du wissen.«

»Weshalb denn?«

»Entführung.«

»Wen sollen sie denn entführt haben?«

»Schneewittchen, meine Stammmutter.«

»Wie bitte? Ist Schneewittchen nicht einfach so bei den Zwergen reingeschneit?«, erkundigte ich mich und ging im Geiste das Märchen durch. Da hatten die Zwerge anfangs sogar versucht, Schneewittchen loszuwerden.

»Genau«, bestätigte Neva. »Schneewittchen war von Zuhause ausgerissen. Es hat sich bei den Zwergen eingenistet und schamlos ihre Gastfreundschaft ausgenutzt. Die Zwerge haben diese hohle Frucht immer wieder vor Invidia gewarnt, aber nein, Schneewittchen musste ja giftige Äpfel essen und sich das Haar mit giftigen Kämmen glätten lassen. Wenn die Zwerge es nicht immer wieder reanimiert hätten, wäre es gestorben.« Neva brauste auf: »Es hatte sich sogar mit einem von ihnen verlobt. Aber kaum ritt ein dahergelaufener Prinz durch den Wald, brannte es mit ihm durch.«

»Das steht so aber nicht im Märchen«, sagte ich.

»Die Brüder Grimm kannten die Wahrheit genau. Aber wer hätte dieses Märchen schon seinen Kindern vorlesen wollen?«

Ein gutes Argument, das musste ich zugeben. »Und wer hat die Zwerge nun verklagt?«

»Meine eigene Großmutter.« Neva stieß die Worte bitter aus

und lehnte sich mit angezogenen Knien zurück. »Du kannst dir sicher die Gesichter unter den Zipfelmützen vorstellen, als ihnen die Anklageschrift des Gerichts der Genaver zugestellt wurde. Dann machte man ihnen den Prozess.«

Hektor schnaufte. »Ja, deine Großmutter war sehr gründlich.«

Neva schenkte Hektor ein Lächeln voller Wärme und Verständnis und ballte schon im nächsten Augenblick die Hand zur Faust.

»Ich schäme mich für sie. Sie hat viel Geld ausgegeben, um Schneewittchens Ruf bei den Genavern wieder reinzuwaschen. Als das Originalmanuskript der Grimms praktischerweise kurz vor dem Prozess verschwand, hat sich das Gericht der Genaver eben auf das überarbeitete Märchen gestützt. Und darin war das arme Schneewittchen das bedauernswerte Opfer.«

Neva schüttelte betrübt den Kopf.

»Etwas Besseres hätte deiner Großmutter nicht passieren können.« Hektor sah mit abwesendem Blick in seine Tasse.

»Darum werde ich mich auch noch kümmern, Hektor. Versprochen.«

Er stellte seine Tasse ab. »Lass gut sein, Neva.«

»Gut ist, wenn es gut ist. Nicht vorher.« Sie wandte sich wieder mir zu. »Also, der Prozess gegen die Zwerge. In der Verhandlung wurde vom Staatsanwalt der Genaver bestritten, dass eine wahre Prinzessin jemals freiwillig einen Fuß in eine schäbige Hütte im Wald setzen würde. Geschweige darin leben. Als Zeugin trat meine Großmutter auf. Sie bestätigte das natürlich. Sie sagte aus, ein Schneewittchen könne gar nicht in einem Bett schlafen, das mit weniger als Samt und Seide bezogen sei.« Ein hohes Lachen spiegelte Nevas Wut wider. »Dieser Blödsinn hat die dusseligen

Richter restlos überzeugt. Die Zwerge besaßen ja nur mit Stroh gefüllte Säcke als Kissen und derbe Wolldecken. Also sahen die Richter die Schuld der Zwerge als bewiesen an. Sie haben die Ärmsten zu lebenslanger Knechtschaft verurteilt.«

»Die Beweise«, Hektor sprach das Wort verächtlich aus, »waren allesamt an den Haaren herbeigezogen. Es gab außer den Zwergen selbst praktisch keine Zeitzeugen mehr. Alles, worauf sich die Anklage stützte, war die Aussage deiner Großmutter.«

»Ein Skandal, wenn ihr mich fragt. Großmutter hat die Zwerge an meine Mutter vererbt, und später wird sie Yuki bekommen. Lebende Wesen vererben, geht's noch?« Neva schüttelte fassungslos den Kopf. »Ich muss es unbedingt schaffen, dass der Prozess noch mal aufgerollt wird. Und zwar schnell. Aber dafür müsste dieser windige Fuchs endlich etwas Brauchbares herausfinden.«

17. Kapitel

Zurück zu Hause, kümmerte ich mich zuallererst ausgiebig um Caruso. Er hatte seine Vorderbeine leicht nach innen gedreht und saß mit gehobenem Köpfchen im Terrarium. Seine zitronengelben Augen verfolgten aufmerksam jede meiner Bewegungen, und ich spielte mit dem Gedanken, mir die Handschuhe überzuziehen und ihn am Hals zu kraulen. Ich erzählte Caruso von meinem Tag, den Zwergen und Timus, und obwohl der Spiegel fest eingewickelt in Zeitungspapier im Wohnzimmer lag, sprach ich so leise, dass Scitus mich nicht belauschen konnte.

Dann setzte ich mich an die Hausaufgaben und stellte mit größter Zufriedenheit fest, dass ich auch als Fabula meinen alltäglichen Pflichten gewissenhaft nachkam. Es war geradezu beeindruckend, wie mühelos ich das alles unter einen Hut brachte. Krämer würde noch sein blaues Wunder erleben, wenn ich demnächst seine Erwartungen nicht mehr nur erfüllte, sondern sie weit übertraf.

Ma hatte mir ein paar Bilder geschickt, auf denen sie in Malerklamotten zu sehen war, wie sie tapezierte und strich. Und ein

Foto von Jens, den sie tapeziert und gestrichen hatte. Sie wollte wissen, ob ich auch so viel Spaß hatte, und ich schickte ihr als Antwort ein Bild von meinem Mathebuch.

Danach, sozusagen als Höhepunkt des Abends, wärmte ich mir eine große Portion Awandawa auf.

Sorgenfrei und satt räumte ich meinen Teller in die Spüle, da klingelte es. Val. Zur Abwechslung trug sie einen mittellangen Stufenschnitt mit schräg angesetzten Ponyfransen.

»Ich weiß, ich wollte erst morgen kommen, aber ich hab es nicht länger ausgehalten«, sagte sie fröhlich und stürzte an mir vorbei zu Carusos Terrarium. Schon vom Flur aus rief sie: »Ich bin's, mein kleiner Liebling. Hast du mich vermisst?«

Caruso drehte sich, bis seine Hinterseite zur Frontscheibe zeigte. Um diesen peinlichen Moment zu überspielen, bot ich an: »Willst du was trinken? Oder vielleicht was essen?«

»Nein, wirklich«, sagte Val hastig. »Ich bin echt fertig und freue mich einfach nur auf mein Bett.«

»Hast du denn wenigstens alles erledigt?«

Als Val mir zum ersten Mal von ihrem Auftrag erzählt hatte, war ich empört gewesen, weil sie einen Gegenstand klauen wollte. Jetzt, wo ich die fatalen Auswirkungen der Magischen Vergiftung kannte, hatte sie mein vollstes Einverständnis und sollte so viel mitgehen lassen, wie nur möglich.

»Krämer hatte recht«, antwortete Val, schob ihre Brille zurück und räumte Carusos Reiseausstattung zusammen. »Da war ein alter Krug, der hatte es echt in sich. Den bringe ich gleich morgen in die Mühle.« Sie schloss den ersten Karton und fügte wie nebenbei hinzu: »Krämer wollte sowieso noch mit mir sprechen. Bin gespannt, was er will.«

Ich half ihr, die Abdeckung des Terrariums hochzunehmen.

Caruso hüpfte zu seiner Wurzel und verkroch sich darunter.

»Quak«, machte er. »Quak!«

Val lachte über sein niedliches Verhalten und nahm alles aus dem Terrarium, bis nur noch der Rindenmulch darin war, auf dem Caruso saß. Er richtete seine zitronengelben Augen flehentlich auf mich, und ich hatte auf einmal ein ganz mulmiges Gefühl.

»Du kommst jetzt wieder in dein eigenes Zimmer«, tröstete ich ihn. Und mich.

Man hätte glauben können, jemand stünde mit der Stoppuhr neben Val, so sehr beeilte sie sich. Sie zog die Handschuhe über, packte den zappelnden Caruso und setzte ihn in seine Transportbox.

Wir liefen zweimal schwer beladen nach unten zu ihrem Wagen, der mir noch verbeulter vorkam. Val bedankte sich mehrmals, umarmte mich herzlich, und dann hatte ich mein Zimmer wieder für mich allein.

Ich betrachtete meine Frisierkommode einen Augenblick lang traurig und beschloss, sie erst am nächsten Tag wieder einzurichten.

Zur Ablenkung wollte ich fernsehen.

Im Wohnzimmer bereitete mir jedoch Scitus einen funkelnden Empfang.

»Endlich allein, Teuerste. Nur Ihr und meine unwürdige Wenigkeit. Das ist ja wie im Märchen.«

Ich nahm ihn hoch und sah zu, wie er mit den Wimpern klimperte. »Sei nicht albern, Scitus.«

»Nicht doch so bescheiden. Müsste ich nicht in diesem gläsernen Verließ darben, ich würde auch um Euch werben.«

»Wo auch immer du darbst, die Mühe kannst du dir von vornherein sparen.«

Er neigte sein Gesicht diabolisch nach vorn, hob eine Braue und zeigte beim Grinsen seine spitzen Eckzähne. »Nun, dann hat wohl der edle Prinz das Rennen gemacht und Euer Herz erobert?«

»Das geht dich nichts an«, erwiderte ich schroff. Ich würde Scitus bestimmt nicht auf die lange Nase binden, was in mir vorging. Schon deshalb nicht, weil ich befürchten musste, dass er es brühwarm seiner Herrin Neva erzählte. »Ich treffe mich, mit wem ich will. Klar?«

»Klar wie Scheibenreiniger.« Er sah angelegentlich zum oberen Rand seines Spiegels. »Wollte nicht indiskret sein. Reines Interesse an Eurem Wohlbefinden. Mehr nicht.«

»Wenn du etwas sagen willst, dann tu es. Aber hör endlich auf, so herumzudrucksen!«

»Es gibt dieser Tage nicht viele Dornröschen. Genau genommen gibt es nur noch Euch.«

»Ja. Ich weiß. Und?«

»Schon mal auf den Gedanken gekommen, dass sich jemand nur aus diesem Grund für Euch interessieren könnte, Teuerste?«

»Scitus«, sagte ich lächelnd. »Du bist wie ein süßer Nachtisch.«

Er sah mich irritiert an, und ich klappte ihn voller Genugtuung zu. »Wenn man zu viel davon hatte, wird einem schlecht.«

Mein Wecker klingelte, und ich stand verschlafen auf. Ich hatte mir angewöhnt, ihn immer sehr knapp zu stellen, damit ich bloß nicht auf die folgenschwere Idee kam, noch einmal einzudösen.

Das förderte nämlich einen erstaunlichen Mangel an Klarheit, der sich über den ganzen Tag zu halten pflegte.

Ich ging zur Frisierkommode, streckte die Hände aus und griff ins Leere. Ich hatte Caruso einen Frühstückshappen geben wollen, doch weder die Dose mit den Futtertieren noch sein Terrarium standen da. Ich schluckte.

Wenig später setzte ich Teewasser auf, ging ins Bad und tat, als würde ich Scitus' Geplapper aus dem Wohnzimmer gar nicht hören. Am Abend zuvor hatte ich das Gespräch mit ihm ja beendet und mir nicht anmerken lassen, wie sehr er mich in Wirklichkeit verletzt hatte.

Die Frage, ob mich nur meine Abstammung interessant machte, war mir einfach nicht aus dem Sinn gegangen. Ich hatte mich noch lange im Bett herumgewälzt und über Timus nachgedacht.

Er sah blendend aus und hatte Selbstbewusstsein für drei. Bestimmt konnte er sich vor Mädchen gar nicht retten. Trotzdem hatte er mich schon zweimal ins Café eingeladen.

Je länger ich darüber nachgegrübelt hatte, desto klarer war mir geworden, es ging Timus nicht um mich. Er schätzte nicht etwa die geistreiche Unterhaltung mit mir. Es ging ihm um Prestige. *Wie oft hat man schon die Chance, mit einem Dornröschen zum Ball zu gehen*, hatte er gesagt.

Ich dachte an seinen Vorschlag, vom Café aus in die nächste Boutique zu gehen. Klar, ich hatte immer genügend Bargeld für einen Kaffee und ein Ballkleid dabei. Man konnte ja nie wissen.

Timus hatte Hektors Cabrio eine Rostlaube genannt. Wie würde er reagieren, wenn ich ihm sagte, dass Ma und ich uns noch nicht mal eine Rostlaube leisten konnten? Würde er mich dann immer noch ausführen wollen?

Zwischen all diesen finsteren Gedanken hatte ich immer wieder das unwiderstehliche Bedürfnis verspürt, Scitus, die alte Schlange, einfach im Klo runterzuspülen, weil er seinen Giftpfeil mal wieder so wohlplatziert hatte. Einzig die Gefahr, dass der Spiegel irgendwo angespült werden würde und dann ungezwungen dort sein Unwesen trieb, hatte mich davon abgehalten.

Ich spurtete über den Gang, da die Stunde bereits vor zwei Minuten begonnen hatte. Meine Lehrerin sah mich missbilligend an, als ich die Tür zum Klassenraum aufriss, sagte aber nichts. Auf dem Weg zu meinem Platz kam ich an Annas Tisch vorbei. Was machte sie denn hier? Sie war bleich und hatte Schweiß auf der Stirn.

»Warum bist du nicht im Bett geblieben?«, flüsterte ich mitfühlend. Anna hob den Kopf, und ich wich zurück. Ihre Augen waren blutunterlaufen und ihre Lippen zu einem grässlichen Grinsen verzerrt.

Wie betäubt setzte ich mich hin und beobachtete sie.

Sie fuhr mit den Fingerspitzen über eine Kerbe auf ihrem Tisch, bis sie bluteten, wippte mit dem Oberkörper und sah sich von Zeit zu Zeit wild im Klassenraum um. Endlich begriff ich, warum die Ärzte nicht feststellen konnten, was ihr fehlte.

Die gelblich wächserne Gesichtsfarbe, die geröteten Augen und die schweißnasse Stirn. Das ruckartige Umsehen, als wenn Anna befürchtete, jemand schleiche sich an. Das alles hatte ich auch bei Konrad gesehen. Ich hatte keine Ahnung, wie es dazu gekommen war, aber ohne den geringsten Zweifel litt Anna an einer Magischen Vergiftung.

Panik erfasste mich. Ich musste etwas unternehmen. In der

Mühle anrufen. Die mussten diesen Arzt schicken, bevor es für Anna zu spät war.

Unauffällig zog ich mein Handy aus der Jackentasche und sah nach der Uhrzeit. Noch eine Stunde bis zur Pause. Ob ich mich vorher zum Telefonieren rausschleichen sollte?

Anna begann selbstvergessen zu summen. Unsere Lehrerin hatte sich alle Mühe gegeben, das störende Verhalten zu ignorieren, doch als Anna nun auch noch laut lachte, riss ihr der Geduldsfaden.

»Anna! Wir hatten doch bereits gestern darüber gesprochen, dass …!«

»Lassen Sie mich in Ruhe, Sie alte Hexe!«, schrie Anna wie von Sinnen und sprang auf. »Ich hasse Sie! Ich hasse Sie!«

»Jetzt ist aber wirklich Schluss!« Die Lehrerin wurde bleich und erhob die Stimme. »Du gehst sofort zum Direktor, Anna!«

»Fallen Sie doch tot um!« Anna rannte aus dem Klassenzimmer.

»Ich gehe ihr nach«, sagte ich und lief los, obwohl die Lehrerin widersprach.

Anna lief wie bei einem Slalom mit unsichtbaren Fahnen über den breiten Gang. Sie blieb vor einem der Fenster stehen und versuchte, es zu öffnen. Die Fenster waren jedoch schülersicher, und so ließ Anna wieder davon ab.

Ich hatte mein Handy mitgenommen und wählte im Laufen Bertas Nummer. Sie ging sofort ran.

»Berta, ich bin's, Flora«, sagte ich leise, damit niemand sonst es hörte. »Hier in meiner Schule hat sich jemand eine Magische Vergiftung eingehandelt.«

»Welches Stadium?«

Ich schilderte Berta meine Beobachtungen. Sie zweifelte nicht eine Sekunde an meiner Einschätzung und versprach, sofort ein Team und natürlich Wassermann, den Arzt, zu schicken.

»Flora, ich weiß, du bist ganz neu in der ASGA und unter anderen Umständen würde ich dir niemals zumuten, das allein durchzustehen. Aber du darfst das arme Mädchen nicht aus den Augen lassen, hörst du? Wer weiß, was sie sich sonst antut. Bleib bei ihr und beruhige sie.«

Beklommen legte ich auf. Berta hatte recht. Ich konnte nicht wieder zurück in den Unterricht gehen und Däumchen drehen, bis die Fabulae eingetroffen waren. Ich musste handeln.

Und zwar sofort.

Anna war mittlerweile die Treppe hinaufgelaufen und lehnte sich weit über das Geländer. Sie schien zu glauben, wie ein Vogel fliegen zu können, und bewegte ihre Arme wie Flügel auf und ab. Voller Entsetzen rannte ich los und rief:

»Anna, weg von dem Geländer!«

Sie sah mir wie ein gehetztes Tier entgegen und ergriff die Flucht. In ihrer Panik stürmte sie auch die nächsten Treppen hinauf, bis sie im obersten Stockwerk angekommen war. Ich blieb auf dem Treppenabsatz stehen.

»Alles wird gut«, sagte ich besänftigend.

Bis das Team eintraf, musste ich sie hier oben festhalten. Es war ein sehr schmaler Flur, ohne Fenster, und es gab nur eine Tür. Sie führte zum Dachboden.

Anna rüttelte daran, und das verflixte Ding sprang auf.

»Nein! Warte!«, rief ich, doch sie schlug mir die Tür krachend vor der Nase zu. Ich zerrte daran, bis Anna auf der anderen Seite losließ, und folgte ihr hinein.

Der Dachboden war dunkel, es gab nur zwei Dachluken, die zu verschmutzt waren, als dass hereinfallendes Licht auch nur die geringste Chance gehabt hätte. Der Staub hatte Jahrzehnte Zeit gehabt, zu einer dicken Schicht anzuwachsen, und machte es, von Anna und mir aufgewirbelt, nun unmöglich, nach dem Treppenlaufen Luft zu bekommen.

Hustend machte ich einen Schritt vorwärts, und ein altes Spinnennetz legte sich auf mein Gesicht. Angewidert rieb ich es mit dem Ärmel weg und sah mich nach Anna um.

Sie war tief unter die Schräge gekrochen und saß zusammengekauert da.

»Ich weiß, es geht dir nicht gut, Anna.« Ich bemühte mich, ruhig und gelassen zu klingen. »Aber gleich kommen Freunde von mir, die werden dir helfen.«

»Ihr hasse euch. Euch alle.« Sie weinte.

Ich wollte Anna durch ein Gespräch von weiteren Fluchtversuchen ablenken. »Wir sind doch Freundinnen.«

»Du bist die Schlimmste«, schrie sie. Sie warf sich vor und krabbelte auf allen vieren auf mich zu, während sie brüllte: »Du hast mich immer nur ausgenutzt!«

Ich stolperte zurück. Anna kam wieder auf die Füße und begann, an einer der Dachluken zu drücken. Dabei jammerte sie: »Ich muss fort von hier.«

Schockiert über ihren Zustand sah ich zu, wie sie die Dachluke öffnete. Sie stellte sich auf eine alte Kiste und war im Begriff, auf das Dach zu klettern.

»Jetzt komm da runter!«, rief ich verzweifelt und krallte meine Finger in ihre Jeans. Sie machte sich mit einer heftigen Bewegung frei und traf mich dabei mit dem Knie an der Lippe. Sofort schmeckte ich Blut. Ich griff erneut nach Anna, und diesmal gelang es mir, sie von der Kiste zu ziehen.

Sie war außer sich, schlug nach mir und kratzte mich, doch ich hielt sie weiter fest. Auf einmal beruhigte sie sich und wimmerte nur noch.

»Was ist nur los mit mir?«

»Bald geht es dir wieder gut«, versprach ich und lockerte meinen Griff, um meine Freundin mit einer Umarmung zu trösten. Ein blöder Fehler! Anna trat mir so fest gegen das Schienbein, dass ich mich vor Schmerz krümmte. Sie verpasste mir einen weiteren Tritt, ich geriet ins Taumeln und fiel hin. Gerade als ich wieder aufstehen wollte, hörte ich Stimmen.

Endlich! Da waren die Fabulae. Keine Sekunde zu früh.

Ich hörte genauer hin, und mein Herz setzte für einen Schlag aus. Greta?

Panisch versuchte ich, Anna zu mir zu ziehen, doch sie schlug meine Hand weg. Die Tür zum Dachboden wurde geöffnet, und Schritte näherten sich. Hastig schob ich mich zurück, kroch unter die Schräge und versteckte mich hinter zwei Kartons. Durch den Spalt zwischen ihnen konnte ich nur einen kleinen Ausschnitt sehen, in den nun Greta trat.

Mir fiel ein, was Timus mir über Gretas Gabe erzählt hatte. Sie spürte es, wenn irgendwo jemand an Magischer Vergiftung litt. Annas fortgeschrittene Vergiftung hatte sie folglich geradewegs hergelockt.

Greta stemmte die Arme in die Seiten und stellte sich unter Anna, die schon wieder halb aus der Luke geklettert war.

»Sieh an, ein kleines Äffchen«, sagte sie gelangweilt und zupfte an Annas Hose. »Welchen Gegenstand magst du wohl haben?«

Anna stieß sich mit beiden Füßen ab und wollte sich auf das Dach flüchten. Hans kam hinzu und packte sie grob an den Beinen. Mit einem kräftigen Ruck zog er sie zurück, und Anna schlug ächzend mit dem Bauch auf den Boden.

Ich beugte mich nach vorn, wollte meine Deckung verlassen und Anna beistehen, da sagte Greta: »Ich hab das Ding. Komm, Hans, gehen wir. Die ist so gut wie tot. Da kann nicht mal Wassermann noch was machen.«

Ich erstarrte. Konnte es wirklich sein? Starb Anna? Nein, das würde ich nicht zulassen. Ich musste etwas unternehmen. Nur was? Ich rieb meine Stirn, als könne ich auf diese Weise einen rettenden Einfall herbeizwingen.

Ich biss die Zähne zusammen. »Haut endlich ab«, flüsterte ich stumm und ballte die Hände zu Fäusten.

Hans warf einen kalten Blick auf Anna, die sich kaum noch rührte, und folgte Greta zur Tür.

Erleichtert wollte ich schon mein Versteck verlassen, da rief Greta: »Flint! Wo bleibst du?«

Ich zuckte zusammen. Ich hatte nicht gesehen, dass sie zu dritt waren, doch nun kniete eine massige Gestalt neben Anna. Wie Greta und Hans war er ganz in Schwarz gekleidet, hatte rötliches Haar, das wie der angestaubte Pelz eines ausgestopften Tieres aussah, und auf seinem Gesicht lag ein hässliches Grinsen.

»Geht ruhig schon«, sagte er mit rauer Stimme, »ich werde noch ein bisschen Spaß haben.«

»Wir müssen den Gegenstand gleich ins Gewächshaus bringen.«

»Ich bleibe hier.«

»Du kannst mich mal, Flint. Wir fahren ohne dich.« Damit schlug Greta die Tür hinter sich zu.

Kaltes Grauen lähmte mich. Ich sah, wie Flint Anna auf den Rücken drehte. Sie stöhnte leise.

Flint hielt seine fleischigen Hände über Annas Schultern in der Luft. Er atmete mit geschlossenen Augen ein paar Mal tief ein und aus, dann packte er zu und Anna bäumte sich auf vor Schmerz.

Ohne nachzudenken, stieß ich den Karton weg und sprang vor. »Fass sie nicht an!«

Der erste Schreck über mein Auftauchen verschwand schnell aus Flints dümmlichem Gesicht, und ich erkannte einen gierigen Ausdruck darin. Ich warf einen schnellen Blick auf Anna und stieß einen erstickten Laut aus. Ihr Gesicht mit den weit aufgerissenen Augen, ihr Hals, ihre Arme – alles war grau. Wenn nicht ihr hellblondes Haar gewesen wäre, hätte ich geglaubt, eine Statue vor mir zu haben. Ich begann zu taumeln.

»Was hast du getan«, fragte ich heiser.

Flint lachte, stürzte vor und griff meinen rechten Arm. Ein eiskaltes Feuer ging von seiner Berührung aus, und ich starrte seine riesigen roten Hände mit den weit abgeknabberten Fingernägeln an. Es war, als explodierten alle Nerven in meinem Arm gleichzeitig, als würde mein Körper in Glasscherben gewälzt. Ich konnte nicht mehr atmen, mein Herz war wie in einen Schraubstock gezwängt, und während alle anderen Geräusche um mich herum verschwanden, lauschte ich auf das langsamer werdende Pochen. Ich spürte, wie meine Beine unter mir wegsackten, und im Fallen streckte ich die Hand nach Anna aus.

Das Mädchen ging eilig voran, ihr Bruder folgte langsamer. Er trug eine verbeulte Tasche, deren Reißverschluss nicht mehr richtig schloss.

Das Mädchen sah sich im Gewächshaus um und entdeckte den jungen Mann, der gerade mit einer Rosenschere welke Blätter abknipste. Sie steuerte auf ihn zu und stellte sich neben ihn. Mit einem Finger stieß sie sacht gegen eine der dicken, dunklen Blütenknospen, und Wasser, das sich nach dem letzten künstlichen Regenguss darin gesammelt hatte, rann wie ein Tropfen schwarzen Blutes darüber.

Er sah das Mädchen an. Sie lächelte mit geneigtem Kopf zu ihm auf, während sie sich eine Strähne hinter das Ohr schob. Sie war hübsch, hatte eine gute Figur und eine katzenhaft geschmeidige Art, sich zu bewegen. In ihren glitzernden Augen lag eine boshafte Unschuld, die selbst ihn irritierte. Dennoch, für seinen Geschmack trug sie zu viel Make-up und wirkte neben den herrlichen Rosen störend. Sein Blick glitt ungeduldig von ihr ab.

»Und?«

»Du kannst sie rufen, Jonathan. Wir haben einen Gegenstand,

der die Alten mindestens eine Woche über Wasser hält. Ganz frisch und ungewöhnlich mächtig.«

»Nicht nötig, sie zu rufen«, entgegnete Jonathan. »Sie sind bereits hier.«

Das Mädchen zuckte zusammen und blickte sich mit merklichem Unbehagen um. Sie wandte sich ihrem Bruder zu, der in der Nähe der Tür stehen geblieben war. Er betrat das Gewächshaus nie ganz. Dass stets eine in Rosenblätter gehüllte Gestalt am Schreibtisch saß, aufrecht, wie das groteske Zerrbild einer zum Mitschreiben bereiten Sekretärin, verursachte ihm Gänsehaut.

»Los, wir gehen«, rief sie. Sie hatte ihre Selbstbeherrschung wiedergefunden und ging über den schmalen Weg zwischen den hohen Wänden aus Rosen hindurch auf ihren Bruder zu. Die Blüten zischelten leise, doch das hörte sie nicht. Sie hatte es viel zu eilig, mit ihrem Bruder das Gewächshaus zu verlassen.

Die drei Alten, angezogen von der ausströmenden Magie des Gegenstandes, lösten sich aus der Hecke und liefen wie ausgehungerte Kätzchen, denen man eine Schale Milch hingestellt hatte, auf die Tasche zu.

Jonathan sah nicht hin, als sie mit ihren knochigen Fingern nach dem Gegenstand griffen, darum stritten, wer ihn zuerst halten dürfe. Die Alten würden die Magie aufsaugen, sie restlos in sich aufnehmen, und der Gegenstand würde in ihren Händen zu klebriger Asche zerfallen. Auf ihren alten, furchigen Gesichtern würden für Sekundenbruchteile vergangene Schönheit und Anmut aufflackern, ihre Körper würden sich für einen flüchtigen Augenblick jung und kräftig aufrichten. Die Magie mochte sie am Leben halten, aber sie machte die Alten nicht jünger. Die Zeit ließ sich nicht bestehlen. Auch nicht von Feen.

Jonathan betrachtete die Rosenblüte, die das Mädchen berührt hatte, und summte leise ein Stück von Satie vor sich hin. Er hob die Schere, knipste die Blüte ab, ließ sie auf den Boden fallen und zertrat sie mit dem Absatz.

18. Kapitel

Meine Haut brannte, und ich hatte kein Gefühl in meiner rechten Seite. Ein stechender Schmerz rieselte durch meine Adern, und ich glaubte, ein Gewicht drücke mich zu Boden.

Es fiel mir schwer, die Augen aufzuschlagen, meine Lider waren wie aus Stein. Dann erkannte ich Hektor. Sein Gesicht war meinem ganz nah. Er war bleich, seine Lippen zusammengepresst, und sein war Blick hart.

Ich wollte ihn fragen, warum er so besorgt aussah, doch ich war nicht in der Lage, meinen Mund zu öffnen.

»Flo«, flüsterte er, und ich spürte, wie er mich fester an sich drückte. Ich schaffte es nur mit großer Anstrengung, mich umzusehen. Hektor saß im Schneidersitz auf dem Boden, hielt mich am Oberkörper in den Armen, während meine Beine von mir gestreckt und in eine golden glänzende Rettungsdecke gehüllt waren. Ich versuchte, mich aufzurichten, doch ich konnte nur mein linkes Knie anziehen.

Dann sah ich Neva. Sie kniete sich neben mich und wechselte einen schnellen Blick mit Hektor.

»Du lebst«, sagte sie, und ich fragte mich, warum sie dabei so erleichtert klang. Neva drehte sich um: »Doktor Wassermann! Flo ist bei Bewusstsein.«

Wassermann? Erinnerungsschnipsel wirbelten durch meinen Kopf. Ich war auf dem Dachboden der Schule. Ich war Anna hierher gefolgt, die an einer Magischen …

Blinde Angst zerriss mich. War Anna tot?

»Anna?« Meine Stimme war kaum zu hören, doch Hektor hatte mich verstanden.

»Keine Angst, Flo. Ihr habt beide sehr viel Glück gehabt.«

»Wo …?«, röchelte ich, da tauchte der Arzt vor mir auf. Ich hatte ihn schon in Konrads Haus gesehen. Er zog mir mit kühlen Fingern ein Augenlid hoch und leuchtete mich mit einer kleinen Taschenlampe an.

Danach legte er beide Hände unter mein Kinn und bewegte meinen Unterkiefer. Ich hörte es knacken und wunderte mich über das Geräusch, das wie zwei aufeinander geschlagene Steine klang.

Wassermann fuhr mit dem Daumennagel fest über die Haut meiner rechten Wange, und ich schnaufte durch die Nase. Er ging ja nicht gerade zimperlich mit mir um.

»Allenstein, Flora«, diktierte er in ein kleines Gerät. »Halbseitige Versteinerung. Durchblutung der Haut:«, Wassermann leuchtete auf meine Wange und strich prüfend über seine Kratzspur, »gut. Genesung: wahrscheinlich. Dauer: voraussichtlich drei bis vier Tage.«

Der Informationsfluss in meinem Hirn war gehemmt. Ich verfolgte das alles recht unbeteiligt, und als Wassermann von einer halbseitigen Versteinerung sprach, fand ich das lediglich interessant. Deshalb also gelang es mir nicht, mich zu bewegen, dachte ich und beobachtete fasziniert, wie der Arzt Diktiergerät und Taschenlampe einpackte.

Er wandte sich an Neva: »Ihr bringt Flora hier raus. Ich muss mich um das andere Mädchen kümmern. Sie muss sofort in meine Klinik, die Magische Vergiftung ist weit fortgeschritten.«

Er ging davon, und ich hörte ihn noch sagen: »Wir können von Glück sagen, dass dieser Taugenichts Flint nur Flora versteinert hat. Das andere Mädchen hätte das nicht überlebt.«

Angestrengt warf ich einen Blick aus dem Augenwinkel. Zwei Sanitäter hatten Anna auf eine Trage gelegt und brachten sie zur Tür, Wassermann lief mit langen Schritten hinterher.

Es war, als hätte mein Verstand ein Lämpchen angeknipst, doch die Birne schien kaputt. Ich fühlte, dass dort etwas wirklich, wirklich Wichtiges verborgen lag, doch ich kam nicht dahinter, was es war. Schließlich gab ich meinen schweren Lidern nach und ließ mich von der Wärme, die Hektors Körper ausstrahlte, ganz umfangen.

Ich brauchte mehrere Anläufe, um wieder ganz zu mir zu kommen. Zwischendurch hatte ich immer wieder Hektors und Nevas Stimmen gehört, Teetassen, die klirrend abgestellt wurden, Musik und das Klingeln eines Handys. Einmal erkannte ich sogar die Zwerge, wie sie sich bei Neva nach Neuigkeiten von Anwalt Fuchs erkundigten.

Jetzt schlug ich die Augen ganz auf, und mir wurde bewusst, dass ich mich in Nevas Wohnzimmer befand. Ich lag auf dem weichen Sofa, eine flauschige Decke war über mich gebreitet. Meine rechte Seite war taub, und obwohl ich mich nur noch verschwommen an den Schmerz selbst erinnern konnte, wusste ich doch, wie intensiv er gewesen war.

»He«, sagte Neva und ließ sich am Fußende auf das Sofa fallen. »Wie geht es dir?«

»Besser«, antwortete ich. »Was war denn los?«

»Flint hat dich versteinert.«

»Und Anna?«

»Magische Vergiftung im kritischen Stadium. Aber Wassermann sagt, sie kommt durch. Er hat vor einer halben Stunde angerufen. Wollte wissen, wie es dir geht.«

Wenn Wassermann sagt, sie kommt durch, dann kommt sie auch durch, sagte ich mir zur Beruhigung und beschloss, sie so bald wie möglich zu besuchen.

Hektor kam herein. Als sich unsere Blicke trafen, lächelte er und wurde schneller. Er stützte sich auf der Rückenlehne ab und fragte: »Tut es sehr weh?«

»Geht.« Ich zog meine linke Hand unter der Decke hervor und strich mir eine Strähne aus dem Gesicht. Mir war gerade eingefallen, dass ich auf dem Dachboden in der Schule auf Hektors Schoß gelegen hatte. Außerdem erinnerte ich mich in winzigen Bruchstücken, dass Hektor mich die Treppen hinunter und zum Auto getragen hatte. Trotz der Schmerzen hatte ich seine Nähe als ausgesprochen angenehm empfunden und konnte jetzt nur noch inständig hoffen, ich hatte es mir nicht allzu deutlich anmerken lassen.

»Dafür wird dieser Mistkerl zahlen.« Hektor sagte es, als würde er beim Bäcker Brötchen bestellen, doch etwas in seinem Ton verriet, wie ernst es ihm war.

»Wie konnte mich dieser Flint denn eigentlich versteinern?«

Neva strich die Decke über meinen Füßen glatt. »Flint ist ein Nachfahr des Treuen Johannes. Er hat die unselige Gabe, Lebewesen in Stein zu verwandeln. Er war früher auch ein Fabulus.«

Diese Information verärgerte mich. »Ich dachte, Krämer gibt sich nur mit den allerbesten Bewerbern zufrieden.«

Flint hatte auf mich den Eindruck eines ausgesuchten Dummkopfs mit sadistischer Neigung gemacht. Wenn ich nur daran dachte, wie er die Hände mit den eklig abgeknabberten Nägeln über Anna gehalten hatte und dabei in eine Art Meditation versunken schien. Er hatte es genossen.

»Was das betrifft«, Neva verzog nachdenklich das Gesicht, »kann ich nur mutmaßen, dass Krämer Flint lieber in seiner Nähe hatte. So wusste er wenigstens, was dieser Kerl so im Schilde führt.«

Ich zuckte zusammen, als ein schrilles Läuten ertönte. Es stammte von einem Monster von Telefon. Eines dieser auf alt gemachten, mit Wählscheibe und ausladender Sprechmuschel am Hörer.

Neva nahm ab und meldete sich. Sie sah wieder aus wie damals, als ich sie zum ersten Mal gesehen hatte, arrogant und gelangweilt.

»Ja. … Nein. … Von mir aus. … Ja-haa! … Ist gut. Bis dann!«

Sie legte auf und antwortete auf Hektors fragenden Blick: »Meine werte Frau Mutter. Sie und mein Vater haben noch ein paar Tage drangehängt und machen Wellness in irgendeinem Hotel in der Schweiz.«

Hektor kam um das Sofa herum und ließ sich auf einem Sessel nieder. »Okay. Dann kann der gemütliche Teil des Abends ja beginnen.«

Dieser Teil bestand aus Pizza, die wir uns liefern ließen, und einem Film, in dem ein Harry und eine Sally die Hauptrollen spielten. Ich wurde den Verdacht nicht los, dass Neva und Hektor ihn schon ein, zwei Mal zusammen gesehen hatten, denn Hektor sprach die meisten Sätze von Harry mit, Neva die von Sally. Mir wurde klar, wie vertraut Neva und Hektor miteinander waren, sie verstanden sich ohne Worte und lachten miteinander über Dinge, die kein Außenstehender verstand. Sie waren wie füreinander gemacht. Und als ich still darüber lächeln musste, kam es von ganzem Herzen.

Zwar brachte ich es nicht über mich, meine versteinerten Körperteile anzuschauen, strich aber während des Films immer wieder mit der linken Hand darüber. Meine rechte Seite fühlte sich kalt und rau an, als gehöre sie gar nicht zu mir, und anfangs zuckte ich davor zurück. Doch ich stellte fest, dass es das unangenehme Prickeln linderte, das meine Haut wie ein tiefgefrorenes Netz überspannte und mir fest ins Fleisch schnitt.

Nach dem Film machte Neva für jeden von uns eine Portion Eiscreme. Ich hatte keine Ahnung, wie groß ihr Eisschrank war, doch scheinbar befand sich das komplette Sortiment einer mittelgroßen Eisdiele darin.

Ich entschied mich für Mango, Zitrone und Haselnuss. Es war mit der halbseitigen Versteinerung ein bisschen umständlich zu löffeln, und Neva und Hektor machten ein paar Witzchen auf meine Kosten, ich ließ mich jedoch nicht ärgern und genoss mein Eis.

»Machen deine Eltern das öfter? Ich meine«, sagte ich und versuchte ungeschickt zu vertuschen, dass ich soeben mit Mangoeis einen dicken Fleck auf die Decke gemacht hatte, »dich hier allein lassen?«

Nevas Eltern konnten es sich scheinbar leisten, mal eben in einem Schweizer Hotel abzusteigen, und für Neva schien das auch keine große Sache zu sein.

»Ich bin doch nicht allein. Hektor ist ja da.«

Ich nickte. Genau das meinte ich. Dann hatten ihre Eltern also nichts gegen die Beziehung ihrer jüngeren Tochter zu dem Aufpasser der älteren.

Neva führte ein beneidenswertes Leben, von der Tatsache, dass Hektor ihr Freund war, ganz zu schweigen. Sie hatte reiche Eltern, die ihr alles erlaubten. Sie musste sich um nichts Sorgen machen, höchstens vielleicht verbergen, dass ihr M-Gen inaktiv war.

Am meisten beeindruckte mich jedoch die Tatsache, dass ihr trotzdem nicht egal war, was um sie herum passierte. Sie engagierte sich geradezu leidenschaftlich für die Zwerge, wie mir ihre Moralpredigt zu diesem Thema verdeutlicht hatte.

»Aber du hast recht.« Neva stellte ihre Eisschale weg. »Sie interessieren sich nicht dafür, wie ich hier ohne sie klarkomme.«

»Neva«, mahnte Hektor.

»Was denn? Seit wann sind sie jetzt unterwegs? Seit zwei Wochen? Drei?«

»Deine Mutter hat einen anstrengenden Filmdreh hinter sich«, gab Hektor zu bedenken.

»Stimmt. Diesmal war es der Dreh. Das letzte Mal die Reise zum Hochzeitstag. Das nächste Mal vielleicht die Neueröffnung eines Luxusressorts, wer weiß wo auf dieser Welt.« Neva ereiferte sich. »Sie könnten den Kasten hier auch gleich verkaufen, so selten wie sie da sind.«

Es war nicht zu übersehen, wie unangenehm Hektor die Situation war. »Du hast doch alles, was du brauchst.«

»So? Hab ich das?« Sie zeigte auf das Telefon, als sei es dessen Idee gewesen, Nevas Eltern noch ein paar Tage Wellness machen zu lassen. »Meine Mutter hat nicht mal gefragt, wie es mir hier so geht. Dabei war es heute ein richtig beschiss...«

»Da ist jemand an der Tür«, unterbrach Hektor und stand auf. Ein Bildschirm an der Wand war angegangen und zeigte den Blick aus der Kamera über dem Tor. »Timus.«

»Klasse. Den haben wir hier gerade noch gebraucht«, sagte Neva verächtlich. Dann winkte sie ab. »Lass ihn rein.«

Wir hörten einen Wagen, eine Autotür, und kurz darauf stürzte Timus an Hektor vorbei ins Wohnzimmer herein. Seine Augen glitten über die DVD-Hülle, die Pizzateller und die Eiscremeschalen und blieben schließlich an mir hängen. Mit einem sorgenvollen Schnauben ging Timus vor dem Sofa in die Hocke und nahm meine Hand in seine.

»Ich bin sofort hergekommen, als ich in der Mühle davon erfahren habe.« Er drehte sich zu Hektor um, der mit verschränkten Armen am Türrahmen lehnte. »Scheinbar hat es ja sonst niemand für nötig gehalten, mich zu informieren.«

»Seit wann machen wir Rundrufe, wenn jemand verletzt ist?«, fragte Hektor.

»›Wir‹?« Timus erhob sich und ging auf Hektor zu, der sich daraufhin vom Türrahmen abstieß. »Ich weiß nicht, wen du mit ›wir‹ meinst, aber wir Fabulae ...«

»Lass das, Timus!« Neva zeigte zur Tür. »Wenn du nur hergekommen bist, um Ärger zu machen, dann kannst du gleich wieder gehen.«

»Nein, bin ich nicht«, gab Timus zurück.

Er und Hektor standen sich gegenüber und starrten einander feindselig an, bis Timus sich wieder mir zuwandte. »Ich hab dir gesagt, dass es gefährlich ist, für die ASGA zu arbeiten.«

»Aber es ist doch noch mal gut gegangen.« Ich verstand die Aufregung nicht. Flint hatte mich versteinert, ja. Aber mir ging es doch schon wieder ganz gut.

»Diesmal. Und das nächste Mal?«, fragte Timus voller Sorge und drückte erneut meine Hand. »Weißt du was? Ich könnte meine Eltern bitten, dich für die Pflichtjahre im Haus der Genaver unterzubringen. Was hältst du davon?«

Ich wehrte entrüstet ab: »Das ist allein meine Sache, Timus. Ich will in der Mühle bleiben.«

»Gut.« Timus nickte verständnisvoll. »Dann werde ich Krämer sagen, dass ich ab jetzt dein Partner bin.«

Neva verschränkte die Arme vor der Brust, und Hektor strich sich die Haare aus der Stirn.

»Warum?«, fragte Neva.

»Weil du sie offensichtlich nicht über Flint aufgeklärt hast. Sonst hätte sie einen großen Bogen um ihn gemacht.«

»He«, rief ich. »Das ist Quatsch. Ich war mit Anna allein auf dem Dachboden. Ich hatte die Mühle schon verständigt, aber bevor die Fabulae da waren, kamen die Zwillinge und Flint. Ich hatte keine Wahl. Wenn ich verhindern wollte, dass Anna stirbt …«

»Siehst du?«, unterbrach mich Timus ungehalten. »Genau das hätte nicht passieren dürfen. Nicht mal ein fertig ausgebildeter

Fabulus sollte allein eingreifen, wenn die Gefahr so groß ist. Wie soll denn ein Anfänger wie du mit einem kranken Idioten wie Flint fertigwerden?«

Neva fragte leise: »Du gibst also mir die Schuld?«

»Zumindest hättest du ihr einschärfen müssen, sich zurückzuhalten, bis die Verstärkung da ist, und es auf keinen Fall allein mit Flint aufzunehmen.«

Ich sah Timus mit großen Augen an. »Wie meinst du das? Hätte ich etwa zusehen sollen, wie Anna stirbt?«

»Es hätte niemandem etwas genützt, wenn ihr beide draufgegangen wärt«, beharrte Timus. »Flint hätte dich töten können, Flo. Darüber musst du dir im Klaren sein.«

»Ich hab es aber überlebt. Und Anna auch.«

»Ja. Weil ihr Glück hattet.«

»Nein! Weil ich eben nicht nur zugesehen habe.«

Timus erhob sich und wollte die Decke von mir nehmen. »Ich bringe dich zu Wassermann, Flo.«

»Nein, Timus. Mir geht es gut, wirklich. Der Arzt hat mich vorhin schon untersucht.«

»Gut. Das freut mich«, sagte er. »Aber ich will selbst noch mal mit Wassermann sprechen.«

Hektor machte ein spöttisches Geräusch. »Was heißt hier ›selbst‹?«

Timus war mit drei schnellen Schritten bei Hektor und baute sich vor ihm auf. Der jedoch wich nicht zurück.

»Du solltest aufpassen, mit wem du dich anlegst, Hektor. Ich mag dich nicht. Ich begreife nicht, warum Alexander dich überhaupt hier aufgenommen hat. Wenn es nach mir ginge, sollte man dich …«

»Timus!« Neva schnitt ihm laut das Wort ab und übertönte so meinen eigenen Ausruf. »Ich dulde nicht, dass du in diesem Haus mit irgendjemand so sprichst.«

»Ja«, Timus grinste. »Da hat Neva recht. Irgendjemand. Mehr bist du nicht, Hektor Falkenfeder.«

Hektor warf mir einen raschen Blick zu, bevor er seine Augen wieder auf Timus richtete.

Ich hatte mich während des Wortgefechts mühevoll aufgesetzt. Es war unglaublich, wie abfällig Timus Hektor behandelte. Ich verstand nicht, was zwischen den dreien eigentlich los war, und wollte es auch gar nicht wissen. Aber es passte mir nicht, was Timus sich da rausnahm.

»Timus, ich werde nicht mit dir kommen. Und ich glaube, es ist besser, wenn du jetzt gehst.«

»Flo«, setzte Timus an, doch ich wollte ihm nicht zuhören.

»Timus, bitte!«

Er nickte und drehte sich langsam Richtung Tür. Dann ging er sehr nah an Hektor vorbei, und ich konnte es zwar nicht hören, aber ich sah, dass er leise etwas zu ihm sagte. Hektor versteifte sich, und seine Finger zuckten kaum merklich.

Nachdem die Tür hinter Timus zugefallen war, herrschte Schweigen. Neva räumte unsere Eisschalen und Pizzateller zusammen und trug sie raus. Hektor stand noch immer wie angewurzelt da.

»Ich glaube«, sagte ich leise und zog das rechte Bein an, »ich gehe jetzt auch besser.«

Neva kam zurück ins Wohnzimmer und sah mich verwirrt an. »Wie, du willst gehen? Eigentlich dachte ich, du bleibst hier, bis die Versteinerung abgeklungen ist.« Sie registrierte erst jetzt, dass ich aufrecht saß. »Gibt's ja nicht! Du kannst dich schon wieder bewegen?«

»Ja«, sagte ich und beugte meine Arme. »Alles wieder beweglich.«

Kurz darauf saß ich in Hektors Auto. Nach Timus' Auftritt war Hektor in sich gekehrt und verlor kaum ein Wort. Als er mich dann doch ansprach, zuckte ich vor Schreck leicht zusammen.

»Und du bist sicher, dass du allein bleiben kannst?«

»Warum nicht? Es war halb so schlimm. Tat ein bisschen weh«, sagte ich in einem heldenhaftem Anflug, »aber jetzt ist alles wieder gut. Als wäre der Fuß eingeschlafen. Unangenehm, aber kein Ding.«

Hektor drehte sich mir zu. »Du gibst Neva doch nicht auch die Schuld?«

»Quatsch! Wie kommst du denn darauf?«

»Weil sie dich nicht vor Flint gewarnt hat.«

»Selbst wenn sie mich vor ihm gewarnt hätte, glaub mir, ich hätte mich genauso verhalten. Ich wollte Anna retten, alles andere war mir egal.«

Hektor schüttelte leicht den Kopf. »Das darf es aber nicht sein. Du darfst nichts riskieren, Flo.« Warum behandelten mich alle wie ein dummes, unerfahrenes Kind? Ja, ich war verletzt worden. Ja, es hatte wehgetan. Aber jetzt war es so gut wie verheilt, und mir ging es wieder gut.

Wir hielten an. Ich musste an das letzte Mal denken, als wir hier gestanden und Hektor mich berührt hatte. Ich schluckte und dachte an Timus' Berührung. Er hatte seine Hand auf meine gelegt, und obwohl das war, bevor er sich Hektor gegenüber so mies verhalten hatte, war mir etwas bewusst geworden. Timus löste nicht in mir aus, was ich bei Hektor fühlte. Da war keine Flipperkugel.

»Danke fürs Heimfahren.«

Wir stiegen aus, und Hektor kam um den Wagen auf mich zu. Er blieb vor mir stehen.

»Flo«, sagte er leise, und der Klang seiner weichen Stimme ließ mich die Luft anhalten. Ich legte den Kopf in den Nacken, und unsere Augen trafen sich. Mein Herz schlug schneller, als er den Kopf senkte. Ich hob eine Hand und strich ihm über die Wange. Seine Haut war warm und weich. Erst schmiegte er seine Wange dagegen, dann griff er nach meinem Handgelenk und drückte es sacht von sich. Etwas lag in Hektors Blick, das ich nicht deuten konnte. War es Schmerz?

Er richtete sich mit einem Ruck auf und ging wieder zur Fahrerseite, um einzusteigen. Ich blieb auf dem Bürgersteig stehen, bis das Cabrio um die Ecke gebogen war.

Niemand schenkte dem Transporter, der zwischen zwei Straßenlaternen im Dunkeln stand, Beachtung. Auf dem Sitz zusammengekauert, hatte der Fahrer amüsiert beobachtet, wie sich Hektor Falkenfeder und die junge Allenstein, über die er noch immer ärgerlich wenig wusste, verabschiedeten. Man sah ihnen aus einem Kilometer Entfernung an, dass sie verliebt ineinander waren. Und genauso deutlich war zu sehen, dass beide krampfhaft versuchten, es zu verbergen.

Es war nicht das erste Mal, dass er vor Floras Haus stand. Seit sie einfach so aufgetaucht war, interessierte sie ihn. Diese Versagerbande von Reguli hatte ihm nichts über sie sagen können, deshalb hatte er selbst Nachforschungen angestellt.

Von seiner Kontaktperson bei den Genavern hatte er erfahren, dass sie aus der Dornröschen-Linie stammte, die bis dahin als ausgestorben gegolten hatte. Das hatte ihn sofort elektrisiert.

Er besaß eine mittlerweile umfangreiche Sammlung aus Originalmanuskripten der Gebrüder Grimm, die er fast ausnahmslos gestohlen hatte, und darin hatte er vielleicht einen winzigen Hinweis gefunden, wieso dieses einfache Mädchen ein aktives M-Gen tragen konnte. Auch er stammte aus einer ausgestorbenen Linie.

Vor ein paar Tagen hatte er sich mit einer seiner Rosenknospen vor den Eingang gestellt, kurz nachdem Flora ins Haus gegangen war. Diese Knospen stammten von dem Rosenbusch und verrieten ihm, wenn er auf der richtigen Spur war. Wann immer er glaubte, eine Alte ausfindig gemacht zu haben, brachte er eine Knospe in deren Nähe. Blühte sie auf, musste er nur noch die Reguli schicken, um die Alte zu holen.

Leider hatte die Knospe sich nicht zur vollen Blüte entfaltet, und er hatte sie einfach fallen lassen. Dennoch, er wusste, Flora war sein Schlüssel zur Magie.

Er startete den Wagen und drehte die Musik laut auf, eine Sonate von Haydn. Beschwingt fuhr er los. Jetzt würde er erst mal mit Flint sprechen. Hatte dieser vor Dummheit strotzende Idiot nicht damit geprahlt, Allenstein versteinert zu haben? Dabei war sie putzmunter.

Entweder hatte Flint maßlos übertrieben oder gelogen.

Beides würde er ihm nicht durchgehen lassen.

19. Kapitel

Durch die Tränen konnte ich kaum etwas sehen. Ich stolperte im Treppenhaus nach oben, mein dummes Herz schlug hart in meiner Brust, und ich kam mir vor wie eine Betrügerin. Ich hätte Hektor geküsst, trotz all meiner Beteuerungen, wie sehr ich Neva mochte und wie sehr ich ihr das Glück gönnte.

Als ich an Annas Tür vorbeikam, durchfuhr mich ein Schreck. Meine Freundin Anna lag mit akuter Magischer Vergiftung in einer Spezialklinik, und ich weinte, weil ich Liebeskummer hatte? Ich wischte die Tränen vom Gesicht und ging weiter nach oben. Noch nie war ich so wütend auf mich selbst gewesen.

Ein großes Paket lag vor unserer Tür. Als ich näher kam, erkannte ich, dass mein Name darauf stand.

Ich schloss die Tür auf und schob das Paket ein Stück mit dem Fuß. Erstaunt stellte ich fest, dass es fast nichts wog. Ich nahm es hoch, schüttelte es leicht und hörte es darin rascheln. Beim Reingehen machte ich mit dem Ellbogen Licht an und suchte nach einem Absender, doch es stand nichts weiter darauf.

»Seid Ihr das, Teuerste?«, rief mir Scitus entgegen.

Ich ging ins Wohnzimmer, wo er wie eine halb geöffnete Muschel auf dem Esstisch lag und vor sich hinfunkelte.

»Und wenn ich es nicht gewesen wäre?«, gab ich säuerlich zurück. War es denn zu viel verlangt, wie jeder andere Kosmetikspiegel auch gefälligst zu warten, bis man aufgeklappt wurde?

Ich stellte das Paket auf dem Tisch ab und klappte den Spiegel auf. Scitus sah sich im Recht:

»Ich habe mich eben gelangweilt. Ihr wart den ganzen Tag fort. Bis vor Kurzem gab es hier wenigstens noch diese Kröte. Ihr solltet über die Anschaffung eines neuen Haustieres nachdenken, Teuerste.«

»Ich denke über die Abschaffung eines Spiegels nach«, erwiderte ich, zog meine Jacke aus und hängte sie über den Stuhl, auf den ich mich dann setzte. »Außerdem solltest du Caruso doch in Ruhe lassen.«

»Hm, ja. Ihr habt geweint?«

Ich fuhr mir verstohlen mit dem Ärmel übers Gesicht und konzentrierte mich auf mein Paket.

»Und was habt Ihr da?«, fragte Scitus neugierig und bemühte sich, über den Rand des Spiegels einen Blick auf mein Paket zu werfen.

»Ich weiß nicht. Ich hole am besten eine Schere und …«

»Du meine Güte!«, rief Scitus unerwartet und so laut, dass ich fast vom Stuhl gefallen wäre. »Teuerste!«

»Was ist? Stimmt etwas mit dem Paket nicht?«, fragte ich alarmiert und stieß es von mir weg.

»Papperlapapp, Paket! Ihr seid heute Zielscheibe eines mächtigen Fluchs geworden, der Euch fast das Leben gekostet hätte.«

»Jetzt fang du nicht auch noch an.« Ich stand auf und ging, um eine Schere zu holen.

Scitus rief mir nach: »Muss ich Euch daran erinnern, dass Ihr mir noch einen Gefallen schuldet? Es ist sozusagen Eure Pflicht, am Leben zu bleiben, bis Ihr ihn eingelöst habt.«

»Rührend, wie du um mich besorgt bist«, sagte ich und dachte mit Unbehagen an Nevas Formulierung: teuflische Gefallen. Seufzend setzte ich die Schere an.

»Nicht dass Ihr mich falsch versteht. Mir liegt eine Menge an Euch. Ich werde mich später rühmen, Euch gekannt zu haben.«

»Übertreib nicht, Scitus.«

»Tue ich das?« Er schob das Kinn vor und grübelte kurz. »Ich gebe Euch noch einmal den dringenden Rat, die Bibliothek in der Mühle aufzusuchen.«

Ich hörte nicht hin, sondern richtete meine ganze Aufmerksamkeit auf das mittlerweile geöffnete Paket. Darin befand sich, sorgfältig in Luftpolsterfolie eingeschlagen, ein weiterer Karton. Er war hellblau und mit einem weißen Band verschnürt. »Was mag das sein?«

Scitus hielt sich mit Spekulationen zurück. Mir fiel jedoch auf, dass er die schmalen Augenbrauen interessiert zusammengezogen hatte.

Ich löste die Schleife und strich das Band zurück. Vorsichtig hob ich den Deckel ab, und dunkelroter Stoff kam darunter zum Vorschein. Ich nahm ihn heraus und hielt ihn prüfend hoch. Es schien eine Art einfaches Unterkleid zu sein. Das einzig Auffallende daran waren die aus winzigen Perlen gestickten Rosenknospen, die man allerdings sowieso nicht gesehen hätte, da man auf jeden Fall etwas darüberziehen musste.

»Großartig«, sagte ich enttäuscht. »Jetzt habe ich schon mal was zum Drunterziehen. Fehlt nur noch ein richtiges Kleid zum Ball.«

Scitus lachte. Ich warf einen weiteren Blick in den Karton. Ein Paar sehr schlichte Schuhe mit flachem Absatz standen darin. Ich griff nach einem davon und drehte ihn nach allen Seiten, bevor ich ihn missmutig wieder in den Karton fallen ließ. Eindeutig ein paar Nummern zu klein.

»Sieht aus, als hätte sich jemand einen Spaß erlaubt und seine Altkleider verschickt,« grinste Scitus. »Ich an Eurer Stelle würde diesen Fetzen zumindest nicht anprobieren, Teuerste. Ihr könntet Euch eine juckende Hautkrankheit einhandeln. Oder womöglich noch Flöhe. Der Zusammenhang zwischen Flöhen und der Pest ist Euch doch sicherlich bekannt, nicht wahr?«

»Eigenartig«, sagte ich nachdenklich und befühlte den dünnen Stoff. Er war weich und glatt und lag bestimmt angenehm auf der Haut. Ich fragte mich, woraus er wohl bestehen mochte, und bedauerte, kein ganzes Kleid daraus zu haben.

Nachdem mir eingefallen war, dass mein Fahrrad sich noch immer platt und nutzlos im Keller befand, verließ ich hastig das Haus. Ich hatte verschlafen, weil ich noch bis spät in die Nacht mit Nadine zusammengesessen hatte. Sie war gegen elf aus der Klinik gekommen und hatte mit Redebedarf bei uns geklingelt. Ich hatte keine Ahnung, was man Nadine in der Klinik erzählt hatte, weshalb ich mein eigenes Mitwirken verschwiegen hatte. Nadine war fast verrückt vor Sorge, doch sie hatte tiefes Vertrauen in Wassermanns medizinische Fähigkeiten gefasst und mantramäßig wiederholt, dass Anna bald wieder gesund sein würde.

Ich kam ein paar Minuten zu spät in den Unterricht und hatte schon erwartet, von meiner Lehrerin angemeckert zu werden, doch sie zeigte sich überrascht, mich überhaupt zu sehen.

»Hast du dich denn schon wieder so weit erholt, dass du in der Schule sein kannst?«, fragte sie mitfühlend. »Dieser Arzt gestern hat doch gesagt, du müsstest ein paar Tage ausruhen, nach dem Schock.«

»Oh«, machte ich nur.

»Willst du uns vielleicht davon erzählen, was auf dem Dachboden los war?«

Verdammt! Ich hatte noch immer keine Ahnung, was Wassermann für eine Erklärung für den Vorfall aus dem Hut gezaubert hatte. Natürlich hatte die ganze Schule zugesehen, wie Anna in den Krankenwagen geladen worden war. Und sicher hatte man auch gesehen, wie Hektor mich vom Dachboden getragen hatte.

Um mich nicht in verdächtigen Widersprüchen zu Wassermanns Geschichte zu verheddern, sagte ich aalglatt: »Es geht schon wieder, danke. Aber es dauert wohl noch ein bisschen, bis ich darüber reden kann.«

Das nahm meine Lehrerin rücksichtsvoll hin und bat meine Mitschüler, ebenfalls von neugierigen Fragen abzusehen. Sie setzte ihren Unterricht fort, und ich saß da, sah sie an, hörte ihr zu, und war doch mit meinen Gedanken ganz woanders. Irgendetwas passte nicht.

Nach der letzten Stunde machte ich mich auf zur Mühle.

Berta öffnete mir, doch statt mich wie gewohnt fröhlich zu begrüßen, schnäuzte sie in ein Taschentuch.

»Flora«, sagte sie und zwang sich zu einem Lächeln. »Ich bin ja so froh, dich zu sehen. Wie geht es dir?«

»Alles wieder in Ordnung, antwortete ich und sah mich um. Die Atmosphäre in der Mühle war nicht wie sonst. Etwas Bedrückendes hatte sich breitgemacht. »Was ist denn los?«

Berta liefen Tränen über die Wange. »Dieser Teufel Flint hat Mavie versteinert.«

»Was?« Mein Magen zog sich zusammen. »Wie geht es ihr?«

»Sie ist in Wassermanns Klinik. Karlo hat es auch erwischt, aber nicht so schlimm.«

»Was soll das heißen, nicht so schlimm?«

Berta begann nun zu schluchzen. Sie trug wie immer sehr geschmackvoll aufeinander abgestimmte Kleidung, doch diesmal stand das frische Kiwigrün in herbem Gegensatz zu ihrem vor Kummer blassen Gesicht.

Ich stand unschlüssig da, wollte schon um den Schreibtisch herumgehen und tröstend einen Arm um Bertas Schulter legen, da öffnete sich oben die Tür zu Krämers Büro.

»Mach dir keine zu großen Sorgen, Schmidt«, sagte Krämer und Val trat an ihm vorbei. »Wir werden ihn finden, das verspreche ich dir.«

Val stolperte und fiel beinahe die Treppe herunter. Sie fing sich ab und lief so schnell an mir vorbei zur grünen Tür, dass ich mich fragte, ob sie mich überhaupt gesehen hatte.

»Das arme Kind ist schrecklich verzweifelt«, erklärte mir Berta. »Krämer nimmt an, die Reguli haben auch Salien, ihren Freund, versteinert.«

»Aber …« Meine Zunge war so trocken, dass ich kaum sprechen konnte. »Ist Salien nicht schon länger vermisst? Selbst wenn er versteinert wurde, müsste er sich doch längst wieder erholt haben.«

Berta tupfte sich mit einem frischen Taschentuch das Gesicht ab. Mit einem Ausdruck von nackter Furcht in ihren hellen Augen sagte sie: »Flint hat in der Vergangenheit bereits schlimme Dinge mit seinen Opfern angestellt. Wenn er jemanden versteinert, kann derjenige sich davon erholen. Aber wenn ein versteinertes Körperteil abgeschlagen wird, dann …« Sie wurde von einer neuen Welle Tränen unterbrochen.

Eine schreckliche Ahnung stieg in mir auf, ich fragte tonlos: »Hat Flint das etwa Mavie angetan?«

Berta schüttelte den Kopf. »Nein, das hat Karlo gerade noch verhindert. Aber Krämer befürchtet, Flint habe den versteinerten Salien vielleicht irgendwo heruntergeworfen. Dann würde er in tausend Stücke zerbrochen irgendwo liegen und …« Berta stand auf und lief weinend in die Teeküche.

Ich sah ihr nach und hatte Flints hässliche Fratze vor mir, auf der die Lust deutlich zu lesen gewesen war, Leid und Schmerz zuzufügen. In meiner Vorstellung sah ich Flint, wie er einen versteinerten Körper in einen Abgrund stieß und mit gierig glänzenden Augen auf den Aufschlag wartete.

Mir wurde übel, und ich ging hinaus an die frische Luft. Auf dem Weg zum Parkplatz überlegte ich, Neva anzurufen, und wühlte in meiner Schultasche nach dem Handy, da sah ich Vals verbeultes Auto.

Ich lief schnell darauf zu. Val saß darin, hielt das Lenkrad umklammert und starrte mit weit aufgerissenen Augen vor sich hin.

»Val?« Ich klopfte an die Scheibe der Beifahrertür. Val riss den

Kopf rum, blinzelte verschreckt und sah mich durch ihre Brille wie einen Geist an. Dann machte sie mir mit langsamen Bewegungen die Tür auf, und ich setzte mich neben sie ins Auto.

»Ich habe gerade gehört, dass Krämer glaubt, dein Freund sei versteinert worden.«

Val schluchzte leise.

»Es tut mir so leid, Val.«

Val schluchzte lauter.

»Wenn du willst, helfe ich dir, ihn zu suchen.«

Val ließ den Kopf auf das Lenkrad sinken und rief mit tränenerstickter Stimme: »Krämer hat mir eben alles erzählt. Eben! Warum hat er mich nicht von Anfang an ins Vertrauen gezogen? Hätte ich das doch nur früher gewusst!«

Ich hatte keine Ahnung, worum es ging, und konnte nur zaghaft die Schultern heben. Val nahm ihre Brille ab und rieb sich über die Augen.

»Krämer hat Salien den Auftrag gegeben, sich bei den Reguli einzuschleusen. Krämer wollte erfahren, wer hinter den Reguli steckt. Und damit die Mission durch nichts gefährdet wird, hat er Salien verboten, mit irgendjemand darüber zu reden. Selbst mir durfte Salien nichts davon sagen.«

»O Mann«, sagte ich mitfühlend. »Und du hast die ganze Zeit gedacht, er sei übergelaufen.«

Val rief unbeherrscht: »Wir haben uns deshalb getrennt.«

»Das tut mir ehrlich leid.«

»Wenn ich daran denke, was ich ihm für eine Szene gemacht habe.« Val schlug auf das Lenkrad. »Ich wollte es nicht zulassen, dass er einer dieser widerlichen Reguli wird.«

»Du konntest es doch nicht wissen.«

»Ja«, schrie Val. »Warum hat Salien mir nichts davon gesagt? Warum hat er mich angelogen, Flo?«

»Weil Krämer es wollte.«

»Aber er hätte es mir sagen müssen. Dann wäre das alles nicht passiert.« Diesmal boxte Val auf das arme Lenkrad ein.

Ich wartete, bis sie erschöpft die Fäuste sinken ließ, und fragte behutsam: »Was wäre dann nicht passiert?«

»Caruso«, flüsterte sie. Da ich sie verständnislos ansah, fuhr sie nervös fort: »Salien und ich haben herausgefunden, dass er sich in eine Kröte verwandelt, wenn wir uns küssen und sich gleichzeitig ein magischer Gegenstand in der Nähe befindet.«

»Val, sag bitte nicht …«, begann ich aufgeregt, doch Val sprach schnell weiter.

»Wenn wir uns gleich darauf wieder küssten, verwandelte er sich zurück. Das war lustig, als es die ersten Male passiert ist.« Die Erinnerung ließ Vals Augen glitzern, und sie lächelte traurig. »Ich bin nach unserem letzten Streit zu Salien gefahren und habe behauptet, ich wolle mich nur von ihm verabschieden. Wir haben geredet, und alles war schön. Ich hatte sogar gehofft, ihm diese bescheuerte Idee doch noch ganz ausreden zu können. Aber Salien wollte nicht auf mich hören. Als wir dann in seinem Bett gelegen haben und uns küssten, wusste er nicht, dass ich extra sieben Gegenstände dabeihatte. Er wurde zur Kröte, und ich habe ihn auf seinem Kissen zurückgelassen. Habe ihm gesagt, ich käme am nächsten Tag wieder, um ihn zurückzuverwandeln.« Val lachte auf. »Er solle über seine schwachsinnigen Pläne mit den Reguli in aller Ruhe nachdenken, habe ich gesagt.«

Ich spürte, wie ich zornig wurde. Ich konnte einfach nicht glauben, was ich da hörte. »Und dann? Warum ist er immer noch Caruso? Warum hast du ihn nicht mit einem Kuss zurückverwandelt?«

»Das habe ich versucht, Flo!« Pure Verzweiflung brach aus Val hervor. »Ich habe ihn eine Million Mal geküsst, aber nichts! Er will sich einfach nicht zurückverwandeln. Er bleibt eine Kröte, egal, was ich anstelle.«

»Wie konntest du ihm das antun?« Ich dachte an Carusos Verhalten, als Val ihn bei mir abgeholt hatte. Er hatte einen verlorenen Eindruck auf mich gemacht und mich so flehentlich angeguckt. Und ich hatte ihn nicht verstanden. Ich hatte einfach nicht kapiert, dass die Blicke aus den zitronengelben Augen stumme Hilfeschreie waren. »Wo ist er jetzt?«

»Zu Hause natürlich.«

»Ich werde ihn mit zu mir nehmen«, sagte ich in scharfem Ton.

»Was? Nein! Er gehört mir.«

»Nein«, schrie ich. Eine Welle aus schwarzem Zorn raste durch meinen Körper. »Er gehört dir nicht!«

Alles war still. Val starrte mich mit offenem Mund an. Mir wurde bewusst, dass ich eine Hand auf das Fenster der Beifahrerseite gelegt hatte, und nahm sie langsam runter. Die Scheibe, durch die ich wenige Minuten zuvor hereingeblickt hatte, war nun schwarz verfärbt.

»Flo«, krächzte Val. »Wie hast du …?«

Sie schlug sich die Hand vor den Mund und erneut stiegen Tränen in ihre Augen. Mein Zorn ebbte ab, und ich begriff entsetzt, dass sich Val vor mir fürchtete.

»Ich wollte nicht … Val, entschuldige.«

Ich betrachtete meine Hand. Diesmal waren keine Brandblasen darauf. Wenn nicht die Scheibe verfärbt gewesen wäre, hätte ich glauben können, mir diesen Ausbruch nur eingebildet zu haben. Wie in Trance nahm ich meine Tasche und stieg aus. Val brauchte mehrere Versuche, bis ihr alter Wagen ansprang, dann fuhr sie schlitternd und mit so hoher Geschwindigkeit vom Parkplatz, dass ein anderes Auto mit quietschenden Reifen bremsen musste und mehrfach hupte.

Ich lief schnell zum Eingang der Mühle zurück. Der Schreck, der auf Vals kreideweißem Gesicht gelegen hatte, ging mir einfach nicht aus dem Kopf. Scitus hatte gesagt, es sei besser, niemand wisse davon. Und tatsächlich hatte Val Angst vor mir gehabt und hatte gar nicht abwarten können, bis ich ausgestiegen war.

Auf einmal musste ich an Scitus' Rat denken, in der Bibliothek nachzuschlagen. Wenn ich herausfinden wollte, was es mit der Schwarzfärberei auf sich hatte, sollte ich nicht länger warten.

Berta ließ mich wieder herein. Sie sah mir mit eigenartigem Blick entgegen, und ich wischte mir aus Reflex die Hand an der Hose ab. Sie schien über etwas nachzudenken, da erschien Krämer am Treppengeländer und rief nach unten: »Berta, schnell. Kommen Sie! Ich habe gerade einen interessanten Anruf von Martin erhalten.« Er war schon wieder auf dem Weg in sein Büro, da drehte er sich noch mal um. »Allenstein? Schon wieder auf den Beinen? Hätte nicht gedacht, dass du aus Leder statt aus Seide genäht bist.«

»Danke«, sagte ich und sah, wie Berta die Liste hervorholte, die ich kürzlich fotografiert hatte. Sie legte sie vor sich ab und putzte sich die Nase.

Gebannt starrte ich darauf, und zu meiner Verwunderung erkannte ich, dass zwei weitere Namen durchgestrichen waren. Berta bemerkte mein Interesse und drehte das Blatt schnell um.

»Berta, was ist das für eine Liste?«

Sie schüttelte entschuldigend den Kopf. »Ach, das hat nichts mit der ASGA zu tun, Flora. Edgar Krämer und ich gehen nur ein paar Hinweisen nach. Rein privat, sozusagen.«

Es war Berta anzumerken, dass sie nicht länger mit mir darüber sprechen wollte, doch ich bohrte nach:

»Privat? Sind das nicht die Großmütter der Fabulae?«

»Großmütter?« Berta nahm die Liste und erhob sich. Mit einem Ton, der das Gespräch freundlich, aber nachdrücklich beendete, sagte sie: »Nein, liebes Kind. Auf dieser Liste befindet sich keine einzige Großmutter, so viel ist sicher.«

Ich legte die Stirn in Falten. Warum war Berta so überzeugt davon, dass sich keine Großmutter auf der Liste befand? Meine zumindest stand darauf.

»Aber …«, begann ich, doch Berta fuhr mich ungewohnt heftig an: »Flora! Das hier ist meine Sache und geht euch nichts an.«

Sie griff nach einem Bleistift, und ich sah, dass ihre Hände zitterten. »Entschuldige, Flora. Das regt mich nur alles furchtbar auf, und ich will nicht, dass da einer von euch mit reingezogen wird.«

»Schon gut«, sagte ich.

Das war merkwürdig, und ich beschloss, mit Berta darüber zu reden, sobald sie sich etwas beruhigt hatte. Außerdem hatte ich gerade ein anderes dringendes Problem. Wenn Scitus recht hatte, konnte die Schwarzfärberei mich in große Schwierigkeiten bringen, und so wie Val reagiert hatte, lag Scitus damit nicht ganz falsch.

Ich rief Berta, die schon fast ganz oben auf der Treppe angekommen war, nach: »Kann ich kurz etwas in der Bibliothek nachschlagen?«

»Geh einfach rein, sie steht offen«, antwortete sie und verschwand im Büro.

Ich ging zielstrebig zu dem Raum, der sich neben dem Wartezimmer befand. Ich war noch nie darin gewesen und staunte nicht schlecht, als ich das Licht anmachte. Er war nicht sehr groß, und die vielen Regale waren so angeordnet, dass man sich nur mit eingezogenem Bauch hindurchschieben konnte.

Ich fragte mich, wie Krämer es anstellte, wenn er mal ein Buch brauchte. Dabei malte ich mir aus, wie er zwischen den Regalreihen stecken blieb und fluchend nach Berta rief.

Mein leises Lächeln schwand, als mir klar wurde, dass ich keine Ahnung hatte, wonach ich eigentlich suchte. Was hatte Scitus noch gleich gesagt? *Unter F wie Farbe. Oder Fluch.*

Leider wurde mir der Wind gleich aus den Segeln genommen, es gab keine alphabetische Ordnung. Und dass die Regale so eng beieinanderstanden, machte es auch nicht gerade leichter, sich einen Überblick zu verschaffen.

Immerhin hatte Berta, ich erkannte ihre schöne Handschrift, einige Schilder mit groben Themengebieten an die einzelnen Fächer geklebt.

Die vordere Hälfte der Regale konnte ich nach zehn Minuten komplett ausschließen. Da waren nur Kochbücher, Romane, Gedichtsammlungen und Biografien, scheinbar allesamt von Genavern verfasst. Ich hatte sogar die Autobiografie von Vals Großmutter gefunden, mit dem Titel: *Warte nicht auf dein Glück, pack es an den Haaren.* Hätte ich mehr Zeit gehabt, hätte ich gern reingelesen.

Ich kam vom Regal mit *Historische Persönlichkeiten* zu *Märchen im Wandel der Zeit.* Daneben befanden sich Bücher, die sich nur mit Gegenständen und der von ihnen ausgehenden Gefahr beschäftigten. Mir fiel auf, dass früher sehr viel mehr darüber geschrieben worden sein musste, denn diese Bücher waren alt und abgegriffen; Gegenstände und ihre Gefahren waren in neuerer Zeit für die Genaver wohl kein Thema mehr.

Ich nahm nacheinander drei, vier Exemplare heraus und überflog die Seiten, doch ich fand nicht den kleinsten Hinweis auf schwarz gefärbte Gegenstände.

Der Staub kitzelte in meiner Nase, als ich mich zu den hinteren Reihen hindurchgezwängt hatte. Der blühende Efeu, den ich aus Krämers Büro kannte, hatte sich hier breitgemacht und mehrere Regale in Beschlag genommen. Vorsichtig schob ich die Blätter beiseite. *Märchengestalten* stand da, und an dem direkt gegenüber stehenden befand sich kein Schild.

Ich rieb mir über die Nase und ließ den pessimistischen Blick wahllos über die Buchrücken schweifen. Leise las ich: »*Zauberwesen und ihre Lebensräume, Verflucht – Was nun?, Ein Männlein steht im Walde …*« Ich drehte mich um. »*Drei Krötenbeine um Mitternacht, Vollmond unter Wasser, F wie Fee, Kalter Kater …*« Mein Finger schoss zurück. F wie Fee?

Ich zog das dünne Büchlein hervor, und sogleich segelten mehrere lose Seiten zu Boden. Beim Versuch, sie aufzufangen, stieß ich mir den Kopf.

»Allenstein?«

Auch das noch! Krämer rief vom Eingang aus nach mir. Ich klaubte die Seiten auf und stopfte alles eilig zurück ins Regal. Dann huschte ich schnell zu den *Märchen im Wandel der Zeit* und schnappte mir das erstbeste Buch. Ich schlug es auf und gab vor, darin vertieft zu sein.

»Allenstein!«

»Hier bin ich«, rief ich.

»Gefunden, was du gesucht hast?«

Erleichtert, dass Krämer die Bibliothek tatsächlich nicht betrat, gab ich zurück: »Nein. Noch nicht.«

»Wie dem auch sei, mach jetzt Schluss, Allenstein. Du kannst morgen weitermachen.«

Brav stellte ich das Buch zurück und schob mich durch die Regale auf Krämer zu. Bevor er fragen konnte, was ich eigentlich hatte recherchieren wollen, erkundigte ich mich:

»Was Neues von Mavie?« Das war nicht nur als Ablenkung gedacht, es interessierte mich wirklich.

»Nein. Zustand unverändert.«

»Ich hoffe, dieser Flint versteinert sich aus Versehen demnächst selbst.«

»Ach ja. Das wäre schön«, knurrte Krämer.

20. Kapitel

Eilig stieg ich die Treppe zu unserer Wohnung hinauf. Ich hatte mit einem gewissen Spiegel ein ernstes Wörtchen zu reden. Scitus wusste genau, was es mit der Schwarzfärberei auf sich hatte. Und statt mich in der vollgestopften Bibliothek suchen zu lassen, konnte er mir doch einfach sagen, woran ich war. War das denn zu viel verlangt?

»Scitus!« Ich hatte die Wohnungstür noch nicht ganz hinter mir geschlossen, da rief ich auch schon nach dem Spiegel. Dem war selbstverständlich klar, dass ich keine freudige Wiedersehensparty mit ihm veranstalten wollte. Deshalb ließ er nur verschreckt vernehmen: »O weh!«

»Ganz recht, Bürschchen«, sagte ich und trat an den Esstisch, wo Scitus halb geöffnet dalag und scheinbar versuchte, mich durch schwarzviolettes Funkeln davon abzuhalten, nach ihm zu greifen. Das beeindruckte mich genauso wenig wie sein unschuldiges Lächeln, das er mir beim Aufklappen schenkte.

»F wie Farbe?«

»Ah, wie ich sehe, seid Ihr der Lösung ein Stück näher gekommen?«

»Willst du mich auf den Arm nehmen? Du weißt genau, dass ich kein solches Buch gefunden habe.«

»Und, das möchte ich Euch versichern, Teuerste, ich zweifle nicht im Geringsten daran, dass Ihr diesen Umstand richtig zu deuten wissen werdet.«

Ich atmete tief durch die Nase ein. »Hör endlich mit deinen doofen Sprüchen auf, Scitus. Sag mir lieber, was du über diese Schwarzfärberei weißt.«

»Ich kann Euch nur so viel verraten: Ihr solltet es umgehend abstellen.«

Meine Knie wurden weich, und ich ließ mich auf einen der Stühle sinken. »Scitus, bitte. Erzähl mir, was du darüber weißt.«

»Teuerste, ich würde nicht zögern, mein eigenes Leben zu opfern, um Euch in dieser Angelegenheit dienlich zu sein. Doch leider, leider«, er seufzte theatralisch, »ist mir die Zunge gebunden.«

»Ach ja? Ich denke, du könntest mir die Wahrheit sagen, wenn du nur wolltest.«

Scitus presste die dünnen Lippen aufeinander und ließ sein Kinn zittern. »Es schmerzt, wie wenig Ihr mir vertraut. Habe ich denn nicht oft genug bewiesen, wie sehr Ihr mir am Herzen liegt? Und das ist nun der Dank?«

»Schon gut, schon gut«, bremste ich ihn aus, bevor er sich in die Rolle des Missverstandenen zu sehr hineinsteigern konnte.

Ich dachte angestrengt nach. Wenn ich Scitus zum Reden bringen wollte, musste ich ihn mit seinen eigenen Waffen schlagen. Ich war Scitus einen dieser teuflischen Gefallen schuldig, und auch wenn er sich bisher nicht weiter dazu geäußert hatte, war ich überzeugt davon, dass er genau wusste, worin diese Gefälligkeit bestehen würde. Spätestens seit seiner Reaktion auf meine Versteinerung war mir außerdem klar, dass es für diesen durchtriebenen Kerl ausgesprochen wichtig sein musste. Ich kam zu dem Schluss, dass ich scheinbar die Einzige war, an die er sich in dieser Angelegenheit wenden konnte. Immerhin hatte er Neva mit der falschen Behauptung in die Irre geführt, ich stamme aus einer durchgehenden Linie, sonst hätte Neva ihn niemals zu mir gebracht.

Und da setzte ich nun an. Wenn Scitus annahm, ich schwebe in Gefahr und könne ihm seinen Wunsch eventuell bald nicht mehr erfüllen, würde er vielleicht doch mit einer nützlichen Information herausrücken.

»Dann ist alles vorbei.« In gespielter Resignation ließ ich die Schultern hängen. »Aus und vorbei.«

Scitus' Funkeln ließ nach. »Äh … Was meint Ihr?«

»Ich habe heute wieder etwas schwarz gefärbt. Nur war ich diesmal nicht allein.«

Scitus rückte so nah an die Spiegeloberfläche, dass er sich die Nase dabei plattdrückte. »Ihr meint, es gab Zeugen?«

Aha! Der Spiegel hatte den Köder also geschluckt. Ich berichtete ihm von dem Vorfall in Vals Auto, und er biss sich nervös auf die Lippen, während er mir lauschte, ohne ein einziges Mal dazwischenzuquatschen.

Nachdem ich fertig erzählt hatte, schwieg er noch eine Weile. Als er dann zu sprechen begann, wirkte er ernst und verzichtete sogar auf sein übliches Gefunkel.

»Dreizehn waren es, zwölf sind es, und alle werden sterben, wenn auch nur eine von ihnen das Ufer der Zeit betritt.«

Seine Stimme war mit jedem Wort leiser geworden und nach dem letzten vernebelte sich sein Gesicht und verschwand.

Sehr effektiv, das musste man dem Spiegel lassen.

Sosehr ich mich auch bemühte, Scitus blieb verschwunden.

»›Dreizehn waren es, zwölf sind es‹«, wiederholte ich. Das war ja das reinste Kauderwelsch. Was konnte damit bloß gemeint sein? Dreizehn, die Unglückszahl? Aber es waren nur noch zwölf. Zwölf. Gab es nicht ein Märchen mit Zwölf Brüdern? Ja, und darin kam ganz sicher kein Dornröschen vor.

»Das ergibt keinen Sinn«, sagte ich niedergeschlagen.

Mein Blick glitt durch das Wohnzimmer. Es herrschte das totale Chaos. Ich hatte Kanne und Tassen noch nicht weggeräumt, die Nadine und ich am Abend zuvor benutzt hatten. Um den nutzlosen Spiegel lag zerknülltes Zeitungspapier, und die Kartons, in denen das Unterkleid gekommen war, standen auch noch immer herum.

Das Unterkleid. Ich nahm es hoch und befühlte den wunderbaren Stoff, dabei berührten meine Finger etwas, das ein Etikett sein konnte. Neugierig drehte ich den Stoff auf links und tatsächlich, es war ein Etikett.

»Von TaSch«, murmelte ich überrascht.

Wenn ich Berta richtig verstanden hatte, war TaSch ein durchaus respektables Unternehmen, das hochwertige Kleider herstellte. Daraus ergaben sich zwei Fragen. Wer hatte mir ein Unterkleid aus dem Atelier TaSch geschickt? Und warum hatte derjenige mir nicht gleich ein anständiges Ballkleid geschickt?

Berta hatte doch gesagt, die Familie Bruderherz ließe ihre Kleider auch von TaSch anfertigen. Ich warf mich vor und wühlte in meiner Tasche nach meinem Handy. Ich hatte es vor der Schule auf lautlos gestellt, und so waren mir unzählige Anrufe und Nachrichten entgangen. Die meisten von Timus.

Ich wählte Nevas Nummer.

»Flo?« Sie klang müde. »Was macht die Versteinerung?«

»Gut, danke!« Ich hatte keine Zeit für Höflichkeiten und kam gleich zum Punkt. »Atelier TaSch. Kannst du mir die Nummer geben?«

Es blieb einen Moment still, dann sagte Neva:

»Wenn du jetzt noch ein Kleid in Auftrag geben möchtest, wirst du keinen Erfolg haben. Die Brüder sind total ausgebucht.«

»Nein, es hat einen anderen Grund. Hast du die Nummer?«

Neva rückte sie schließlich zögernd raus und nahm mir das Versprechen ab, ihren Namen aus was auch immer rauszuhalten.

Ich würde im Atelier TaSch nachfragen, wer dort ein Unterkleid für mich bestellt hatte. Plötzlich war ich davon überzeugt, dass es sich um die gleiche Person handeln musste, die auch den Brief der Genaver gefälscht hatte. Zumindest hatten beide Personen eine Sache gemeinsam: Sie waren anonym geblieben.

Krämer meinte, der Fälscher meine es gut mit mir, und ein Geschenk aus dem Hause TaSch ließ wohl auch auf beste Absichten schließen. Endlich hatte ich eine Spur.

Es dauerte unendlich lang, bis sich eine schmeichelnde Stimme meldete: »TaSch, Sie träumen, wir nähen.« Eine gezierte Pause. »Sie sprechen mit Viktor Schneiderlein. Was kann ich für Sie tun?«

»Ja, hallo. Mein Name ist Allenstein. Es geht um ein Unterkleid.«

»Sie müssen sich verwählt haben, junge Dame«, sagte Viktor Schneiderlein umgehend.

»Nein«, rief ich schnell. »Warten Sie bitte.«

»Wie war noch gleich Ihr Name?«

»Allenstein.«

»Nie gehört.«

»Ja. Also, ich habe ein Unterkleid von Ihnen.«

Es erfolgte ein Heiterkeitsausbruch. »Ich wüsste nicht, dass wir jemals ein Unterkleid genäht hätten. Wir komponieren ausschließlich erlesenste Abendgarderobe. Und für eine Allenstein haben wir das gewiss noch nie getan.«

Mir gefiel ganz und gar nicht, wie dieser Wichtigtuer meinen Namen aussprach, und ich musste mich mühevoll zusammenreißen. So freundlich wie möglich versicherte ich:

»Doch, ganz sicher. Ich habe das Paket gestern erhalten. Es ist ein dunkelroter Stoff mit aus Perlen aufgestickten Rosenknospen.«

Schweigen am anderen Ende der Leitung.

»Hallo?«, fragte ich. »Herr Schneiderlein?«

Viktor Schneiderlein schnaubte in das Telefon. »Junge Dame, was sie da beschreiben, ist kein Unterkleid. Es ist ein Meisterwerk.«

Da ich dieses Meisterwerk noch immer in der Hand hielt, warf ich einen skeptischen Blick darauf. Wenn ich nicht riskieren wollte, dass Viktor Schneiderlein auflegte, musste ich meine Taktik ändern.

»Ja, natürlich. Wunderschön. Mir fehlen die Worte.«

»Nicht wahr? Was sagen Sie zu den Rosen?«

»Herrlich.«

»Sind sie alle aufgegangen?«

»Sollen sie das?« Ich nahm flüchtig wahr, dass noch alle Perlen an ihrem Platz saßen.

»Ach, junge Dame, Sie sind ein Scherzkeks.«

Wir ließen beide ein künstliches Lachen vernehmen.

»Also. Ich habe dieses Kleid bekommen und frage mich, wer es nun für mich in Auftrag gegeben hat. Es soll ja eigentlich eine Überraschung sein, und ich dürfte es noch gar nicht wissen, aber ich will demjenigen zum Ballabend natürlich auch eine kleine Freude machen.«

»Aus Dankbarkeit für dieses traumhafte Kleid? Das ist ja reizend, ganz reizend. Momentchen, Frau Allenstein, ich schau gleich mal nach.«

Ich wartete geduldig.

»Frau Allenstein? Das ist mir schrecklich peinlich, aber wir haben nichts über die Auftraggeberin in unserem System.«

»Auftraggeberin?«

»Ja. Sie tat sehr geheimnisvoll, deshalb kann ich mich noch so gut an sie erinnern. Wenn es nach ihr gegangen wäre, hätten wir alle anderen Aufträge absagen müssen, damit das Dornröschenkleid fertig wird. Sie wollte uns ihren Namen nicht nennen, war aber bereit, den doppelten Preis zu zahlen. Soll ich Ihnen die Dame beschreiben?«

»Ja, bitte.«

»Also, älter.« Schneiderlein überlegte sehr genau und ließ sich zwischen den Worten viel Zeit. »Sehr mondän. Groß. Würdevoll.«

»Helle, stechende Augen? Hat vielleicht Französisch mit Ihnen gesprochen?«, kürzte ich ab.

»Ja. Genau. Das ist sie«, jubelte Schneiderlein, als hätte ich ihm geholfen und nicht umgekehrt.

»Danke«, sagte ich.

»Sehr gern. Und lassen Sie nicht zu, dass jemand auch nur eine Knospe von Ihrem Kleid pflückt.«

»Bestimmt«, hauchte ich und legte auf.

Älter. Mondän. Groß und würdevoll. Eine perfekte Beschreibung von Gracia Wieland. Dennoch passte das alles nicht zusammen.

Ich ging vor dem Esstisch auf und ab und rang die Hände, da bemerkte ich ein Funkeln.

»Scitus!«, rief ich erfreut. »Du kommst wie gerufen.«

Scitus betrachtete mich misstrauisch. »So?«

»Du kannst mir helfen, meine Gedanken zu sortieren. Pass auf!« Ich fasste meine durch das Telefonat mit Viktor Schneiderlein gewonnenen Erkenntnisse zusammen. »Was sagst du dazu?«

»So eine Überraschung«, kommentierte der Spiegel gelangweilt.

»Gracia Wieland weiß also von meinem M-Gen.«

»Sieht so aus.«

»Das ist nicht unbedingt verwunderlich, immerhin war sie mit Antheas Sohn verheiratet.«

»Das ist mir wohlbekannt.«

»Sie hat nie auch nur einen Funken Interesse an mir gezeigt.«

»Da irrt Ihr Euch.«

»Sie ist meine Großmutter«, wischte ich Scitus' Einwand grob beiseite. »Ich kenne sie ja wohl besser als du.«

»Schon wieder irrt Ihr Euch.«

»Musst du denn immerzu streiten?«, fragte ich gereizt und

bemerkte erst jetzt, dass Scitus besorgniserregend bleich war, er war nur noch ein gespenstisch weißes Gesicht im Nebel. »Was ist denn mit dir los, Scitus?«

»Falls Ihr geglaubt habt, es sei eine bequeme Lüge, dass ich Euch nichts verraten darf«, Scitus machte eine Pause, »so seht Ihr hier das Gegenteil bewiesen.«

»Scitus …« Ich starrte den Spiegel an. »Das tut mir leid.«

»Glaubt mir, es wäre mir lieber, wir würden nicht darüber sprechen. Bitte, fahrt fort. Was glaubt Ihr über Eure Großmutter zu wissen?«

»Bist du sicher?«

»Ich leide stumm.«

»Na gut. Also …« Ich wollte gerade weitersprechen, da kamen mir Scitus' Bemerkungen zu Gracia in den Sinn. »Wie meinst du das, ich irre? Kennst du meine Großmutter?«

»Natürlich.«

»Natürlich?«, fragte ich fassungslos. »Seit Tagen hängst du hier herum und hast mir verschwiegen, dass du Gracia Wieland kennst?«

Scitus legte beleidigt den Kopf zurück, sofern man das über jemanden sagen konnte, der nur aus Gesicht bestand. »Ihr habt nicht danach gefragt.«

Ich hatte den Tisch abgeputzt, die Kartons und das Kleid, über das Viktor Schneiderlein und ich so grundverschiedener Ansichten waren, in mein Zimmer gebracht und schließlich noch das Geschirr der letzten Tage abgewaschen. Ordnung machen half mir immer, wenn ich aufgeregt war. Und ich war schrecklich aufgeregt.

Ich hatte vor etwa einer Stunde mit Gracia Wieland telefoniert. Mit meiner Großmutter. Sie hatte ein Treffen vorgeschlagen. Aber nicht in unserer Wohnung, obwohl ich ihr gesagt hatte, dass Ma nicht da war.

Mit einem Blick auf die Uhr lief ich in den Flur, nahm meine Jacke vom Haken und verließ die Wohnung. Ich holte Annas Fahrrad aus dem Keller und machte mich auf den Weg.

21. Kapitel

Es war bereits dunkel, als ich ankam. Ein eisiger Wind ließ mich erschaudern. Die Geräusche der Stadt drangen gedämpft durch die kalte Luft.

Ich stellte das Rad ab, zog meine Jacke fester um mich und sah mich um.

Es war ein Jahr her, seit ich das letzte Mal hier gewesen war. Das lag jedoch nicht daran, dass der Tod meines Vaters mir egal gewesen wäre. Ich dachte oft an ihn und stellte mir lieber vor, dass er irgendwo in Südamerika war, anstatt hier in einem Grab zu liegen. Natürlich war das dumm und vielleicht tat es mir gut, dass Gracia mich zwang, die Wahrheit endlich zu akzeptieren.

Mein Hals war wie zugeschnürt, als ich das kleine Tor aufschob und den Friedhof betrat. Mit Tränen in den Augen folgte ich einem schmalen Weg, und kleine Steine knirschten bei jedem meiner Schritte. In der Dunkelheit sah ich eine Gestalt bewegungslos vor einem der Gräber stehen und hielt darauf zu.

Gracia trug einen langen, schmal geschnittenen Mantel und hatte den hohen Kragen gegen den Wind aufgestellt. Sie drehte sich nicht zu mir um, als ich mich neben sie stellte.

Ich schluckte schwer, als ich den Namen meines Vaters auf dem schlichten Grabstein las, und die Tränen liefen mir nun über die Wangen. Ich wischte sie fort.

»Warum wolltest du dich hier mit mir treffen?«

»Ich bin jeden Tag hier«, sagte Gracia nach einer Weile. »Du warst noch nicht wieder hier?«

Ich schüttelte stumm den Kopf. Gracia atmete hörbar ein.

»Ich wollte nicht, dass mir etwa irgendjemand zu eurer Wohnung folgt.«

»Wer sollte das denn tun?«

Ein Windstoß riss Blätter von einem Baum in unserer Nähe und trieb sie wirbelnd auf uns zu. Gracia stieß ein schmerzvolles Stöhnen aus.

»Er war mein Sohn, Flora Anthea. Ich habe ihn auf die Welt gebracht und musste erleben, wie er sie wieder verließ.«

Ich ließ ihr Zeit, sich zu sammeln, und schließlich wandte sie sich mir zu.

»Was hast du herausgefunden?«

»Du hast mir diesen Brief geschickt, nicht wahr?«

»Es war notwendig. Ich musste dafür sorgen, dass du weißt, wer du bist.«

»Warum hast du mir es nicht einfach gesagt?«

In dieser Frage schwang ein deutlicher Vorwurf mit. Ich konnte Gracias Gesicht in der Dunkelheit nicht richtig erkennen und machte mich schon auf einen ihrer scharfzüngigen Tadel gefasst. Stattdessen sagte sie: »Dann hätte ich dir auch erklären müssen, woher ich das weiß.«

»Und? Woher wusstest du von meinem M-Gen?«

»Ich habe nicht gewusst, dass du ein M-Gen hast«, betonte

Gracia, »ich habe es lediglich gehofft. Es war die einzige Möglichkeit, dich mit Krämer in Kontakt zu bringen.«

»Warum?« Es hatte sie immer alles kaltgelassen, was mit mir zu tun hatte. Warum kümmerte es sie ausgerechnet, ob ich das M-Gen hatte oder nicht?

»Das ist alles nicht ganz einfach.« Gracia zupfte am Kragen ihres Mantels. »Ich habe Ralf, deinen Großvater, kennengelernt und mich vom Fleck weg in ihn verliebt.«

Ich wäre lieber gleich auf den Brief zu sprechen gekommen und fragte ungeduldig: »Müssen wir so weit vorn anfangen?«

»Ja, denn damit hat alles seinen Anfang genommen, Flora Anthea.« Gracia ließ sich nicht aus der Ruhe bringen. »Ich wusste nichts über Ralf, außer, dass ich ihn mehr wollte als irgendetwas sonst in meinem Leben. Zum Glück ging es ihm mit mir genauso. Wir schmiedeten Pläne, wie junge verliebte Leute es eben tun.«

Ich musterte meine Großmutter von der Seite und versuchte mir vorzustellen, wie sie als junge Frau gewesen sein mochte. War sie nett gewesen? Fröhlich?

»Wenn ich gewusst hätte, dass dein Großvater aus einer Märchenlinie stammt, hätte ich seine Einladung auf eine Tasse Tee sicher abgelehnt.«

»Weshalb?«

Gracia fuhr mit den Fingern über ihre tadellose Frisur, die dem Wind bis jetzt standgehalten hatte. »Ich bin eine Fee.«

»Bitte was?«

»Eine Fee, Flora Anthea.«

Ich starrte sie mit offenem Mund an. Ich hatte in den letzten Tagen von Dingen erfahren, die ich mir zuvor nicht mal im

Traum hätte vorstellen können. Und wenn ich ehrlich war, hatte ich schon immer den Verdacht gehabt, Gracia sei kein normaler Mensch. Aber dass ausgerechnet sie eine Fee sein sollte, kam nun doch unerwartet.

Verärgert fragte ich: »Warum hast du es mir nie gesagt?«

»Ich habe alles darangesetzt, diese Tatsache zu verheimlichen. Auch vor deinem Großvater.«

»Wusste Paps davon?«

»Nein. Niemand. Und das soll auch so bleiben.« Sie musterte mich eingehend. »Wusstest du, dass Feen unsterblich sind?«

»Aber du bist …« Ich verstummte, doch Gracia wusste, was ich eigentlich hatte sagen wollen. Gracia war alt und das passte nicht recht zu meiner Vorstellung von Unsterblichkeit.

»Ja. Ich bin gealtert. Aber das war es wert. Als ich Sebastian zur Welt brachte, habe ich die Fee in mir getötet.« Sie schwieg einen Augenblick und sagte dann beinahe trotzig: »Unsterblichkeit bringt eine gewisse Freiheit mit sich. Zu allen Zeiten haben sich Feen auch in Menschen verliebt und, wie soll ich sagen …?«, sie schien ihre Worte gut abzuwägen, »Beziehungen zu ihnen gepflegt. Doch Kinder bekommen sie nicht miteinander. Außer der Mensch ist ein M-Gen-Träger.«

»Aber Großvater«, hakte ich nach, »hatte doch nur ein inaktives M-Gen.«

»Ja, das ist richtig. Nun, spätestens als ich schwanger war, wurde mir klar, dass ich die Stärke des Dornröschen-Gens unterschätzt hatte. Aber ich wollte dieses Kind, mein Kind, unbedingt haben. Und ich habe Sebastian sehr geliebt. Mehr als mein eigenes Leben.«

Ich erinnerte mich an die wenigen Male, wenn mein Vater

mich für ein Wochenende abgeholt und mit zu Gracia genommen hatte. Zwischen den beiden hatte ein enges Band bestanden, so eng, dass ich mich regelrecht ausgeschlossen gefühlt hatte.

»Was heißt das für mich?«, wollte ich leise wissen. »Bin ich auch eine Fee?«

»Nein, du bist keine Fee. Allerdings hast du Feenblut in dir, und das dürfte Auswirkungen auf dein M-Gen haben. Deine Gabe muss unvorstellbar mächtig sein.«

Ich lachte bitter. »Ja. Ganz großartig ist sie, meine Gabe. Ich färbe Dinge schwarz, wenn ich mich ärgere.«

»Das ist der Grund, weshalb ich dich zu Krämer geschickt habe.«

Ich starrte sie an. »Du wusstest davon?«

Gracia nickte. »Als ich dir den Karton gegeben habe, erinnerst du dich daran, wie wütend du geworden bist?«

»Ich habe mich nicht über den Karton geärgert, sondern darüber, dass du Papas Sachen wegschmeißen wolltest.«

»Auf jeden Fall«, Gracia überging meinen Einwand, »habe ich da deine Fähigkeit entdeckt. Du hast meine Handschuhe schwarz gefärbt, als du so zornig warst.«

Sie hob die Hand und strich mir über die Schulter. Ich konnte mich nicht daran erinnern, jemals eine so deutliche Geste der Zuneigung von ihr erfahren zu haben.

»Das ist deine Magie. Du musst lernen, sie zu bändigen. Du musst sie fokussieren. Jetzt ist sie noch wie ein unerzogenes Kind, das in dir herumspringt und tut, was ihm gefällt. Lass dir von der Magie nicht auf der Nase herumtanzen.«

Ich schöpfte Hoffnung. »Das heißt, ich habe eine Gabe? Ich meine, irgendetwas Sinnvolles? Was Gutes?«

Gracia legte den Kopf schräg. »Es tut mir leid, dass ich nicht mehr für dich tun kann, Flora Anthea. Ich weiß, du wirst lernen, deine Gabe zu beherrschen.«

»Das ist alles? Du erzählst mir, dass du eine Fee bist, und gibst mir den Rat, meine Magie in den Griff zu bekommen?«

»Ich glaube, du kannst sehr gut allein auf dich aufpassen, mein Kind. Ich bin so erleichtert, dass du eine M-Gen-Trägerin bist und die Fähigkeit besitzt, dich zu wehren.« Sie trat einen Schritt zurück. »Nur musst du mir schwören, mit niemandem je darüber zu sprechen, dass du Feenblut in dir hast. Behalte es für dich, dein Leben könnte davon abhängen.«

Mir fielen Scitus' mahnende Worte ein, er hatte mir den gleichen Rat gegeben. »Wer könnte mir deshalb nach dem Leben trachten? Die Genaver?«

»Vertraue niemandem«, sagte Gracia.

Da hätte ich auch gleich Scitus fragen können, der gab genauso unbefriedigende Antworten. Ärger wallte in mir auf.

»Ich hätte es besser für mich behalten können, wenn ich es auch weiterhin nicht gewusst hätte.«

»Um ein Geheimnis wirklich wahren zu können, muss man es kennen. Das Risiko, dass du zufällig etwas erfährst und nicht weißt, wie gefährlich es für dich ist und vielleicht mit der falschen Person darüber sprichst, ist viel zu groß.«

Für Gracia war damit alles gesagt, und sie wandte sich zum Gehen, als hätten wir gerade wie zwei flüchtig Bekannte über das Wetter geplaudert, und nicht etwa über eine Gefahr, in der ihr einziges Enkelkind möglicherweise schwebte.

»Warte!« Ich lief ihr hinterher. »Eine Sache musst du mir noch erklären. Was hast du mit Berta zu tun?«

»Berta?« Gracia blieb stehen. »Ich kenne keine Berta.«

Ich tastete meine Jackentaschen nach dem Handy ab und zog es eilig hervor. »Es gibt eine Liste, auf der zwölf Frauen stehen. Eine davon bist du, eine andere ist Berta. Du musst sie kennen. Oder zumindest habt ihr etwas gemeinsam.«

»Zwölf Frauen?« Gracia sah mir tief in die Augen. »Was für eine Liste ist das, Flora Anthea, und wo hast du sie gesehen?«

»Berta arbeitet für Krämer in der Mühle. Es ist ihre Liste.«

Ich öffnete das Bild auf meinem Handy und zeigte es Gracia. Ihre immerwährende Beherrschtheit geriet ins Wanken.

»Wie alt ist diese Berta, von der du da sprichst?«

»Ungefähr so alt wie du. Ich weiß es nicht genau.«

Mir kam es vor, als wäre es schlagartig noch kälter und dunkler auf dem Friedhof geworden, während Gracia die Namen durchging.

»Sie heißt nicht Berta. Sie und die anderen auf dieser Liste, sie sind meine Schwestern.«

»Wirklich? Ich bin mit Berta verwandt?«

Gracia fuhr mich an: »Nur wegen meiner Schwestern habe ich dich gewarnt. Nimm dich in Acht vor den Feen.«

»Quatsch«, sagte ich unbekümmert. »Berta ist voll lieb. Wenn ich ihr erzähle, dass …«

»Nein!«, schrie Gracia aufgebracht. »Begreifst du denn nicht? Sie ist eine Fee! Du darfst ihr nicht vertrauen.« Sie hielt sich kurz die Hand vor den Mund, sprach danach gefasster weiter: »Ich habe dieses Menschenleben im Verborgenen gelebt, meine Identität verschleiert und wie in einem Theaterstück eine Rolle gespielt. Das habe ich nicht getan, weil es mir so viel Spaß gemacht hätte. Ich tat es, um meinen Sohn vor meinen Schwestern zu schützen. Und um dich zu schützen, seit du auf der Welt bist. Sie dürfen dich niemals finden, verstehst du?« Gracia griff sich an die Stirn. »Wenn ich das gewusst hätte! Wenn ich es doch nur geahnt hätte …! Niemals hätte ich dich zu dieser Mühle geschickt.«

Ich hatte Gracia noch nie so aufgeregt gesehen und machte mir wirklich Sorgen. Zu ihrer Beruhigung versicherte ich: »Ich werde Berta nichts sagen.«

»Wenn ich doch nur wüsste, ob sie bereits Verdacht geschöpft hat.«

»Kam mir nicht so vor.«

»Flora Anthea«, schärfte mir Gracia mit trockener Stimme ein. »Du darfst ihr nicht vertrauen. Hat sie dich je nach deiner Familie gefragt?«

»Also, nur wie jeder andere auch.«

»Gut. Und wollte sie sonst etwas wissen? Von dir privat, meine ich? Persönliche Dinge?«

»Nein. Nicht dass es mir aufgefallen wäre.«

»Oder hat sie dich um eine Kleinigkeit gebeten, die du ihr schenken solltest? Ein Haarband von dir? Einen Kugelschreiber?«

Ich schüttelte entschieden den Kopf.

»Gut. Du darfst ihr unter keinen Umständen etwas schenken, ganz gleich, wie harmlos es dir erscheinen mag. Hast du verstanden?« Gracias Blick war nun trotz Dunkelheit so eindringlich, dass ich ihm kaum standhalten konnte. Dann beugte sie sich vor und flüsterte: »Betrete niemals allein ihr Haus.«

Da ich nicht wusste, was ich dazu sagen sollte, fuhr ich fahrig mit den Fingern über das Handy und öffnete dabei verschiedene Fotos.

Gracia beugte sich vor: »Ist das dein Stammbuch?«

»Ja«, gab ich zu.

Ich vergrößerte den Ausschnitt, der meine Rose zeigte, und hielt ihr das Handy entgegen. Sie starrte es mit fassungsloser Miene an, und ich vermutete, sie ärgerte sich über meinen sorglosen Umgang mit dem Erbstück. Verlegen setzte ich zu einer Erklärung an: »Mir ist aus Versehen etwas Blut auf die Seite geraten. Aber schau, der Fleck ist zu einer Rose geworden. Hübsch, nicht wahr?«

Noch immer stumm, fingerte Gracia eine Brille aus ihrer Manteltasche, nahm mir das Handy ab und hielt es sich dicht vor die Nase. Als sie es mir wiedergab, zitterten ihre Hände. Sie stöhnte gequält: »Oh, Sebastian …«

22. Kapitel

Ich saß im Wohnzimmer auf dem Sofa und starrte gedankenverloren ins Leere. Vorhin noch war es mir wie eine spleenige Idee von Gracia vorgekommen, sich mit mir auf dem Friedhof zu treffen, doch jetzt fragte ich mich, ob ihre Vorsicht begründet war.

Meine Großmutter war eine Ex-Fee, deshalb hatte ich Feenblut in meinen Adern. Und es wirkte sich wie eine Art Supertreibstoff auf meine Magie aus, weshalb diese förmlich explodierte.

Gracias Rat, meine Magie zu fokussieren, klang in der Theorie ganz gut. Nur hatte ich nicht die geringste Ahnung, wie ich das anstellen sollte. Bisher hatte mich diese Wut immer einfach überrollt, und ich wäre gar nicht in der Lage gewesen, sie zu kontrollieren. Sie war wie ein Haifisch mit aufgerissenem Maul unerwartet aus der Tiefe meines Bewusstseins hervorgeschossen und hatte alles andere verschlungen.

Ehrlich gesagt wollte ich das nicht wieder erleben, schon allein, weil ich sicher war, wieder hilflos dagegen zu sein.

Was mir allerdings richtig Sorgen machte, war Berta.

Sie war also mit mir verwandt! Berta durfte das jedoch unter keinen Umständen erfahren, weil sie sonst einen ihrer Bleistifte vom Ohr ziehen und mich kaltblütig damit erstechen würde. Zumindest musste ich nach Gracias heftiger Reaktion davon ausgehen, dass sich etwas in dieser Art abspielen würde.

Feen waren laut meiner Großmutter nicht die lieben, netten Glücksbringer und Wunscherfüller, sondern gefährliche magische Geschöpfe.

Gracia hatte mir nicht sagen wollen, was genau zwischen ihr und ihren elf Schwestern vorgefallen war, aber es musste etwas Schwerwiegendes gewesen sein. Immerhin waren seither über vierzig Jahre vergangen, und Gracia hatte noch immer Angst vor ihnen.

Es war nicht so, dass ich Gracia furchtbar nahestand oder gar vertraut hätte. Unter anderen Umständen hätte ich Gracia sogar für verrückt erklärt und ihre Warnung vor der lieben und verständnisvollen Berta lachend in den Wind geschlagen.

Allerdings war der Name Berta also nur Tarnung, wie ich nun wusste. Wenn sie sich einen Decknamen zugelegt hatte, konnte sie uns auch in anderen Dingen etwas vormachen. Was, wenn sie wirklich so böse und gefährlich war, wie Gracia behauptete? Trachtete sie mir nach dem Leben?

Ich wollte es nicht recht glauben und beruhigte mich damit, dass schließlich auch Krämer ihr vertraute. Und Krämer war niemand, den man so leicht hinters Licht führen konnte.

Ich hatte Gracia schwören müssen, mich in der Mühle wie immer zu verhalten. Einfach nicht mehr hinzugehen, kam schon allein wegen der Genaver nicht infrage und hätte Berta außerdem misstrauisch gemacht. Je weniger sie über mich nachdachte, meinte Gracia, desto besser.

Eine weitere Angelegenheit bereitete mir zugegebenermaßen Bauchschmerzen. Val. Wenn ich daran dachte, wie entsetzt sie mich angesehen hatte, wurde mir ganz elend.

Ich schaute auf die Uhr. Für einen Anruf war es schon zu spät. Ich beschloss, mich gleich morgen nach der Schule bei ihr zu melden.

Es war eine tiefschwarze Nacht gewesen, und obwohl ich den Heizkörper in meinem Zimmer voll aufgedreht und die Decke über mich gezogen hatte, war ich mir vorgekommen, als hätte man mich in ein feuchtkaltes Erdloch gestoßen. Ich hatte mich einsam und verlassen gefühlt und selbst Scitus, den ich neben mein Bett gelegt hatte, war ein seltsames Unbehagen anzumerken gewesen.

Nun saß ich in der Schule, letzte Stunde, und beobachtete die Zeiger der Uhr über dem Waschbecken.

Ich konnte es nicht beweisen, aber die Zeit machte sich definitiv einen Spaß daraus, immer dann langsamer zu werden, wenn man es überhaupt nicht gebrauchen konnte. Es war, als wären Langeweile und Ungeduld Sand im großen Getriebe der Sekunden, und er brachte es fast zum Stillstand.

Ich dachte an die Menge Sand, die allein ich schon angehäuft haben musste. Einen ganzen Strand? Die Wellen der Zeit schwappten ans Ufer und …

Mit einem Ruck setzte ich mich auf.

»… und alle werden sterben, wenn auch nur eine von ihnen das Ufer der Zeit betritt«, sagte ich leise.

Das hatte Scitus also gemeint! Gracia hatte das Ufer der Zeit betreten, als sie ein Kind bekommen hatte. Damit hatte sie aber nicht nur ihre eigene Unsterblichkeit aufgegeben, sondern auch die ihrer Schwestern.

»Kein Wunder, dass die angefressen sind«, entfuhr es mir.

»Wie bitte?«

Ich sah auf und blickte geradewegs in das genervte Gesicht meines Geschichtslehrers. »Oh. Nichts. Entschuldigung.«

Er setzte gerade zu einer Ermahnung an, wurde jedoch durch das Klingeln und die im gleichen Augenblick aufspringenden Schüler übertönt.

Ich eilte über den Schulhof, denn ich wollte dringend Val anrufen. Vielleicht hatte sie Zeit, und ich konnte bei ihr vorbeischneien. Danach musste ich Gracia anrufen und sie fragen, ob ich mit meiner Vermutung richtiglag. Scitus konnte mir wahrscheinlich auch etwas dazu sagen, doch er würde es nur wieder unnötig verkomplizieren, Unwichtiges ausschmücken und Relevantes verschweigen. Er rangierte deshalb bei mir eher auf den unteren Plätzen, was die Nützlichkeit betraf.

Ich stoppte, als ich Timus entdeckte. Er lehnte an einem der überdachten Fahrradständer und ließ den suchenden Blick über die Schüler schweifen. Als er mich entdeckte, kam er langsam auf mich zu.

»He!«, sagte er.

»Hallo.« Ich hatte nicht auf seine Anrufe und Nachrichten reagiert und wusste nicht, wie ich mich ihm gegenüber verhalten sollte. Er hatte sich bei Neva wie der letzte Idiot aufgeführt, und ich wäre ihm lieber weiter aus dem Weg gegangen. Doch er sah zermürbt aus, und ich brachte es nicht über mich, ihn einfach stehen zu lassen. Ich hatte ihn noch nie so unsicher erlebt.

Er machte noch einen Schritt auf mich zu. »Ich hatte schon früher Schluss und hab gedacht, ich hol dich ab. Können wir reden?«

»Eigentlich …«

»Flo«, sagte er und machte eine hilflose Geste. »Bitte.«

Wir standen uns schweigend gegenüber. Er trug helle Jeans und ein dunkelblaues Hemd, das seine Schultern wieder besonders betonte. Neben ihm sahen die Jungs von meiner Schule beinahe klein und schmächtig aus.

»Na gut«, sagte er niedergeschlagen. »Du bist sauer auf mich. Es tut mir leid. Ruf mich an, wenn du reden willst.«

Ich nickte, und er wandte sich halb zum Gehen.

»Ich fahre jetzt in die Klinik. Soll ich Mavie von dir grüßen?«

Er ging auf sein Auto zu, und ich sah ihm nach.

»Warte!«, rief ich kurz entschlossen und lief los. »Ich komme mit.«

Wir versuchten, normal miteinander umzugehen, was in einer ziemlich hölzernen Konversation über Belanglosigkeiten mündete, die auf halber Strecke einschlief.

Wassermanns Klinik lag etwas außerhalb der Stadt und war ein ehemaliges Internatsgebäude, das über eine Allee mit rot gefärbten Ahornbäumen zu erreichen war.

Wir fuhren hinter das Gebäude zum Besucherparkplatz. Ich war fasziniert von der wundervollen Lage der Klinik und sah mich interessiert um.

»Seit wann betreibt Wassermann die Klinik?«, fragte ich und versuchte mich zu erinnern, ob sie mir schon früher beim Vorbeifahren aufgefallen war.

»Lass mich überlegen.« Timus parkte ein und stellte den Motor ab. »Zehn, zwölf Jahre? Bevor er die eigene Klinik hatte, musste er seine Spezialfälle immer auf einer Station im Universitätsklinikum behandeln. Er hatte da einen Professor, der auch ehemaliger Fabulus war. Der hat Wassermann dann auf die Idee gebracht, sich ganz selbstständig zu machen.«

Ich stellte mir vor, wie anstrengend es gewesen sein musste, die Symptome einer Magischen Vergiftung vor der Krankenhausleitung zu vertuschen. »Aber er macht das doch nicht alles allein?«

»Nein, nicht mal so ein unermüdlicher Typ wie Wassermann kann sich rund um die Uhr um alle Patienten kümmern. Obwohl er fast immer hier ist.« Timus lächelte. »Das dürfte auch der Grund sein, warum er alleinstehend ist.«

»Oder er hat einfach keine Lust auf eine Beziehung«, gab ich zu bedenken. Timus' Lächeln schwand, und er öffnete seine Tür.

»Val ist auch da.«

»Ja?« Ich riss den Kopf herum. Das war ja überaus praktisch.

»Mann, Val sollte ihre Karre echt mal verschrotten lassen. Was hat sie denn jetzt wieder mit ihrer Scheibe angestellt?«

Val hatte die Scheibe durch eine Plastiktüte ersetzt, die sie mit vielen Klebestreifen befestigt hatte.

»Keine Ahnung«, behauptete ich und stieg schnell aus.

Wir liefen ein paar Meter zum Gebäude und betraten einen schmalen Eingangsbereich.

An der Pforte saß eine junge Frau, die Timus freundlich anlächelte. »Hallo, Herr Fürchtenicht.«

»Guten Tag«, antwortete Timus charmant lächelnd. »Wir wollen unsere Kollegin besuchen.«

»Mavie?« Sie wartete nicht, bis wir das bejahten. »Zweite Etage, Zimmer vier.«

Sie drückte auf einen Knopf, und die Glasschiebetür zur Klinik öffnete sich. Wir bedankten uns und gingen weiter in ein helles Foyer.

»Sieht eher aus wie ein Hotel«, sagte ich und ließ meinen Blick über die edle Ausstattung gleiten, während wir nach oben in den zweiten Stock gingen.

»Wassermann nimmt hier ja nicht nur normale Patienten auf«, ließ mich Timus wissen. »Da muss man schon ein bisschen Luxus bieten.«

»Was meinst du damit?«

»Na, auch die richtig wichtigen Leute, alle hohen Genaver und so, lassen sich nur von ihm behandeln.«

»›Richtig wichtig‹? Was unterscheidet die denn von den Unwichtigen?«, fragte ich genervt, doch Timus ging nicht darauf ein.

Wir erreichten Mavies Tür, und Timus klopfte an. Ich streckte den Kopf ins Zimmer.

»Dürfen wir?«

Mavie, die steif auf ihrem Bett lag, strahlte vor Freude. »Das ist ja lieb von euch, dass ihr mich besucht. Los, kommt rein!«

Mavie konnte weder Arme noch Beine bewegen und schenkte uns dennoch ein für sie typisch herzerwärmendes Lächeln.

Der Raum war hell und in vanillegelb gehalten. Lange Vorhänge vor einem großen Fenster verbreiteten genauso ein Zuhause-Gefühl, wie die kleine Sitzecke gegenüber vom Bett und die zahlreichen Bilder an den Wänden. Auf einem Tischchen standen drei Blumenvasen mit bunten Sträußen. Mir wurde klar, dass wir nichts mitgebracht hatten, und ich sagte beschämt: »Ich hab mich ganz spontan entschlossen, Mavie. Deshalb habe ich auch keine Blumen oder so. Die bringe ich dir das nächste Mal mit, ja?«

»Nein, bitte. Keine Blumen«, erwiderte Mavie. »Die armen Dinger werden abgeschnitten, und ich muss ihnen dann dabei zusehen, wie sie langsam sterben.«

»Ja. Furchtbar rücksichtslos, diese Besucher«, sagte Timus und stellte Stühle für uns neben das Bett. »Wir besorgen dir Schokolade, versprochen. Wie geht es dir?«

»Besser, danke.«

Timus runzelte die Stirn: »Sag ehrlich.«

»Na ja. Wassermann sagt, ich müsse noch ein paar Tage Geduld haben.« Sie rang sich ein tapferes Lächeln ab. »Ihr werdet beim Ball wohl auf mich verzichten müssen.«

»Vergiss den Ball«, sagte ich, um sie aufzumuntern. »Hauptsache, du wirst wieder ganz gesund.«

Timus betrachtete Mavies Unterarm. Er war nicht versteinert worden, hatte aber eine blassblaue Färbung angenommen. Ernst sagte er: »Flint hat ganze Arbeit geleistet.«

»Er hat meinen Oberkörper mit den inneren Organen versteinert, aber Arme und Beine nicht. Dadurch wurden die natürlich nicht mehr mit Blut versorgt. Wassermann hatte schon Angst, er müsse was amputieren.«

»Das ist ja schrecklich«, stieß ich aus, fing mich aber sofort wieder und versuchte Mavie ein zuversichtliches Lächeln zu schenken.

»Keine Sorge. Ist ja alles noch mal gut gegangen«, erklärte sie. »Nur dieses fürchterliche Stechen und Kribbeln überall. Und ich friere die ganze Zeit. Echt unangenehm.«

Ich erinnerte mich daran, wie es mir geholfen hatte, mit meinen Händen über die Versteinerung zu streichen. Sanft fuhr ich über Mavies Arm. Sie fühlte sich kalt und unnatürlich fest an. Ich schauderte und hätte meine Hände am liebsten zurückgezogen, ließ sie aber auf ihr ruhen und wünschte wirklich, ihr etwas Wärme abgeben zu können.

»Danke.« Sie lächelte mich an. »Das Einzige, was echt nervt, ist, dass ich mich nicht bewegen kann. Es kommt einfach kein Signal vom Kopf in den Gliedmaßen an.« Sie hob eine Hand und wackelte mit den Fingern. »Seht ihr? Nichts.«

»Äh«, machte Timus.

»Äh«, machte Mavie.

Damit war alles gesagt, und ich sperrte nur den Mund auf.

»Gibt's ja nicht«, rief Mavie glücklich und wackelte nun auch mit allen anderen Fingern und Zehen. »Das muss sich Wassermann angucken. Der glaubt das nie!«

Timus stand auf. »Ich hole ihn.«

Er verließ das Zimmer, und Mavie ruckelte ungeduldig in ihrem Bett hin und her. »Endlich kann ich etwas gegen dieses Jucken unternehmen. Das macht mich noch wahnsinnig.«

Ich lächelte verständnisvoll und sah mich im Raum um. Mein Blick fiel durch das Fenster und auf den Parkplatz, wo Vals Wagen stand.

Ich hoffte, ihr hier zu begegnen und mit ihr über den Vorfall in ihrem Auto sprechen zu können.

»War Val schon hier?«

»Ja, gestern.« Mavie machte Lockerungsübungen mit ihren Zehen. »Was ist aus der Kröte geworden?«

Die Frage war wohl eher, *wer* war *zur* Kröte geworden, dachte ich, da riss Wassermann mit wehendem Kittel die Tür auf. Er blickte wie immer ernst drein und begann ohne ein Wort zu verlieren mit seiner Untersuchung.

Taktvoll verabschiedete ich mich, verließ das Zimmer und begegnete auf dem Flur Karlo. Er trug seinen linken Arm in einer Schlaufe.

»Ist alles gut da drin?«, fragte er gehetzt und zeigte auf Mavies Krankenzimmer, in das er Wassermann hatte laufen sehen. Ich lächelte ihn beruhigend an.

»Keine Sorge. Mavie hat gerade einen Riesenfortschritt in Richtung Genesung gemacht. Sie kann sich wieder bewegen.«

Karlo sah mitgenommen aus, hatte sich nicht mal Katzenohren gestylt, doch jetzt breitete sich ein Strahlen über sein ganzes Gesicht.

»Mann! Ich kann dir gar nicht sagen, wie froh mich das macht!« Dann zog er verärgert die Brauen runter. »Wassermann sollte sich echt mal überlegen, was seine niederschmetternden Diagnosen anrichten können. Gestern hatte er kaum Hoffnung, dass Mavie jemals wieder auch nur Gefühl in den Beinen haben wird. Er glaubte sogar, dass sie sich darauf einstellen müsse, nie mehr richtig laufen zu können.« Karlo ließ sich mit dem Rücken gegen die Wand fallen. »Meine Nerven! Ich dachte echt, ich drehe durch.«

Die Tür ging auf, und Wassermann kam heraus. Seine Augen waren nachdenklich zusammengekniffen, und er blieb mit den Händen in den Kitteltaschen vor uns stehen.

Karlo, der irgendwie sauer auf Wassermann schien, ging an ihm vorbei in Mavies Zimmer.

»Flora«, sagte Wassermann nach einer Weile. »Was macht die Versteinerung?« Er nahm ungefragt meinen Arm und schob den Ärmel hoch. Das Gleiche machte er danach mit dem anderen Arm. Dann zog er seine kleine Taschenlampe hervor und leuchtete mir in die Augen.

»Ähm, mir geht es gut«, wehrte ich ab und machte einen Schritt zurück, da er nach seinem Stethoskop griff.

Wassermann nickte und sagte geistesabwesend: »Ich hatte in letzter Zeit ein paar interessante Fälle. Konrad, du, und jetzt Mavie … Bei euch allen ist aus mir vollkommen unerklärlichen Gründen eine sehr schnelle Heilung eingetreten.«

»Und das macht Sie unzufrieden?«

»Natürlich nicht. Ich muss nur herausfinden, wodurch diese … Ich möchte eine Testphase durchführen und hätte gern, dass du daran teilnimmst.«

»Muss ich?« Mein Verhältnis zu Spritzen war nicht gerade von Zuneigung geprägt. Wassermann betrachtete mich mit unbewegter Miene und zog eine Visitenkarte mit seiner Handynummer hervor.

»Mavie ist noch zu schwach, und Konrad besitzt kein M-Gen. Ich fürchte, du wirst in den sauren Apfel beißen müssen. Melde dich möglichst bald.«

»Wie geht es Anna?«, fragte ich, bevor Wassermann zu einem anderen Patienten weitereilen konnte.

»Sie ist stabil, soweit ich das beurteilen kann.«

Stabil? War das gut? »Wo ist sie? Kann ich sie sehen?«

»Sie ist nicht bei Bewusstsein.«

Mein Herz setzte einen Schlag aus. »Aber sie wird wieder aufwachen?«

Wassermann legte seine Hand auf meine Schulter und drückte sie kurz. Ich begriff und schwankte einen Moment.

Geistesabwesend sagte ich: »Dann ist Annas Versteinerung noch schlimmer als Mavies?«

»Sie war nicht versteinert, sondern du.«

Ich sah mit gerunzelter Stirn auf. Ich hatte jetzt kein Interesse, mit Wassermann über seine Diagnose zu streiten, aber ich wusste genau, was ich auf dem Dachboden gesehen hatte. Flint hatte Anna versteinert.

»Es ist die Vergiftung, die mir Sorgen macht. Sie hat sich mit dem Gegenstand verletzt und eine Art Magische Blutvergiftung davongetragen, die das gesamte Herz-Kreislauf-System belastet. Leider hat die liebe Greta den Gegenstand ja mitgenommen, deshalb kann ich nur mutmaßen, wie stark er aufgeladen war.« Wassermann schüttelte den Kopf. »Wie gesagt, Anna ist stabil, und das ist ein gutes Zeichen.«

Damit ließ er mich stehen. Ich brauchte einen Augenblick, um das zu verarbeiten, und lehnte mich erschöpft an die Wand. Jeder sagte, Wassermann sei ein hervorragender Arzt. Er würde alles für Anna tun, und sie würde wieder gesund werden. Sie musste es einfach.

Ein hohles Knarren ließ mich aufschauen, und ich entdeckte Val. Sie versuchte sich offensichtlich vor mir zu verstecken, was durch etwa zwanzig knallbunte, mit Helium gefüllte Ballons vereitelt wurde, die sie mit sich zog.

Ich steckte die Visitenkarte ein, deren Ecken ich nervös umgeknickt hatte, und ging langsam auf sie zu.

»Val? Bitte, lass uns reden, ja?«

Val starrte mich an, atmete tief durch und sagte: »Na gut. Du hast recht. Das ist total albern, sich jetzt aus dem Weg zu gehen.« Die Ballons über uns rieben dumpf aneinander, als Val die Schultern hob und senkte. »Ich hab vielleicht überreagiert, als du … Aber du musst schon zugeben, das war echt heftig. Im ersten Schreck habe ich sogar angenommen, es sei eine Magische Explosion. Davon hatte ich mal gelesen. Aber ich habe Omama gefragt, und die sagte, das komme nur bei Feen vor.«

Ich lächelte verkrampft, Val hatte es also schon weitererzählt. Und der nächste Gedanke fühlte sich an, als hätte mir jemand eine Ladung Eiswürfel von hinten in den Kragen gekippt. Was, wenn Berta davon erfuhr? Das musste ich unbedingt verhindern.

»Hör mal, Val. Es wäre für mich sehr wichtig«, ich wählte meine Worte mit Bedacht, »dass wir das für uns behalten, ja? Krämer hat mich nicht gerade mit Kusshand als Fabula aufgenommen. Wenn er jetzt erfährt, dass ich meine Gabe noch nicht ganz unter Kontrolle habe, schmeißt er mich sofort raus.«

Val blinzelte hinter ihrer Brille. »Das hätte ich ja nicht gedacht«, sagte sie schließlich.

»Was denn?«

»Na, dass du dich über Beziehungen in die Mühle geschmuggelt hast.« Sie grinste. »Nach *dem* Aufstand, den du an deinem ersten Tag gemacht hast.« Ich wollte widersprechen, doch Val fuhr fort: »Pass mal auf, Flo. Ich komme nachher bei dir vorbei, und dann quatschen wir in Ruhe über alles, ja?«

»Ehrlich?« Ich war so erleichtert, dass ich Val umarmte. Die Ballons bewegten sich träge, und Val zog sie genervt ein Stück nach unten.

»Die habe ich eben alle frisch gefüllt. Auf der Damentoilette.

Hat mich nur eine Stunde meines Lebens gekostet.« Damit ging sie auf Mavies Zimmer zu. »Wehe, sie freut sich nicht darüber. Meine Blumen mochte sie zumindest nicht.«

»Hast du Timus irgendwo gesehen?«, rief ich ihr noch nach.

»Unten. Unterhält sich mit Karin Goldhaar.«

Ich beobachtete, wie Val sich abmühte, die Ballons durch die Tür in das Krankenzimmer zu ziehen.

Gut, wenn Timus noch beschäftigt war, hatte ich ein bisschen Zeit. Zeit, Anna zu besuchen. Wassermann konnte sich von mir aus ruhig auf den Kopf stellen, ich wollte meine Freundin wenigstens kurz sehen.

Ich lief zur Rezeption und fragte die nette Empfangsdame nach Annas Zimmer. Sie gab mir die Nummer, auch wenn sie im gleichen Atemzug mitteilte, dass Besucher keinen Zutritt hatten.

Zufrieden eilte ich die Treppe zur dritten Etage hinauf, dort über den Gang, bis ich das Zimmer mit ihrer Nummer entdeckt hatte. Gerade legte ich meine Hand auf die Klinke, da öffnete sich die Tür und Wassermann kam heraus.

Schuldbewusst trat ich einen Schritt zurück.

»Du musst mich vorhin falsch verstanden haben«, sagte er und sah mich dabei an, als hätte er mich beim Eierstehlen erwischt. »Anna muss sich erholen. Keine Besucher, keine Aufregung.«

»Tut mir leid«, antwortete ich. »Es ist nur … Sie ist doch meine Freundin, deshalb …«

»Gerade deshalb solltest du dich daran halten, Flora. Ihr Zustand ist leider sehr ernst.« Sein Blick wurde weicher. »Ich verstehe ja, dass du dir Sorgen um sie machst. Nur hilfst du ihr mehr, wenn du ihr vorerst Ruhe gönnst.«

Niedergeschlagen ging ich Timus suchen.

Ich fand ihn in der Cafeteria, wo er mit einer ausgesprochen attraktiven Frau um die dreißig an einem Tisch saß. Sie hatte ihr hellbraunes Haar hochgesteckt und trug außer dunkelrotem Lippenstift kein Make-up.

Das war also die erste Vorsitzende des Rats der Genaver. Aus unerfindlichen Gründen war sie mir von der ersten Sekunde an zutiefst unsympathisch. Als Timus mich zu sich winkte, trat ich nur widerwillig zu ihnen.

»Das ist Flo Allenstein«, stellte Timus mich vor.

Karin Goldhaar blieb zurückgelehnt sitzen und ließ ihren Blick einmal ganz über mich wandern.

»Du bist also das Dornröschen, von dem gerade alle Welt spricht?« Sie streckte mir eine blasse Hand mit sorgfältig manikürten Nägeln entgegen. »Schön, dich kennenzulernen.«

Man konnte es nicht Händedruck nennen, Karin Goldhaar legte ihre Hand einfach in meine, und ich wusste nicht so recht, was ich damit anfangen sollte. Ich ließ sie wieder los und unterdrückte den Impuls, mir die Hand an der Hose abzuwischen.

Mir fiel ein, dass Neva von ihr erzählt hatte, weil ihre Schwester Yuki Goldhaars persönliche Sekretärin war.

»Freut mich«, sagte ich, um ein Lächeln bemüht. An Timus gerichtet fügte ich hinzu: »Ich geh schon mal raus, ich muss noch kurz telefonieren.«

Dass ich telefonieren wollte, war nur eine Ausrede, ich mochte nicht mit dieser Goldhaar an einem Tisch sitzen. Die herablassende Art, mit der sie mich gemustert hatte, war mir ebenso unangenehm gewesen wie der süßliche Duft ihres Parfüms.

Da ich Anna nicht besuchen durfte, wollte ich so schnell wie möglich nach Hause. Ich stellte mich neben Timus' Auto und wartete ungeduldig. Die Sonne blieb hinter Wolken, und die Luft war kühl, doch wenigstens regnete es nicht. Eine Katze mit gelblich grau getigertem Pelz kam unter einem der Autos hervor. Sie war recht groß und hatte schon einige Kämpfe hinter sich gebracht, von denen viele Narben zeugten. Eine davon zog sich quer über ihr ganzes Gesicht. Zum Glück hatte sie das nicht eines ihrer grasgrünen Augen gekostet; den Verlust ihrer rechten Ohrenspitze hatte sie jedoch hinnehmen müssen.

»Hallo«, grüßte ich und ging in die Hocke. »Du hast aber schon ganz schön einstecken müssen.«

Sie maunzte, und als ich ihr die Hand hinhielt, rieb sie ihre Nase daran. Die Katze ließ sich auf die Seite fallen und rollte sich auf den Rücken, damit ich ihr den Bauch kraulen konnte. Das tat ich und wurde mit dem lautesten Schnurren, das ich je gehört hatte, belohnt.

Ich sah auf, als sich Schritte näherten. Timus stand da und betrachtete die Katze mit deutlicher Abscheu.

»Du solltest fremde Katzen nicht einfach so anfassen. Wer weiß, was das Vieh alles hat.«

Die Katze war wie der Blitz auf ihren Pfoten und fauchte Timus mit zurückgelegten Ohren an.

»Na, was hab ich gesagt. Bestimmt Tollwut!«

»Hast du was gegen Katzen?«, fragte ich und sah hinterher, wie sich die Katze mit erhobenem Schwanz in Richtung einer angrenzenden Wiese davonmachte.

»Nein. Meine Mutter hat sogar drei Siamkater. Das sind sehr schöne Tiere. So richtig mit Stammbaum und Papieren. Sie gewinnen regelmäßig Preise auf Zuchtschauen.«

»Aha.« Das war eine ausgesprochen aufschlussreiche Antwort.

23. Kapitel

Val war vor einer Viertelstunde bei mir angekommen, und ich konnte die Ablenkung gut gebrauchen. Sie hielt bereits eine Tasse Tee in den Händen, und ich erzählte ihr von dem Streit, den Timus und ich auf dem Heimweg gehabt hatten.

»Wenn er Katzen nicht mag«, sagte ich genervt, »ist das seine Sache. Aber er muss nicht so tun, als seien die Siamkater seiner Mutter was Besseres als eine Katze auf dem Parkplatz.«

Val rückte ihre Brille zurecht. »Er war schon immer etwas – wie soll ich sagen? – abgehoben?«

»Du hättest ihn bei Neva erleben sollen.« Ich nahm ein Sofakissen und presste es fest an mich. »Er war total fies zu Hektor.«

»Echt?«

»Er scheint ihn richtiggehend zu hassen.«

»Das kann ich mir gut vorstellen.«

»Ja. Timus hat Hektor irgendwie beleidigt. Aber ich weiß nicht, was er gesagt hat.«

Ich schilderte Val die Szene in Nevas Wohnzimmer und dass Hektor wie gelähmt dagestanden hatte. »Richtig ätzend, wie Timus versucht hat, Hektor einzuschüchtern.«

Val nippte an ihrem Tee. »Hm. Das hätte aber auch leicht nach hinten losgehen können.«

Jetzt, wo wir von Hektor sprachen, wurde mir klar, wie sehr ich ihn vermisste. »Warum?«

»Ach, nur so.« Sie stellte ihre Tasse ab. »Und jetzt seid ihr nicht mehr zusammen?«

»Zusammen? Wir waren nie zusammen.«

»Nein?« Val kicherte. »Dabei wurde in der Mühle schon so fleißig debattiert, ob ihr beide zum diesjährigen Märchenball-Traumpaar gewählt werdet.«

»Da werden die sich ein neues Traumpaar suchen müssen. Neva und Hektor, vielleicht.«

Val warf mir über den Rand ihrer Brille einen merkwürdigen Blick zu. »Ähm, Neva und Hek…«

Mein Handy klingelte, und ich sah Timus' Nummer auf dem Display. Ich drückte ihn weg. Val, die sich neugierig vorgelehnt hatte, fragte: »Keine Lust mit ihm zu sprechen?«

»Nein.«

Sie leerte ihre Tasse, ich schenkte ihr nach. Die Zuckerdose und Milch hatte ich mit ins Wohnzimmer gebracht, und Val gab sich von beidem großzügig hinzu.

»Und? Hast du nach eurem Streit irgendetwas schwarz gefärbt?«

»Nein.« Es war mir peinlich, so direkt von Val darauf angesprochen zu werden, trotzdem war es gut, dass sie dieses Thema anschnitt. »Ich hab ja vorhin schon gesagt, dass es mir lieber wäre, wenn Krämer und so nichts davon erfahren würden, ja?«

»Dann bewahren wir jetzt beide ein Geheimnis«, sagte Val und sah dabei zufrieden aus. »Allerdings kannst du mir einen

Gefallen tun. Wenn du das nächste Mal wütend wirst, bitte nicht in meinem Auto, ja? Ich bekomme so schlecht Ersatzteile für das alte Ding.«

»Oh, das tut mir total leid. Soll ich dir was dafür bezahlen?«

»Quatsch. Es geht doch nicht um Geld.«

»Oder ich färbe das nächste Mal dein Armaturenbrett schwarz, was hältst du davon? Das ist schon ganz ausgeblichen und könnte ein bisschen neue Farbe gut gebrauchen«, scherzte ich matt. »Das brauchst du dann zumindest nicht austauschen.«

»Geht leider nicht«, antwortete Val ernst. »Ich muss an Papas Gesundheit denken.«

Ich legte das Kissen weg, dem ich die letzten Minuten ordentlich zugesetzt hatte. »Was meinst du damit?«

»Na, ich musste die Scheibe rausnehmen, weil du einen gehörigen Schwall Magie auf sie abgefeuert hast. Das hätte meinen Vater glatt vergiftet.«

»Bist du sicher?«

Val rückte ihre Brille zurecht. »Ja, natürlich bin ich sicher. Er hat doch kein M-Gen.«

»Das meine ich nicht«, sagte ich ungeduldig. »Es geht um die Magie, die ich übertragen haben soll.«

»Da bin ich hundertprozentig sicher. Du weißt, dass Krämer mich schickt, um herauszufinden, ob Gegenstände aufgeladen sind oder nicht. Und ich bin richtig gut darin. Die Scheibe war gefährlich.«

Ich entschuldigte mich mehrfach bei Val und hörte ihr danach gedankenversunken zu, als sie mir von Caruso erzählte.

Man musste Val wirklich zugutehalten, dass sie sich sehr um die Kröte kümmerte und fieberhaft nach einer Möglichkeit suchte, Caruso zurück in Salien zu verwandeln. Sie glaubte, eventuell auf etwas gestoßen zu sein, das ihr dabei nützlich sein konnte. Sie wollte noch nicht darüber sprechen, bat mich aber um meine Hilfe, wenn es soweit sei.

Ich sicherte ihr meine volle Unterstützung zu und war froh, als sie endlich ging. Das hatte nichts mit den Geschichten über Carusos süße Art, in sein Wasserbecken zu hopsen, zu tun, sondern mit dem, was Val zuvor gesagt hatte. Darüber musste ich nachdenken.

Val meinte, ich hätte ihre Scheibe mit Magie aufgeladen. Damit hätte ich nicht nur ihren Vater gefährdet, sondern auch jeden arglosen Verkehrsteilnehmer, der zu lange neben Val an der Ampel gestanden hätte.

Die nächste Erkenntnis war ein Schock. »Ich bin eine Gefahr für die Allgemeinheit.«

Scitus, der auf Standby war, meldete sich amüsiert zu Wort: »Nun, geht Ihr nicht etwas zu hart mit Euch ins Gericht, meine Teuerste?«

»Sei du bloß ruhig«, zischte ich ihn an. »Du hast es doch genau gewusst und mich nicht mal gewarnt.«

»Wovor hätte ich Euch denn warnen sollen?«

»Wenn meine Mutter morgen wieder kommt, wird sie sich auch wieder an diesen Tisch setzen.« Ich zeigte auf den Esstisch.

»Und?«

»Er ist durch meine Magie verstrahlt«, rief ich und wies auf die schwarze Verfärbung.

Scitus betrachtete den Fleck, als hätte ich ihm einen Hundehaufen auf dem Gehweg gezeigt. Leicht entrüstet und sichtbar angeekelt.

Nach einer Weile sagte er: »Nein. Keine Magie.«

Ich stemmte die Arme in die Seiten und lachte höhnisch auf. Diesmal hatte ich ihn bei einer Lüge ertappt. »Ich weiß jetzt zufällig, dass ich bei einem Wutanfall Magie übertrage.«

»Und das sei Euch auch wirklich gegönnt«, sagte Scitus unschuldig. »Irgendwo müsst Ihr ja hin damit. Aber dieser Tisch wurde Opfer einer Explosion. Alle Magie, die ihr freigesetzt habt, ist dabei verpufft. Restlos. Ihr könnt nach Herzenslust explodieren, und kein Mensch wird Schaden nehmen. Es sei denn, er steht unmittelbar daneben.« Scitus zeigte mir mit einem verschlagenen Lächeln die spitzen Eckzähne.

Ich kannte den Spiegel mittlerweile gut genug, um zu wissen, dass es auch hier nicht auf die Dinge ankam, die er sagte, sondern auf die, die er verschwieg.

»Du meinst also, wenn ich mich ein bisschen über etwas ärgere, kann es weitreichendere Folgen haben als ein heftiger Wutausbruch? Weil die Magie beim Ärgern nicht verpufft, sondern auf einen Gegenstand übertragen werden kann?«

Enttäuscht, dass ich ihm diesmal so schnell auf die Schliche gekommen war, verzog Scitus den Mund, und seine Antwort fiel ungewohnt einsilbig aus.

»So ist es.«

Mir war aufgefallen, dass ich mich seit meinem sechzehnten Geburtstag viel stärker über Missgeschicke ärgerte als früher. Ich hatte mich zum Beispiel richtig aufgeregt, als ich mir auf dem Weg zur Schule einen Platten gefahren hatte. So aufgeregt, dass Anna mich schließlich anmotzte, mich mal wieder einzukriegen.

»Ich muss es in den Griff bekommen«, sagte ich laut zu mir

selbst. »Ich muss es schaffen, meine Wut entweder ganz zu unterdrücken oder sie quasi gezielt verpuffen zu lassen.«

Das hatte Gracia gemeint, als sie die Magie mit einem unerzogenen Kind verglichen hatte. »Ich muss sie bändigen.«

»Seht Ihr«, meinte Scitus aufbauend, »ich wusste gleich, Ihr werdet es noch zu etwas bringen. Ihr seid ein kluges Dornröschen.«

»Ja«, stimmte ich erleichtert zu. »Es bringt ja auch nichts, einen blöden Nagel dafür verantwortlich zu machen, dass man über ihn gefahren …«

Die Erinnerung an diesen Vormittag kehrte klar zurück. Ich war über den Nagel gefahren und hatte ihn wütend aus dem Reifen gezogen. Statt die Situation hinzunehmen, hatte es in mir gekocht, und ich hatte mich minutenlang wie ein Rumpelstilzchen aufgeführt. Meine Finger waren so fest um den Nagel geschlossen gewesen, als könne ich ihn zerdrücken und den leidigen Vorgang ungeschehen machen. Da der Reifen beharrlich platt geblieben war, hatte ich den Nagel zornig von mir geschleudert. Dabei hätte ich fast Anna getroffen, weshalb ihr dann endgültig der Kragen geplatzt war. Sie hatte sich danach gebückt und ihn mir anklagend auf ihrer flachen Hand gezeigt.

»Anna«, flüsterte ich. »Der Nagel.«

»Ein wirklich kluges Dornröschen«, lachte Scitus.

Ich ging in meinem Zimmer auf und ab. Annas fiebriger Blick, ihre aufgedrehte Art, als wir für die Englischarbeit gelernt hatten, später ihr aggressives Verhalten. Ich hatte lange gebraucht, bis mir endlich aufgegangen war, dass sie unter Magischer Vergiftung litt, und das hätte sie sogar ihr Leben kosten können.

Was aber viel schlimmer war, das alles war allein meine Schuld. Ich hatte Anna ein paar Mal mit etwas herumspielen sehen und war jetzt überzeugt, dass es derselbe Nagel gewesen war, auf den ich giftige Magie übertragen hatte. Sie hatte ihn behalten, und mir war es nicht aufgefallen, weil ich mich nur für mich selbst interessiert hatte – für die Mühle, für Hektor und Timus, Neva und Val. Wenn ich Anna den Nagel doch nur abgenommen hätte, bevor sie sich damit verletzt hatte! Dann wäre sie vielleicht mit einer normalen Magischen Vergiftung davongekommen und läge jetzt nicht bewusstlos in Wassermanns Spezialklinik.

Ich legte mich, ohne mich vorher auszuziehen, ins Bett und starrte in die Dunkelheit, bis es wieder hell wurde.

Scitus rief jedes Mal nach mir, wenn ich zur Toilette ging. Mein Handy klingelte mehrmals. Nachmittags war jemand an der Tür. Mein Magen knurrte. Es interessierte mich nicht. Ich durfte mich gar nicht für irgendetwas interessieren, weil ich dadurch andere Menschen gefährden konnte. Was, wenn ich mich ärgerte und dabei etwas in der Hand hielt? Ich konnte doch unmöglich alle Gegenstände, die ich im Zorn berührt hatte, einsammeln und mitnehmen. Aber genau das müsste ich tun, wenn ich verhindern wollte, dass Unschuldige durch von mir übertragene Magie vergiftet wurden. Und selbst wenn ich die Gegenstände mitnahm, wie sollte ich meine Mutter davor schützen?

Das Einzige, was mir blieb, war, mich in meinem Zimmer zu verkriechen. Von hier aus konnte ich wenigstens keinen weiteren Schaden anrichten.

Ich lag noch immer angezogen auf dem Bett, als es wieder dunkel wurde. Die Schuld, die ich empfand, war wie ein lähmendes Gift. Es höhlte mich langsam von innen aus. Ich wollte nie wieder rausgehen.

Ich war immer wieder in einen Schlaf gefallen, der sich kalt und hart anfühlte. Gerade glitt ich erneut einen steilen Abhang hinunter, schlitterte unsanft in ein Tal, in dem ich keinen Traum finden würde, da vernahm ich ein Geräusch. Es war ein sehr leises Schaben an der Wohnungstür, als würde ein Schlüssel äußerst behutsam umgedreht.

Ich hatte keine Ahnung, welche Uhrzeit und welcher Tag es war, und ob es vielleicht meine Mutter sein konnte. Mir fehlten die Kraft und der bloße Wille, mich aus dem Tal herauszukämpfen, und ich ließ die Augen geschlossen.

»Flo?« Es war ein eindringliches Flüstern. »Flora?«

Ich hörte, wie jemand mein Zimmer betrat, einen Augenblick stehen blieb, und dann wurde das Licht angeschaltet. Es tat weh in den Augen. Ich blinzelte und erkannte die Gestalten von Neva und Hektor.

Hektor kam schließlich auf mich zu, ging vor meinem Bett in die Hocke und strich mir über das Gesicht. Er sah mir dabei tief in die Augen.

Ich darf nichts empfinden, redete ich mir ein. Ich darf mich nicht mal über mein Herzklopfen ärgern, das ich in seiner Nähe bekomme.

»Was ist denn los, Flo?«, fragte er leise und packte etwas weg, das wie ein kleines Werkzeugset aussah. »Geht es dir nicht gut?«

»Wir haben uns Sorgen gemacht«, erklärte Neva. »Du bist nicht ans Handy gegangen. Seit gestern hat dich niemand gesehen, und die ganze Wohnung ist dunkel.«

Mein Körper fühlte sich steif an, und in meinem Kopf herrschte eine schwindelerregende Orientierungslosigkeit. Ich versuchte erst gar nicht, mich aufzusetzen, sondern krächzte mit belegter Stimme: »Lasst mich in Ruhe!«

»Kommt nicht infrage«, herrschte Neva mich an. »Schon vergessen? Heute ist Sonntag. Trainingstag.«

»Lasst mich in Ruhe«, brachte ich diesmal schon sehr viel kräftiger hervor.

Neva stand mit verschränkten Armen da und schaute auf mich herunter.

»Hektor«, sagte sie, »lass mich mal da hin.«

»Soll ich in der Zeit Kaffee machen?«

»Ja. Und lass ein kaltes Bad ein. Flos Kreislauf kann das jetzt gut gebrauchen.«

Ich sah Hektor hinterher. Das meinten die beiden doch hoffentlich nicht ernst. War es denn zu viel verlangt, in seinem eigenen Zimmer ein paar Tage bewegungslos herumliegen zu wollen?

»Ich werde nicht kalt baden!«, rief ich entschlossen und hörte Hektor lachen.

Ich ließ Neva nicht aus den Augen und verfolgte misstrauisch jede ihrer Bewegungen. Sie setzte sich zu mir aufs Bett und sagte: »So, Flo. Raus mit der Sprache. Was ist los?«

Ich wollte sagen: Haut ab! Lasst mich allein. Ich will niemanden sehen! Stattdessen fing ich an zu erzählen. Ich schilderte Neva gerade mein Erlebnis mit der Magischen Explosion, da kehrte Hektor mit einem bis zum Rand gefüllten Kaffeebecher zurück.

Mühevoll setzte ich mich auf und lehnte mich an die Wand.

Hektor drückte mir den Becher in die Hand, und ich fuhr mit meiner Erzählung fort.

Der heiße Kaffee wirkte belebend, die trüben Gedanken, in denen ich mich wie in einem Spinnennetz verfangen hatte, verloren nach und nach ihren Schrecken. Ich hatte das tiefe Gefühl, Neva und Hektor vertrauen zu können, und erzählte ihnen von Gracia Wieland, der Fee. Auch von dem Nagel berichtete ich und dass ich Anna fast hatte sterben lassen, weil ich zu blind oder zu blöd oder beides gewesen war.

Sie hörten mir zu, ohne mich auch nur ein einziges Mal zu unterbrechen.

»Und deshalb will ich nie wieder raus. Das ist zu gefährlich. *Ich* bin gefährlich. Versteht ihr?«

Hektor saß an meinem Schreibtisch, er trommelte kurz mit den Fingern darauf, dann erhob er sich, kam auf mich zu und nahm mir die Tasse aus der Hand.

»Du musst was essen, Flo.«

Ich öffnete den Mund, doch bevor ich widersprechen konnte, zog Neva mich auf die Füße. »Du gehst jetzt duschen, ziehst dir was Bequemes an und kommst mit uns.«

»Nein«, protestierte ich. »Habt ihr denn gar nicht zugehört? Ich bin gefährlich. Ich bleibe hier. Ich will alleine sein.«

»Vergiss es, Flo«, sagten Neva und Hektor gleichzeitig.

Hektor hatte eine Riesenportion Rührei gemacht. Dazu gab es gebutterten Toast, Gurkenscheiben, Tomaten und Eisbergsalat. Es schmeckte fantastisch, und mit der Leere in meinem Magen war auch die Leere in meinem Herzen verschwunden.

Jetzt war ich froh, dass die beiden mich gezwungen hatten,

mein Karussell aus Selbstvorwürfen, Angst und Verzweiflung anzuhalten. Ich genoss es, in dieser schneeweißen Schneewittchenküche zu sitzen, fühlte mich in der Gesellschaft von Neva und Hektor wohl.

Es tat zwar noch immer weh, die beiden zusammen zu sehen, denn ich konnte es nicht leugnen: Meine Gefühle für Hektor waren sogar noch stärker geworden. Jeder Blick, jede zufällige Berührung, sein Lachen, alles ging mir durch und durch. Doch ich mochte beide zu sehr, um eifersüchtig zu sein. Neva hatte mich wie eine echte Freundin behandelt und mich davor bewahrt, weiter in Selbstmitleid zu versinken.

Sie machten mir wegen Anna keine Vorwürfe und behandelten mich nicht anders als sonst, obwohl sie nun wussten, dass ich Feenblut in den Adern hatte.

»Das Training lassen wir heute ausfallen«, entschied Neva. »Gute Idee.« Hektor nahm sich eine Gurkenscheibe. »Was machen wir stattdessen?«

Neva sah auf die Uhr. »Wir sollten gleich zur Mühle fahren und mit Krämer sprechen.«

»Nein«, rief ich entsetzt. »Ich will Krämer nicht davon erzählen.«

Neva machte ein überraschtes Gesicht. »Er ist aber der Einzige, der uns bei dieser Feensache weiterhelfen kann.«

»Hast du mit Krämer gesprochen, weil du unter Magischer Vergiftung gelitten hast?«, fragte ich schnippisch.

Neva, die schon halb aufgestanden war, ließ sich wieder auf den Stuhl sinken.

»Nein. Es wäre das Letzte, was ich wollte.«

Eine unangenehme Stille machte sich breit, Neva und Hektor

tauschten einen langen Blick. Ihm war anzusehen, dass er in großer Sorge wegen Nevas Gesundheit war.

Bestimmt zu seiner Beruhigung sagte sie lächelnd:

»Seit ein paar Tagen geht es mir wieder richtig gut. Ich …«

»Magische Vergiftung ist kein Schnupfen«, belehrte Hektor sie unnachgiebig. »Man erholt sich nicht einfach davon, weil man ein paar Tage ausruht.«

»Ich bin vorsichtig.«

»Ach ja?« Hektor legte die Stirn in Falten und lachte ungläubig. »Achtest du darauf, immer mindestens drei Meter von den Gegenständen entfernt zu bleiben?«

»Würde das denn was bringen?«, fragte ich und handelte mir böse Blicke von beiden ein.

Dennoch erklärte Hektor: »Die ausströmende Magie vergiftet einen Umkreis von gut drei Metern. Menschen ohne M-Gen sollten nicht näher an einen Gegenstand herankommen.« Er nickte Neva zu. »Aber das heißt noch lange nicht, dass dies eine Art Patentlösung für das Problem ist. Wir müssen unbedingt mit Wasserma…«

»Ich weiß!« Jetzt war es Neva, die ihn nicht ausreden ließ. Sie machte einen hinreißenden Augenaufschlag. »Ich verstehe es ja auch nicht, aber mir geht es viel besser. Das ist dir doch auch schon aufgefallen, oder?«

Hektor kniff die Lippen zusammen und nickte.

»Vielleicht hat es mit dem Ball zu tun. Weil ich mich schon so sehr darauf freue«, spekulierte Neva. »Mein Ballkleid ist dieses Jahr wirklich unfassbar schön, du wirst sehen, Flo. Die Schneiderleins haben sich selbst übertroffen.«

Mir war klar, dass das ein billiges Ablenkungsmanöver war.

»Ich bin froh, dass es dir besser geht. Aber kannst du denn ein Kleid von TaSch tragen, ohne dich zu vergiften?«

»TaSch Kleider reagieren nur auf die Magie der Trägerin, sind selbst aber nicht magisch. Du musst dir das wie ein Blatt Zeichenpapier vorstellen, auf das nur eine bestimmte Person etwas malen kann. Alles, was sie dafür brauchen, ist ein Haar des Besitzers des Kleidungsstücks.«

Vor meinem geistigen Auge sah ich Gracia, die mir heimlich ein Haar von der Schulter zupfte.

Ich hatte Neva und Hektor erzählt, wie ich meiner Großmutter schließlich über das Kleid von TaSch auf die Spur gekommen war. Die helle Aufregung um TaSch verstand ich beim besten Willen nicht.

»Ich könnte zum Ball immerhin ein Unterkleid aus dem Atelier TaSch tragen«, sagte ich mit spöttischem Unterton.

»TaSch stellt keine Unterkleider her, Flo.« Neva zuckte verständnislos die Schultern.

»Seltsam. Das hat Viktor Schneiderlein auch zu mir gesagt.«

Das musste ein typischer Fall von *Des Kaisers neue Kleider* sein.

24. Kapitel

Da durch das ausgefallene Training ein paar Punkte auf dem Terminplan vakant waren, gelang es mir, Neva und Hektor am Nachmittag zu einem Besuch in der Klinik zu überreden. Ich wollte unbedingt zu Anna, ob sie nun bei Bewusstsein war oder nicht. Denn das Gefühl, sie besuchen zu müssen, ließ mich einfach nicht los.

Diesmal saß ein Mann mittleren Alters an der Pforte. Er war von Nevas Anblick derart fasziniert, dass er mehrere Anläufe brauchte, um die Türen für uns zu öffnen.

Wir trennten uns auf der Treppe, und ich bat Neva, Mavie auszurichten, dass ich anschließend auch kurz bei ihr reinschauen würde.

Ich lief schnell über den Gang, und als ich vor Annas Tür ankam, zog sich mein Magen zusammen. Ein Schild forderte jetzt mögliche Besucher auf, das Zimmer nicht zu betreten, da die Patientin unbedingte Ruhe haben müsse.

Ich trat von einem Fuß auf den anderen und warf Blicke nach rechts und links. Gefährdete ich Annas Genesung, wenn ich hineinging? Sollte ich auf Wassermann hören?

Niemand war auf dem Flur zu sehen, ich huschte in das Zimmer.

Anna trug ein Krankenhaushemd, ein Bein, die Arme und Füße guckten unter der Decke hervor. Ein Gerät gab leise Pieptöne von sich. Sie war an einen Tropf angeschlossen, weitere Schläuche führten von ihrem Körper zu einer Maschine.

Der Boden begann unter mir zu schwanken, als ich auf ihr Bett zuging. Sie war so blass! Schweiß bedeckte ihr Gesicht, die Lider flatterten.

»Anna«, flüsterte ich.

Irgendwie war ich überzeugt gewesen, Wassermann würde sie heilen und dieser Albtraum wäre bald vorbei. Doch als ich Anna nun vor mir liegen sah, erkannte ich, dass sie keine Kraft mehr hatte, zu kämpfen.

Ich konnte kaum noch atmen, röchelte erstickt und ließ mich auf einen Hocker neben dem Bett sinken. Fassungslos legte ich mich mit dem Oberkörper über Annas Beine, schlang meine Arme um sie und weinte.

Ich wusste nicht, wie lange ich nun schon bei Anna war, doch es musste über eine Stunde gewesen sein, als mir jemand auf die Schulter tippte. Wassermann sah mich streng an. Er legte einen Finger an die Lippen und ruckte nur mit dem Kopf in Richtung Tür. Ich folgte ihm leise auf den Gang.

»Flora«, ermahnte er mich draußen. »Wie oft denn noch? Soll ich dir erst Hausverbot erteilen? Die Patientin muss absolute Ruhe haben. Ihre inneren Organe und besonders das Herz sind von der Magie in ihrer Blutbahn derart angegriffen, dass es sie umbringen könnte, wenn sie sich aufregt.«

Mir wurde schlecht, ich stammelte:

»Es tut mir leid, ich wollte nicht …«

Ich war verzweifelt, Tränen stiegen mir wieder in die Augen. Wassermann nickte.

»Ich weiß, du wolltest ihr nicht schaden. Aber bitte, halte dich ab jetzt an die Anweisungen.«

Ich schaffte es gerade noch auf die Toilette, bevor der Würgereiz mich schüttelte. Das Bild von Anna, wie sie dalag, wollte nicht vor meinen Augen verschwinden. Ich hatte Angst um sie, kalte, nackte Angst.

Plötzlich hörte ich schnelle Schritte auf dem Gang, Türen wurden geöffnet und wieder zugeschlagen, Stimmen riefen sich aufgeregt etwas zu. Ich kam aus der Kabine, trat ans Waschbecken und wusch mir mit eiskaltem Wasser das verheulte Gesicht. Der Lärm draußen wurde nicht weniger.

Wussten die denn nicht, dass Anna Ruhe brauchte? Ich spürte, wie Ärger in mir aufflammte, wie ich meine Hände zu Fäusten ballte und am liebsten gegen etwas geschlagen hätte.

»Nein«, flüsterte ich entsetzt, schloss die Augen und atmete tief durch. »Ich werde mich nicht aufregen. Ich bleibe ganz ruhig.«

Ich trat auf den Gang und sah eine Schwester und einen Pfleger in Annas Zimmer laufen. Mein Körper kippte zur Seite gegen die Wand, und das Nächste, was ich spürte, war, wie ich langsam daran zu Boden glitt.

Starke Arme legten sich um mich und halfen mir wieder auf die Beine. Hektor zog mich an sich und hielt mich fest.

»Anna …«

»Ich weiß«, sagte Hektor behutsam, und ich fühlte, wie er hart schluckte. »Komm. Gehen wir in die Cafeteria.«

»Nein.« Ich befreite mich aus seinen Armen. »Ich kann jetzt nicht weg. Wenn Anna … Wenn sie …«

»Du kannst hier im Augenblick nichts tun.« Hektor legte mir eine Hand auf die Schulter, die andere an die Wange. »Wir gehen jetzt in die Cafeteria und trinken einen Kaffee. Danach kann uns Doktor Wassermann bestimmt etwas Genaueres sagen. Aber jetzt«, er schob mich sanft zur Treppe, »stehen wir hier nur im Weg herum.«

Hektor hatte sich allein auf den Weg gemacht, nach mir zu suchen. Neva war noch immer bei Mavie im Zimmer.

Ich war froh, dass er für mich da war, obwohl wir für beinahe eine halbe Stunde nur schweigend an einem Tisch am Fenster hockten und zusahen, wie der Regen auf die abgedeckten Stühle der Außenterrasse niederprasselte.

Neva fand uns schließlich, und wir blieben noch eine Weile zu dritt dort sitzen, bis Wassermann zu uns trat. Er sah ernst und abgekämpft aus, und ich stöhnte auf. Doch er schenkte mir ein beruhigendes Lächeln. »Sie ist wieder bei Bewusstsein, Flora. Ihre Werte sind nicht mehr so beunruhigend wie heute Vormittag.«

Wenn er nicht so schnell wieder gegangen wäre, ich hätte ihn vor Erleichterung umarmt und geküsst.

Neva drängte nun, die Klinik zu verlassen, und Hektor schlug vor, meine Handynummer für Wassermann an der Pforte zu hinterlassen. So konnte er sich melden, falls etwas mit Anna war.

»Bitte«, sagte Neva zu dem faszinierten Mann hinter der Glasscheibe, »es ist wirklich wichtig, dass Doktor Wassermann diese Nachricht erhält.«

»Ja. Verstanden. Wichtige Nachricht für den Doktor.«

»Nein. Es ist keine wichtige Nachricht. Es ist nur wichtig, dass er sie erhält.«

»Eine dringende, unwichtige Nachricht, also?«, fragte der Mann, der auch schon vorher durcheinander genug gewesen war.

»Wissen Sie was? Geben Sie Wassermann einfach diesen Zettel.«

Neva drehte sich mit finsterer Miene zu uns um und marschierte vor uns aus der Klinik.

»Wir müssen trotzdem kurz an der Mühle vorbei«, sagte sie, als wir im Cabrio saßen. »Krämer hat vorhin angerufen.«

»Worum geht es?«, erkundigte sich Hektor.

»Wollte er nicht sagen.«

Wir fuhren los. Mir war unwohl bei der Vorstellung, Berta zu sehen, aber ich konnte schlecht mit Hektor im Auto sitzen bleiben. Wenn ich allerdings mit Neva in die Mühle ging, würde ich mich Berta gegenüber irgendwie verhalten müssen. Ich musste mich zusammenreißen!

Als ich mit Neva auf die grüne Tür zustrebte, atmete ich mehrmals tief durch.

»Hm«, machte Neva, genauso verwundert wie ich, dass kein Summton die Tür aufspringen ließ, noch bevor wir sie erreichten. Wir mussten klingeln.

Kurz darauf wurde die Tür geöffnet, ein schlecht gelaunter Krämer blickte uns entgegen.

»Endlich. Neva, in mein Büro! Allenstein, du wartest.« Er lief die Treppe hoch, Neva folgte ihm.

Der Platz hinter dem Schreibtisch war leer. Erleichtert ging ich ins Wartezimmer und nahm mir eine Zeitschrift. Nach der Aufregung wegen Anna konnte ich ein paar Momente zum Abschalten gut gebrauchen. Da klingelte es. Nach dem dritten Klingeln hörte ich Krämer rufen:

»Allenstein! Mach gefälligst die Tür auf!«

Willenlos angesichts dieser Freundlichkeit, warf ich die Zeitschrift zurück auf den Tisch und öffnete. Vor mir standen Karin Goldhaar und, unverkennbar, deren persönliche Sekretärin Yuki.

Yuki sah Neva sehr, sehr ähnlich. Dennoch fand ich, dass die beiden nicht miteinander zu vergleichen waren. Yukis Schönheit war die einer Eisskulptur, vollendet und so glatt, dass der Blick regelrecht ins Schlingern geriet. Was mich natürlich nicht daran hinderte, sie mit offenem Mund anzustarren.

»Nanu«, sagte Karin Goldhaar. »Bist du jetzt schon das Mädchen für alles? Bemerkenswert.«

Ich gab mir Mühe, ihr falsches Lächeln zu erwidern. Sie trat dicht gefolgt von Yuki ein und ging zielstrebig auf den Schreibtisch zu.

»Wo steckt denn Berta?«

»Das weiß ich leider nicht«, gab ich ehrlich zu und bemühte mich, Yukis kalten Blick zu ignorieren. Das Gefühl, das sie bei mir erzeugte, erinnerte mich an zu viel Eiscreme, die einem vom Gaumen aus den Kopf einfrieren ließ. Hirnfrost.

»Nun ja. Was nützt eine Vorzimmerdame, wenn sie nicht da ist?« Die Vorsitzende des Rats tauschte einen Blick mit Yuki. Ungeduldig kam sie zur Sache: »Ich muss mit Edgar Krämer sprechen. Sofort.«

Ganz gleich, ob Berta nun eine böse Fee war und mir nach dem Leben trachtete, der geringschätzige Ton, mit dem Goldhaar sie eine *Vorzimmerdame* genannt hatte, missfiel mir sehr.

Ich stieg die Treppe hinauf und klopfte an Krämers Tür. Es blieb still, ich klopfte abermals. Dann hörte ich Schritte, und Krämer riss die Tür zu seinem Büro auf. Auf seinem Gesicht spiegelten sich Empörung und Unglaube ob meiner Impertinenz.

»Was?«, fragte er durch zusammengebissene Zähne. Ich setzte zu einer Erklärung an, da ließ sich Goldhaar bereits vernehmen:

»Edgar!« Sie stieg mit Yuki im Gefolge die Treppe herauf. »Sie müssen sich kurz Zeit für mich nehmen. Eine dringende Angelegenheit.«

»Muss es wohl sein«, erwiderte Krämer verärgert. »Sonst hätten Sie sich ja nicht extra herbegeben.«

»Wissen Sie«, Goldhaar war nun oben angelangt, »ich bin es leid, vergeblich in meinem Büro auf Sie zu warten, wenn wir einen Termin haben.«

Mir wurde es zu ungemütlich, ich wollte mich wieder nach unten verdrücken.

»Allenstein!«, knurrte Krämer mir nach. »Keine Anrufe!«

Großartig. Es war nicht meine Idee gewesen, in die Mühle zu fahren, und trotzdem musste ich es jetzt ausbaden und für Berta einspringen, während Neva schön im Büro blieb.

Ich setzte mich an Bertas Schreibtisch und betrachtete das Durcheinander darauf. Scheinbar hatte Krämer schon wieder etwas in ihrer Abwesenheit gesucht.

Ich dachte an die Liste und schob ein paar Mappen beiseite, hob Blätter an und sah so unauffällig wie möglich die Ablage durch. Als das Telefon klingelte, wäre ich vor Schreck beinahe vom Stuhl gerutscht. Instinktiv griff ich nach dem Hörer und nahm das Gespräch an.

»Ja, hallo?«, meldete ich mich.

»Wer ist dort, bitte?«, fragte eine irritierte Stimme, die ich als Bertas erkannte.

»Oh, hallo Berta.« War das zu freundlich gewesen? Ich musste mich normal verhalten.

»Flora?«

»Ja. Ich bin nur zufällig vorbeigekommen, und schon hat Krämer mich eingespannt.« Ich lachte. Ob Berta bemerkte, wie aufgesetzt es klang?

»Hör zu, Flora. Ich muss dringend mit Krämer sprechen.«

»Das höre ich heute nicht zum ersten Mal«, entgegnete ich und warf einen Blick hoch zum Geländer. Für Berta musste es vom Schreibtisch her aussehen, als würde Krämer von einer Empore auf sie herabblicken, wenn er aus seinem Büro trat. »Die Vorsitzende des Rats ist gerade bei ihm.«

Ich hörte, wie Berta die Luft anhielt. »Gut. Ich rufe später wieder an.«

Sie legte auf. Ich hatte mich so sehr bemüht, wie immer zu sein, dass mir erst jetzt auffiel, dass *sie* dagegen ganz und gar nicht wie immer gewirkt hatte. Berta hatte gehetzt geklungen.

Zumindest war ich froh, dass meine Begegnung mit ihr nur telefonischer Natur war.

Ich nahm meine Suche nach der Liste wieder auf und öffnete dabei sogar die Schubladen. Über mir knarzte es. Krämer ging auf und ab. Schneller als sonst.

Nichts. Die Liste war nicht da. Ich ließ mich enttäuscht zurücksinken, da fiel mir eines dieser Schlagzeilenblätter ins Auge, das im Papierkorb lag. Ich zog es heraus und strich es glatt. Bis Neva wiederkam, konnte ich mich damit ablenken.

Ich überflog kopfschüttelnd die Überschriften der ersten Seite. Das war ein solches Schundblatt, dass ich mich wirklich wunderte, warum Berta es überhaupt kaufte. Unaufmerksam las ich ein paar Artikel und blätterte weiter. Auf der vierten Seite war ein großer Bericht über den Rosenkavalier.

Der Schreiber hatte sich die Mühe gemacht, Details über den Entführer zusammenzutragen. Er schätzte ihn auf höchstens dreißig, eher jünger, und begründete es damit, dass in keiner Wohnung Schleifspuren gefunden worden waren. Daraus schloss der Schreiber, der Entführer musste kräftig genug sein, die Damen hinauszutragen.

Die Frage, was so ein junger Mann mit älteren Damen anfangen wollte, verlor sich in wüster Spekulation. Ich brachte es nicht über mich, das zu lesen. Ich wollte die Zeitung schon wieder dahinpacken, wo ich sie gefunden hatte und wo sie eindeutig hingehörte, da ließ mich die fett gedruckte Schlussbemerkung des Schreibers innehalten. Die bestand nämlich aus einem Seitenhieb auf das Konkurrenzblatt, das groß getitelt hatte: **UNSERE OMAS IN GEFAHR?**

Schlecht recherchiert, liebe Kollegen. Die Opfer des ominösen Rosenkavaliers sind allesamt alleinstehend, waren nie verheiratet und haben keine Kinder. Unter ihnen befindet sich nicht eine einzige Oma!

Nicht eine einzige Oma … Als ich Berta auf die Liste angesprochen hatte, sie fragte, ob es die Großmütter der Fabulae seien, hatte sie gesagt, es befinde sich nicht eine Großmutter darauf, so viel sei sicher.

Und mit einem Mal wusste ich auch, warum sie das glaubte. Keine von Gracias Schwestern wusste, dass sie ein Kind bekommen hatte, und die anderen waren kinderlos geblieben.

Ich erinnerte mich, dass zwei weitere Namen auf der Liste durchgestrichen waren, als ich sie das letzte Mal gesehen hatte. Es waren nun fünf Namen.

Fünf Opfer.

Mir wurde schlecht, und ich zwang mich, ruhig zu bleiben. Der Rosenkavalier interessierte sich nicht für Omas, er machte Jagd auf Feen.

Mit zitternden Händen zog ich mein Handy aus der Tasche und wählte Gracias Nummer. Sie meldete sich nicht. Ich rief erneut an und ließ es länger klingeln.

Oben kam Karin Goldhaar aus dem Büro. »Dann werden Sie die Konsequenzen allein zu verantworten haben, Krämer.«

Sie und Yuki rauschten ohne ein Wort am Schreibtisch vorbei und verließen die Mühle. Sofort sprang ich auf und stürmte hoch ins Büro.

Krämer hatte es in ein wahres Schlachtfeld verwandelt. Der Schreibtisch war voll mit Zeitungsartikeln und Fotos, an den Wänden hingen Zettel, auf denen er Adressen und Uhrzeiten und unleserliche Notizen vermerkt hatte, daneben befand sich ein Stadtplan, den er mit farbigen Stecknadeln gespickt hatte.

Krämer kam nicht dazu, mich gleich wieder rauszuschmeißen, denn ich rief:

»Der Rosenkavalier entführt Feen!«

Er war bei meinem Eintreten aufgesprungen und ließ sich nun einfach wieder in seinen Ledersessel zurückfallen. Dabei rieb er sich über das müde Gesicht. Neva saß mit aufgerissenen Augen da. Er schien zu überlegen, ob er sie hinausschicken sollte, fragte dann jedoch matt: »Wie bist du darauf gekommen?«

»Ich … Ich weiß es eben.«

Krämer nahm mich misstrauisch ins Visier. »Hör mal, Allenstein, ich habe keine Ahnung, wie du verflucht noch mal dahintergekommen bist, aber niemand darf ein Sterbenswörtchen davon erfahren! Ist das klar?«

Neva und ich versicherten ihm, alles, was er uns nun erzählen würde, für uns zu behalten. Und ich wusste, dass wir beide vorhatten, es umgehend Hektor zu erzählen.

»Du hast recht, Allenstein. Berta ist eine Fee.«

Neva verschränkte die Arme vor der Brust. »Dann haben Sie es gewusst? Dass der Rosenkavalier Feen entführt?«

Krämer stand auf und ging zu dem Stadtplan. Er zeigte auf zwei rote Stecknadeln.

»Das waren seine beiden letzten Opfer. Die Schwestern haben zusammengewohnt. Hier«, er zeigte auf drei der anderen roten Stecknadeln, »wohnten die vorherigen Opfer. Macht insgesamt fünf.« Krämer nahm den Stift, der an einem Band festgeknotet neben der Karte hing, und zog einen Kreis um dieses Gebiet. Danach ließ er den Stift fallen und tippte auf grüne Stecknadeln. »Bleiben sieben. Berta ist hier«, er drückte diese Nadel noch etwas fester in den Plan und zeigte dann auf eine weitere, die in der Wand neben der Karte steckte. »Das hier ist eine Fee, über deren Aufenthaltsort wir nichts sagen können.«

Ich hoffte, nicht durch ein unbewusstes Mienenspiel zu verraten, dass ich sehr genau wusste, wo diese Fee sich aufhielt. Gracia.

Krämer steckte die Hände in die Hosentaschen. »Der Rosenkavalier ist entweder ein Idiot, oder er geht nach einem bestimmten System vor. In beiden Fällen würde ich davon ausgehen, dass die hier«, er tippte auf eine grüne Nadel im unteren Teil der Stadtkarte, »die Nächste ist.«

»Die sind viel noch viel näher dran.« Ich wies auf zwei rote Nadeln, die sich im Innern des Kreises befanden, den Krämer so unsauber auf den Plan geschmiert hatte. »Wenn er wirklich langsam seinen Umkreis erweitert, hätte er die doch auch schon entführt.«

»Da ist in der Tat was dran«, pflichtete Neva mir bei und warf Krämer einen prüfenden Blick zu. »Sie verschweigen uns beiden doch was.«

Krämer starrte uns an. Man konnte die Gewitterwolke, die durch seinen Kopf ging, förmlich sehen. Doch statt uns verärgert anzublaffen, krempelte er seine Ärmel weiter hoch und erklärte: »Berta nimmt an, dass diese Schwestern«, er zeigte schnell wie ein Taschenspieler auf drei Nadeln, »etwas mit den Entführungen zu tun haben.«

»Dann ist der Rosenkavalier kein einzelner Mann, sondern eine Organisation von drei alten Damen?«, fragte Neva ungläubig.

Ich malte mir aus, wie das den Schreiber des Schundblättchens in Verzückung versetzen würde.

»Nein. Entweder haben sie den Auftrag gegeben, oder …« Krämer verstummte, doch ich bohrte nach.

»Oder?«

»Oder sie handeln im Auftrag eines anderen.«

Neva machte ein überraschtes Geräusch. »Wer könnte Feen für sich arbeiten lassen?«

Krämer kratzte sich am Kinn, nahm den Stift und markierte damit eine Stelle auf dem Plan. »Eine andere Fee.«

»Eine Art Oberfee?«, fragte ich.

Neva sah mich mit gehobenen Augenbrauen an, wandte sich dann an Krämer und gab zu bedenken: »Die drei alten Damen können aber doch schlecht andere alte Damen wegtragen. Es hätte zu Kämpfen und Schleifspuren kommen müssen.«

»Wir haben Anhaltspunkte, dass sie Helfershelfer haben. Die Reguli.«

Neva lachte auf. »Diese Schwachköpfe?«

»Wir kennen nicht alle Reguli. Es könnten durchaus auch ein paar vermeintlich ehrenwerte Leute damit zu tun haben, von denen wir es nie erwarten würden.«

Unten schrillte das Telefon. Ich fuhr herum und sagte: »Ach ja, ich hätte fast vergessen es Ihnen zu sagen, Berta hat vorhin angerufen.«

Bevor Krämer mir den Kopf abreißen konnte, weil ich ihm das noch nicht gesagt hatte, lief ich nach unten. Es war wieder Berta, und da ich nicht wusste, wie man einen Anruf durchstellte, brachte ich Krämer das Telefon nach oben.

25. Kapitel

»Aber wieso?«, rief Scitus nun schon zum dritten Mal. »Was habe ich Euch denn je getan?«

Da mir für eine detaillierte Aufzählung einfach die Zeit fehlte, erwiderte ich knapp: »Hättest du mir gleich die Wahrheit gesagt, hätte ich Anna viel schneller helfen können. Das werde ich dir nie verzeihen, Scitus.«

Ich hatte es ganz ruhig gesagt, doch Scitus hatte natürlich herausgehört, wie ernst es mir war.

»Ja. Das räume ich ein. Ich war, obschon ich immer aufrichtig war, nicht ganz offen zu Euch. Aber deshalb könnt Ihr doch nicht …«

»Scitus, ich kann mich nicht darauf verlassen«, erklärte ich genervt, »dass du je ein einziges Wort hältst.«

»Ihr wollt mich also nicht nur aussetzen wie einen Hund zu Ferienbeginn«, jammerte Scitus, »sondern nennt mich auch noch unzuverlässig?«

»Niemand will dich aussetzten. Neva kann dich im Augenblick nicht zurücknehmen, und ich habe die Nase voll von dir.«

Scitus' Mundwinkel waren weit nach unten gezogen. »Und was ist mit der Unzuverlässigkeit, die Ihr mir vorgeworfen habt? Das hat mich verletzt. Da hättet Ihr mich auch gleich von einem Kreuzfahrtdampfer in die eiskalten Fluten des Atlantiks werfen können. Tief unten auf dem Meeresgrund könnte es nicht kälter und dunkler sein als in Eurer herzlosen Gegenwart.«

»Autsch«, kommentierte ich. »Du verstehst es, auszuteilen.«

Damit klappte ich ihn zusammen und steckte ihn in den mit Zeitungspapier ausgekleideten, uralten Koffer, den Neva mir zu diesem Zweck gebracht hatte. Schon ihre Großmutter hatte ihn benutzt, wenn sie mit Scitus auf Reisen gegangen war.

Ich hatte mit Neva und Val abgemacht, dass Val sich so lange des garstigen Spiegels annahm, bis wir eine andere Lösung gefunden hatten. Sie hatte einen extra Raum für ihre Kröte und würde auch Scitus so unterbringen können, dass er niemandem auf die Nerven gehen konnte.

Val hatte sogar angeboten, ihn bei mir abzuholen. Bis sie kam, lief ich kurz zu Nadine nach unten.

»Ich bin ja so froh«, sagte Nadine und nahm mich in die Arme, »dass du diesen wunderbaren Arzt kennst. Die anderen haben meine Befürchtungen einfach nicht ernst genommen.«

»Du klingst so erleichtert«, bemerkte ich. »Dann hast du was Neues aus der Klinik gehört?«

»Ja, Doktor Wassermann hat vor ein paar Minuten angerufen. Anna darf heute Abend sogar was Richtiges essen. Und ich soll sie besuchen.«

»Schön«, sagte ich und schluckte meine Enttäuschung darüber hinunter, dass ich bis morgen warten musste. Aber Nadine war schließlich ihre Mutter.

»Doktor Wassermann wird mich gegen fünf abholen. Ich könnte dem Mann glatt um den Hals fallen.«

»Aha«, sagte ich verwundert. »Das nenne ich Service.«

»Oder? Überhaupt scheint es mir eine ganz hervorragende Klinik zu sein.«

»Ja. Da gehen sogar alle wichtigen Genaver hin«, murmelte ich beim Hinausgehen.

Val traf eine Stunde später ein. Sie war ganz aufgekratzt.

»Flo, Flo, Flo!«, rief sie zur Begrüßung. »Ich glaube, ich bin soweit. Ich muss nur noch ein paar Zutaten auftreiben, dann können wir Caruso, ich meine Salien, retten. Gut für Salien, schlecht für Caruso. Der Arme.«

»Das klingt super.« Ich warf eine Decke über den Koffer, aus dem dumpfes Gezeter drang. »Was denn für Zutaten?«

»Na ja. Es ist ein Feenfluch, da muss man schon harte Geschütze auffahren.«

Wenn es ihr gelang, diese Zutaten aufzutreiben, wäre die Kröte schon am nächsten Wochenende wieder ein Prinz und konnte Val zum Ball begleiten. Ich drückte ihnen die Daumen.

Val nahm den meckernden Koffer, und ich begleitete sie ins Treppenhaus, wo ich Doktor Wassermann heraufkommen sah.

»Du bist wirklich überall, Flora«, sagte er in seiner typisch trockenen Art, bei der ich nie genau wusste, wie es nun gemeint war.

Ich wünschte ihm einen schönen Abend und ging zurück in die Wohnung. Damit Ma keinen Schreck bekam, wenn sie nachher von Jens zurückkehrte, musste ich noch ein wenig aufräumen. Ich fing mit der Decke an, die ich zuvor über Scitus' Koffer geworfen hatte, legte sie zusammen und wollte sie zum Sofa bringen, da klopfte es an der Tür.

Ich nahm an, es sei Val, die noch was vergessen hatte, und scherzte: »Kannst du Scitus jetzt schon nicht mehr …?«

Die Worte blieben mir im Halse stecken und ich trat verblüfft einen Schritt zurück. Doktor Wassermann. Er war auffallend leger gekleidet, mit Rollkragenpullover und Lederjacke zu Jeans. Selbst seine Schuhe waren ungewohnt sportlich. Er sah so ganz anders aus als sonst.

»Flora«, sagte er leise und drängte mich in die Wohnung.

Mein Herz begann mir bis zum Hals zu schlagen, als mir in den Sinn kam, was Krämer über die Reguli gesagt hatte. Es konnten ehrenwerte Leute darunter sein, von denen wir es nie erwarten würden. War Wassermann einer von ihnen? Ich ließ die Decke fallen, die ich vor mich gehalten hatte, und wollte schon in mein Zimmer flüchten, da sagte Wassermann:

»Ich will nicht, dass Nadine uns hört.«

»Äh. Ja.«

Er zog die Tür halb hinter sich zu.

»Mir ist eben etwas aufgefallen. Im Flur. Ich sagte, du bist wirklich überall. Und wie ich so darüber nachdenke, geht mir plötzlich ein Licht auf. Kaum besuchst du Mavie, kann sie sich wieder bewegen. Ein kurzer Aufenthalt bei Anna, und aus der Todgeweihten wird eine Rekonvaleszentin. Von deiner eigenen Wunderheilung mal ganz abgesehen.«

Ich hatte Wassermann zugehört, aber kein Wort verstanden. Er warf einen raschen Blick in den Flur und wandte sich dann wieder an mich.

»Kannst du dir das erklären?«

»Nein«, sagte ich ehrlich und ging im Geiste Wassermanns Beobachtungen durch.

»Was ist deine Gabe?« Wieder blickte er kurz hinaus.

»Sie ist noch … nicht ganz ausgereift.«

»Du bist ein Dornröschen, und meines Wissens nach gibt es keine heilerischen Fähigkeiten in dieser Linie. Das alles ist höchst bemerkenswert.« Er öffnete die Tür wieder ganz, ging hinaus und ließ mich einfach stehen. Dann drehte er sich zu mir um und sagte: »Wir sehen uns hoffentlich vor dem Ball?«

»Wozu?«

»Tests!«

Ich nickte und schloss mechanisch die Tür. Meine Gedanken überschlugen sich, und ich ging in mein Zimmer, wo ich mich erst einmal auf das Bett setzen musste.

»Scitus«, sagte ich, »wenn Wassermann recht hat, dann bringe ich Menschen nicht nur in Gefahr, sondern kann sie auch heilen?«

Ich wartete auf eine hochnäsige Erwiderung. Aber sie blieb aus. Erst jetzt fiel mir wieder ein, dass ich ihn weggegeben hatte. Erstaunt murmelte ich vor mich hin: »Wer hätte gedacht, dass dieser Kerl mir mal fehlen würde?«

Beinahe traurig sah ich mich um und entdeckte die TaSch-Kreation, die zusammengefaltet auf meiner Frisierkommode lag. Ich ging darauf zu und nahm sie hoch.

Jetzt, wo Scitus mich nicht auslachen konnte, wenn ich darin wie ein verarmtes Dornröschen aussah, wurde ich neugierig. Warum nicht?, dachte ich und zog meinen Pullover aus.

Das dünne Kleidchen fühlte sich warm an, der Stoff legte sich geschmeidig auf meine Haut. Ich sah an mir hinunter und strich mit den Händen über das zarte Gewebe.

»So viel zu den Meisterschneidern«, sagte ich vorwurfsvoll, als ich bemerkte, wie sich ein paar der aufgestickten Perlen zu lösen begannen. Ich hielt die Hand darüber, damit sie sich nicht auf dem Boden verteilen konnten, doch als ich sie vorsichtig anfasste, kam darunter eine wunderschöne Rosenblüte zum Vorschein.

Mit weit aufgerissenen Augen starrte ich darauf. Das Kleid war länger geworden, der dünne Stoff hatte sich in eine Art lebendige Seide verwandelt. Dunkelrot fiel ein Rock um meine Beine, ein enges Mieder umschmiegte meinen Brustkorb, betonte meine Taille. Meine Schultern waren frei, statt der Träger des Unterkleides hatten sich hauchzarte Rosenranken über meinen Rücken geschlungen, deren Dornen sich nicht in meine Haut bohrten.

Die Perlen hatten sich allesamt in wunderschöne Blüten verwandelt, manche noch Knospen, andere weit erblüht und wie von Tau benetzt. Die Ranken bewegten sich, griffen nacheinander, ließen sich wieder los, schienen wie in einem sanften Wind zu tanzen.

Ich hatte noch nie ein so schönes Kleid gesehen und konnte auch jetzt nicht glauben, dass es so etwas wirklich gab. Viktor Schneiderlein hatte nicht zu viel versprochen: Es war ein Meisterwerk.

Mir fiel Gracia ein, der ich es zu verdanken hatte. Ich hatte noch nicht wieder versucht, sie zu erreichen, und wählte mit zittrigen Fingern ihre Nummer. War sie in Sicherheit? Ich biss die Zähne fest aufeinander, bis sie sich meldete.

»Gracia«, rief ich erleichtert. »Du bist zu Hause.«

Dieses Wochenende war eine echte Berg-und-Tal-Fahrt gewesen. Nach dem Schock, dass ich für Annas schwere Vergiftung verantwortlich war, die gute Nachricht, dass sie wieder gesund werden würde.

Und Wassermanns Vermutung, ich könnte dazu beigetragen haben, beflügelte mich regelrecht. Endlich war ich auch diese Schatten los, Schuldgefühle, die mich hatten erdrücken wollen.

Und dieses Kleid, das harmlos auf einem Bügel in meinem Schrank hing, hatte meine Euphorie zusätzlich befeuert.

Timus hatte am Sonntagabend angerufen, und ich war drangegangen. Er wollte wissen, warum ich mich so unberechenbar verhielt, ihm mal das Gefühl gäbe, ich würde ihn mögen, und ihn kurz darauf wie einen Deppen behandele.

Timus hatte sich meine Kritik an seinem Verhalten sehr zu Herzen genommen. Er hatte mir versichert, dass es ihm gar nicht bewusst gewesen war, wie ätzend er sich manchmal aufführte. Und als er versprach, sich zu ändern, nahm ich ihm das ab. Er war während des Gesprächs ernst und niedergeschlagen gewesen, und als ich seine Frage, ob ich ihn noch immer zum Ball begleiten wollte, bejahte, hatte er so tief durchgeatmet, dass ich gerührt hatte lächeln müssen.

Alles lief super, und da Mama wieder da war, fehlte mir Scitus als Gesprächspartner nicht allzu sehr.

Der Montag verlief unspektakulär, und ich freute mich darauf, mit meiner Mutter gemütlich zu Abend zu essen. Sie hatte alles eingekauft, um eine Pizza für uns zu machen. Als ich nach einem langen Schultag heimkam, duftete es bereits lecker nach würziger Tomatensauce und frischem Basilikum.

»Es ist ja wirklich schön bei Jens«, sagte Ma, »aber du hast mir doch sehr gefehlt.«

»Das hoffe ich doch.«

»Tut mir leid, dass ich dich so lange allein gelassen habe.«

»Nicht schlimm.« Ich ging zum Kühlschrank, den Ma mit frischen Einkäufen bestückt hatte, und nahm mir eine Flasche Wasser heraus.

»Na ja. Ein bisschen schon«, sagte Ma in einem Tonfall, der mich aufblicken ließ. »Immerhin hast du scheinbar einen kleinen Unfall gehabt.«

»Ich … äh …« Ich starrte sie an. Hatte Wassermann Nadine ins Vertrauen gezogen, und hatte die Ma davon erzählt?

»Der Tisch, Flo«, half mir Mama auf die Sprünge.

»Der Tisch«, stieß ich gequält aus.

Ich hatte zur Tarnung eine Decke draufgelegt, aber sie hatte Ma wohl erst recht darauf aufmerksam gemacht. »Das tut mir wirklich leid. Ich kann versuchen, ihn abzuschleifen und neu zu lackieren, ja?«

»Eigentlich müsste ich dich das wirklich machen lassen«, sagte sie und sah mich streng an. Dann winkte sie ab. »Ach, vergiss es. Jens will sich ein paar neue Möbel kaufen, jetzt, wo seine Wohnung so schön ist. Da können wir seinen alten Tisch bestimmt haben. Der gefällt mir sowieso besser.« Sie rollte den Teig aus. »Trotzdem, verrat mir mal bitte, wie du das angestellt hast.«

Ich erfand eine Geschichte, in der eine Kerze und ein Topf eine Rolle spielten, und war froh, dass Ma abgelenkt wurde, als Nadine nach oben kam. Ma hatte von Annas Blutvergiftung noch gar nichts mitbekommen. Ich ließ die beiden allein, damit Nadine alles haarklein erzählen konnte. Besonders die Stellen, in denen ein gewisser Doktor Wassermann vorkam. Wer hätte gedacht, dass mal jemand »Wassermann« und »Traumtyp« in einen Satz packen würde? Nadine tat es jedenfalls mehrmals.

Am nächsten Morgen klingelte mein Handy, als ich gerade zur Schule lief. Ich fischte es aus der Tasche und sah erstaunt, dass es Neva war.

»Guten Morgen«, sagte ich und ging weiter.

»Wo bist du?«

»Ähm, auf dem Weg zur Schule.«

»Sag mir, wo du bist, und bleib da stehen. Wir kommen.«

»Warum denn?«

»Wir haben einen Einsatz.«

»Jetzt?«

»Ja, das kann man sich nicht aussuchen. Also?«

»Ich bin noch in meiner Straße.«

Neva legte auf.

Ein Einsatz? Aber ich schrieb heute eine Deutscharbeit. Schon hielt das Cabrio neben mir, Neva sprang raus. Sie wedelte ungeduldig der Hand.

»Los, wir müssen uns beeilen.«

»Hallo, Flo.« Hektor schenkte mir ein warmes Lächeln, während ich den Kopf einzog und nach hinten krabbelte. Ich hoffte, ich machte eine nicht zu unvorteilhafte Figur dabei.

Neva ließ den Sitz zurückfallen und sprang rein.

»Folgendes: Krämer hat von Martin erfahren, dass eine Frau sich sehr eigenartig verhält. Sie tanzt.«

»Moment!« Ich sollte heute eine wichtige Arbeit schreiben und befand mich stattdessen auf dem Weg zu einer mir fremden

Frau, nur weil die tanzte? Das klang doch ganz harmlos. »Können wir nicht später dahinfahren?«

Neva drehte sich zu mir um und warf mir einen vernichtenden Blick zu. »Flo, die Ärmste tanzt seit drei Tagen. Ohne Unterbrechung. Außerdem weißt du genau, dass sie so schnell wie möglich von dem Gegenstand getrennt werden muss, der sie vergiftet.«

Ich schnaufte. »Ist gut. Aber danach bringt ihr mich zur Schule?«

»Wenn alles glattläuft«, sagte Hektor. Unsere Augen trafen sich im Rückspiegel, und ich zwang mich, wegzusehen.

Wir hielten vor einem Mietshaus mit mehreren Parteien. Neva stieg nicht gleich aus, sondern verschaffte sich erst einen Überblick. Sie stieß Hektor an und deutete auf etwas. Ich konnte durch das steil heruntergehende Verdeck wie immer kaum meine Umgebung wahrnehmen, also hatte ich den Kopf nach vorn gestreckt und folgte Nevas Fingerzeig.

»Flint …«, stieß ich heiser hervor.

Hektor wollte aus dem Wagen springen, doch Neva und ich griffen gleichzeitig nach seiner Schulter.

»Nein. Wir müssen uns gut überlegen, was wir tun«, mahnte Neva.

Es fiel Hektor offensichtlich schwer, sich zusammenzureißen. Er sank in den Sitz zurück und starrte mit kaltem Blick die schwarz gekleidete Gestalt an, die auf den Treppenstufen vor dem Eingang saß.

»Ich möchte wetten«, sagte Neva leise, obwohl Flint uns gar nicht hören konnte, »Hans und Greta sind schon drinnen.«

»Ich schalte Flint aus, ihr kümmert euch um die anderen beiden«, schlug Hektor vor.

»Und wie?«

»Damit.« Er hatte seine Hand schnell nach vorn bewegt und hielt nun einen kleinen Bumerang darin. Er musste in seinem Ärmel gesteckt haben.

»Nein«, zischte Neva böse. »Du weißt, dass du das nicht darfst.«

»Flint darf auch nicht einfach Leute versteinern«, erwiderte Hektor uneinsichtig.

»Warte«, mischte ich mich von hinten ein. »Wenn du das nicht darfst, Hektor, solltest du das auch nicht tun.«

Hektor hatte nach dem Vorfall auf dem Dachboden der Schule gesagt, Flint würde dafür bezahlen. Ich hatte kein Mitleid mit diesem Widerling Flint, doch ich wollte auf keinen Fall, dass Hektor letztendlich meinetwegen in Schwierigkeiten geriet.

»Hektor, hör besser auf Flo! Wenn Timus davon erfährt, wäre das ein gefundenes Fressen für ihn.«

»Wieso?«, fragte ich sofort, doch Neva zischte: »Mist. Er hat uns entdeckt.«

Flint kam in aller Seelenruhe über eine gepflegte Grünfläche, die mit »Bitte nicht betreten«-Schildern eingefasst war, auf das Cabrio zu.

»Und jetzt?«, flüsterte ich. Mir wurde klar, dass ich, eingezwängt auf der Rücksitzbank, keine Chance hatte, Flint etwas entgegenzusetzen. In meiner Panik entstand eine Schreckensvision, in der Flint die Beifahrertür aufriss, erst Neva und dann Hektor versteinerte – und ich konnte nichts dagegen tun.

Neva dachte gar nicht daran, auf Flint zu warten. Sie stieg aus und ging ihm entgegen.

»Neva!«, rief ich verzweifelt und wollte den Sitz vorstellen, da war Hektor bereits ebenfalls draußen. Das Nächste, was ich sah, war Flint, wie er plump wie ein Sack Mehl zu Boden ging.

»Hektor! Das hättest du nicht tun dürfen«, schimpfte Neva.

»Es ist meine Aufgabe, dich zu beschützen, Neva. Mag sein, dass es gegen die Regeln verstößt, aber ich werde nicht zulassen, dass du von diesem Mistkerl versteinert wirst.«

»Kann mich bitte mal jemand hier rauslassen«, rief ich ärgerlich und kämpfte mit dem Sitz, bis er nach vorn klappte.

Hektor ging auf den zusammengekauerten Flint zu. Eine pochende Unruhe brachte mich dazu, sofort hinter Hektor herzugehen, als ich aus dem Cabrio stieg.

Flint schien bewusstlos, und Hektor bückte sich nach seinem Bumerang. Ich war bereits nah genug, um zu sehen, wie Flint die Augen wieder aufschlug. Er hielt seine Hände wie auf dem Dachboden leicht gewölbt voreinander und wollte nach Hektor greifen, doch ich hatte mit nichts anderem gerechnet und war bereits sprungbereit. Ich landete auf dem überraschten Flint und packte so fest ich konnte seine Handgelenke. Ich hielt sie zitternd umklammert und drückte sie mit meinem ganzen Körpergewicht nach unten.

Von seinem kurzen Hals aus zogen sich quer über die rechte Wange bis zur Stirn rote Spuren. Es waren lauter Einstiche und Kratzer, als wäre Flint vor Kurzem in einem Stacheldraht hängen geblieben.

Mein Mitleid hielt sich in Grenzen.

Flint grinste, und in seinen kleinen, dunklen Augen glitzerte wieder diese abstoßende Gier. Glühender Ärger flammte in mir auf. Hektor konnte nichts tun, das war mir bewusst. Im Augenwinkel sah ich, dass er wie vom Blitz getroffen dastand. Wenn er mich von Flint wegzog, würde der auf jeden Fall einen von uns mit seinen Händen berühren, vielleicht sogar uns beide.

Auch Flint erkannte, in welche Situation ich uns gebracht hatte, und lachte. Es war ein raues, hässliches Lachen, und ich wollte, dass er damit aufhörte.

Und dann schlug der Ärger über mir zusammen. Meine Finger krallten sich noch viel fester um Flints Handgelenke, und mit aller Kraft, die ich mobilisieren konnte, drückte ich seine Arme auf den Boden, seine Hände von mir weg. Ich presste meine Kiefer aufeinander, fühlte, wie mein Puls beschleunigte, und hörte einen Schrei.

»Flo«, rief Neva und schob mich von Flints schlaffem Körper. »Lass ihn, Flo. Er hat genug.«

Mir wurde erst jetzt klar, dass es nicht mein Schrei gewesen war.

»Wie hast du das gemacht?«, fragte Neva.

Ich kämpfte mich auf die Beine. »Keine Ahnung.«

Ich sah zu Hektor, dem der Schreck noch immer ins Gesicht geschrieben stand, doch wir beide waren unverletzt und das war das Wichtigste.

»Wir gehen rein«, sagte Neva. »Hektor, kümmerst du dich um diese Schmeißfliege?«

Hektor nickte, und ich stolperte eilig hinter Neva her.

»Wie kommen wir rein?«, fragte ich und rieb mit den Handflächen an der Hose, als könnte ich es auf diese Weise ungeschehen machen, dass ich Flints schweißige Haut verkohlt hatte.

Neva klingelte einfach bei allen Hausbewohnern, und irgendjemand drückte ohne nachzufragen auf den Türöffner.

Wir schlüpften in den Hausflur, blieben lauschend stehen, und Neva winkte mich hinter sich her zur Treppe. Auf jedem

Treppenabsatz verharrten wir und lauschten. Es gab einen Hund, der uns aus einer Wohnung heraus anbellte, ein junges Pärchen, das sich stritt, und ein Baby, das wahrscheinlich nach seiner Flasche verlangte. Aber nirgends war Musik zu hören, die uns zu der Tänzerin geführt hätte.

Wir liefen alle Stockwerke ab und befanden uns im vierten Stock, als wir ein Poltern vernahmen.

»Unten«, flüsterte Neva und schlich lautlos wieder hinunter. Auf das Poltern folgte das Klirren von Geschirr, das offenbar zerschmissen wurde. Dann hörten wir eine bekannte Stimme: »Hans! Pass auf, hinter dir.«

Das nächste Poltern.

Neva und ich nickten uns zu. Wir hatten die fragliche Wohnung also gefunden. Zu meiner Überraschung holte Neva das kleine Set aus ihrer Tasche, das ich schon bei Hektor gesehen hatte, als sie bei mir zu Hause eingebrochen waren. Schnell und sicher setzte Neva es an und öffnete ruckzuck die Tür. Sie schob sie nur einen Spalt auf, von drinnen waren laute Kampfgeräusche zu vernehmen.

Neva gab mir ein Zeichen und stieß die Tür auf. Wir entdeckten Hans, der bewusstlos im Flur lag, und rannten auf den Raum zu, aus dem ein Krachen drang.

Eine Frau in normaler Straßenkleidung, aber mit wunderschönen gläsernen Pantoffeln an den Füßen, hielt Greta tänzelnd in Schach. Ich hätte nicht gedacht, dass ich auf Gretas Gesicht einmal echte Furcht sehen würde.

Sie duckte sich, als die Tänzerin in einen Tango verfiel und bei ihren schnellen Bewegungen immer wieder nur knapp Gretas Gesicht verfehlte.

Dann bemerkte die Tänzerin uns. Sie schoss in einer schnellen Abfolge von Pirouetten auf uns zu, streckte wie eine Balletttänzerin die Hände nach oben und bewegte sich voller Anmut, doch ihr Gesicht war zu einer Fratze verzogen. Ihre rot unterlaufenen Augen, das Haar, das an ihrer schweißnassen Stirn klebte, der zu einem stummen Lachen aufgerissene Mund, all das ließ sie wie eine Figur aus einem Horrorfilm wirken.

Neva und ich wichen vor ihr zurück, und sie drängte uns über den Flur in das Badezimmer. Greta nutzte die Gelegenheit und lief zu ihrem Bruder.

Ich hätte sie gern aufgehalten, doch Neva und ich hatten jetzt ein dringenderes Problem. Die Tänzerin zeigte nun einen Charleston, und wir konnten ihren seitlich in schneller Folge abwechselnd nach außen angewinkelten Beinen in dem engen Badezimmer kaum entgehen. Ich spielte schon mit dem Gedanken, mich in die Badewanne zu stellen, da holte Neva aus und verpasste der Frau eine schallende Ohrfeige. Die schien das jedoch nicht einmal zu registrieren und änderte ihren Tanzstil erneut. Ich war nicht sicher, ob es ein Rumba oder Cha-Cha-Cha war, jedenfalls kam sie uns mit ihrem ausgestreckten Arm gefährlich nahe.

»Was nun?«, rief ich und wich aus, als sie herumwirbelte.

»Keine Ahnung«, sagte Neva und ächzte schon im nächsten Augenblick, weil sie einen Schlag gegen den Kopf einstecken musste. »Wir müssen sie schleunigst ruhigstellen.«

Ja, der Meinung war ich auch. Neva ging wieder zum Angriff über und sah sich nun mit Rock'n'Roll-Schritten konfrontiert.

»Das ist ja nicht zum Aushalten«, rief sie sauer, als sie schon wieder getroffen wurde. »Man kann sich auf nichts einstellen.«

Diesmal geriet ich in die Tanzlinie und taumelte zurück, als mich der gehobene Fuß einer Discofox Figur krachend an der Hüfte traf.

»Echt«, schimpfte ich laut. »Kann die sich nicht mal für einen Tanz entscheiden?«

Ich bewunderte Neva. Sie ließ sich nicht dazu hinreißen, die Tänzerin ernsthaft zu verletzen. Sie suchte immer wieder nach einer Lücke in den Tanzschritten, doch durch den ständigen Wechsel der Stile blieb das ein hoffnungsloses Unterfangen. Kein Wunder, dass auch Hans und Greta machtlos gewesen waren. Da würde ja jeder DJ verrückt.

»Moment«, rief ich und duckte mich, während ich gleichzeitig nach meinem Handy tastete. Ich holte es heraus, rief so schnell ich konnte meine Playlist auf und suchte nach einem besonderen Song. Ein Schmusesong, sehr langsam.

Ich stellte die volle Lautstärke ein und hielt der Tänzerin das Handy entgegen, als sei es ein Kreuz und sie ein Vampir.

Es dauerte einen Augenblick, bis sie sich tatsächlich auf den neuen, langsamen Rhythmus einstellte, doch dann ließ sie ihre Schultern kreisen, hielt die Füße auf dem Boden und die Arme vor sich, als stünde dort ein unsichtbarer Tanzpartner.

»Es funktioniert«, rief Neva zufrieden. »Los, bringen wir sie ins Wohnzimmer.«

Die Frau wiegte sich verträumt zu der Musik, und Neva lief wie eine gestrenge Ballettlehrerin um sie herum. Als sie nahe genug am Sofa war, verpasste Neva ihr einen Stoß, und sie fiel der Länge nach in die Kissen. Ohne zu zögern, riss Neva ihr die gläsernen Pantoffeln von den Füßen, und sofort lag die Frau still.

Sie hauchte: »Danke schön!« Dann fiel sie in einen tiefen Schlaf.

26. Kapitel

Neva informierte Wassermann, und ich stellte die Musik aus.

»Boah, war die gruselig«, sagte ich schaudernd. Als ich mich umdrehte, sah ich Hektor. Mit verschränkten Armen und gehobenen Augenbrauen stand er im Türrahmen.

»Was hast du denn sonst noch so auf deiner Playlist, Flo? Noch mehr Schmusesongs?«

»Sehr witzig«, erwiderte ich und wurde rot. Genau diesen Song hatte ich mir ein paar Mal angehört und dabei an Hektor gedacht, mir vorgestellt, wie er mit mir dazu tanzte.

Um meine Verlegenheit zu überspielen, sagte ich: »Wenn ihr mich jetzt zur Schule bringt, komme ich noch rechtzeitig zur Deutscharbeit.«

Neva nickte, ohne den Blick von der schlafenden Frau zu wenden: »Hektor kann dich fahren. Ich warte hier auf Wassermann.«

Ich sah ihn erwartungsvoll an, doch Hektor schüttelte den Kopf. Er trat von hinten an Neva heran, legte seinen Arm um ihre Taille und zog sie von den gläsernen Pantoffeln weg.

»Das geht leider nicht, Flo. Ich darf Gegenstände nicht mitnehmen. Und Neva allein damit lassen, ist auch nicht drin.«

»Meine Güte, Hektor«, brauste Neva auf. »Hör endlich auf, mich wie ein Baby zu behandeln.«

Ich betrachtete Neva eingehend. Bevor wir diese Wohnung betreten hatten, waren ihre Wangen rosig gewesen. Nun wirkte sie angespannt und hatte dunkle Ringe unter den Augen.

Ich ignorierte das leise Ziepen in meinem Herzen. Hektor ging es bei allem immer um Neva. Ernst sagte ich: »Ich bringe die Pantoffeln schon mal zum Auto, Neva. Dann könnt ihr hier auf den Arzt warten.«

In der Schule redete ich mich mit Kopfschmerzen raus, die mich in den ersten beiden Stunden davon abgehalten hatten, zum Unterricht zu kommen, und durfte die Arbeit mitschreiben. Es lief ganz gut, obwohl zwischendurch immer wieder das verzerrte Gesicht der Tänzerin vor meinen Augen auftauchte. Ich würde mir nie wieder den Song anhören können, ohne eine eisige Gänsehaut zu bekommen.

Mit Hektor hatte ich abgemacht, dass die beiden mich nach der Schule abholten. Neva und ich wollten zusammen in der Mühle einen Einsatzbericht abgeben.

Sie waren pünktlich, und kurz darauf erreichten wir die Mühle.

Berta öffnete uns, und die bange Frage, wie ich mich ihr gegenüber verhalten sollte, stellte sich gar nicht. Sie nahm uns kaum zur Kenntnis und brütete über einer aufgeschlagenen Zeitung und einem Notizblock.

Wir setzten uns ins Wartezimmer. Neva flüsterte mir zu:

»Hast du gesehen? Es ist noch eine entführt worden.«

Ich schluckte und wollte mein Handy hervorholen, um Gracia anzurufen, zögerte dann aber. Ich wollte nicht riskieren, dass

Berta, die nur wenige Schritte von uns entfernt saß, etwas davon mitbekam.

Mein Wissen über Feen war beschränkt. Ich konnte nicht ausschließen, dass Feen über sehr gute Ohren oder so etwas wie telepathische Fähigkeiten verfügten. Es wäre Gracia gegenüber unverantwortlich gewesen, nachdem sie sich die letzten vierzig Jahre vor ihren Schwestern versteckt hatte, sie jetzt einer von ihnen auf dem Silbertablett zu servieren.

Krämer lief im oberen Stockwerk auf und ab, wie das Knarren der Decke verriet. Berta hatte gesagt, dass er ein Telefonat führte und wir danach zu ihm hinaufgehen konnten. Neva hatte sich ein Magazin genommen und las gelangweilt darin. Ich musste an Hektor denken, der wie so oft draußen im Auto geblieben war.

»Sag mal«, fragte ich leise, »warum kommt Hektor eigentlich nie mit rein?«

Neva überblätterte mit einem Augenrollen eine Anzeige von Rapushoo. »Er darf nicht.«

»Wer verbietet ihm das denn? Du oder Krämer?«

»Wenn es nach mir ginge«, sagte Neva wütend, »würde es gar keine Unterschiede geben.«

»Entschuldige.«

»Und auch Krämer hätte nichts dagegen. Es sind die Genaver, die es Hektor verbieten.«

Ich legte die Stirn in Falten. Was konnten die Genaver denn dagegen haben, dass er mit in die Mühle kam? »Warum?«

»Weil es Teil seiner Strafe ist.«

»Strafe?«, wiederholte ich erstaunt. »Was hat er denn …?«

»Es ist eine geerbte Strafe«, stellte Neva mit schneidender Stimme klar. Dann erinnerte sie sich wohl daran, dass ich von diesen Angelegenheiten noch keine Ahnung hatte, und erklärte mir ruhig: »Wie die sieben Zwerge ist auch Hektors Familie von meiner Großmutter verklagt worden. Als Nachfahren des Jägers, der Schneewittchen angeblich im Wald so bestialisch ermorden wollte, wurde Hektors Familie daraufhin zu Magischem Frondienst verurteilt.«

»Wie bitte?«

Neva lächelte bitter. »Ja, meine liebe Großmutter hat sich quer durch das Märchen geklagt und sich somit eine Menge unbezahltes Personal verschafft.«

»Das wusste ich nicht«, sagte ich leise. Hektor hatte mir nur von einem Stipendium erzählt, das er von den Genavern erhalten hatte. »Was war das denn für ein Internat, das er besucht hat?«

»Internat?« Neva sah mich lange an, und in ihren hellen Augen lag Schmerz. Sie fragte kaum hörbar: »Hat er es so genannt?«

Berta rief uns zu, dass Krämer uns nun oben erwartete, und Neva stand abrupt auf. »Dieses Internat ist eine Ausbildungsstätte für Kinder, die Magischen Frondienst leisten müssen. Wenn Hektor dir mal davon erzählen möchte, soll er es tun.«

Krämer saß an seinem Schreibtisch. Er sah aus, als hätte er die letzten Nächte kein Auge zugemacht. Sein schütteres Haar stand zu allen Seiten ab, seine kleinen, klugen Augen blinzelten müde. Die Hemdsärmel waren so weit hochgerollt, dass man das T-Shirt darunter sehen konnte, und der Kragen war weit aufgeknöpft.

Er stützte seinen Kopf mit beiden Händen ab und warf uns einen glasigen Blick zu. »Bericht!«

Wir setzten uns, und Neva schilderte Krämer unseren Einsatz bei der Tänzerin. Sie erzählte nüchtern, und Krämer hörte zu, ohne sie zu unterbrechen. Schließlich nickte er schnaufend. Er sagte, mehr zu sich selbst: »Diese verdammte Bande darf nicht einen einzigen Gegenstand mehr bekommen.«

»Was ist mit Flint?«, erkundigte sich Neva.

Ich wusste, dass Hektor den bewusstlosen Flint in einen Keller im Haus der Tänzerin gesperrt hatte. Es hatte mich bisher nicht gekümmert, was aus ihm geworden war, doch nun hob ich interessiert den Blick.

»Er wird sich gerade mit Goldhaar unterhalten.«

»Gut«, sagte Neva zufrieden. »Er könnte einem fast leidtun, wenn er nicht Flint wäre.«

Krämer sah sie fragend an, doch dann hob er einen Mundwinkel zu einem grimmigen Lächeln. »Du meinst, weil deine Schwester bei dem Verhör dabei sein wird?«

»Exakt.«

Er ließ sich in seinen Sessel zurücksinken und trommelte mit den Fingern auf dem Schreibtisch herum. Seine geröteten Augen waren nun auf mich gerichtet. »Ich weiß noch immer nicht, wie du hinter diese Sache mit den Feen gekommen bist, Allenstein. Wir sollten uns gleich nach dem Ball zusammensetzen, dann kannst du es mir in aller Ruhe erklären.«

Mein Kopf machte eine Bewegung, die man durchaus als Nicken interpretieren konnte. Bis zum Ball würde mir hoffentlich etwas einfallen, was Krämer schlucken würde, ohne Verdacht zu schöpfen.

Wassermann lief mir nun fast täglich im Hausflur über den Weg. So auch am Morgen, als ich ihn fast umgerannt hatte, als er mit einer Brötchentüte unter dem Arm bei Nadine klingelte. Ich hatte ihn wie üblich sofort wegen Anna gelöchert, und er hatte mir eine hochoffizielle Besuchserlaubnis erteilt.

Deshalb hatte ich mich von Neva und Hektor an der Klinik absetzen lassen und klopfte nun zaghaft an Annas Zimmertür.

Sie reagierte nicht. Ich wartet eine Weile, ehe ich mit gemischten Gefühlen eintrat.

»Flo!«, rief Anna freudig überrascht, nahm ihre Kopfhörer ab und klappte ein Buch zu. »Endlich. Ich dachte schon, du hättest mich vergessen.«

»Quatsch«, sagte ich und stürmte erleichtert auf sie zu.

Sie sah zwar noch mitgenommen aus, blass und eingefallen, doch schon viel besser als beim letzten Mal.

Wir umarmten uns trotz der Geräte, an die sie noch immer angeschlossen war, und aus Anna sprudelte es nur so heraus. Sie berichtete mir von ihrem Frühstück, den letzten Untersuchungen und diesem grauenvollen Arzt, den sie hoffentlich bald los sein würde. Ich hatte mich auf einen Stuhl direkt vor ihr Bett gesetzt und musste ein Grinsen unterdrücken. Wie es aussah, ahnte sie nicht, dass zwischen ihrer Mutter und Wassermann etwas lief und sie diesen Arzt noch sehr viel länger an der Backe haben würde.

Dann wurde Anna ernst und nestelte verlegen an ihrer Bettdecke.

»Weißt du, ich kann mich nicht so richtig an alles erinnern … Das in der Schule, auf dem Dachboden … Der Arzt meint, das hohe Fieber hat mich in eine Art Delirium versetzt und ich habe Dinge gesehen, die gar nicht da waren.«

Ich schluckte und griff nach ihrer Hand. Anna fuhr leise fort: »In meiner Einbildung war da so ein widerlicher Typ, der mich, lach jetzt nicht!, irgendwie verzaubern wollte.«

Mein Atem stockte, und Anna fuhr fort. »Ich weiß, dass du da warst. Du hast versucht, mich festzuhalten, weil ich auf das Dach klettern wollte, stimmt's? So was Bescheuertes! Du hast mir das Leben gerettet, oder?«

Ja. Wenn man davon absah, dass ich sie überhaupt erst in Lebensgefahr gebracht hatte. Ein Kloß in meinem Hals hinderte mich daran zu sprechen, ich nickte bloß.

»Und ich habe dich getreten?«

Unwillkürlich fuhr mein Finger über die Lippe. Das war längst verheilt. »Nicht schlimm!«

»Ich … Es tut mir leid, Flo. Danke, dass du für mich da warst.«

Um mir nicht anmerken zu lassen, wie schäbig ich mir in diesem Augenblick vorkam, lächelte ich sie an. »Hauptsache, du wirst wieder ganz gesund.«

»Voll peinlich. Die ganze Schule hat meinen Auftritt mitbekommen.« Sie verzog das Gesicht. »Hab ich wirklich eine Lehrerin angeschrien, sie soll tot umfallen?«

»Oh. Ja. Das hast du«, antwortete ich lachend.

»Mann. Ich hatte gehofft, das hätte ich mir im Fieberwahn nur eingebildet. Gut, dass ich sie dieses Jahr nicht mehr sehe.«

Ich riss überrascht die Augen auf. »Hm?«

»Hast du es noch nicht gehört? Ich mache eine Kur. Auf irgendeiner Insel in der Nordsee. Der komische Arzt meint, das sei wichtig für mich, damit ich mich wieder ganz erhole. Er macht sich scheinbar große Sorgen um mein Herz. Ich bin dann bis Weihnachten weg.«

»Oh.«

Anna lachte. »Jetzt guck nicht so! Ich freu mich drauf. Das wird herrlich langweilig, und ich kann die ganze Zeit lesen.«

Die nächsten drei Tage verstrichen ohne besondere Vorkommnisse. Ich ging zur Schule, telefonierte jeden Abend mit Anna und Neva, zweimal auch mit einer viel beschäftigten Val und einmal kurz mit Timus, traf aber niemanden von ihnen und fuhr auch nicht zur Mühle.

Auch mit Gracia sprach ich jetzt fast täglich. Seltsam. Hätte mir jemand noch vor drei Monaten gesagt, dass ich mir mal einen ganzen Tag mit Gracia wünschen würde, ich hätte ihn glatt einweisen lassen. Aber so war es. Ich wollte Gracia kennenlernen. Sie war meine Großmutter, und meine Gefühle für sie hatten sich geändert. Mein Vater hatte sie sehr geliebt, und ich ertappte mich in letzter Zeit häufig bei der Frage, wie sie wohl als Mutter gewesen war. Ich konnte sie mir schlecht als warmherzige, geduldige, nette Frau vorstellen. Und doch war ich überzeugt, all das schlummerte in ihr.

Bei unserem letzten Telefonat hatte Gracia wieder sehr geheimnisvoll getan und mir gewohnt knapp mitgeteilt, dass sie über das Wochenende verreisen werde. Wohin oder warum, hatte sie jedoch verschwiegen. Meine besorgte Frage, ob sie etwas wegen des Rosenkavaliers unternehmen würde, hatte sie entschieden auf Französisch verneint. Sie hätte sich nicht so lange versteckt, um jetzt geradewegs in die Arme eines le Fou zu laufen. Das hatte mich ein bisschen beruhigt.

Timus hatte am Mittwoch einen Einsatz gehabt, bei dem er Hans und Greta und einer bis dahin unbekannten Regula begegnet war. Eigentlich hatten wir uns für Donnerstag verabredet, aber Timus hatte herumgedruckst und gesagt, dass wir uns ja am Samstag sehen würden, wenn er mich zum Ball abholen würde. Mir war es recht.

Die kurzen Gespräche mit Neva wühlten mich viel mehr auf. Nicht weil sie über etwas Bestimmtes gesprochen hätte, sondern weil sie so erschöpft und müde wirkte. Manchmal hatte ich sogar den Eindruck, sie könne mir gar nicht richtig folgen.

Konnte es sein, dass sie wieder unter Magischer Vergiftung litt? Dabei hatte ich doch nach dem Einsatz bei der Tänzerin noch Zeit mit Neva verbracht. Entweder Wassermann irrte sich, und die rasch einsetzende Heilung bei Mavie, Anna und mir selbst hatte doch nichts mit mir zu tun gehabt, oder es wirkte nur ein einziges Mal, und die Geheilten entwickelten danach eine Art Resistenz gegen mich.

Mit vor Ekel verzogenem Gesicht dachte ich an Flint. Ich hatte mich auch deshalb so mutig auf ihn gestürzt, weil ich davon ausgegangen war, mich im schlimmsten Falle einfach wieder selbst heilen zu können. Ich schüttelte das Bild seiner gierig glänzenden Augen ab und nahm mir vor, in Zukunft etwas vorsichtiger zu sein.

Ich ging ins Bad, um mich fürs Bett fertig zu machen. Es war Freitagabend, und Ma war mit Nadine erst Anna besuchen gefahren und anschließend wollten die beiden etwas trinken gehen. Anna erholte sich weiter gut, und darauf wollten die beiden anstoßen. Ich stand vor dem Spiegelschrank und warf einen skeptischen Blick hinein. Mir kam es vor, als wären meine Züge in den letzten beiden Wochen härter geworden. Meine Augen hatten einen klaren, ernsten Blick bekommen, der mich beinahe ein bisschen an Gracia erinnerte.

»Das fehlte noch«, sagte ich zu mir selbst und öffnete den Spiegelschrank. Mein Verhältnis zu Gracia war jetzt ein anderes, das gab ich gerne zu, aber ich würde ihr nicht so leicht verzeihen, dass sie mich die letzten Jahre über so auf Abstand gehalten hatte. Sie konnte ja nicht besonders viel für mich empfinden, sonst wäre es ihr nicht so leicht gefallen, mich stets kalt und abschätzig zu behandeln. Oder?

Tja, den Einzigen, der mir diese Frage hätte beantworten können, hatte ich in Zeitungspapier gewickelt und in einen Koffer gestopft.

»Ach, Scitus«, sagte ich traurig, »ich wünschte wirklich, du wärst hier.«

Die Finger meiner linken Hand lagen auf dem Spiegelglas, als ich den Schrank öffnete, um meine Zahnbürste herauszunehmen. Plötzlich fühlte es sich an, als würde das Glas unter meinen Fingerkuppen glühen. Hastig zog ich sie zurück. Gleich darauf war ein leises Knirschen zu hören, wie von einem Eiswürfel, den man in ein warmes Getränk fallen lässt.

Verunsichert nahm ich das Spiegelglas in Augenschein, es war unversehrt.

Ich hatte gerade beschlossen, dem keine weitere Bedeutung beizumessen, da erklang hinter mir ein hohes Summen, wie von einer Stechmücke. Das Geräusch steigerte sich, wurde lauter und angriffslustiger und schließlich war ich überzeugt, einen ganzen Schwarm im Badezimmer zu haben, doch ich konnte nicht eine einzige Mücke entdecken.

Verunsichert wollte ich in mein Zimmer flüchten, da ertönte ein helles Klirren. Ich fuhr zum Spiegelschrank herum und sah, wie die Scheiben zersprangen. Ein Regen aus glitzernden Glasstücken setzte ein. Dann platzten lange Stücke regelrecht ab und darauf folgte eine wahre Explosion.

Mit einem Aufschrei duckte ich mich unter das Waschbecken.

Scherben über Scherben fielen krachend zu Boden, zerschlugen klirrend in winzige Glassplitter, die zu allen Seiten barsten. Ich hielt die Arme schützend vors Gesicht und kniff die Augen fest zusammen, damit sie nichts abbekamen.

Dann war es ruhig. Ich blieb vorerst in meiner Deckung und hob nur vorsichtig ein Lid. Nicht eine Scherbe lag auf dem Boden. Ungläubig schob ich einen Fuß vor, doch es war kein Knirschen zu hören. Ich ließ die Arme sinken. Hatte ich mir das gerade nur eingebildet? Spielten meine Nerven mir einen Streich?

»Teuerste?«

Ich sprang auf und stieß einen erneuten Schrei aus. Die Spiegeloberfläche war tadellos, von einem hochnäsigen Gesicht darin einmal abgesehen.

»Scitus? Aber wie …? Scitus!«, stammelte ich und streckte ungläubig einen Finger nach ihm aus, zog ihn aber wieder zurück, ohne den Spiegel zu berühren. Scitus war nun viel größer, nahm beinahe die gesamte Spiegelfläche ein und funkelte wie ein lupenreiner Diamant.

»Da staunt Ihr, was?« Er reckte stolz das Kinn und holte dann tief durch die Nase Luft. »Ach, der Duft der süßen Freiheit.«

Ich löste meinen überraschten Blick von Scitus und kontrollierte abermals den Boden. Er war absolut frei von Scherben. »Was war das gerade?«

»Ich dachte, Ihr freut Euch, mich zu sehen«, nörgelte Scitus und nahm gleich noch eine Nase süße Freiheit.

»Ja, schon. Aber wieso sind mir eben Spiegelscherben um die Ohren geflogen? Und wo sind die jetzt?«

»Das waren keine echten Scherben, Teuerste, sondern nur Dramaturgie. Nennen wir das die unzähligen Spiegel, die ich durchqueren musste, um Eurem Ruf zu folgen.«

»Meinem Ruf?«

Scitus hob eine schmale Augenbraue, was zugegebenermaßen in einem Gesicht dieser Größe mehr Eindruck machte als bei seiner Kosmetikspiegelausgabe.

»Es ist nicht einmal fünf Minuten her, und schon könnt Ihr Euch nicht mehr daran erinnern? Ihr sagtet:«, er räusperte sich und ahmte nicht sonderlich gut meine Stimme nach, »ach, Scitus, ich wünschte wirklich, du wärest hier.« In seinem eigenen, nasalen Ton fügte er an: »Und – hier bin ich.«

Mein Mund stand offen. Was hatte ich bloß getan?

»Was meintest du eigentlich mit *süße Freiheit?*«

»Teuerste, so langsam glaube ich wirklich, Ihr solltet etwas mehr Obst essen.« Er musterte mich vorwurfsvoll. »Ihr habt mit Eurem verzweifelten Ruf die Wände meines aus Silber, Glas und Zeit geschmiedeten Gefängnisses zum Zerbersten gebracht. Ich bin von nun an Euer bis in den Tod ergebener Diener. In Euren Tod, selbstverständlich«, fügte er überflüssigerweise an.

Ich drehte mich um, damit Scitus nicht den Schrecken auf meinem Gesicht erkennen konnte.

»Teuerste?«

»Ich muss nachdenken«, sagte ich, löschte das Licht und schlug die Badezimmertür hinter mir zu.

Ich lief in meinem Zimmer auf und ab. Was sollte ich jetzt tun? Was würde Neva dazu sagen? Und wie war es überhaupt dazu gekommen?

In meiner Panik griff ich mein Handy und wählte Vals Nummer.

Sie ging fröhlich dran. »Flo, das ist ja lustig. Ich hab auch schon überlegt, ob ich dich so spät noch anrufen kann. Es geht um Caruso.«

»Ja, ich mache, was du willst«, versprach ich unvorsichtig. »Aber du musst mir gerade bei einer anderen Sache helfen. Dieser Spiegel, den ich dir mitgegeben habe. Was weißt du über ihn?«

»Er ist klein, fliederfarben und steckt in einem Koffer.«

»Val!« Ich nahm kurz das Handy vom Ohr und schüttelte es. »Das Wesen im Spiegel! Was kannst du mir darüber sagen?«

»Ach so. Warte«, Val überlegte. »Leider kann ich dir da nicht wirklich weiterhelfen. Ich weiß, dass er nicht gerade zu den Geschöpfen zählt, die man frei herumstreichen lassen sollte. Sonst hab ich mich nie mit ihm beschäftigt.«

»Aha.«

»Warum fragst du?«

»Nur so. Und Neva, also, die Familie Bruderherz. Warum gehört er ihnen?«

»Hm. Warte … Nevas Oma hat ihn verklagt. Ziemlich bescheuert, wenn du mich fragst. Die hat vor ein paar Jahren fast alle verklagt, die im Märchen Schneewittchen vorkommen. Selbst Invidia, die böse Königin. Dabei ist die seit Jahrzehnten verschwunden. Das Gericht hat Invidia dann sozusagen in Abwesenheit verurteilt.«

»Ja, sehr interessant. Was hat der Spiegel denn für eine Strafe bekommen?«

»Lebenslänglich. Das ist für ein unsterbliches Wesen natürlich besonders hart.«

»Mhm.« Ich stimmte ihr zu. »Was wäre denn, wenn man ihn, sagen wir, befreit?«

»Dann hätte man drei Probleme. Mindestens. Zuerst hätte man die Genaver am Hals, weil man quasi gegen ein rechtskräftiges Urteil des Gerichts der Genaver verstoßen hätte. Das sehen die nicht ganz so locker. Und dann natürlich Nevas Familie. Ich kann mir nicht vorstellen, dass die das gut finden würden. Dieser Spiegel ist ja quasi Privatbesitz, und die könnten das als Diebstahl werten. Was man aber vor allem bedenken sollte«, Val betonte diesen letzten Punkt, »nach allem, was man so hört, ist das Wesen sehr rachsüchtig. Nevas Oma sollte dann besser nie wieder in einen Spiegel schauen.«

»Oh.« Das hatte ich befürchtet. Ich steckte bis zum Hals in der Tinte. »Okay, Val. Danke, das hat mir sehr geholfen.«

»Gern geschehen. Ich will ja auch was von dir.«

»Okay.«

»Super. Ich meld mich dann.«

»Mach das«, sagte ich und legte auf.

Ich legte das Handy weg und rang nervös die Hände. Neva hatte über Scitus noch nie ein gutes Wort verloren, was besonders auffällig war, wenn man ihr Engagement für die Zwerge bedachte. Man konnte fast glauben, Neva fühlte sich für die Handlungen ihrer Großmutter schuldig; nur bei Scitus schien sie es für gerechtfertigt zu halten, dass er gefangen war. Und Neva kannte ihn eindeutig besser.

27. Kapitel

Ein paar Minuten später stand ich wieder im Badezimmer und putzte mir die Zähne, was Scitus dazu anregte, mir seine spitzen Beißerchen zu zeigen.

»Das hätten wir schon viel früher miteinander tun sollen, Teuerste. Es ist sehr anregend und verbindet uns noch enger miteinander, findet Ihr nicht?«

Ich spülte mir den Mund aus, klappte eine der Spiegeltüren auf und hatte Scitus somit halbiert. Schon besser.

»Sag mal, Scitus«, begann ich unverfänglich und stellte die Zahnbürste zurück. »Deine süße Freiheit, wie sieht die eigentlich konkret aus?«

»Nun, wie ich schon sagte, bin ich sozusagen an Euch gebunden, solange Ihr lebt.«

Es gefiel mir ganz und gar nicht, wie Scitus das immerzu betonte. Dennoch zwang ich mich zu einem Lächeln.

»Das heißt, du kannst nicht einfach so in jedem x-beliebigen Spiegel auftauchen?«

»Ja und nein.«

»Konkret?«

»Ich kann mich in jedem Spiegel zeigen, der Euch beliebt.«

»Das heißt, ich könnte dich wieder in den Kosmetikspiegel rufen?«

Scitus' schräge Augen zuckten leicht und der nie um eine Antwort verlegene Spiegel brauchte einen Moment, ehe er unterwürfig wie eine dressierte Speikobra sagte: »Selbstverständlich.«

Ich wühlte so lange im Schrank, bis ich in der Kosmetiktasche meiner Mutter eine Puderdose mit Spiegeldeckel gefunden hatte.

»Scitus, du weißt, meine Mutter hat von diesen Märchendingen keine Ahnung«, erklärte ich und betrachtete mich in dem mit Puder verschmierten Deckel. »Deshalb muss ich dich vorübergehend in diese Dose rufen.«

Scitus erschien kommentarlos. Sein Gesicht war ohne Mimik, seine schmalen Augen fest auf mich gerichtet. Kein gutes Zeichen.

Ich verschloss die Dose und wickelte sie in das gesamte Zeitungspapier, das ich auftreiben konnte. Dann steckte ich Scitus in die unterste Schublade meiner Kommode zu den Socken.

In der folgenden Nacht stellte ich fest, wie man so schlief, wenn man ein gefährliches, rachsüchtiges Wesen befreit hatte, ohne zu wissen, wie es dazu gekommen war, und obendrein noch die strafrechtliche Verfolgung durch die Genaver oder klagewütigen Ex-Besitzer fürchten musste. Nämlich gar nicht.

Der Vorteil war, ich konnte Scitus in einen bestimmten Spiegel rufen. Daran klammerte ich mich. Dennoch hätte man sich wohl kaum die Mühe gemacht, ihm ein Gefängnis aus Silber, Glas und Zeit zu schmieden, wenn es so einfach gewesen wäre, ihn festzuhalten. Ich musste in Zukunft sehr gut aufpassen, dass dieser durchtriebene Kerl mich nicht übers Ohr hauen und mir entwischen konnte.

Ich würde Val bitten, diesen Koffer mit dem Kosmetikspiegel darin mitzubringen, wenn sie morgen vorbeikam. Scitus würde dann wie gewöhnlich darin hausen; und wenn ich Glück hatte, würde niemand etwas bemerken, bis mir eine Lösung eingefallen war.

Am nächsten Morgen saß ich mit Ma am Frühstückstisch. Ich hatte ihr schon vor Tagen vom Ball erzählt und ihn als Veranstaltung von Timus' Schule ausgegeben. Natürlich hatte Ma alles über Timus wissen wollen, und beim Erzählen merkte ich, dass ich Timus noch eine Chance geben wollte.

»Schade, dass ich ihn heute nicht kennenlernen kann. Du musst ihn mir unbedingt demnächst vorstellen.«

»Unbedingt«, sagte ich. Ma hatte zu ihrer eigenen Schicht im Café noch Nadines übernommen, weshalb sie den ganzen Tag fort sein würde. Das kam mir nicht ganz ungelegen, denn ich hätte ihr nur schlecht mein Kleid aus dem Hause TaSch erklären können.

»Ich hoffe, er ist ein gut erzogener junger Mann?«

»Mama«, sagte ich genervt, sie lachte.

Ich übernahm es, abzuräumen, und Ma machte sich im Bad fertig, wobei ihr glücklicherweise das Fehlen der Puderdose nicht auffiel.

Ma war noch nicht lange weg, da kam auch schon Val vorbei. Sie hatte meine Nachricht bezüglich des Koffers erhalten und übergab ihn mir mit hochgezogenen Brauen.

»Ich dachte, du wolltest ihn so dringend loswerden?«

»Ja. Er soll auch gar nicht lange bleiben.« Mein Blick fiel auf Vals große Tasche. »Was hast du da drin?«

»Das sind nur ein paar der Dinge, die ich für die Rückverwandlung brauche«, klärte sie mich auf. »Ich hab sogar einen Gegenstand dabei.«

»Ist es eigentlich gefährlich für Caruso? Ich meine, Salien?«

»Kann sein.« Val schob ihre Brille zurück. »Aber was würdest du denn tun an meiner Stelle? Ihn für immer eine Kröte sein lassen?«

»Kommt drauf an. Wenn es gefährlich ist, solltest du lieber nach einer anderen Möglichkeit suchen.« Ich betrachtete Val, die blinzelnd zu Boden sah. »Moment! Du willst doch nicht ernsthaft sein Leben riskieren, nur damit du nachher mit ihm zu diesem bescheuerten Ball gehen kannst?«

Val sah noch immer zu Boden.

»Val! Das ist doch nicht dein Ernst?«

»Ich muss doch etwas unternehmen! Er kann nicht länger eine Kröte bleiben. Er fühlt sich nicht wohl, ich spüre das.«

»Natürlich fühlt er sich nicht wohl. Aber es wäre total unverantwortlich, die Dinge jetzt aus purem Egoismus zu überstürzen. Hast du wirklich jede Möglichkeit in Betracht gezogen?«

»Nicht jede«, gab Val ausweichend zu.

»Bitte, Val«, sagte ich mahnend.

Ich stellte mich vor sie und legte ihr beide Hände auf die Schultern. Ich durfte nicht zulassen, dass sie Saliens Leben aufs Spiel setzte, nur weil sie in seiner Begleitung auf dem Ball erscheinen wollte.

»Du darfst ihn nicht in Gefahr bringen. Lass uns nach dem

Ball noch einmal gemeinsam nach einem Weg suchen, ihn zu befreien. Ja?«

Val schwieg. Ich sah, wie sich Tränen in ihren langen Wimpern verfingen.

»Ich bin es ihm schuldig, Flo.«

»Quatsch. Du bist ihm schuldig, ihn unversehrt zurückzuholen«, sagte ich mit glühenden Wangen. »Er hat nichts davon, wenn es schiefgeht, nur weil du es eilig hast. Ich helfe dir, Val, und wenn es ein ganzes Jahr dauert.«

Schließlich gelang es mir, Val von ihrem verrückten Plan abzubringen. Sie schwor mir hoch und heilig, Caruso vorerst in Ruhe zu lassen.

Damit sie ganz sicher nicht auf dumme Gedanken kam, überredete ich sie, gegen siebzehn Uhr zu mir zu kommen, damit wir uns gemeinsam für den Ball fertig machten.

Nachdem Val gegangen war, rief ich Scitus in den Kosmetikspiegel zurück. Er erschien mit ausdrucksloser Miene. Ich murmelte eine Entschuldigung, wickelte den fliederfarbenen Spiegel ein und steckte ihn in die Kommode.

Danach legte ich mich noch einmal hin, und mir fiel auf, wie herrlich leise es im ganzen Haus war. Nicht einmal Scitus gab einen Piep von sich.

Eine gute Stunde später weckte mich das Klingeln meines Handys. Es war Gracia.

»Ich wollte dir nur viel Spaß wünschen, auf deinem ersten Märchenball.«

»Danke. Ohne das wunderschöne Kleid von dir wäre ich vielleicht gar nicht gegangen, weißt du das?«

»Unsinn, Flora Anthea. Es ist wichtig, dass du Kontakte knüpfst und Freundschaften pflegst. Du bist Teil der Märchenwelt.«

»Ja«, erwiderte ich, »und ich freue mich, dass wir beide uns dadurch ein bisschen besser kennengelernt haben.«

Stille. Okay, vielleicht waren wir noch nicht so weit, über unsere Gefühle zu sprechen.

»Ähm«, machte ich schließlich. »Wie kommst du mit deiner supergeheimen Sache voran?«

Sie hatte mir immer noch nicht gesagt, was sie so beschäftigte, seit wir uns auf dem Friedhof getroffen hatten. Und auch jetzt wollte sie nicht recht damit herausrücken.

»Ich kann noch nicht darüber sprechen. Aber, wenn ich mich nicht irre, wird es für dich eine große Überraschung werden.«

»Für mich?«

Sie zögerte und stieß dann seufzend hervor: »Ich weiß nicht, wie deine Mutter dazu stehen wird, aber ich glaube, du wirst dich sehr darüber freuen.«

Sosehr ich auch quengelte, Gracia ließ sich nicht erweichen, standhaft wahrte sie ihr Geheimnis.

»Also, genieß den Abend, Dornröschen«, wünschte sie schließlich. Ich hatte schon fast aufgelegt, da hörte ich sie noch sagen: »Ich bin froh, dich zur Enkeltochter zu haben.«

Wenn Val nicht endlich gekommen wäre, hätte ich mir wohl den restlichen Abend das Hirn zermartert, was Gracia mit »Überraschung« meinen konnte. Die Vergangenheit hatte nämlich gezeigt, dass Gracias Auffassung von Dingen, über die ich mich freuen würde, ziemlich weit von der meinen entfernt lag.

Val hatte eine riesige Tasche dabei, die sie ächzend in meinem Zimmer fallen ließ.

»Meine Omama freut sich schon, dich nachher zu treffen«, sagte sie. »Sie kannte deine Urgroßmutter, meint sie.«

»Ach, echt?« Ich half Val, ihre Tasche auszupacken. Obenauf lag eine Kleiderschutzhülle.

Val lächelte verträumt. »Du könntest mir die teuerste Luxuskarre hinstellten, das würde mich nicht im Geringsten interessieren. Aber bei Kleidern von TaSch werde ich schwach.«

Das verstand ich nur zu gut. Gespannt fragte ich: »Was für eine Art Kleid wirst du denn tragen?«

»Omama wollte wieder etwas aus Haar, aber das finde ich ein bisschen eklig.«

»Warum? Weil alle denken könnten, du bist darunter nackt?«

»Wir alle sind nackt unter unseren Kleidern«, antwortete Val und packte ihren Frisierkoffer aus. »Wir haben uns diesmal für etwas entschieden, das dem verborgenen Rapunzel ein Andenken sein soll. Wirst schon sehen.«

Sie öffnete den Koffer, und ich betrachtete fasziniert die vielen Geräte darin. Einen Haartrockner, der extrem leistungsstark aussah, einen Lockenstab und ein Glätteisen. Außerdem hatte Val Lockenwickler in allen Größen dabei und einen Satz Friseurscheren.

»Die sind aus Japan. Extrem scharf. Wenn du die benutzt, musst du höllisch aufpassen.«

Ich hatte nicht vor, mir die Haare zu schneiden, da meine im Gegensatz zu Vals ja nicht sofort nachwachsen konnten.

Val, die ihre Haare gerade an den Seiten kurzrasiert und das längere Deckhaar hochtoupiert trug, griff sich mit beiden Händen hinein. Es dauerte nicht lang, und die Haare reichten ihr bis über die Schultern.

»Ich will sie heute natürlich lang tragen. Mit Locken«, sagte sie und schnappte sich den Lockenstab. »Ich weiß nur noch nicht«, sie nahm eine der superscharfen Scheren, »ob mit Pony oder ohne.«

Ich sah neidisch zu, wie sie sich versuchsweise einen Pony schnitt, ihn länger werden ließ, wieder nachschnitt und schließlich doch ganz rauswachsen ließ.

Da wir beide Kleider mit einem vorerst weiten Ausschnitt hatten, der sich erst nach dem Anziehen an unsere Körper schmiegen würde, machten wir zuerst die Haare.

Val hatte Rapushoo mitgebracht, und ich verwandelte meine Haare damit in einen Traum aus glänzender Fülle. Ich entschied mich für eine Hochsteckfrisur, die ich ohne Vals Hilfe niemals hinbekommen hätte; sie hatte nicht nur ein Händchen für ihre eigenen Haare. Einzelne Strähnen zog sie über den Lockenstab und steckte sie locker ein. Im Nacken und an den Seiten ließ sie ein paar Strähnen verspielt fallen.

Ich war sprachlos, als ich ihr Werk im Spiegel betrachtete.

Val selbst hatte ihr Haar bis zum Boden wachsen lassen und großzügige Locken hineingedreht. Die Deckhaare hatte sie am Hinterkopf zusammengefasst und zwei breite Strähnen rahmten ihr Gesicht ein. Sie war wunderschön, und das sagte ich ihr auch. Sie machte einen artigen Knicks und gab das Kompliment zurück.

Ich tuschte mir die Wimpern und benutzte meinen Lippenstift mit dem besonders schönen Rot.

»Jetzt die Kleider?«, fragte Val, und ich nickte aufgeregt.

Val zog sich im Bad um, ich blieb in meinem Zimmer.

Wie schon beim ersten Mal begann der Stoff sich zu verändern, sobald er auf der Haut lag. Der Rock wurde länger, das Mieder schmiegte sich um meinen Brustkorb, und schon war ich wieder in tiefrote Seide gehüllt, die wie lebendig wirkte. Die Perlen wurden zu Rosen, die Ranken begannen, sich um mich zu winden, die grünen Blätter raschelten.

Ich schlüpfte in die Schuhe. Sie hatten ein paar Nummern zu klein ausgesehen, aber auch sie passten sich meinem Körper an und waren herrlich bequem.

Ich drehte mich übermütig im Kreis, und die Rosenranken bildeten eine Schleppe, die meiner Bewegung anmutig folgte.

Val kam aus dem Badezimmer, und ich schnappte erneut nach Luft. Ihr Mieder war aus silberglänzendem Stoff und endete kurz unterhalb der Brust. Danach fiel es in einen Rock aus weißem, zart wallendem Nebel.

»Dreh dich mal um«, sagte ich begeistert.

Val zeigte mir ihren Rücken. Es war ein sehr tiefer Ausschnitt, und der feine Nebel wurde genau an der richtigen Stelle dichter.

»Das ist ja umwerfend schön«, rief ich und berührte den Nebel mit der Hand. Wie der Stoff, aus dem mein Kleid war, fühlte er sich warm und sonderbar fließend an. »Diese Schneiderleins haben es echt drauf. Das ist ja Wahnsinn.«

»Deins aber auch«, sagte Val anerkennend und zeigte auf eine Ranke, die sich von meiner Schulter um den Arm zum Handgelenk wand, dort eine zierliche Knospe hervorbrachte, und sich wieder zurückzog.

Es klingelte.

»Das ist Timus«, sagte ich. »Und? Was meinst du, werde ich ihm gefallen?«

»Flo, du siehst fantastisch aus.«

Timus' Aussehen war dann auch eine Überraschung. Er trug einen schwarzen, maßgeschneiderten Anzug, dazu ein weißes Hemd und eine dunkle Krawatte. Auch seine Schuhe waren von edler Qualität. Für seine Frisur hatte Timus sich ebenfalls viel Zeit genommen, sein dickes, dunkelblondes Haar saß perfekt. Nur täuschte das alles nicht über ein riesiges Veilchen hinweg. Man sah, dass er versucht hatte, es zu überschminken, doch er hatte dabei nur mittelmäßigen Erfolg gehabt.

»Was hast *du* denn gemacht?«, fragte ich verblüfft. Val trat interessiert näher.

Sie lachte. »Das hast du dir am Mittwoch eingefangen, oder? Hab schon gehört, dass es da Schwierigkeiten gegeben hat.«

»Blödsinn«, erwiderte Timus säuerlich. »Hört mal, lasst uns so tun, als wäre alles in Ordnung, ja?«

Der Eingang zur Stadthalle wurde von Sicherheitsleuten der Genaver kontrolliert. Sie ließen sich trotz der eindeutig von TaSch stammenden Kleider nicht nur unsere Einladungskarten zeigen, sondern hakten auch gewissenhaft und betont langsam auf einer Gästeliste die Namen ab.

»Kommt schon, Leute«, sagte Timus ungehalten. »Ihr wisst doch genau, wer ich bin.«

»Wissen wir, Herr Fürchtenicht«, erwiderte einer der Männer, »aber Vorschrift ist Vorschrift.«

Dann flüsterte er dem Kollegen direkt neben sich etwas zu,

von dem wir nur das Wort »Veilchen« verstehen konnten. Die beiden lachten.

Timus machte einen schnellen Schritt auf ihn zu, woraufhin der zurückzuckte. Timus lächelte.

»Okay. Ihr sollt auch euren Spaß haben. Muss ja ziemlich frustrierend sein, wenn die ganzen wichtigen Leute reingehen und ihr hier draußen bleibt.«

»Timus!«, sagte ich empört.

Der Mann zuckte die Schultern. »Ja. Ein paar Wichtige hab ich schon gesehen. Aber auch andere. Ich denke, hier draußen ist es ganz nett.« Er nickte Val und mir zu. »Viel Spaß den Damen.«

Timus ging wütend hinein. Er entschuldigte sich und ließ uns im Eingangsbereich stehen.

Es waren viel mehr Leute da, als ich mir vorgestellt hatte. Ich war davon ausgegangen, dass einige ehemalige und aktive Fabulae sowie ausgewählte Genaver zu diesem Agentur-Ball eingeladen worden waren, doch der Saal war voll.

Val riss einen Arm in die Höhe und rief: »Mum! Mu-hum!«

Dann schob sie mich auf eine Frau zu, die so wenig Ähnlichkeit mit Val hatte wie ich mit Neva.

Frau Schmidt, Vals Mutter, hatte schwarzes Haar, das mit so vielen glitzernden Haarnadeln festgesteckt war, dass ich mich fragte, ob es wohl eine Sicherheitsmaßnahme war.

Sie war klein und hatte eine rundliche Figur, ihr freundliches Gesicht mit roten Wangen war hübsch.

Ihr Kleid war aus dem gleichen Stoff wie Vals, nur war ihr Schnitt ein ganz anderer. Es reichte bis zum Boden, die Schultern waren bedeckt, und der Ausschnitt war hochgeschlossen.

»Ah, du bist also Flo«, sagte sie mit einer unerwartet vollen

Stimme. »Val hat uns viel von dir erzählt. Wusstest du, dass meine Mutter deine Großmutter Anthea kannte?«

Ich überlegte noch, ob ich *Urgroßmutter* verbessern sollte, da kam eine Dame auf uns zu, die sofort als Vals Mutter durchgegangen wäre, was Ähnlichkeit und jugendliches Aussehen betraf. Ihr langes Haar war rapushoomäßig weich und glänzend. Sie überragte ihre Tochter Frau Schmidt um einen Kopf.

»Meine Güte«, stieß diese aus. »Da muss ich ja gar nicht fragen. Du bist Anthea Hoss' Enkeltochter.«

Wieder erwog ich eine Verbesserung, beließ es dann dabei und schüttelte ihre Hand. »Schön, Sie kennenzulernen.«

»Du siehst aus wie die junge Anthea. Ich war damals noch ein Küken, als ich sie kennenlernte«, sie lachte kopfschüttelnd, »aber ich werde sie nie vergessen. Sie hat kein Blatt vor den Mund genommen und großen Eindruck auf mich gemacht, das kann ich dir sagen.«

Ich bemerkte, wie eine ihrer dicken Haarsträhnen sich wie ein Tentakel zum Tisch ausstreckte, auf dem jemand ein Glas abgestellt hatte.

»Sie … Ihr …« Ich kratzte mich verlegen am Hals. »Ihre Haare.«

Es war zu spät. Die Strähne hatte das Glas bereits zur Hälfte geleert. Vals Oma packte sie mit einem geübten Handgriff. Sie entschuldigte sich und eilte auf die Damentoilette, um sich neu zu frisieren.

Während ich mich weiter mit Frau Schmidt unterhielt, sah ich mich unter den anderen Gästen um und entdeckte dabei die unglaublichsten Kleider.

Für Val, die mit einer älteren hochgewachsenen Dame sprach, war das nichts Neues, aber mich haute es einfach um.

Die Herren waren wie Timus geschmackvoll und elegant gekleidet, nur wenige waren darunter, die sich nicht für Schwarz entschieden hatten.

Dann wurde das Licht gedämpft, und eine weibliche Stimme sprach in ein Mikrofon:

»Sehr geehrte Damen und Herren, liebe Fabulae, aktiv und ehemalig, hochverehrte Genaver.« Applaus erfüllte die Halle, bis die Stimme fortfuhr: »Es ist mir eine Ehre, Sie alle heute Abend hier begrüßen zu dürfen. Unser Gastgeber, Edgar Krämer«, wieder Applaus, »wird sich später mit ein paar Worten an Sie wenden, doch zuerst wollen wir den Abend mit einer ganz besonderen Aufführung beginnen lassen.«

Es wurde dunkel, und auch das aufgeregte Getuschel erstarb. Klänge so klar und klirrend wie von einem Xylophon aus Eis ertönten.

Dann erfüllte das Geräusch von schlagenden Flügeln die Luft, und sechs Schwäne aus goldenem Licht flogen aus unterschiedlichen Richtungen durch den Saal, trafen sich in der Mitte und verschmolzen dort zu einer strahlenden Kugel, die sich in eine drehende Krone verwandelte.

Eine helle Flöte setzte ein, dann eine zweite und dritte, die eine zarte Melodie spielten. Die Krone sank langsam zu Boden, und daraus entstieg eine wunderschöne Frau. Sie stellte sich auf die Spitzen, hob ihre Arme und begann zu tanzen. Die Krone verwandelte sich wieder in Lichtschwäne, die um sie herumflogen und ihre Bewegungen begleiteten. Ringsum hörte ich leise »Ahhhs« und »Ohhhs«. Auch ich konnte meine Begeisterung nicht zurückhalten und lachte, als mir ein Schwan im tiefen Flug über den Kopf strich.

Schließlich hoben die Schwäne die Frau vom Boden und trugen sie zurück zur Decke, wo sie im Licht verschwand.

Dann flogen sie zu ihren Ausgangspositionen und explodierten wie Feuerwerk, das golden auf die Zuschauer herabregnete.

Während des Tanzes waren alle wie gebannt gewesen, doch jetzt erhob sich tosender Applaus.

»Guten Abend«, brummte Krämers Stimme über die Lautsprecher. »Das war Charlotte Dreyer, eine ehemalige Fabula. Charlotte, danke für diese hervorragende Darbietung.«

Charlotte Dreyer, nun in ein Kleid gehüllt, das wie ihre Schwäne aus Licht zu bestehen schien, schritt durch die Tischreihen und verbeugte sich vor der klatschenden Menge.

»Ich freue mich, diesen Abend mit Freunden zu verbringen«, dröhnte Krämer, der das Mikrofon abwechselnd zu nah und zu weit weg hielt. »Schön, dass ihr alle gekommen seid. Besonders du, Simon.« Ein Lichtkegel wanderte zu einem Tisch, an dem ein Mann mit eingegipstem Arm und Verband um den Kopf saß. Er hob den Gipsarm und wurde mit Beifall belohnt. Dann rief er Krämer etwas zu, was ich nicht richtig verstehen konnte, doch Krämer lachte. »Keine Sorge, alter Junge. Ich habe einen Tanz für dich reserviert.« In das einsetzende Gelächter rief er, begleitet von einer Rückkopplung: »Leider fehlt heute Abend eine Fabula. Wie die meisten wissen, wurde sie bei einem Einsatz verletzt. Aber ich kann euch beruhigen, sie wird wieder ganz auf die Beine kommen.«

Erneut klatschten die Leute, und vereinzelt wurde »Mavie, Mavie!« gerufen.

»So, und jetzt amüsiert euch!«, beendete Krämer seine Rede,

Musik setzte ein, und das Gemurmel der Anwesenden klang nur noch verwaschen.

Charlotte Dreyer ging nah an mir vorbei. Fasziniert sah ich ihr nach und entdeckte dabei Neva und Hektor. Sie kamen gemeinsam auf uns zu. Hektor hatte fest den Arm um Nevas Schultern gelegt, sie ihren Arm um seine Hüfte geschlungen. Ich schluckte den Kloß hinunter, den ich bei diesem Anblick unweigerlich verspürte.

Nevas Kleid war wie aus einem halb gefrorenen Gebirgsbach geschneidert, unter dessen Oberfläche das Wasser floss. Es glitzerte weiß, silbern und hellblau. Fasziniert sah ich, wie immer wieder kleine Eisstückchen abbrachen und langsam dahintrieben. Der kurze, ausgestellte Rock gab den Blick auf Nevas schöne Beine frei, und als sie sich umdrehte, erkannte ich, dass der Bach wie eine Schleppe von ihrem Rücken floss.

»Das ist ein traumhaft schönes Kleid, Neva«, sagte ich aufrichtig.

Sie sah mich ernst an, dann breitete sich ein Lächeln auf ihrem Gesicht aus.

»Danke, Dornröschen. Du siehst auch echt toll aus.«

Ich sah zu Hektor und bemerkte, dass er mich anstarrte. Nicht einmal das TaSch-Kleid fühlte sich auf meiner Haut an wie dieser Blick. Mir entging nicht, wie sich drei zarte Rosenranken über meinen Arm in Hektors Richtung wanden. Bevor sie noch erblühen würden, drehte ich mich hastig weg.

Auch Hektor trug einen schwarzen Anzug, aber seine Krawatte war aus dem gleichen Stoff wie Nevas Kleid. Wann immer er Neva berührte, floss ihm kristallklares Eiswasser über die Brust. Seine dunklen Haare hatte er mit Gel zurückgekämmt, was seine markanten Züge betonte. Er sah genau so aus wie der Mann, den man sich an der Seite der wunderschönen Neva vorstellen würde.

Sie nickte, als er ihr etwas ins Ohr flüsterte. Er führte sie zu einem Tisch und zog ihr einen Stuhl vor. Neva setzte sich und winkte mich zu sich.

Ich sagte Val Bescheid, damit sie nachkam, verabschiedete mich von Frau Schmidt und ging zu Neva und Hektor.

Hektor ging nah an mir vorbei und neigte seinen Kopf. Ich atmete seinen warmen Duft ein und fühlte einen Schauer, der mir bis in die Zehenspitzen ging, als seine Stimme so nah an meinem Ohr klang.

»Soll ich dir was zu trinken mitbringen?«

»Wasser«, sagte ich und zuckte zurück, als meine Lippen seine Wange streiften. Hektor ging, ohne mich noch einmal anzusehen, davon.

28. Kapitel

»Hier bist du.«

Ich fuhr herum. Timus stand hinter mir. Sein eben noch sorgsam frisiertes Haar war durcheinander, und er band sich seine Krawatte neu. Er grinste mich an. Das gedämpfte Licht malte seine scharfen Konturen mit dunklen Schatten nach.

»Komm. Dort hinten sitzt Karin Goldhaar. Und meine Eltern sind da auch irgendwo.«

Er nahm meine Hand und zog mich mit sich, ehe ich etwas sagen konnte. Ich hätte mich gern von ihm losgemacht und wäre bei Neva geblieben, doch ich war mit Timus hergekommen und dachte, ich sei es ihm schuldig.

Karin Goldhaar war auch jetzt in Yukis Begleitung. Nevas große Schwester sah nur kurz auf, als Timus und ich an den Tisch traten, und unterhielt sich dann weiter mit einem sehr interessiert wirkenden jungen Mann.

Karin Goldhaar blieb sitzen, reichte Timus ihre Hand und nickte mir mit einem so strahlenden wie falschen Lächeln zu.

»Guten Abend, Dornröschen.« Sie musste gegen die Musik sprechen. »Ich habe den Bericht gelesen, den Edgar uns eingereicht hat. Deinen letzten Einsatz hast du bemerkenswert abgeschlossen. Ich gratuliere.«

Ich spürte, wie ich rot wurde, und sagte verlegen: »Ohne Neva wären wir da nicht heil rausgekommen.«

»So?« Sie musterte mich mit amüsiert gespitzten Lippen, auch Yuki sah lauernd zu mir herüber.

»Schmäler deine Rolle bei diesem Einsatz nicht, Flo«, sagte Timus.

Karin Goldhaars Kleid war eine Vollmondnacht mit viel zu tiefem Ausschnitt und viel zu funkelnden Sternen, über die gemächlich dunkle Wolken zogen.

»Wir sollten uns mal zusammensetzen, Dornröschen. Du musst mir unbedingt von dir erzählen. Ich fördere gern den Nachwuchs, besonders, wenn er so vielversprechend ist, wie du.«

Mir fiel auf, dass Yuki mich mit einem so eisigen Blick bedachte, dass ihr Kleid dagegen das reinste Kaminfeuer war. Auch Goldhaar bemerkte das. Sie legte mit einem Lachen ihre Hand auf Yukis Unterarm.

»Nicht doch, meine Liebe. Du wirst immer meine Nummer eins bleiben. Versprochen.«

Goldhaar wandte sich an Timus und deutete mit einem schwarzlackierten Fingernagel auf dessen Veilchen.

»Wie viele Leute waren denn dafür nötig?«

Timus beugte sich zu ihr hinunter, und die beiden vertieften sich in ein angeregtes Gespräch.

Dieser Teil des Ballsaales war offenbar für die wichtigen Leute, wie Timus sie gern nannte, reserviert. Das äußerte sich vor allem in ernsten Gesichtern und herablassenden Blicken, die sie sich auch untereinander zuwarfen.

Ich fühlte mich fehl am Platze, und da Timus mich ohnehin vergessen zu haben schien, nutzte ich die Gelegenheit, mich davonzustehlen.

Ich kam an der Tanzfläche vorbei, auf der sich bereits viele ausgelassene Tänzer tummelten. Unter ihnen entdeckte ich Neva und Hektor.

Vielleicht lag es an Hektor, der sich mit einem so sicheren Rhythmusgefühl bewegte, dass Neva dabei ganz verloren wirkte. Ich sah ihnen kurz zu und ärgerte mich über mich selbst, denn es erleichterte mich beinahe, dass die wunderschöne, fast perfekte Neva einen kleinen Fehler hatte: Sie konnte nicht tanzen.

Neva sah mich, als ich mich gerade durch die Reihen schieben wollte, und kam schnell auf mich zu. Sie nahm mich an beiden Armen und zog mich direkt auf die Tanzfläche.

»Du musst übernehmen!«, rief sie mir über die Musik zu. »Ich bin dafür nicht geschaffen.«

Sie verpasste mir einen leichten Schubs, der mich geradewegs in Hektors Arme beförderte. Er hielt mich fest, und als ich den Kopf hob und sich unsere Augen trafen, war ich froh darüber, denn meine Beine hätten mich sonst im Stich gelassen. Es fühlte sich an, als hoben die Schwäne diesmal mich in die Luft.

Hektor war ein ausgezeichneter Tänzer. Wir tanzten fünf oder sechs Lieder durch, und dann kam ein Stück, das ich sehr mochte. Ich freute mich, dass es auch Hektor gefiel. Die Rosen auf meinem Kleid waren nun alle erblüht, und immer wieder versuchte eine vorwitzige Ranke, Hektor einzufangen. Val fegte als Solotänzerin an uns vorbei und ließ dabei kleine Fetzen aus Nebel in der Luft stehen.

Wir breiteten ausgelassen unsere Arme aus, verschafften uns rücksichtslos etwas mehr Platz unter den Tanzenden.

Ich hätte alles um mich herum vergessen können und lachte vor Glück.

Dann kam ein langsameres Stück. Hektor legte seine Arme um mich, und ich kam aus dem Takt, weil mein rasender Herzschlag selbst die Musik übertönte. Für Hektor war das kein Problem, er zog mich enger an sich, und mein Körper folgte seinen Bewegungen. Ich hatte die Augen geschlossen und hielt die Luft an, als könne ich damit auch die Zeit anhalten, da flüsterte Hektor mir ins Ohr: »Weißt du, wie schön du bist, Flo?«

Ich sah zu ihm auf, und etwas in seinem Blick hinderte mich daran, wieder wegzuschauen. Wir tanzten in einem vollen Raum, in dem es nur uns beide gab.

Ein Ruck brachte mich in die Wirklichkeit zurück. Zuerst dachte ich, wir wären von der Tanzfläche abgekommen und vielleicht gegen einen Tisch gestoßen.

Doch dann sah ich Timus. Er hatte Hektor einen Stoß verpasst. Hektor hielt Timus sofort beschwichtigend die geöffneten Handflächen entgegen, doch Timus stieß ihn ein weiteres Mal. Was er dabei sagte, konnte ich auch diesmal nicht verstehen, doch dem Ausdruck in Hektors Gesicht nach zu urteilen, war es wieder etwas sehr Verletzendes.

»Timus«, stieß ich fassungslos aus. »Was hast du gemacht? Was soll das?«

»Was das soll? Warum tanzt du mit diesem Sträfler?«, rief Timus wütend.

Ich starrte erst ihn an, sah dann zu Hektor, der sich wegdrehte und die Tanzfläche verließ. Ein paar Tänzer waren stehen geblieben und hatten die Szene neugierig beobachtet. Ich fuhr zu Timus herum.

Das Blut schoss mir in die Wangen, als ich rief: »Lass mich einfach in Ruhe!«

Damit ließ ich Timus stehen und lief hinaus. Ich musste dringend an die frische Luft.

Ich wollte laut schreien. Ich hatte nicht einfach mit Hektor getanzt, ich hatte mein Herz an ihn verloren! Mit jeder Bewegung, die wir gemeinsam auf der Tanzfläche gemacht hatten, war das Verlangen nach ihm etwas tiefer geworden. Und ich wusste, dass jeder mir hatte ansehen können, was ich für Hektor empfand. Auch Neva.

Es war kalt und die Rosenblüten schlossen sich, doch die Ranken mit ihren zarten Blättern hüllten mich schützend ein, legten sich über meine Schultern und bildeten lange Ärmel. Ich ging ein Stück am Gebäude entlang und um die Ecke und stieß in der Dunkelheit mit jemandem zusammen. Nachdem ich den ersten Schreck überwunden hatte, murmelte ich eine Entschuldigung und wollte einfach weitergehen.

»Allenstein«, sagte Krämer ruhig.

»Was machen Sie denn hier draußen?«

»Und was hast du hier verloren?«

Es war nicht zu überhören, dass er keine Antwort darauf wollte, er fühlte sich anscheinend lediglich in seiner Ruhe gestört. Ich wischte mir eine Träne von der Wange und sah wie er schweigend zum Himmel auf.

Nach einer Weile sagte er:

»Berta ist nicht da.«

»Was?«

»Sie ist nicht gekommen. Normalerweise ist sie immer eine Stunde eher da, kontrolliert alles, geht dem Personal auf den Geist, wischt noch mal den Boden, wenn es sein muss. Du kennst sie.«

»Sie meinen …?«

»Ja.« Krämer holte tief Luft, rieb sich das von Müdigkeit gezeichnete Gesicht und ging. Wenn ich daran dachte, mit welcher Begeisterung mir Berta von dem Ball erzählt und wie sehr sie sich darauf gefreut hatte. Sie hätte ihn niemals freiwillig verpasst.

Ich rannte zurück in den Ballsaal. Neva saß am Tisch und nippte gelangweilt an einem Getränk. Ein deutlich jüngerer Verehrer hatte sich neben sie gesetzt und versuchte ganz offensichtlich sie zu beeindrucken, indem er pausenlos auf sie einredete.

»Entschuldige«, sagte ich zu ihm und drängte mich zwischen ihn und Neva. »Berta ist nicht hier.«

Neva riss den Kopf hoch und ließ den Blick über die Menge schweifen. Sie sprang auf, geriet kurz ins Wanken und hielt nach Hektor Ausschau. Der unterhielt sich gerade mit Val und einem anderen Mädchen, hatte Neva aber die ganze Zeit über im Blick und kam sofort, als er ihren Gesichtsausdruck erkannte.

»Wir müssen los«, sagte sie, und wir liefen zum Ausgang. Hektor fragte erst draußen, was los war.

»Berta ist nicht gekommen«, erklärte ich. »Wir müssen zu ihr fahren, in ihre Wohnung.«

Wir steuerten auf Hektors Auto zu, da holte uns Timus ein. Er hielt mich auf.

»Willst du mich einfach stehen lassen? Für diesen Sträfler?«

»Timus, zisch ab«, sagte Neva, doch der packte Hektor am Kragen.

»Sag mal spinnst du?«, schrie ich ihn an.

Tatsächlich ließ Timus los. Hektor richtete seine Krawatte, und ich fragte mich, ob Timus das gefährliche Aufblitzen in seinen Augen bemerkt hatte.

»Wo wollt ihr denn überhaupt so eilig hin?«, fragte Timus und sah uns misstrauisch an. »Krämer ist verschwunden, Berta gar nicht erst aufgetaucht, und jetzt rennt ihr drei wie angestochen weg.«

»Wir haben einen Einsatz«, sagte Neva.

»Seid ihr das Notteam?«, fragte Timus scharf.

»Nein. Du?«

»Zufällig.« Timus hob triumphierend die Arme. »Ihr wisst, dass es gegen einen Haufen Regeln verstößt, wenn ihr dem Notteam Informationen verschweigt?« Er zeigte auf Hektor. »Besonders für den Sträfler da könnte das schlimme Konsequenzen haben.«

»Rührend, wie besorgt du bist«, sagte Neva, da Hektor stumm blieb.

Timus' Augen richteten sich jetzt auf mich. »Wenn ihr mir sagt, worum es geht, nehme ich euch vielleicht mit.« Neva und ich sahen uns an, bis sie mit den Achseln zuckte.

»Also gut. Wir glauben, Berta ist etwas zugestoßen.«

»Wir nehmen mein Auto«, sagte Timus und drehte sich um.

»Nur, wenn wir alle fahren.« Neva blieb an Hektors Seite. Timus schüttelte den Kopf.

»Ich bestimme selbst, wer bei mir mitfährt.«

»Ja. Das Gleiche gilt für uns«, gab Neva zurück und hängte sich bei Hektor ein, um mit ihm zu seinem Auto zu gehen.

Timus gab kleinbei und ging los, sein Auto holen. Hektor und Neva flüsterten miteinander.

Neva schien wütend und rief laut: »Jetzt stell du dich nicht auch noch wie ein Idiot an. Wenn Berta in Gefahr ist, können wir Timus' Hilfe gebrauchen, das weißt du genau, Hektor.« Sie ging langsam und wacklig auf Timus' Auto zu. »Mach, was du willst, Hektor, ich fahre jetzt mit Timus.«

Hektor fluchte, lief schnell zu seinem eigenen Auto und öffnete den Kofferraum.

Neva kannte Hektor gut, er würde sie nicht allein fahren lassen. Kaum war ich eingestiegen, kam er zum Auto gelaufen und setzte sich hinten zu Neva.

Timus wusste, wo Berta wohnte. Wir sprachen auf der Fahrt nicht viel, Neva forderte Timus lediglich mehrmals auf, langsamer zu fahren.

Berta bewohnte die untere Etage eines Zweifamilienhauses. Hektor stieg sofort aus und holte noch beim Gehen ein kleines Etui aus der Tasche, in dem sich sein Hobby-Einbrecher-Set befand.

Während Hektor damit die Haustür öffnete, lief Timus einmal um das Gebäude. Er stieß wieder zu uns, als Hektor gerade die Wohnungstür geöffnet hatte.

Alles war dunkel.

»Berta?« Neva machte Licht. Im Eingangsbereich lagen ein paar Rosenblütenblätter. Mein Magen zog sich heftig zusammen.

»Der Rosenkavalier ...«

Timus wusste nicht, auf wen es der Rosenkavalier abgesehen

hatte, und sagte: »Wenn dieser Mistkerl wirklich unsere Berta entführt hat, dann gnade ihm Gott.«

Wir hörten das Fauchen einer Katze, kurz darauf sprang Ruby an uns vorbei ins Schlafzimmer.

Wir vergewisserten uns, dass Berta nicht ohnmächtig irgendwo in einem Zimmer lag. Dann sagte Timus: »Wir teilen uns auf. Jeder sucht nach einem Hinweis. Irgendwas!«

Ich ging hinter Ruby her ins Schlafzimmer. Die Katze kam verängstigt unter dem Bett hervor, ich streichelte ihr einen Moment lang den Kopf.

»Ist ja gut, Süße«, sagte ich beruhigend.

Ruby tapste mit der Pfote nach einer meiner Rosen und knabberte danach an einer Ranke, die sich ihr entgegenreckte.

»Siehst du? Schon geht es dir ein bisschen besser. Wir finden deine Berta.«

Mir kamen Gracias Worte in den Sinn. *Geh niemals allein in ihr Haus.*

Jetzt stand ich allein in ihrem Schlafzimmer. Es war sauber und aufgeräumt. Ich fühlte mich unwohl und wollte den Raum von einer irrationalen Angst getrieben wieder verlassen, dabei fiel mein Blick auf ein Kleid, das Berta an den Schrank gehängt hatte. Ein schlichtes hellblaues Abendkleid. Wahrscheinlich hatte sie es zum Ball tragen wollen.

Darunter standen ihre Schuhe. Grüne Schuhe mit einer Verzierung aus Pailletten an den Seiten. Berta würde niemals diese Farben miteinander kombinieren, sie achtete immer darauf, dass alles perfekt Ton in Ton war.

Nachdenklich trat ich an den Schrank und öffnete ihn. Und tatsächlich fand ich ein Paar dunkelblaue Pumps darin.

Ich nahm die Schuhe und betrachtete sie, da fiel ein Zettel aus einem von ihnen. Ich hob ihn auf. *Carolina* stand darauf geschrieben.

Ich überlegte. Wer konnte Carolina sein? Eine weitere Schwester?

Mit dem Zettel in der Hand lief ich ins Wohnzimmer, wo ich Neva und Hektor fand. Hektor suchte in Schubladen herum, während Neva auf dem Sofa saß. Sie hatte einen Stapel Notizen gefunden, den sie durchging.

»Und?«, fragte ich und setzte mich zu ihr.

»Nichts. Einkaufszettel, Kuchenrezepte, ein Termin beim Optiker. Nichts, was uns weiterhilft.« Sie schlug verärgert mit der flachen Hand auf den Stapel. »Und bei dir?«

»Ich habe das hier gefunden.« Ich erläuterte kurz die Umstände meines Fundes.

Neva nahm mir den Zettel ab. »Du meinst, sie hat den Rosenkavalier gesehen und noch schnell eine Nachricht hinterlassen?«

»Zumindest wollte sie nicht, dass dieser Kerl die Nachricht findet. Sie muss in Eile gewesen sein. Ihre Handschrift ist sonst geschwungener.«

Neva nickte und sah ratlos auf den Zettel. »Carolina?«

Hektor hob den Blick, blieb aber stumm, weil Timus das Wohnzimmer betrat.

»Habt ihr was?«

Neva wedelte mit dem Zettel. »Hat Flo gefunden. Kennst du eine Carolina?«

»Wer soll das sein?«, gab Timus zurück. »Das bringt uns nicht weiter. Wir sollten …«

Hektor unterbrach ihn. »Carolina könnte eine Frau sein. Es könnte aber auch ein Ort sein.«

Timus machte ein abfälliges Geräusch, doch Neva und ich horchten auf. Davon ermutigt, erzählte Hektor: »Es gibt zwischen Kassel und Göttingen einen kleinen Ort, Unterkreupen.«

»Ja, ist ja gut«, zischte Timus genervt. »Meinst du nicht, Berta hätte dann Unterkreupen geschrieben? Hier steht aber *Carolina.* Das ergibt doch keinen Sinn. Aber was will man von einem …«

»Halt endlich die Klappe, Timus«, blaffte Neva. »Was gibt es da, Hektor? Irgendetwas Besonderes?«

»Nein«, gab Hektor zu. »Es ist ein kleines Kaff mit wenig Einwohnern, aber einem alten, verlassenen Herrenhaus. Es ist heute eine Ruine, bis vor zehn Jahren war es aber eine Art familiengeführtes Hotel und hieß *Haus Carolina.* Das ist alles.«

»Ein Herrenhaus«, überlegte ich. »Meinst du, Berta könnte das gemeint haben?«

»Unwahrscheinlich«, sagte Neva. »Es sei denn, sie verbindet etwas damit.« Sie sah Hektor an. »Gab es etwas, das Berta dorthin geführt haben könnte?«

»Keine Ahnung. Soviel ich weiß, gab es dort Pferde. Mag sie Pferde?«

Das wusste niemand von uns. Hektor zuckte die Achseln. »Dann vielleicht Pflanzen? Da steht ein altes Gewächshaus, das …«

»Ein Gewächshaus?« Ich war wie elektrisiert. Was hatte es noch mal mit dem Gewächshaus auf sich? Ich hatte jemanden darüber sprechen gehört. »Moment …«

Timus lachte. »Ein Gewächshaus? Super Idee, Falkenfeder. Gut, dass du mitgekommen bist.«

»So langsam gehst du mir wirklich auf die Nerven«, gab Hektor zurück und ging auf Timus zu. Der schien darauf nur gewartet zu haben.

»Los, komm …«

»Schluss jetzt«, brüllte ich die beiden an, die es offensichtlich ernst meinten. »Könnt ihr euch nicht ein paar Minuten zusammenreißen? Hier geht es um Berta, nicht um eure Kindergarten-Streitereien.«

Timus und Hektor sahen mich betreten an. Ich nutzte die Stille, um zu sagen: »Greta hat davon gesprochen. Sie hat zu Flint auf dem Dachboden gesagt, sie müssten noch ins Gewächshaus.«

29. Kapitel

Wir fuhren auf die Autobahn. Ich saß wieder vorn, wandte mich aber nach hinten. Nevas Kopf lag auf Hektors Brust. Diesmal fühlte ich keine Eifersucht, sondern Sorge. Neva war kaum aus eigener Kraft zum Auto gekommen. Ich tauschte einen Blick mit Hektor, der die Zähne so fest aufeinander biss, dass die Muskulatur seiner Kiefer deutlich hervortrat. Seine Hand strich sanft über Nevas Rücken.

»Wie weit ist es noch?«, fragte ich. Es war nicht nur Berta, um die wir uns dringend kümmern mussten.

»Nächste Abfahrt«, antwortete Hektor leise.

»Woher weißt du das eigentlich?«, wollte Timus von ihm wissen. »Das mit dem Hotel und dem Gewächshaus?«

»Ich komme aus der Gegend.«

»Aus Unterkreupen?« Timus lachte verächtlich. »Gibt's auch ein Untendrunterkreupen?«

»Kannst du jetzt endlich mal still sein?«, fauchte ich wütend.

»Das Gewächshaus stand lange leer. Ich dachte eigentlich, es würde bald abgerissen. Aber als ich zuletzt durch das Dorf gefahren bin, habe ich gesehen, dass ein Transporter davorstand«, erzählte Hektor einfach weiter. Ich wusste, er tat es, um Neva durch seine Stimme zu beruhigen.

»Hier?«, fragte Timus und setzte den Blinker.

»Hier abfahren, dann sind es nur drei, vier Kilometer.«

Wir nahmen die Ausfahrt und befanden uns fernab der Stadt in der Dunkelheit. Nur ein schwacher gelber Lichtschein stand in der Ferne. Darauf fuhren wir zu und erkannten bald, es war das Gewächshaus.

Timus machte das Licht aus und ließ das Auto langsam in einen Feldweg rollen, bis er gut fünfzig Meter von dem Gebäude entfernt anhielt. Ein Transporter mit geöffneten Türen stand davor.

»Du bleibst hier«, sagte Hektor zu Neva. Sie wollte sich aufrichten, doch ich drückte sie mit beiden Händen zurück in den Sitz. Ihr Kleid war länger geworden, auch ihre Schultern und Arme waren nun von dem Gebirgsbach bedeckt. Er floss viel langsamer als zuvor. Meine Hände fühlten sich auf dem Stoff warm an, ich strich Neva beruhigend über die Seite.

»Bitte, Neva. Bleib hier. Wir machen das, ja?«

Sie nickte. Hektor, Timus und ich stiegen aus und schlossen lautlos die Autotüren.

Timus flüsterte: »Hört ihr das? Spielt da jemand Klavier.«

»Claude Debussy«, sagte Hektor leise. »Claire de Lune.«

Auf meinen fragenden Blick erklärte er: »So etwas weiß man hier in Unterkreupen.«

Timus zischte etwas, und wir schlichen auf das Gewächshaus zu. Wir hatten keine Versteckmöglichkeiten, das Gebäude war nur von flachen Feldern umgeben. Wenn jetzt jemand herauskam, würde er uns unweigerlich entdecken. Nebeneinander gingen wir in die Hocke und beobachteten das Gelände.

»Und jetzt?«, fragte ich leise.

»Wir rufen Verstärkung«, antwortete Timus und holte sein Handy hervor. Er zog sich in die Dunkelheit Richtung Auto zurück. Hektor ließ das Gewächshaus nicht aus den Augen. Ich wurde unruhig.

»Wir können nicht so lange warten, Hektor.« Wenn Berta da drin war, würde sie unsere Hilfe brauchen. Wenn sie nicht da drin war, müssten wir sie woanders suchen. So oder so, wir hatten keine Zeit zu verlieren.

»Wir gehen da nicht alleine rein. Wenn es wirklich der Rosenkavalier ist, sind wahrscheinlich auch die Reguli hier.« Er drehte sich um. »Wo bleibt Timus? Hat er jemanden erreicht, oder sind die alle auf dem Ball?«

Ich biss mir auf die Unterlippe. Natürlich, sie alle waren auf dem Ball, Timus war das Notteam, und der war ja schon hier. Wir würden lange auf Verstärkung warten können.

Ich erhob mich langsam. Die Ranken meines Kleides versuchten, mich am Boden festzuhalten, doch ich machte mich mit einem Ruck los. Kaum auf den Füßen, lief ich auf das Gewächshaus zu. Ich hörte Hektor, wie er mit gepresster Stimme nach mir rief. Doch ich lief weiter.

Ein Pflanzendickicht presste sich an die Scheiben, und ich konnte nicht sehen, was im Innern vor sich ging. An der Kopfseite stand eine Tür offen. Ein schwerer, süßer Duft und die Klaviermusik drangen heraus. Ich huschte darauf zu.

»… jetzt fehlen nur noch zwei, dann haben wir alle Schwestern wieder vereint«, sagte eine junge Männerstimme. »Wusstest du, mein Liebe, dass diese Schwester besonders schwer zu überwältigen war? Das schlaue Aas hat gewusst, dass ich komme. Sie hat sich verstecken wollen und mir sogar ein räudiges Katzenvieh auf den Hals gehetzt.«

Mit wem sprach er bloß? Ich hörte ein leises Knacken hinter mir. Als ich mich umdrehte, sah ich Hektor, der mit entschlossenem Gesichtsausdruck auf mich zukam.

Er würde mich nicht hineingehen lassen, deshalb durfte ich nicht warten, bis er mich daran hindern konnte. Mit einem Sprung war ich durch die geöffnete Tür ins Innere gelangt.

Das Klavierspiel erstarb mit einem Misston, als der junge Mann dahinter vor Schreck aufgefahren war. Er starrte mich an, während ich versuchte, Berta zu entdecken.

Er überwand seinen Schreck schneller, als mir lieb war.

»Sie waren auf dem Ball, Frau Allenstein?«

»Sie kennen meinen Namen?«

Er lächelte. Ein wenig zu siegessicher, dachte ich und hörte im gleichen Augenblick ein Knistern und Rascheln. Als ich mich umdrehte, erkannte ich verwirrt, dass der Ausgang zugewachsen war. Dichte Rosenranken griffen fest ineinander, als seien sie seit Ewigkeiten miteinander verwachsen. Ich war umgeben von einer gigantischen Rosenhecke, die einen immer engeren Kreis um mich zog. Die tiefroten Rosenblüten, Tausende Blüten, waren allesamt auf mich gerichtet, als wären es Gesichter, Augen, die mich sehen konnten.

Ich registrierte schockiert, dass die Rosenblüten meines Kleides zu welken begannen.

»Darf ich fragen, was Sie hergeführt hat?«

Der junge Mann war schmal und blass. Seine gerade Nase war wie das Kinn scharf geschnitten, die Augen hingegen wirkten weich, beinahe melancholisch.

Wie er sprach, sich bewegte, all das passte nicht zu seinem jungen Alter. War das der Rosenkavalier?

»Ich suche jemanden«, sagte ich und wunderte mich, wie fest meine Stimme klang.

»Das habe ich befürchtet.« Er hob die Hand, umschloss eine der Rosenblüten und roch daran. »Sind Sie allein?«

»Ja.«

»Natürlich. Junge Frauen in Ballkleidern«, er nahm mich mit einem milden Lächeln in Augenschein, »fahren oft ohne Begleitschutz durch die Gegend. Nachts. In Unterkreupen.«

»Sollte es einen Begleitschutz geben, ließe er es wirklich zu, dass junge Frauen allein in einem Ballkleid in ein Gewächshaus laufen? In Unterkreupen?«

Er nickte beifällig. »Guter Einwand. Dieser Begleitschutz hätte seinen Namen in der Tat nicht verdient.«

Er ging zu seinem Klavier und spielte mit einer Hand eine kleine traurige Melodie. »Sehen Sie, dies hier«, er ließ den Blick an der Rosenhecke entlangschweifen, »ist sozusagen mein Refugium. Und ich schätze es nicht, hier gestört zu werden. Schon gar nicht von Fabulae oder wie diese Dummköpfe sich nennen. Dennoch wollte ich Sie ohnehin bald hierherbringen, Frau Allenstein.«

Er war nicht viel älter als ich, und es irritierte mich sehr, dass er mich siezte und mit Frau Allenstein ansprach.

»Wozu?«

»Nun … Ich glaube, Sie können mir bei einer persönlichen Sache behilflich sein.«

Ich wollte ihm gerade mitteilen, wie wenig ich geneigt war, ihm behilflich zu sein, da ließ sich eine wohlbekannte Stimme vernehmen:

»Ach, sieh an!«

Greta trat zu dem jungen Mann und stellte sich dicht neben ihn. Sie hatte die Arme vor der Brust verschränkt und grinste mich spöttisch an.

»Wenn das nicht unser Naivchen ist. Wie war der Ball?«

Sie warf dem jungen Mann einen Blick zu, der viel über ihre Gefühle für ihn verriet. Sie wollte ihm gefallen, ihm imponieren. Meine Situation war, über den Daumen gepeilt, miserabel, aber diese Suppe konnte ich ihr versalzen.

»Schön, dich hier zu treffen, Greta«, sagte ich. »Ich habe es ja sozusagen dir zu verdanken, dass ich hergefunden habe.«

»Wie meinst du das?«

Greta ließ die Arme sinken, ihr Grinsen war wie weggewischt. Sie fuhr zu dem jungen Mann herum und beteuerte: »Jonathan, ich habe ihr nicht gesagt, wo sie uns findet.«

Dieser Jonathan schob das Kinn vor und betrachtete Greta mit kalter Abscheu. Das wollte sie offenbar nicht auf sich sitzen lassen und kam schnell auf mich zu.

»Du verdammte Lügnerin!« Sie holte aus, und mein Kopf flog heftig zur Seite. Dies war die zweite Ohrfeige in meinem Leben, und beide hatte ich von Greta bekommen.

Ich hielt mir die brennende Wange und blickte Greta geradewegs in die Augen. Sie holte erneut aus, doch Jonathan packte sie grob am Arm und stieß sie von mir weg.

»Verschwinde, Greta. Und nimm deine widerliche kleine Bande mit.«

Greta hielt sich den Arm und wich wie ein getretener Hund zurück. Jonathan kehrte mir den Rücken zu, als er der davoneilenden Greta nachsah.

»An diesem besonderen Abend wollen wir nicht von diesen erbärmlichen Kreaturen gestört werden.«

Ich schluckte. Ich machte mir nichts vor, er hatte mich nicht vor Greta beschützt, er hatte etwas anderes im Sinn. Er war wie eine Spinne. Und ich war geradewegs in sein Netz geflattert.

Ich hoffte, Hektor und Timus ließen sich schnell etwas einfallen. Eine Rosenranke hatte sich bereits aus der Hecke geschoben und mein linkes Fußgelenk umwickelt, während Gretas Auftauchen mich abgelenkt hatte. Ich unternahm einen zögerlichen Versuch, die Ranke abzustreifen, doch die riss mir die Haut auf und schlang sich nur noch fester um meinen Knöchel.

»Wo sind die alten Damen?«

»Alte Damen?«, wiederholte Jonathan und beobachtete mit einer Faszination, die mich abstieß, wie eine weitere Ranke meinen anderen Fuß umwickelte. »Hier gibt es nicht eine einzige alte Dame. Ich habe schmutzige, alte Feen. Und eine junge Dame, die sich langsam ihrer Situation bewusst wird, nicht wahr?«

Erneut waren Ranken wie Schlangen zu mir herangekrochen. Sie zischelten und fauchten, rissen mir Wunden und nahmen das Blut mit den Blättern auf. Je mehr Blut sie bekamen, desto schneller wurden sie. Bald legten sie sich mit peitschenden Bewegungen um mich, bohrten mir ihre Dornen tief ins Fleisch.

Meine Arme, die Schultern, die Hüfte, sie waren nun überall an meinem Körper. Eine Ranke riss mir in den Haaren, eine andere legte sich um meinen Brustkorb und drückte mir allmählich die Luft ab.

Mein verzweifelter Blick jagte umher, bis ich Schuhe entdeckte. Bertas Schuhe.

Berta lag nicht weit von mir entfernt ausgestreckt auf dem

Boden. Daneben befand sich etwas, das aussah wie ein grüner Schlafsack.

Blinzelnd wurde mir klar, dass es sich nicht um einen Schlafsack, sondern um eine Art Kokon aus Blättern handelte. Alles wurde langsamer, Jonathans Stimme klang tiefer, irgendwie verzerrt, meine Gedanken waren wie Schmierereien auf einer nassen Tafel, undeutlich und so leicht wegzuwischen. Warum spürte ich keinen Schmerz? Ich verstand nicht, was passierte. War das Hektors Stimme? Rief er meinen Namen?

Ich wurde umhergestoßen und beinahe von den Füßen gerissen. Mit dem Kopf knallte ich gegen eine Glasscheibe. Auch das verursachte keinen Schmerz, dennoch nahm mir die Wucht des Aufpralls meinen letzten Orientierungssinn. Mit weit aufgerissenen Augen sah ich mein stumpfes Spiegelbild in der matten Scheibe. Die Konturen meines Gesichts verliefen, und wie durch einen Tränenschleier glitzerte es fliederfarben.

»Teuerste«, mahnte eine Stimme direkt an meinem Ohr, als ich erneut gegen die Scheibe geschleudert wurde. »Ihr werdet noch sterben, wenn Ihr nicht aufpasst.«

Ein dünner Zweig mit nadelscharfen Dornen erreichte mein Gesicht und legte sich über meine Lippen. Scitus betrachtete mich eingehend.

»Wenn Ihr jetzt den Tod findet, bin ich frei. Das ist Euch doch bewusst, oder?«

»Vituff«, stieß ich durch die Blätter vor meinem Mund undeutlich aus. War er es wirklich, oder bildete ich es mir nur ein?

»Ärgert Ihr Euch denn gar nicht darüber? Teuerste, Ihr enttäuscht mich.«

»Vituff!«

»Meint Ihr mich? Ihr klingt so undeutlich mit der Rose im Mund. Oder soll das etwa romantisch sein?«

Okay, keine Einbildung. Aber war dieser Verräter nur gekommen, um sich über mich lustig zu machen?

Ich konnte nicht mehr atmen, eine dicke Rosenranke lag um meinen Hals, hatte ihn bereits zugeschnürt. Ich riss eine Hand los, sah, dass sie blutüberströmt war, und wollte die Ranke um meinen Hals nur so weit lockern, dass ich für ein Wort Luft hatte: *Hektor!* Doch ich kam nicht gegen die gewaltige Kraft der Rosenhecke an.

Schließlich spürte ich meine Beine nicht mehr. Meine Hand blieb bewegungslos, und als ich nach vorne blickte, wurde mir bewusst, dass ich zu Boden stürzte. Blätter pressten sich an mich, kühl und glatt.

Ich sah braune Lederschuhe mit dunkelblauen Socken und derjenige, der sie trug, war vor mir in die Hocke gegangen.

Braune Lederschuhe mit dunkelblauen Socken sollten das Letzte sein, was ich auf dieser Welt zu sehen bekam? Und dazu hörte ich Scitus' hämisches Gelächter?

Unermessliche Traurigkeit erfüllte mich, die beinahe im gleichen Augenblick in Wut umschlug. Sie raste durch mich hindurch und spülte jedes andere Gefühl fort. Ich sah, wie die Schuhe davonstolperten, spürte, wie mein Körper sich aufbäumte.

Lass dir von der Magie nicht auf der Nase herumhopsen, schoss es mir durch den Kopf. Sie ist ein unerzogenes Kind. Sag ihr, was sie tun soll!

Ich konzentrierte mich auf meine Hände, zwang die über mich hinwegrollende Wut in meine Fingerspitzen, ließ nicht zu, dass sie wie ein Glas auf dem Boden zerschlug und die Scherben in tausend verschiedene Richtungen sprangen. Ich musste die Scherben zusammenhalten, zusammenbringen, wieder miteinander verschmelzen.

Und da spürte ich, wie es warm wurde. Es war nicht länger ein blindes Beben, sondern ein gleichmäßiges Fließen, das durch meinen ganzen Körper ging.

Ich schlug die Augen auf und sah Jonathan, wie er rückwärts in die Hecke trat. Die legte sich sofort wie ein Vorhang über ihn, nahm ihn schützend in sich auf.

Meine Hände. Sie waren blutverschmiert. Ich tastete nach meinem Hals, es lag keine Ranke mehr darum. Gequält holte ich Luft. Auch die anderen Ranken, die mich wie dornige Tentakel umfangen und mir die Luft abgeschnürt hatten, lösten sich von mir.

Ich stand taumelnd vom Boden auf und erkannte, dass der Kreis, den die mörderische Hecke um mich gezogen hatte, weiter geworden war. Wich sie vor mir zurück?

»Hektor«, wollte ich brüllen, doch meine Stimme war nicht mehr als ein Keuchen. »Hektor, hier ist Berta.«

Die Rosen zischelten wie giftige Nattern und schlugen wild nach mir aus, als ich mit ausgestreckten Händen immer weiter auf sie zuging.

Ich griff nach einer Ranke und beobachtete, wie sie in meiner Hand wie verbranntes Papier zerfiel.

Das ließ mich in eine regelrechte Raserei verfallen und ich hatte bereits mehr als ein Drittel der Rosenhecke zerstört, da öffnete sie sich vor mir, und Jonathan sprang heraus.

Er war kreideweiß und schrie wie von Sinnen: »Lass das! Lass die Rosen in Ruhe! Nimm deine verdammten Hände von meiner Rose!«

Doch ich hörte nicht auf, und er stürzte sich auf mich, packte mich an den Haaren und warf mich mit einer heftigen Bewegung zu Boden. Ich schnappte nach Luft und sah, dass er zum Tritt ausholte. Mit einem Schrei barg ich den Kopf in den Armen und erwartete den Schmerz, wenn sein brauner Lederschuh mein Gesicht treffen würde. Doch er blieb aus. Ich blinzelte vorsichtig und sah Hektor. Er hatte Jonathan am Kragen gepackt und verpasste ihm einen Schlag.

Dann ließ er ihn einfach fallen, stürzte auf mich zu und ließ sich vor mir auf die Knie sinken.

»Flo!« Seine Stimme zitterte. »Flo, ist alles in Ordnung?«

»Ja«, brachte ich hustend hervor und kämpfte mich auf die Beine. »Ich muss weitermachen. Ich muss dieses Ding hier zerstören.«

30. Kapitel

Ich hatte nicht aufgehört, bis auch der letzte Ast dieser riesigen Rosenhecke verdorrt war.

Jetzt saß ich auf dem Hocker vor dem Klavier, hatte einen Becher mit heißem Tee in der Hand und war in eine wärmende Decke gewickelt. Mein wunderschönes TaSch-Kleid war erst verwelkt und dann wieder zu einem Unterkleid geworden, das nach und nach wie ein Croissant in der Sonne zerkrümelte. Die Schuhe, die mir nun wieder viel zu klein waren, hatte ich längst abgestreift und irgendwo in der Hecke verloren.

Im Gewächshaus wimmelte es jetzt nur so vor Leuten. Wenn ich das richtig sah, war der Ball hierher verlegt worden, zumindest, was den hinteren Teil des Saales mit den wichtigen Genavern betraf.

Die meisten von ihnen trugen noch ihre Ballkleider, doch einige hatten eine Art Schutzkleidung angelegt. Es wurde an einigen Stellen tief gegraben, und die verkohlten Überreste der Rosenhecke wurden in versiegelten Containern abtransportiert.

Kein Wunder, immerhin war es eine echte Killerrose gewesen. Mit einem Schaudern dachte ich an die Ranken, die mich beinahe erwürgt hatten und so begierig auf mein Blut gewesen waren.

Doktor Wassermann hatte seinen Arztkoffer auf die Klaviertasten gestellt, und als er jetzt seine Gerätschaften darin verstaute, gab es eine Reihe disharmonischer Töne. Vielleicht machte er sie auch selbst.

Obwohl Wassermann mit einem vierköpfigen Team angerückt war, hatte er alle Hände voll zu tun. Die alten Damen waren in schlechtem Zustand. Berta, das jüngste Entführungsopfer, kam noch vergleichsweise gut davon, doch zwei ihrer Schwestern mussten umgehend mit Blaulicht in die Klinik gebracht werden.

Krämer wich nicht von Bertas Seite, bis man sie mit einem Krankenwagen ebenfalls davonbrachte.

Gleich nachdem Wassermann meine Wunden versorgt und sichergestellt hatte, dass mein Kreislauf nicht schlappmachen würde, hatte ich zwei hochrangigen Genavern eine Menge unangenehmer Fragen beantworten müssen. Mir schwirrte noch immer der Kopf, als Krämer zu mir trat.

»Allenstein«, sagte er leise, »du hast Berta gerettet. Dafür danke ich dir.« Er legte mir eine Hand auf die Schulter und drückte sie. »Dieser Wahnsinnige wollte sie nicht töten, sondern hat sie für etwas aufgehoben.«

»Haben sie ihn? Haben die Genaver diesen Jonathan?«

Krämer schüttelte den Kopf. »Noch nicht.«

Hinter Krämers untersetzter Gestalt entdeckte ich jetzt Hektor und Neva. Sie hielten sich fest in den Armen, Hektors Kopf lag dabei auf ihrem. Ich wandte den Blick ab und trank einen Schluck Tee.

»Ich weiß nicht, was hier los ist, aber du wirst wohl mit dieser unerträglich…, äh, mit dieser Goldhaar über all das hier sprechen müssen. Sie hat mir bereits zu verstehen gegeben, dass sie umgehend eine Untersuchung einleiten wird.«

»Was? Warum das denn?«

Ich wollte aufspringen, doch Krämer hielt mich zurück. Widerwillig setzte ich mich wieder und richtete dabei die Decke. »Ich hab diesen beiden Männern doch schon alles erzählt.«

»Das war nur ein Vorgeschmack. Pass auf, Allenstein«, Krämer sprach mit gesenkter Stimme, »du darfst Goldhaar nicht vertrauen.«

»Schon klar.« Er hätte mich genauso gut davor warnen können, mein Holzhaus an einen Biber zu vermieten. »Was bedeutet eine Untersuchung? Muss ich vor Gericht?«

Ich sah Goldhaar durch das Gewächshaus stöckeln, Yuki wie immer in ihrem Schlepptau. Die Vorsitzende der Genaver steuerte auf mich zu, nahm sich aber mit einem strahlenden Lächeln dabei die Zeit, für einen Zeitungsreporter zu posieren. Yuki versuchte nicht einmal, mit aufs Bild zu kommen.

»Ich hoffe nicht. Die bescheu…, diese Genaver werden dich aber sicher in die Zange nehmen. Ich weiß nicht, ob sie zulassen, dass ich dich begleite. Ich kann dir nur den Rat geben, erzähle alles so genau wie möglich, Allenstein. Lass nichts weg, nicht das kleinste Detail.«

Mir fiel Scitus ein, der unerwartet aufgetaucht war, und mein Puls beschleunigte sich. Wie sollte ich sein Auftauchen in einer der Glasscheiben erklären, ohne dabei seine versehentliche Befreiung zu erwähnen?

Ich nickte benommen. »Auch nicht, wenn es eigentlich ein ganz unwichtiges Detail ist?«

Krämer warf mir einen forschenden Blick zu und setzte gerade zu einer Antwort an, da stand Karin Goldhaar auch schon vor mir und tätschelte mir die Wange. Reflexartig zog ich den Kopf zurück, während Krämer das Weite suchte.

»Mein liebes Dornröschen. Wer hätte gedacht, dass du zu so etwas fähig bist. Ich möchte,«, sagte sie und holte aus ihrer Handtasche eine Visitenkarte hervor, »dass du dich so schnell wie möglich bei mir meldest.« Viel leiser fügte sie hinzu: »Und zwar noch bevor die offizielle Untersuchung stattfindet. Ich bin sicher, das ist auch in deinem Interesse.«

Bevor ich mich erkundigen konnte, was sie damit meinte, trippelte Goldhaar weiter. Yuki folgte ihr auf dem Fuße.

Ich starrte die nachtblaue Karte in meiner Hand eine Weile an, bevor ich sie einfach fallen ließ.

»Das sollte Goldhaar aber besser nicht mitbekommen.«

Ich sah auf und blickte in Nevas müdes Gesicht.

»Wie geht es dir?«, fragte ich besorgt.

»Gut, soweit.«

»Aha.«

»Flo, ich will mich bei dir bedanken«, sagte Neva überraschend und gab mir einen Kuss auf die Wange. »Du bist eine wirklich gute Freundin.«

Ich presste die Lippen aufeinander. Wann hatte ich mich je so mies gefühlt? Und es platzte aus mir heraus: »Nein, Neva. Ich bin die vielleicht schrecklichste Person, die du dir nur vorstellen kannst.« Ich sammelte all meinen Mut, und bevor der mich wieder verlassen konnte, stieß ich schnell hervor: »Ich habe mich in deinen Freund verliebt, und auch wenn ich mir immer wieder sage, dass zwischen uns nie etwas sein kann, kommt immer wieder dieses Gefühl in mir hoch. Ich will, dass du das weißt.« Leiser fügte ich hinzu: »Verzeih mir.«

Neva blickte mich aus hellen, kalten Augen lange an. Mir wäre es beinahe lieber gewesen, sie hätte mir wie Greta eine Ohrfeige verpasst, das wäre leichter zu ertragen gewesen als diese stumme Verachtung.

Dann, nach einer Ewigkeit, fragte sie: »Entschuldige, von wem sprichst du eigentlich?«

»Was?«

»Welcher Freund?« Neva ging langsam rückwärts und mit gerunzelter Stirn von mir weg und zeigte dabei wahllos auf Männer im Gewächshaus. Dabei formte sie mit den Lippen die Worte: »Der? … Oder der hier? … Wie wäre es mit dem?«

Ich raffte meine Decke und lief ihr nach.

»Neva, soll das heißen …« Mein Herz schlug mir bis zum Hals und ich nahm Neva an den Schultern, um sie leicht zu schütteln. »Bist du nicht mit Hektor zusammen?«

Neva verzog das Gesicht. »Spinnst du? Er ist wie ein Bruder für mich. Und bitte«, sie ging in die Hocke, um meine Decke aufzuheben, »halt die ein bisschen besser fest.«

Der Regen prasselte auf die Windschutzscheibe. Jonathan stellte die Scheibenwischer auf die höchste Stufe, dann umklammerten seine Finger wieder das Lenkrad, bis die Knöchel weiß hervortraten.

Er hatte seine Rosenhecke verehrt, angebetet, hatte alles für sie getan. Sie war seine Königin gewesen. Der Duft, den die dunkelroten Blüten verströmt hatten, schwer und süß, das zarte Perlen der Wassertropfen auf den Blütenblättern und das Seufzen der Rosen, wenn er Klavier gespielt hatte.

Dieses dumme Mädchen hatte alles zerstört. Sie war gekommen, hatte sein Refugium betreten, entweiht und seine einzigartige Rose vernichtet. Und all seine Pläne.

Jonathan hielt vor einer Ampel, und als der Motor gleichmäßig und ruhig lief, wurde ihm plötzlich bewusst, dass zum ersten Mal seit er denken konnte, keine Melodie in seinem Kopf erklang. Schweiß trat ihm auf die Stirn, und er biss die Zähne fest zusammen.

Dafür würde Allenstein bezahlen.

Hinter ihm hupte ein Auto, die Ampel war grün. Er legte einen Gang ein und würgte das Auto ab. Wieder hupte es, ein langer, quäkender Ton, der es Jonathan unmöglich machte, eine beruhigende Melodie zu finden. Jonathan hasste den anderen Fahrer inbrünstig und wollte aussteigen, doch eine Hand, dürr und sehnig wie die Klaue eines Greifvogels, legte sich auf seinen Arm.

»Nicht«, flüsterte eine raue und brüchige Frauenstimme vom Beifahrersitz. »Ich muss mich ausruhen.«

31. Kapitel

Es hatte stark zu regnen begonnen. Timus und sein Wagen waren wie vom Erdboden verschluckt. Die Aktivitäten im Gewächshaus waren in vollem Gange, und Krämer musste auf Anweisung von Karin Goldhaar bleiben.

Uns hatte sie erlaubt zu gehen, allerdings erst, nachdem sie jedem von uns einen Termin für eine Anhörung gegeben hatte. Anschließend hatte sie uns vor die Tür bringen lassen, wo wir nun dicht gedrängt unter einem winzigen Vordach standen und leise Timus verfluchten.

Es war ein eigenartiges Gefühl, Hektor so nah zu sein, jetzt wo ich wusste, dass nichts zwischen ihm und Neva lief. Ich hatte bemerkt, dass sein Blick immer wieder zu meinen Beinen gewandert war, und hatte versucht, sie mit der Decke zu verhüllen, was sich aber als unmöglich herausgestellt hatte, solange ich den Oberkörper nicht vollständig entblößen wollte. Es war richtig kalt geworden, ich fror. Zähneklappernd trat ich von einem nackten Fuß auf den anderen.

»Du holst dir noch eine Lungenentzündung.« Hektor zog sein Jackett aus, legte es mir über und zog gleichzeitig an der Decke.

Er reichte sie Neva. Dann legte er einen Arm um mich. »Du erlaubst?«

Bevor ich fragen konnte, was ich erlauben sollte, hob er mich auch schon hoch, und Neva breitete die Decke über mir aus.

»Irre ich mich, oder bist du im falschen Märchen?«, fragte sie, während sie meine Füße einwickelte. »Ich dachte immer, Aschenputtel verliert die Schuhe.«

Welches Märchen auch immer, dies war das einzige, in dem ich gerade sein wollte. Hektor trug mich sozusagen auf Händen, ich lag in seinen Armem, spürte seine festen Muskeln und seinen kräftigen Herzschlag.

Neva war gerade dabei, ein Taxi zu rufen, da näherte sich eine Limousine langsam über den Feldweg und hielt schließlich neben uns. Die Scheibe fuhr herunter, und Vals leicht gerötetes Gesicht erschien dahinter.

»Hab ich was verpasst?«

»Alles«, sagte Neva und riss die hintere Tür auf. Hektor trug mich rasch um das Auto herum, setzte mich ab und hielt mir die Tür auf.

Im Wageninnern war es warm, und die Ledersitze waren beheizt. Vals Nebelkleid waberte bis in den Fußraum, und sie hatte sich die Haare abgeschnitten. Schlotternd lehnte ich mich zurück. »Toll, dass du gekommen bist. Wem gehört das Auto?«

»Omama.« Sie klang vorwurfsvoll und ließ einen angesäuerten Blick durch die Runde schweifen. »Ihr hättet mir ruhig bescheid sagen können, wisst ihr das?«

»Tut mir leid«, sagte Neva. »Als wir hörten, dass Berta nicht zum Ball gekommen ist, sind wir sofort los.«

»Wie war es noch auf dem Ball?«, erkundigte ich mich.

»Geht so. Gab ’ne Prügelei.«

Neva winkte ab. »Val, kannst du uns nach Hause fahren, bitte?«

»Klar. Wenn ihr mir erzählt, was hier los war?«

Wir erzählten zu dritt, nicht direkt abwechselnd, sondern durcheinander. Zumindest ließen wir dadurch keinen Blickwinkel aus, und bald hatte Val ein umfassendes Bild der Ereignisse.

Sie war schockiert, als sie erfuhr, dass ich von der Rosenhecke angegriffen worden war.

»Das war sehr leichtsinnig, da allein reinzugehen«, motzte sie mich vorwurfsvoll an. »Und wie du jetzt aussiehst! Ganz zerkratzt und …« Sie bemerkte den Zustand meiner TaSch-Kreation. »Was ist denn mit deinem Kleid passiert? So kannst du nicht nach Hause. Deine Mutter denkt ja sonst was.«

»Ähm.« Darüber hatte ich mir noch keine Gedanken gemacht.

»Wir fahren jetzt erst mal zu mir, und du ziehst dich um. Ich geb dir ein paar Klamotten von mir. Und, äh, Schuhe.«

»Muss das sein?«, stieß Neva gequält aus.

»Logistisch gesehen, ja. Wir kommen bei mir ja praktisch gleich vorbei.«

Eine Viertelstunde später hielten wir vor Vals Haus. Alles war dunkel.

»Meine Eltern und Omama sind wohl noch auf dem Ball.«

»Kann es sein, dass sie nicht wissen, dass du ihr Auto hast?«, fragte Hektor.

»Das kann natürlich sein«, gestand Val.

Das Haus war ein unauffälliges Gebäude, wenn man von dem Turm einmal absah, der sich mit seinen Zinnen und dem spitzen Dach wie ein wahr gewordener Rapunzeltraum erhob.

Wir sprangen zu viert aus dem Auto, und bevor Hektor auf die Idee kam, mich wieder zu tragen, rannte ich mit den anderen durch den Regen zum Eingang. Ich kam als Letzte an.

Vals Eltern legten deutlich weniger Wert auf erkennbaren Luxus als Nevas. Alles war schlicht und beinahe normal gehalten, wenn man einmal von diesem Turm absah.

Val griff nach einem Paar gemütlich aussehender Hausschuhe. »Die müssten passen.«

»Danke«, sagte ich und schlüpfte hinein.

»Kommt mit nach oben«, sagte Val und lief uns voran eine geschwungene Treppe hinauf. Ich geriet durch die Decke, die ich wieder um meine Hüften geknotet hatte, fast ins Stolpern. Hektor ging hinter mir, und als ich mich umdrehte, zwinkerte er mir lächelnd zu.

Vals Zimmer war riesig und erstaunlich spartanisch eingerichtet. Es war nicht so, wie ich es mir vorgestellt hatte. Irgendwie hatte ich mit buntem Krimskrams gerechnet, vollgestopften Regalen, und alles etwas verspielter.

»Wo ist Caruso?«, fragte ich. »Ich will ihn gern sehen, ja?«

Val ging einmal quer durch den Raum und öffnete die Wand, die sich als Schiebetür entpuppte. Dahinter lag das, was Val mir beschrieben hatte: eine naturgetreue Nachbildung eines kleinen Stück Waldes.

Mit offenem Mund betrat ich diese Naturoase. »Wow. Das müsstest du mal Mavie zeigen. Die würde nie wieder etwas über nicht artgerechte Haltung sagen. Und der Teich ist ja wunderhübsch«, sagte ich und ging darauf zu, um meine Hand in das kristallklare Wasser zu tauchen.

Die anderen waren mir gefolgt. Überwältigt machte ich ein paar Schritte, da klatschte mir auch schon etwas ins Gesicht. Mit beiden Händen versuchte ich, das schleimige Etwas von mir zu reißen. Dass ich nicht genug Luft zum Schreien hatte, weil eine feuchtklebrige Masse große Teile von Mund und Nase verdeckte, machte nichts, weil Val für uns beide schrie. Außerdem sah ich nichts.

»Flo, bleib … Bleib ganz ruhig, ja?«, hörte ich kurz darauf Hektors Stimme. Sie zitterte.

»Mumpfh«, gab ich zurück, weil das Zittern eindeutig von einem unterdrückten Lachen rührte. War denn das zu glauben? Statt etwas zu unternehmen, amüsierten sich die drei über meine Notlage.

Ich drehte mich von dem gedämpften Gekicher weg und griff beherzt nach dem Etwas. Mit einem kräftigen Ruck löste ich das weiche Ding von mir und blinzelte ein paar Mal, bis ich erkannte, um was es sich handelte.

»Quak!«, machte Caruso.

Meine Fingerspitzen wurden ganz warm und kribbelig, als ich ihn nah vor mein Gesicht hielt. Ich freute mich so sehr, in seine zitronengelben Augen zu blicken, dass ich ganz vergaß, dass ich keine Handschuhe trug.

»Alles in Ordnung, Flo?«, fragte Hektor mit bemühtem Ernst.

»Caruso«, rief ich glücklich. Und dann brach schallendes Gelächter aus. Hektor liefen die Tränen vor Lachen, und Val und Neva mussten sich gegenseitig stützen, weil sie sonst wahrscheinlich zusammengebrochen wären.

Ich gönnte ihnen diesen Heiterkeitsausbruch. Immerhin hatten wir gerade eben noch in einer lebensbedrohlichen Situation gesteckt, jetzt konnten sie den Stress abbauen. Auch wenn ich mir ein klein wenig mehr Einsatz zu meiner Hilfe gewünscht hätte.

»Quaaak«, machte Caruso.

»Entschuldige«, sagte ich und setzte ihn behutsam auf einem Baumstumpf ab. Keinen Augenblick zu früh, wie sich herausstellte.

Caruso verdrehte den Kopf, sperrte das Maul weit auf und zappelte mit den Beinen. Und dann begann er zu wachsen.

Als er die ungefähre Größe eines Schäferhundes erreicht hatte, begriffen auch die anderen und hörten auf zu lachen.

Carusos schlammgrüne Haut wurde heller, seine knubbeligen Warzen flacher und seine zitronengelben Augen wanderten von der seitlichen Position am Kopf mehr zur Mitte hin. Er wuchs und wuchs, und seine Schwimmhäute zwischen Zehen und Fingern verschwanden, während diese mehr und mehr menschliche Form annahmen. Blondes Haar begann zu sprießen, und seine lange Zunge wurde kürzer.

Val stieß einen hohen Schrei aus. Sie zitterte und obwohl es aussah, als wolle sie einen Schritt vorwärts machen, blieb sie stehen, wo sie war.

Neva bekam davon gar nichts mit, denn sie starrte wie gebannt auf den jungen Mann, der nicht im Entferntesten Ähnlichkeit mit Caruso hatte.

»Salien«, hauchte Val. Ihre Beine gaben nach, und sie ließ sich einfach auf den Po fallen. »Salien.«

Salien schüttelte sich und reckte seine Glieder. Hektor fing sich als Erster. Er räusperte sich, nahm mir kurzerhand die Decke ab und warf sie Salien zu. Der legte sie mit steifen Bewegungen wie eine Toga um.

Dann sah er mich an, machte einen Schritt auf mich zu und nahm mich fest in die Arme.

»Quanke.«

»Gern geschehen«, erwiderte ich tonlos und sah ihm nach. Er verließ die Waldnachbildung mit festen Schritten, ohne sich nach Val umzudrehen.

Als Neva begriff, was es mit der Kröte auf sich gehabt hatte, ging es drunter und drüber. Sie machte Val bittere Vorwürfe, schrie sie sogar an. Val verteidigte sich mit, zugegebenermaßen, dürftigen Argumenten, die Neva allesamt in der Luft zerpflückte. Für sie spielte es überhaupt keine Rolle, wie gut Val es gemeint hatte, als sie Salien vor den Reguli hatte bewahren wollen, und trug die Fakten nun im militärischen Tonfall zusammen.

»Du hast Salien seinen freien Willen geraubt!«

»Ja, aber …«

»Hast ihn hier eingesperrt?«

»Doch nur, weil er sonst …«

»Und uns hast du glauben lassen, er sei einfach verschwunden!«

»Was hätte ich denn machen …«

Val konnte einem leidtun.

Ich wollte mich gerade beschwichtigend einmischen, da griff Hektor nach meiner Hand.

»Halt dich da lieber raus«, sagte er und zog mich mit sich. Ich drehte mich zu den beiden um, ging aber mit Hektor.

Wir verließen die Waldoase und blieben in Vals Zimmer stehen. Hektor hielt noch immer meine Hand.

Ich war an diesem Abend von dem hinterhältigen Spiegel verraten und von Genavern ins Kreuzverhör genommen worden und war dem gefährlichen Rosenkavalier begegnet. Vom Kampf mit der blutrünstigen Killerrose ganz zu schweigen. Nichts davon hatte mein Blut jedoch so sehr in Wallungen gebracht wie Hektors Blick.

Wir standen uns gegenüber, hatten etwa einen halben Meter Abstand zwischen uns, und Hektors Daumen strich zart über meinen Handrücken.

Aus der Waldoase war Neva zu vernehmen. Sie war jetzt so weit, Anwalt Fuchs zu bezahlen, damit der Val verklagte.

»Meint sie das ernst?«, fragte ich.

»Kann sein.« Hektor streckte die freie Hand aus und ließ die Schiebetür zugleiten. Neva war nun kaum noch zu hören.

»Flo, ich …«

Meine Frisur war komplett ruiniert, mir hingen die zerzausten Strähnen ins Gesicht, mein Kleid hatte sich buchstäblich verkrümelt. Ich trug sein weites Jackett schief zugeknöpft, und dazu die Hausschuhe von Vals Großmutter. Doch Hektors Blick nach zu urteilen, musste ich einfach umwerfend aussehen.

Er trat ein Stück näher, hob meine Hand an seine Lippen. Da war sie wieder, die Flipperkugel. Sie jagte durch mich hindurch, machte meine Knie weich und mein Hirn unbrauchbar.

Dann legte er seinen Arm um meine Taille und zog mich sanft zu sich heran. Er neigte den Kopf und unsere Nasenspitzen berührten sich leicht.

Im Augenwinkel sah ich eine Rosenranke, die sich aus dem viel zu langen Jackettärmel schob. Entsetzt dachte ich an die Rose im Gewächshaus, erkannte aber gleich darauf, dass diese vorwitzige Ranke eindeutig von meinem Kleid stammte.

»Oh«, flüsterte ich und sah zu, wie die Ranke sich von mir ausgehend sacht um Hektors Nacken legte und dann wieder zu mir ausstreckte. »Ich dachte, dic Magie sei hin.«

»Deine Magie kann niemand zerstören«, gab Hektor atemlos zurück.

Als unsere Lippen sich trafen, begannen Knospen zu sprießen, und mit jedem Herzschlag ging eine zur Blüte auf.

32. Kapitel

Am liebsten wäre ich vor lauter Glück durch die Wohnung getanzt, riss mich aber zusammen, da Ma natürlich schon schlief.

Also schwebte ich leise, strahlend und mit einem wild pochenden Herzen in mein Zimmer. Ich zog Hektors Jackett aus und drückte es an mich, als könne ich auf diese Weise Hektor selbst umarmen.

Nachdem Neva die bedauernswerte Val erst zum Heulen gebracht und anschließend getröstet hatte, war sie an uns vorbeigestürmt.

»Na, endlich! Ich dachte schon, ihr beide kapiert das nie.« Das war alles, was sie zu Hektor und mir und den blühenden Rosen zu sagen hatte, bevor wir uns zu dritt ein Taxi genommen hatten. Hektor und ich hatten hinten nebeneinander gesessen und uns für den nächsten Tag verabredet.

Ich legte das Jackett aufs Bett und betrachtete die Überreste meines Kleides. Das Erblühen bei Hektors Kuss war wohl so etwas wie ein letztes Aufbäumen gewesen, jetzt war es ein für alle Mal hin, und als ich es auszog, zerfiel es vollends.

Dennoch war ich überglücklich. Ich konnte an nichts anders

als an Hektor denken und zog mir auf dem Weg ins Bad lächelnd ein bequemes T-Shirt über.

Der Blick in den Spiegel holte mich ziemlich schnell auf den Boden der Tatsachen zurück. Es gab kein Wort, das den Zustand meiner Haare beschreiben konnte, über meinen ganzen Körper und das Gesicht zogen sich Kratzer und ein dunkler Fleck, Erde oder verkohlte Killerrose, prangte auf meiner Nase.

Doch das war nicht der Grund, weshalb ich den Spiegel am liebsten in Stücke geschlagen hätte.

»Scitus!«

War das denn zu fassen? Dieser elende Verräter funkelte selbstzufrieden im Badezimmer vor sich hin, als wäre nichts gewesen.

»Teuerste, ich war wirklich in Sorge!«

»Ach ja?« Ich starrte ihn zornig an. »Falls du sichergehen wolltest, ob ich tot bin, muss ich dich leider enttäuschen.«

Er schien ehrlich schockiert. »Wovon sprecht Ihr?«

»Von deinem kleinen Auftritt im Gewächshaus.«

Ich wusch mir gründlich das Gesicht.

Danach halbierte ich Scitus, indem ich eine Spiegeltür aufklappte. »Jetzt verschwinde, du Widerling. Ich will mir die Zähne putzen.«

»Da muss ein Missverständnis vorliegen.«

Ich drückte eine viel zu große Menge Zahncreme aus der Tube, doch weil meine Hände vor Wut zitterten, fiel die Hälfte davon gleich ins Waschbecken.

»Lass mich in Ruhe!«

»Ihr seid aufgebracht. Das kann ich natürlich verstehen«, sagte Scitus schmollend. »Aber Ihr könntet ruhig ein wenig dankbarer sein.«

»Wie bitte?« Dass ich vom Zähneputzen gerade Schaum vor dem Mund hatte, erschien mir passend. »Spinnst du? Ich habe vorhin um mein Leben gekämpft, und du hast mich ausgelacht. Und dafür soll ich dir auch noch danken?«

»Ihr seid ungerecht. Ohne mich wäret Ihr doch verloren gewesen.«

Ich spuckte aus. »Wie meinst du das?«

»Um Eure Magie zu entfesseln, musstet Ihr zornig werden. Und ich habe alles dafür getan, damit Ihr so richtig in Fahrt kommt. Vollkommen selbstlos habe ich Euch verspottet.«

»Fffrrrr«, machte ich und schrubbte mir die Backenzähne.

»Als ich gewahr wurde, in welcher Lage Ihr steckt, bin ich ohne zu zögern Eurem Ruf gefolgt.«

»Krrchhhh«, machte ich und putzte die Schneidezähne.

»Habe Euch im Angesicht der Fee beigestanden. Habe alles dafür getan, dass Ihr …«

Ich hatte mir gerade den Mund ausspülen wollen, hielt nun aber inne. »Moment! Welcher Fee?«

Scitus' Augen wurden schmal, und er hob einen Mundwinkel zu einem bösen Lächeln. »Teuerste! Wollt Ihr mich auf den Arm nehmen? Ihr habt es nicht gewusst?«

»Ich hab jetzt keine Lust auf deine Spielchen. Wenn ich ausgeschlafen habe, werde ich dich in den schäbigsten kleinen Spiegel rufen, den ich auftreiben kann. Und dann … Mal sehen, wo ich dich für immer versenke.«

Fester als nötig, schlug ich auf den Lichtschalter und wollte das Bad erhobenen Hauptes verlassen.

Doch Scitus fragte genüsslich: »Seid Ihr sicher, dass Ihr auf mich verzichten könnt?«

Ich drehte mich langsam zu ihm um.

Scitus funkelte tiefviolett, was in dem nun dunklen Badezimmer sehr wirkungsvoll war.

Da er meine Aufmerksamkeit hatte, fügte er schnarrend hinzu: »Nun, was glaubt Ihr, was es mit diesem Rosenbusch auf sich hatte? Niemand geringerer als die böse Fee war darin gefangen.«

»Das war Invidia?«

Mich fröstelte.

Ich war ja noch nicht lange Teil der Märchenwelt, doch von Invidia, der dreizehnten Fee, die selbst von ihren Schwestern gefürchtet worden war, hatte selbst ich schon die grausamsten Dinge gehört.

Es war gut, dass ich im Gewächshaus keine Ahnung gehabt hatte, worauf ich mich da eigentlich eingelassen hatte. Wäre mir bewusst gewesen, dass ich gegen Invidia kämpfte, hätte ich bestimmt viel zu große Angst gehabt.

Trotzig hob ich den Kopf. Scitus sollte nicht sehen, wie geschockt ich von dieser Nachricht war. »Gut. Dann habe ich heute Abend Invidia vernichtet.«

»So?« Seine Stimme klang nun tiefer und hallte wie in einer Höhle. »Was ist eigentlich aus der Kröte geworden?«

»Caruso? Was hat denn der damit zu tun?«

»Ihr seid eine Fluchbrecherin, Teuerste. Das ist eine sehr seltene, überaus mächtige und leider auch gefährliche Gabe. Und als Ihr Euch endlich überwinden konntet, die Kröte mit bloßen Händen zu berühren, wer stand da vor Euch?«

»Salien«, antwortete ich irritiert.

»Seht Ihr«, schnurrte Scitus zufrieden. »Die Kröte mag verschwunden sein, doch hat sie nur freigegeben, was sie in Wahrheit verbarg.«

»Du meinst …?« Meine Stimme brach ab.

»Ihr habt Invidia nicht vernichtet, Teuerste. Ihr habt sie befreit.«

LESEPROBE

In my dreams.
Wie ich mein Herz im Schlaf verlor
von Claudia Siegmann
ISBN 978-3-473-40155-0

Der Boden unter meinen Füßen ist kalt, eiskalt. Ich will die Arme um meinen Oberkörper schlingen, doch sie fühlen sich an wie aus Gummi, schwer und widerspenstig.

Es ist dunkel, und doch weiß ich, dass ich im Runmore Manor bin und auf der breiten Treppe stehe, die von der Eingangshalle in die erste Etage führt. Mit einer Hand halte ich ein Tuch vor meiner Brust zusammen. Es liegt schwer auf meinen Schultern, fühlt sich feucht an und riecht muffig. Meine andere Hand ruht auf dem glatt polierten Treppengeländer, das zu vibrieren scheint.

Irgendetwas stimmt nicht.

Ich spüre einen Stoß an der Schulter und drehe den Kopf. Erst jetzt wird mir bewusst, dass die Dunkelheit nicht vollkommen ist, dass ein orangeroter Schein den Raum erhellt. Um mich herum sind Menschen, sie rennen an mir vorbei, stolpern die Stufen hinunter, stürmen auf den einzigen Ausgang zu. Ich sehe, wie sich ihre Münder bewegen, wie sie voller Entsetzen durcheinanderrufen, doch ich höre nichts, keinen Ton.

Die Gesichter der Menschen sind mir fremd und vertraut zugleich. Ein Mann läuft panisch an mir vorbei. Er trägt ein altmodisches Nachthemd und die Frau neben ihm hat sogar eine Schlafhaube auf dem Kopf. Die meisten haben sich Tücher um die Schultern gelegt, so wie ich.

Alles ist wie in Watte gepackt, kommt mir verzerrt und langsam vor, nur den Rauch kann ich plötzlich deutlich riechen. Rauch. Er sticht in meiner Nase und nimmt mir den Atem. Ich muss darum kämpfen, nicht das Bewusstsein zu verlieren. Es brennt, wird mir klar, mein Zuhause steht in Flammen. Und auf einmal nehmen meine Ohren ihren Dienst wieder auf. Verzweifelte Rufe und Schreie prasseln von allen Seiten auf mich ein …